LA REINE DU YANGZI

DU MÊME AUTEUR

Chez le même éditeur

Shanghai Club, roman, 2011

Chez d'autres éditeurs

Le Mandarin blanc, roman, prix du Roman historique, prix Jean d'Heurs, Jean-Claude Lattès, 1999, et Le Livre de poche
L'Homme de jade, roman, Jean-Claude Lattès, 2001, et Le Livre de poche
1818, l'atelier du monde, essai, Le Rocher, 2002
À quoi jouent les hommes, roman, Flammarion, 2005
Petit Mao, roman, Jean-Claude Lattès, 2010

JACQUES BAUDOUIN

LA REINE DU YANGZI

Shanghai Club

**

roman

ROBERT LAFFONT

ISBN 978-2-221-11372-1

À Luc

Première partie

HÉRITIERS DE L'EMPIRE

1.

Tous les jours, à midi exactement, au moment où le soleil franchit le méridien de Shanghai, la *time ball*, une grosse boule d'osier fixée au sommet du sémaphore qui se dresse au bout du quai de France, chute le long de son support à haubans. Elle est suffisamment grosse et le mât assez haut dans le ciel pour être visible à la lunette depuis les bateaux amarrés sur le Huangpu. À bord, les capitaines guettent cet instant précis pour régler leur chronomètre au dixième de seconde près afin de calculer leur longitude une fois qu'ils seront en pleine mer.

Ce moment est l'un des favoris d'Olympe Esparnac. Celui qui justifie, à lui seul, qu'elle vive à Shanghai, à quelques pas du Bund. Il ne dure qu'une seconde et serait parfaitement insignifiant si toute la richesse de la ville, comme une part de celle du monde, n'en dépendait pas. Quand elle n'est pas en train de naviguer sur le Yangzi à bord de l'un de ses bateaux, ou dans son bureau avec un client, elle arrête un rickshaw sur le quai de France et file jusqu'à la limite de la concession française et de l'*international settlement,* au pied du sémaphore. Et chaque fois, elle s'émerveille de l'ingénieux système mis au point par les jésuites de Zi Ka Wei qui commandent à distance, par un simple fil électrique depuis leur observatoire, la chute d'une boule d'osier capable de donner aux marins la donnée la plus immatérielle dont ils ont besoin, le temps.

En se postant là, au pied de la *Signal Tower*, comme l'appellent les Anglais, pour voir la *time ball* glisser le long de son mât, Olympe accomplit une sorte de rituel. Elle vient se souvenir que, parmi tous ces vapeurs et ces jonques amarrés sur le fleuve, certains lui appartiennent et qu'elle en est la responsable. De combien d'hommes et de femmes est-elle ainsi comptable ? se demande-t-elle une fois de plus en retournant au siège de la Compagnie du Yangzi. Le soleil d'octobre peine à la réchauffer. Malgré le léger manteau dont elle s'est enveloppée, Olympe sent l'humidité remonter du fleuve. Les abondantes pluies de l'été sont passées, mais elles ont laissé derrière elles une atmosphère imprégnée d'eau qui enveloppe encore la ville. Dès qu'elle entre dans son bureau, le plaisir de s'installer dans son fauteuil directorial efface ses derniers frissons.

Pour rien au monde, elle n'accepterait d'en changer. Année après année, il est devenu si inconfortable, son cuir si éraflé et ses pieds si branlants que sa secrétaire la harcèle pour en acheter un autre. Sans parler de son directeur administratif, un Chinois qui se veut plus européen que les Européens mais qui admet mal que sa patronne accepte encore de s'asseoir dans un fauteuil indigne de son rang. Encore cette stupide question de face, s'amuse Olympe. Ce siège, elle le conservera jusqu'à ce qu'il s'écroule, parce que c'est celui de Charles. Une relique qui lui rappelle qu'il a connu là ses plus belles intuitions, bâti sa fortune, combattu ses concurrents, tenté de les sauver de la ruine.

Quand elle s'y assied, elle croit ressentir les émotions dont le fauteuil usé garde encore la mémoire. À moins que ce ne soient les mânes de Charles, dont elle perçoit toujours la présence invisible derrière son épaule, qui lui transmettent cette énergie vivante dont elle se nourrit jour après jour. Ou l'atmosphère de ce bureau, inchangé depuis sa mort, toujours imprégnée de ce mélange d'ambre, d'encens, de vieux cuir qui était le parfum de son mari. Elle n'a rien voulu y modifier. Non pour cultiver le culte morbide du souvenir mais, au contraire, pour démontrer aux clients de la *French Company*, comme les Anglais l'appellent, la continuité de la société. Dans la bibliothèque, les livres sont restés à la même place. Les cartes des côtes du Zhejiang, du Jiangsu et de l'estuaire du Yangzi sont toujours fixées aux murs à côté des paysages de Hua Yen. Les maquettes de tous les bateaux, jonques et *steamers* de la Compagnie du Yangzi depuis l'origine sont rangées sur la longue console en bois qui occupe le mur du fond. La fine pierre de rêve de Charles suggère toujours son paysage fantasmagorique à qui la contemple. Seule concession à la modernité, le lustre et les lampes électriques ont remplacé l'éclairage au gaz depuis 1882.

Dix ans plus tard, diriger la Compagnie du Yangzi n'est pas de tout repos pour Olympe. Maintenir son rang, se faire respecter, conserver ses clients est un combat permanent contre les autres Shanghailanders, britanniques, américains ou allemands qui rêvent tous de mettre la main sur l'empire Esparnac, l'une des plus belles affaires de la concession française, et sur son plus beau joyau, Olympe elle-même. À Shanghai, elle est la seule femme qui ose tenir tête aux hommes et revendiquer la même place qu'eux dans le monde des affaires, la seule à avoir sa table réservée au Shanghai Club. Mais elle a gagné leur respect : la Reine du Yangzi, ainsi qu'ils l'ont baptisée, fait preuve d'assez de courage pour affronter le Fleuve et livrer elle-même ses clients à bord d'un de ses bateaux.

— Rien ne vaut le contact direct, répète-t-elle à son comprador et associé, Joseph Liu, à qui elle vient d'annoncer qu'elle partira dans quelques jours pour Nankin sur leur plus grosse jonque, la *Cheng Gong*.

— Courir de tels dangers n'est vraiment pas nécessaire, surtout pour une femme, insiste-t-il. Que voulez-vous prouver à nos clients ?

— Rien, Joseph. Je veux seulement mériter leur confiance. C'était le maître mot de Charles et, de ce qu'il m'a appris, il est le plus important. Si nous voulons conserver nos clients, le lien direct, la connaissance et le respect mutuels sont notre meilleure arme contre la concurrence.

— Ce n'est pas une raison pour prendre des risques inconsidérés, répond Joseph Liu. Le Yangzi n'est jamais sûr, les pirates sont plus menaçants que jamais et le fleuve a toujours ses dangereuses humeurs, surtout avant la saison des hautes eaux. S'il vous arrive quoi que ce soit, que deviendront vos enfants ? Et la Compagnie ?

— Il ne m'arrivera rien, Joseph ! Et, dans le cas contraire, je suis certaine que vous sauriez parfaitement éduquer Louis et Laure avec l'aide de Marie-Thérèse, répond Olympe joyeusement. Quant à la Compagnie, je vous fais toute confiance pour la faire prospérer avant de la transmettre à nos héritiers respectifs.

Le comprador s'adosse contre son fauteuil en soupirant, fataliste.

— Je n'arrive pas à comprendre que vous soyez aussi inconsciente.

— Vous savez très bien pourquoi, rétorque Olympe en posant sa main sur celle du Chinois où luit l'étui d'argent qui protège l'ongle long de son index. J'ai perdu Charles il y a cinq ans et j'ai tué de mes mains celui qui l'a fait assassiner. Ce ne sont pas des choses faciles à vivre pour une femme. Elles vous font prendre conscience de la fragilité de l'existence. Depuis, je sens que ma vie ne m'appartient plus, même si j'ai la certitude qu'elle durera longtemps, très longtemps. Croyez-le ou non, voyez-y ou non un signe de foi en quelque chose qui me dépasse – Dieu peut-être –, c'est ainsi. Mes enfants, vous et Marie-Thérèse êtes ce que j'ai de plus cher au monde, mais, à vrai dire, je n'ai rien d'autre au monde et je sais intimement que je ne vais pas vous perdre en m'aventurant sur le Yangzi.

— Raison de plus pour nous préserver.

— Ne pas prendre de risques n'a jamais protégé personne, conclut-elle en lui donnant un baiser sur la joue.

Comme chaque fois, Joseph Liu tressaille. Il ne s'y habituera jamais. C'est qu'on n'embrasse pas dans l'empire du Milieu.

2.

Quelques milles après Shanghai, la passe de Wousong est toujours délicate à franchir : les eaux jaunes du Huangpu se jettent dans l'estuaire du Yangzi et les courants contraires bousculent dangereusement la jonque quand le vent du large ne souffle pas assez fort. Ce n'est pas le cas, ce matin-là, et Olympe, agrippée au mât de misaine de la jonque, s'amuse des bonds du bateau et des craquements de la coque. À l'est, les premières lueurs de l'aurore inondent lentement de sanguine le ciel encore très noir. « Pourquoi ne prenez-vous pas plutôt le *Charles* ? » lui a demandé Joseph Liu la veille, au moment de quitter les bureaux de la Compagnie, dans une dernière tentative de la ramener à la raison. Le *Charles* est le plus puissant des quatre steamers qu'Olympe a fait construire, au rythme d'un par an, depuis qu'elle a pris les rênes de la société. « Parce que la *Cheng Gong* est notre dernière jonque, que nous allons nous en séparer et que je veux accompagner son ultime voyage en souvenir de Charles. C'est lui qui l'avait achetée et l'avait baptisée de ce nom, qui signifie "Réussite" », a-t-elle répondu. La flotte de la Compagnie du Yangzi ne comptera plus alors que des vapeurs, comme les autres compagnies de navigation, chinoises, anglaises ou américaines, qui font commerce sur le fleuve ou du cabotage le long de côtes du Jiangsu.

Olympe aime les odeurs puissantes qui montent des eaux limoneuses. Elle a l'impression de respirer l'histoire immémoriale de la Chine, terre prométhéenne que le fleuve charrie siècle après siècle et dont il arrache parfois des vestiges, arbres entiers, carcasses de buffles ou de porcs, maisons dévastées, cadavres d'hommes, jonques brisées contre les parois vertigineuses des Trois-Gorges, entre Tchang et Chongqing. Tous ces mondes, toutes ces vies qu'emporte le Fleuve, monstrueux dragon aquatique, indifférent aux souffrances qu'il inflige comme un dieu aveugle et vengeur… Peut-être le Yangzi est-il un dieu à lui tout seul, un dieu oublié de tous après la création du monde et dont seuls les Chinois se souviennent, se dit-elle en contemplant l'étendue infinie des eaux qui coulent vers la mer.

Quand la jonque affronte la seconde passe, plus dangereuse, où se percutent avec violence la marée océane et les courants du Fleuve, Olympe empoigne fermement la drisse pour conserver son équilibre. Ici s'affrontent deux mondes liquides qui rechignent à se mêler et refusent tout partage de leurs eaux depuis le temps où les fleuves ont décidé de se perdre dans les mers pour s'y noyer. Alors que la *Cheng Gong* tangue de plus belle et que le choc des vagues contre la coque la fait trembler de toutes parts, Olympe repense à ce jour de novembre 1885 où elle a jeté dans les abysses les cendres de son mari. Sept années se sont écoulées depuis mais elle conserve intacte l'image de ce moment où, entourée de ses enfants, elle a rendu au fleuve Bleu les restes de l'homme qui était né pour lui et peut-être aussi pour elle.

Dans la nuit qui s'efface peu à peu, à l'heure incertaine où le monde semble hésiter entre le néant et la révélation, les horizons du fleuve paraissent sans limites. Si elle ne savait précisément où elle se trouve, Olympe pourrait se croire au milieu de nulle part, perdue sur la surface d'une terre à jamais envahie par les flots, jouet de courants contraires qui chahutent la *Cheng Gong* sans réussir à freiner sa course. Mais la Chine est partout autour d'elle, avec ces navires de pêche ou de transport dont elle aperçoit les feux, ces steamers dont elle entend au loin les machines et qui s'apprêtent à remonter le fleuve ou à s'élancer vers la haute mer pour des destinations innombrables. Qingdao, Tianjin, Yokohama au Japon, Incheon en Corée, Hong Kong, Canton, tous ces ports de la mer de Chine sont les raisons d'être de ces navires qui partent sans savoir s'ils reviendront et dont Shanghai est la seule attache. Bientôt, le jour qui se lève peint des Turner sur l'horizon en fuite.

Après la mort de Charles puis celle d'Elias Kassoun, Olympe s'est jetée à corps perdu dans le sauvetage de la Compagnie du Yangzi au bord de la faillite. Qu'aurait-elle pu faire d'autre ? Rentrer en France avec ses deux enfants ? Pour aller où ? Son père était mort, sa sœur recluse dans un couvent et elle n'avait aucun désir d'aller jouer la veuve inconsolable auprès des parents de Charles, dans leur village du Lot où elle a envoyé Louis et Laure passer les vacances d'été. Sa vie était à Shanghai, et non dans cette France qui lui paraissait si lointaine, étrangère presque, et si arrogante alors que les Anglais, les Allemands, les Japonais même la devançaient tous les jours. Fallait-il vivre de l'autre côté de la terre pour s'en apercevoir ? Rien n'était moins sûr à en juger par la suffisance du consul général et de son personnel. Il est vrai qu'il devait se débrouiller le plus souvent seul, tant le ministère accordait peu d'importance à ce petit morceau de France accroché aux côtes de Chine et à la concession internationale comme une bernicle à son rocher. Les intérêts de Paris se portaient davantage sur le Yunnan et le Guanxi, limitrophes de son Indochine, que sur la Chine orientale. Personne n'avait, semble-t-il, encore compris à Paris que la Chine de demain était née à Shanghai et que disposer d'une forte présence commerciale sur le Bund aurait manifesté davantage la puissance de la France que celle, pléthorique, des missionnaires.

C'est seulement quand la *Cheng Gong* embouque le fleuve, après l'île de Chongming, qu'Olympe, fatiguée, rejoint la passerelle. Avant de descendre dans sa cabine, elle adresse un petit signe complice au *lao tai* qui tient la barre. Zhao Fu est son plus jeune capitaine et le plus dévoué. Il est l'un de ces orphelins dont elle s'est occupée naguère et qu'ont formé au métier ses marins les plus expérimentés. Avec lui, elle sait qu'ils arriveront en temps voulu à Nankin pour prendre livraison de la cargaison de soja qu'elle doit rapporter à Shanghai. Son plus gros client lui en a passé commande par télégramme il y a quelques jours et elle n'a pas droit au moindre retard, même si elle détient l'exclusivité du transport de soja entre les deux villes. C'est Joseph Liu qui a négocié ce magnifique contrat, un an plus tôt, avec les producteurs de Nankin et leurs clients de Shanghai. Renouvelable chaque année, il rapporte déjà de confortables bénéfices à la Compagnie du Yangzi. À condition de tenir parole sur les dates tant les variations de prix sur le marché du soja peuvent affecter les conditions d'achat et de vente du jour au lendemain.

Enfermée dans la cabine où Charles venait lui aussi dormir et tenir le journal du bord, elle se sent apaisée pour la première fois depuis longtemps. L'indéfinissable odeur du bois humide, du goudron de calfatage, mêlée au parfum de l'encens et aux effluves laissés par toutes les caisses et balles de thé, de coton, d'opium aussi, de soja désormais que la *Cheng Gong* a transportées depuis tant d'années l'enivre un peu mais c'est la présence invisible de son mari disparu qui la comble. Plus que dans son bureau ou sa chambre, c'est dans cette cabine étroite qu'elle perçoit le mieux l'amour toujours vivant de Charles. Il est encore là, près d'elle, il la protège, elle le sent, sa photo fixée à la paroi de bois au-dessus de la table minuscule lui sourit. Elle peut s'endormir tranquille, il veille.

*

À Nankin, les représentants de la Guilde des producteurs de soja réservent à Olympe un accueil dont elle se souviendra des années plus tard. Sur les quais immenses où triment des milliers de coolies, bêtes de somme soumises à toutes les corvées pour avoir de quoi manger, la *Cheng Gong* vient s'amarrer après trois jours et trois nuits passés à remonter le Fleuve. Une impressionnante délégation l'attend avec un palanquin doré à quatre porteurs, un orchestre et une escouade de porte-étendards revêtus de l'uniforme de la Guilde, la plus puissante de la ville. On a écarté du quai d'honneur les sampans qui l'encombraient pour faire place à la grande jonque de la Française. À peine Olympe pose-t-elle le pied sur le sol que plus d'une centaine de Chinois s'aplatissent devant elle et posent leur front contre le sol. Un seul est resté debout, le maître de la Guilde qui lui souhaite la bienvenue dans un discours ampoulé dont elle est loin de comprendre tous les mots. Peu importe le sens, ce qui compte c'est le rituel ancestral qui lui commande maintenant de répondre par une grande déclaration d'amitié, de respect pour la

Guilde et son président comme pour la grande Chine impériale dont les Blancs sont de modestes invités. Discours si touchant que la délégation, contrairement aux usages, l'applaudit sur un signe du maître.

Puis l'on déroule un tapis qui la mène jusqu'au palanquin, on en tire le lourd rideau de soie, on aide Olympe à y monter et à s'installer sur les coussins épais, et aussitôt le cortège s'ébranle, précédé par les crieurs et un tintamarre de gongs, de cloches, de tambours et de flûtes qui fend la foule des badauds venus voir passer celle que, de Shanghai jusqu'à Ichang, on appelle respectueusement la Reine du Yangzi.

Le *yamen* où elle pénètre après un périple qui lui a fait traverser toute la ville témoigne de la richesse de la corporation. Succession de pièces d'apparat, de cabinets de travail, de longs couloirs ambrés desservant salons de bois précieux, chambres et terrasses. Conduite dans un vaste temple, Olympe découvre les tablettes des ancêtres fondateurs, les tortues de longévité en marbre, un bouddha souriant et ventru qui a l'air satisfait des offrandes déposées à ses pieds boudinés, une large vasque de bronze où brûlent des bâtonnets d'encens. Aucun Européen n'est jamais entré ici, encore moins une femme, lui glisse le maître. Olympe le remercie de cet insigne honneur et s'incline devant lui pour lui manifester respect et considération. Geste qui n'a rien d'un simulacre même si elle devine que cette marque de déférence devrait garantir, au moins pour un temps, le contrat qui lie la Compagnie du Yangzi et la Guilde. Comme on l'attend d'elle, elle allume ensuite un faisceau de baguettes d'encens et l'agite trois fois devant son front, manifestant ainsi sa reconnaissance aux esprits, aux dieux, aux ancêtres et à tout ce que la Chine comprend d'entités invisibles. Derrière elle, Olympe perçoit les murmures d'approbation et d'étonnement devant sa capacité – elle, une Barbare – à accomplir convenablement les rites.

Le banquet auquel elle est conviée dépasse tout ce qu'elle aurait pu imaginer. Assise à une table dressée sur une estrade, seule au côté du maître, elle domine une immense salle où plusieurs centaines d'invités attendent qu'elle prenne place avant de s'asseoir à leur tour. Dès qu'elle s'assied, imitée par le maître, un vacarme assourdissant s'élève aussitôt : chaises raclant le sol, cris et exclamations de joie que couvre à peine un orchestre de *pipas*, ces mandolines chinoises qu'elle affectionne, d'*erhus*, ce petit violon à deux cordes dont elle n'a jamais compris ce que les Chinois lui trouvent, d'orgues à bouche, que ponctuent coups de cymbales et de tambours. Au même instant, une nuée de serviteurs apporte une multitude de plats tous plus artistement présentés les uns que les autres. Même chez les plus riches *taipans* de Shanghai, Olympe n'a jamais vu pareille profusion. Tous les légumes et les fruits de la province semblent avoir été cuisinés pour lui montrer sa richesse. Porc, canard, bœuf, poissons et crabes du fleuve ont été préparés de multiples façons, accompagnés par toutes les variétés possibles de *dofu*, le fromage de soja, que les cuisiniers de la Guilde ont mis un soin particulier à préparer en son honneur.

Olympe sait parfaitement que le banquet est un rituel qui l'oblige à goûter à peu près à tout en s'aidant de courtes rasades d'alcool de riz. Elle ne s'y dérobe pas. Une part de sa réputation vient de sa capacité à enchaîner les *kampé* comme un homme sans donner le moindre signe d'ivresse. Et comme elle sait qu'en Chine aucun banquet ne doit traîner en longueur – sous peine de laisser croire à son hôte qu'on n'aurait pas assez mangé – elle n'hésite pas à avaler un trait d'alcool à chaque toast porté par le président de la Guilde, son second, ou elle-même. Pendant ce temps, la cargaison de soja – plusieurs tonnes – est embarquée sur la *Cheng Gong*. Dès que le transbordement sera achevé, le banquet prendra brusquement fin et elle n'aura plus qu'à retourner sur sa jonque pour s'y assoupir en toute quiétude.

Ce retour à Shanghai sera le dernier voyage de la *Cheng Gong*. Ensuite, elle devra la vendre. Alors que le maître de la Guilde continue de l'abreuver de propos de plus en plus égrillards où il ne dissimule plus qu'il est prêt à lui faire connaître les raffinements de l'amour chinois, face à ces centaines d'hommes bâfrant à grand bruit, elle a une pensée fugace pour Charles : il aurait été impressionné de la voir, impériale et naturelle, au milieu de tous ces Hans qui ne pensent qu'à remplir leur estomac mais qui, bien des années plus tard, pourront raconter à leurs petits-enfants qu'ils ont banqueté, un jour, avec la Reine du Yangzi, cette légendaire femme blanche qui était presque devenue l'une des leurs.

*

— Nous sommes trop près de la rive, Zhao Fu, prévient Olympe. Je n'aime pas ça. Nous risquons de nous échouer.

Ils ont quitté les quais de Nankin en fin de journée et elle est allée aussitôt se coucher dans sa cabine. Réveillée à trois heures du matin, nauséeuse et la tête lourde, elle est remontée sur le pont qu'un modeste fanal éclaire et s'inquiète de voir la *Cheng Gong* s'approcher dangereusement du bord marécageux du fleuve.

— Les courants, madame, répond le *lao tai*. Ils sont traîtres en cette saison et quand je veux retourner vers le milieu du fleuve, ils me rabattent par ici.

— C'est parce que tu ne remontes pas assez au vent, dit-elle en jetant un coup d'œil sur les voiles qu'elle entend faseyer. Fais carguer davantage la toile et tu pourras aller jusqu'au milieu du fleuve.

Dans la nuit noire, Olympe distingue plusieurs feux, loin en aval, fanaux de jonques ou de vapeurs qui descendent le Yangzi comme elle, et quelques faibles lamparos qui trahissent la présence de pêcheurs lançant leurs filets de leur sampan. Aucune étoile n'est visible au-dessus d'elle : le ciel n'est qu'une masse de nuages dont elle sent la pression orageuse malgré la fraîcheur qui monte du fleuve.

« Pourvu qu'il ne se mette pas à pleuvoir », se dit-elle, inquiète. Lors de sa dernière livraison, des trombes d'eau s'étaient brusquement abattues sur le bateau – c'était, heureusement, le *Charles* – et d'un coup tout s'était obscurci autour d'eux, bien qu'on ne fût qu'à la mi-journée. Sur les immensités nautiques du Yangzi, aucun des maigres repères habituels – pagode isolée, toit d'un temple, remparts d'un village fortifié – n'était visible, même aux jumelles. Seul le compas du *Charles* leur avait permis de garder le cap malgré les bourrasques de vent, les monstrueuses abattées de pluie qui les rendaient aveugles et les eaux déchaînées du fleuve.

Elle ne le montre pas, mais la peur s'infiltre en elle dans cette nuit pleine de pièges invisibles où sa jonque avance trop lentement à son goût. La lumière, la délivrance ne viendront qu'à l'aube et elle prie pour ne pas faire de mauvaises rencontres, rochers affleurant à la surface, tronc d'arbres dérivant et, pis que tout, pirates prêts à l'aborder sans un bruit, plus silencieux que des fantômes. Joseph Liu a raison, elle ne devrait pas s'exposer inutilement au danger. Au loin, elle perçoit soudain la pulsation sourde des machines d'un steamer. Il approche par le travers et, bientôt, elle distingue ses feux, sa masse imposante qui se profile à moins d'un mille, surmontée par le rougeoiement, visible dans la nuit, de sa cheminée et, d'un coup, ces deux projecteurs qui trouent la nuit, leur aveuglante lumière qui balaie le pont, ce mugissement de sirène suivi du crachotement d'une rafale de mitrailleuse dont les balles déchirent l'opacité molle de la nuit. Puis ces mots, en chinois, venus d'un porte-voix, sans appel :

— Ici le commandant de l'*USS Oklahoma,* canonnière de la marine des États-Unis d'Amérique, entend Olympe. Mettez en panne. Nous devons vous contrôler.

3.

Le bureau du consul des États-Unis, sur Huangpu Road, de l'autre côté de la rivière Suzhou, dans la partie américaine de l'international settlement, est particulièrement spectaculaire. Un énorme bureau d'acajou et un large fauteuil en cuir brillant tournent le dos au bow-window qui donne sur la rivière. Sur le côté droit, le drapeau américain surmonté d'une aigle dorée, puis le portrait de George Washington, main sur la Bible, celui du président Benjamin Harrison, et sur chaque mur des tableaux représentant les grandes villes américaines, les photos des canonnières qui patrouillent sur le Yangzi et celle d'un croiseur cuirassé, navire amiral de la flotte d'Extrême-Orient qui parfois relâche à Shanghai.

— Nous vous devons des excuses, madame Esparnac, dit le consul, assis dans le fauteuil qui fait face au canapé où il l'a invitée à prendre place.

Dès le lendemain de son retour à Shanghai, Olympe est venue protester vigoureusement contre l'arraisonnement de sa jonque par la canonnière américaine. Un contrôle nul et non avenu, a-t-elle répété devant le consul. Le *captain* de la canonnière, un certain Michaël Gates, se tient debout à côté du consul, très droit dans son uniforme blanc, sa casquette sous le bras, presque au gardeà-vous mais tête basse. Il est à peine plus grand qu'elle, mince et étroit comme un adolescent qui aurait refusé de grandir et son visage émacié, ses pommettes d'Indien, sa bouche à peine visible, son front bombé lui donnent l'apparence d'un ascète oriental égaré dans la vie séculière. Olympe a plusieurs fois constaté que, parmi les soldats et marins qui s'aventurent sous ces latitudes, certains possèdent cet air fiévreux, ces joues creuses, ce front haut, cette fébrilité tranquille que donne la fréquentation quotidienne de dangers incandescents, de parages grandioses mais hostiles, de peuples farouches et patibulaires. À moins qu'ils ne deviennent chinois à leur tour, par mimétisme ou contagion, et se retrouvent aussi maigres et impénétrables que le plus impassible des Impériaux.

Le consul n'en paraît que plus imposant. Olympe connaissait bien son prédécesseur, mais celui-ci est arrivé il y a peu à Shanghai et elle le voit pour la première fois. Il n'a pas plus de trente ans mais sa voix est aussi assurée que celle d'un vieux routier du Département d'État.

— Le *captain* Gates vient à peine d'être affecté sur cette canonnière et son inexpérience est la seule cause de sa méprise à votre égard, madame. Il vous a vraiment pris pour des pirates. Encore une fois, il vous présente toutes ses excuses.

— Je veux bien admettre que, dans la nuit, la confusion soit possible, répond Olympe, mais ce n'était pas une raison pour nous tirer dessus à la mitrailleuse. Il aurait pu nous tuer !

— C'était un coup de semonce, madame, plaide le captain Gates. Sur le Yangzi, il est préférable de tirer le premier, croyez-moi.

— Je connais le fleuve bien mieux que vous, captain, et c'est la première fois que j'entends pareille ânerie. Ni nos marins ni ceux des canonnières anglaises ne se permettraient un comportement aussi brutal.

— C'est ce qu'on nous apprend à l'École navale, madame.

— Eh bien, permettez-moi de vous dire que c'est une bêtise. Vous n'êtes pas en Amérique, ici, vous n'êtes pas chez vous ! Et ce n'est pas parce que nous autres, les Blancs, occupons quelques hectares de ses côtes que la Chine nous appartient.

Derrière son bureau, le consul tousse discrètement.

— Je sais que ce discours n'est pas de votre goût, monsieur le Consul, poursuit Olympe en se tournant vers lui. C'est pourtant la vérité : nous ne sommes pas chez nous et nous n'avons pas tous les droits. Qui que nous soyons.

— Il n'empêche que ces pirates sont une calamité pour le commerce et la tranquillité de nos compatriotes, répond-il.

— Je parie que vous n'en avez jamais vus !

— Sans doute, ce qui ne signifie pas qu'ils n'existent pas, intervient Gates. Et nous devrions les pendre à la vergue de notre canonnière, comme le droit de la mer nous y autorise, au lieu de les remettre aux Chinois. On est trop bons avec ces crapules.

Olympe lui jette un regard courroucé.

— Je reconnais bien là votre goût pour la manière forte, captain.

— Elle n'est pas dans ma nature profonde, madame, mais elle a ses vertus quand il s'agit de mettre fin à des situations inacceptables. La présence de pirates sur le Yangzi en est une et ce ne sont pas les sentiments de charité chrétienne prônés par vos missionnaires qui vont la régler.

— Les pirates sont des êtres humains, et ils font cela parce qu'ils sont pauvres !

Gates a un bref ricanement, il se raidit brusquement et toute trace d'aménité disparaît de son visage.

— Sauf votre respect, madame, avec ce type de raisonnement, on pourrait trouver normal que tous les pauvres deviennent pirates, ce qui serait totalement absurde. Non, ces hommes ont le mal dans le sang, ils sont des poisons violents pour notre société, nos vies mêmes, et il faut donc les empêcher de nuire.

— En les supprimant tous, c'est cela ? Je vous souhaite bien du plaisir, captain, rétorque Olympe d'une voix sèche en se levant pour prendre congé.

Elle éprouve presque du dégoût pour cet Américain partisan de pratiques si radicales. Pourquoi lui et ses semblables sont-ils si certains de leur supériorité ? s'interroge-t-elle en montant dans son fiacre.

*

Quand, quelques jours plus tard, elle retrouve ses enfants à la descente du *Salazie*, le paquebot des Messageries maritimes, Olympe a du mal à les reconnaître. Au milieu des cris de joie, des embrassades des familles qui se retrouvent, c'est un jeune homme au physique découplé, suivi d'une toute jeune fille au corps élancé qui lui sautent dans les bras.

— Comme vous avez grandi ! s'exclame-t-elle en les serrant contre elle.

Ces quatre mois d'absence ont métamorphosé Louis et Laure. Un mois pour rejoindre la France, un autre pour en revenir et, entre les deux, juillet et août chez les parents de Charles. Brunis par le soleil du Lot et la traversée des mers, ils ont poussé à la diable et dans leurs yeux brillants d'excitation, elle devine des pulsions nouvelles et de prodigieux rêves d'avenir. À côté d'eux, Marc Liu, le fils de

Joseph et Marie-Thérèse, qui a découvert la France, paraît plus réservé.

— Nous sommes allés à Paris ! s'exclame Louis.

— Et on est montés sur la tour Eiffel, ajoute Laure.

Olympe rit du bonheur de ses enfants. Les retrouver si beaux, si enthousiastes, si heureux la guérit de tout.

— Shanghai va vous paraître bien petit, dit-elle.

Longuement, elle les regarde l'un après l'autre. Louis lui ressemble étonnamment. Il est blond comme elle, a hérité de ses yeux bleus, de ses manières raffinées, de sa peau claire, mais il la dépasse déjà d'une vingtaine de centimètres. Quelques poils ont poussé sur son menton qui était glabre quand il est parti quatre mois plus tôt et elle le sent habité par une force qu'elle ne lui connaissait pas. La même qui animait Charles mais d'une nature différente. Laure, elle, est le portrait de son père, la grâce en plus. Sa longue chevelure couleur de jais est aussi opulente et rebelle que celle de Charles, et elle tient de lui ses yeux profonds et ténébreux qui donnent à son visage une étrangeté dont Olympe devine déjà qu'elle fera bientôt des ravages dans le cœur des hommes qui la croiseront. Elle a treize ans mais Olympe lit en elle les mêmes élans qui poussaient Charles à avancer quels que soient les obstacles. La folie en moins, espère-t-elle. Marc Liu a beaucoup changé, lui aussi. Réservé et emprunté avant son départ, il a pris de l'assurance et semble bien plus à l'aise avec son corps qu'avant de partir. À voir les coups d'œil que Laure lui jette, Olympe se demande soudain si sa fille n'est pas tombée amoureuse de lui pendant ces quatre mois de vacances.

Tandis qu'ils rejoignent le Trianon, la grande maison de la rue Discry où un déjeuner les attend, les enfants racontent leur long périple à travers les mers puis les jours ensoleillés et libres qu'ils ont passés sur les causses des

Esparnac. À les écouter si enthousiasmés par la France, par leurs jeux, la découverte des lieux que leur père, quand il avait leur âge, arpentait du matin au soir, enfant solitaire et sauvage, Olympe regrette de ne pas les avoir accompagnés. Son pays ne lui manque pas mais elle aurait aimé, elle aussi, découvrir la maison où Charles avait grandi, et ces étendues pierreuses où s'étaient forgés ses désirs d'ailleurs, sa soif des lointains.

Joseph Liu pense lui aussi qu'il aurait bien voulu voguer jusqu'en France, connaître enfin ce pays qui lui a donné son Dieu et appris que le monde ne se résumait pas à la Chine, que d'autres empires étaient aussi anciens et bien plus avancés qu'elle sur la voie du progrès. Mais il a tellement à faire ici, tant de responsabilités qu'il devra attendre longtemps avant de pouvoir quitter Shanghai. Et il y a cet autre enfant auquel il se doit, Zhu Chang, le fils caché que Charles a eu avec Lian, sa maîtresse chinoise, qui va bientôt fêter ses vingt ans et dont il se dit qu'il aurait sans doute aimé, lui aussi, connaître le pays de son père.

4.

— Tu ne seras jamais un vrai Han, mon fils, dit Lian en prenant les mains de Chang dans les siennes. Tu dois l'accepter.

Une fois de plus, il vient de rentrer du collège le visage fermé, les poings serrés. Sa fierté l'empêche de répondre autrement que par le mépris aux moqueries des autres élèves chinois. Ils prennent son attitude pour de la morgue, eux qui n'osent jamais lui dire en face qu'ils le prennent pour un métèque, un sang-mêlé, un être inférieur indigne d'appartenir à la grande Chine et au peuple des Hans. Chang ne supporte plus d'être ainsi ostracisé, lui, le plus brillant élève du collège Saint-Ignace-de-Loyola fondé par les jésuites à Zi Ka Wei, à quelques kilomètres de la concession française. Joseph Liu les a convaincus de l'y admettre quand il avait huit ans et, depuis, Chang étudie avec passion tout ce qu'on lui donne à apprendre, le latin, le français, les mathématiques, les classiques chinois. Le profès lui a récemment proposé de l'envoyer au séminaire, en France, pour en faire un prêtre, mais Lian a refusé obstinément de se séparer de son fils unique, et plus encore de le voir se consacrer à une religion à laquelle elle ne comprend rien, en dépit des efforts de Joseph Liu.

Elle doit pourtant beaucoup au comprador de Charles

Esparnac : le mari qu'il lui a trouvé quand Charles l'a délaissée, l'argent qu'il lui a donné pour lui permettre de garder son rang et sa petite maison des Jardins de l'Ouest, et sa prise en charge totale de Chang dont il est devenu le tuteur légal. La seule condition de son soutien était qu'elle ne révèle jamais qui était le père de son enfant.

Chang, lui, le sait parfaitement. Il conserve le souvenir du visage de Charles Esparnac et se rappelle encore ce soir tragique où il est venu les voir à l'improviste et où sa mère l'a chassé. Comment pourrait-il oublier ses yeux qui flamboyaient dans la nuit et ce geste qu'il avait retenu de la frapper ? Il sait aussi que son père est mort assassiné, ce même soir, et a tout retenu de ce que Joseph Liu lui a raconté de cet homme venu de si loin pour le concevoir mais qui l'abandonna quand il devint un père de famille respectable. Il n'ignore pas qu'il lui ressemble étrangement, qu'une part de lui-même – son impétuosité, sa curiosité, son mépris des conventions – tire son origine de ce Français et quand sa mère, parfois, le regarde d'un drôle d'air, il devine qu'elle voit Charles à travers lui. Il est grand comme l'était le Français, il a ses yeux, profonds et noirs, et surtout ses cheveux indisciplinés qui le distinguent tellement de ses condisciples à la coiffure raide. Pourtant Chang porte ce métissage comme une croix.

— Non, je ne l'accepte pas, répond Chang. Que ces imbéciles l'acceptent ou non, je suis un Han et un Blanc. Et c'est grâce à cela que je vaux plus qu'eux. S'ils ne veulent pas le comprendre, tant pis. Les jésuites ont beau leur apprendre les vertus chrétiennes, ils sont aussi cruels que les Chinois les plus primitifs. Derrière le vernis occidental, ils resteront toujours des barbares. Moi pas.

— Ce sont les *guizi*, les diables étrangers, qui sont les barbares ! proteste sa mère. Pas nous. Notre civilisation est depuis longtemps supérieure à la leur.

— Alors pourquoi ce sont les Européens qui sont installés chez nous et non l'inverse ?

Lian ne sait quoi répondre.

— Tu dois le savoir, toi qui étais heureuse d'en avoir un dans ton lit, continue Chang. Et tu n'as pas protesté quand il t'a voulue pour lui seul ni quand il t'a offert cette maison et permis d'avoir un rang, des domestiques que tu n'aurais jamais eus sans lui. Ni sans moi que tu lui as fait sans le prévenir...

La gifle part d'un coup et imprime sur la joue imberbe du jeune homme l'empreinte de la main de Lian.

— Tu n'as pas honte de me parler ainsi ? s'indigne-t-elle. Qui es-tu pour prétendre me juger ? Qui t'a mis au monde et élevé, ce maudit Français ou moi ? Et qui t'a abandonné, lui ou moi ?

Chang baisse les yeux et s'en veut d'avoir bêtement provoqué sa mère. Il lui doit la vie et le respect. Mais il ne veut ni renier son père, comme elle l'exige, ni chasser de son esprit les rares images encore vivaces qu'il a de lui. L'homme qui a pris sa place dans le lit et le cœur de sa mère, et qu'il appelle M. Wu, n'a jamais pu remplacer ce père mort trop tôt et à qui il aurait tant voulu parler. Comme il aimerait, aujourd'hui, parler à son frère et à sa sœur qui ignorent tout de son existence et qu'il rêve de connaître. Il se demande souvent à quoi ils ressemblent. Ils ont maintenant quinze et treize ans, lui a dit récemment Oncle Liu. Peut-être les a-t-il croisés sans le savoir quand il est allé se promener la dernière fois sur le Bund ou dans les rues de Zi Ka Wei, à la sortie des écoles, quand les *amah* attendent les enfants des Blancs dans les rickshaws. Lui, il rentre à pied jusqu'à la ville chinoise, sauf quand Oncle Liu vient le chercher, le premier samedi de chaque mois, pour l'emmener déjeuner dans son restaurant favori, *Prospérité pour tous,* sur Yunan Street.

Ce jour-là, Chang s'habille à l'européenne et discipline autant qu'il le peut ses cheveux rebelles. Tout le distingue alors des clients chinois du restaurant. Plus grand que la plupart d'entre eux, mais les yeux bridés comme les leurs, il est un étrange spécimen, un jeune homme comme on n'en a jamais vu dans cette ville, un mélange de deux origines dont nul n'imaginait qu'elles puissent un jour mêler leur sang. Quand il mange avec ses baguettes ou aspire sa soupe à grand bruit, Chang est chinois. Mais quand il fronce les sourcils et plisse ses lèvres épaisses, il est européen et le personnel du restaurant ne sait comment traiter pareil client. Sachant qu'il est le protégé de l'illustre M. Liu, on le sert avec déférence et s'empresse de satisfaire ses moindres désirs, le régalant de *shizi tou*, des boulettes de porc à la sauce de soja caramélisée, et de *tian ou*, ces racines de lotus sucrées accompagnées de riz fermenté.

— As-tu une idée du métier que tu voudras exercer plus tard ? lui a demandé Oncle Liu lors de leur déjeuner mensuel, le samedi précédent. Tu viens de passer ton baccalauréat et j'aimerais savoir quelles études tu comptes entreprendre.

Avant de répondre, Chang a pris le temps de choisir un gâteau dans le plateau qu'un serviteur silencieux a déposé sur leur table. Bien sûr qu'il a déjà réfléchi à ce qu'il souhaite faire, mais il n'est pas certain que son choix soit du goût de son tuteur.

— Je comprends que tu n'aspires pas à la prêtrise, a poursuivi Liu Pu-zhai. Bien que j'y eusse vu la récompense de l'éducation que je t'ai donnée. Mais puisque tu n'as pas la vocation, je ne veux pas insister. Alors que veux-tu devenir ? Ingénieur, professeur, médecin ? Notre pays a besoin de tant de compétences différentes que tu as le choix.

— Je veux aller étudier le droit au Japon, a répondu Chang d'une voix décidée.

Déconcerté, Liu a posé ses baguettes, relevé ses lunettes sur son nez et fixé Chang d'un regard étonné.

— Au Japon ?

— La seule université de Shanghai est la St. John's University, mais elle est protestante et je sais qu'elle n'accepte aucun catholique, a fortiori s'il est à moitié chinois. Il y a bien l'Institut des sciences de Xu Shu mais je n'ai aucun intérêt pour ces matières. Le seul moyen pour moi d'approcher le savoir occidental est d'aller au Japon. Là-bas, on peut étudier la médecine, le droit, la politique.

— Je l'ai entendu dire également, mais pourquoi n'irais-tu pas plutôt à l'arsenal du Jiangnan ? a proposé Liu, très perturbé par le choix de Chang. Je préférerais que tu restes à Shanghai, près de ta mère qui a besoin de toi.

— Non, Oncle Liu. Si je veux partir, ce n'est pas seulement pour étudier.

— Et pour quoi d'autre ?

— Je suis pire qu'un étranger ici, vous le savez très bien. Ni Chinois ni Blanc, je n'appartiens à aucun des deux mondes et ne suis accepté nulle part. Si vous n'étiez pas assis avec moi à cette table, personne n'accepterait de me servir et l'on ne m'aurait sans doute pas laissé entrer. Et je suis certain qu'il en serait de même dans un restaurant français ou anglais si je tentais l'expérience. On ne veut de moi ni d'un côté ni de l'autre. Si je veux devenir quelqu'un, la seule solution est de partir.

Joseph Liu a hoché la tête plusieurs fois. Il connaissait parfaitement les difficultés qu'affrontait en silence le fils de Charles.

— Je dois reconnaître que ta décision est courageuse. Mais pourquoi le droit ? a-t-il questionné, curieux de savoir les raisons de ce choix.

— Vous venez de dire vous-même que la Chine avait

besoin de compétences, Oncle Liu. Le jour où elle acceptera de se moderniser, il lui en faudra encore davantage. Notamment des avocats capables de dire le droit, de rédiger des lois, de défendre les gens mais surtout le pays face aux Occidentaux avec les mêmes armes qu'eux. C'est peut-être parce que nos lettrés ne connaissaient pas le droit des Européens qu'ils ont dû signer les Traités inégaux.

— Non, c'est parce que, dans ces circonstances-là, la loi du plus fort prime, et non le droit, a corrigé Liu Pu-zhai. Si je te comprends, tu veux être de ceux qui comptent moderniser la Chine. C'est très louable et je t'approuve. Mais cela signifie que tu vas devoir faire de la politique. Est-ce vraiment cela que tu recherches ? Tu as dix-neuf ans et aucune expérience.

Chang s'est rapproché de son tuteur et lui a répondu à voix basse.

— J'ai entendu parler d'un groupe d'étudiants chinois à Tokyo qui avait des projets pour notre pays, Oncle Liu.

— Quels projets ?

— En finir avec les Qing et instaurer une république.

— C'est très dangereux ! Même notre ministre réformateur Li Hongzhang ne veut pas aller aussi loin. Et il a raison. La Chine est trop immense pour risquer des changements aussi brutaux... Laisse-moi réfléchir, Chang. C'est une décision que ni toi ni moi ne pouvons prendre à la légère car te savoir en train de jouer les conspirateurs de l'autre côté de la mer de Chine ne m'enthousiasme guère.

— Je vous en prie, Oncle Liu. Tout m'incite à partir. Le vent me pousse vers d'autres terres, d'autres visages, plus aimables pour moi. Je sais ce que ma mère et moi vous devons mais je ne pourrai pas rester une année de plus à Shanghai, même sous votre protection. Et si vous me refusez votre soutien, je le regretterai mais je partirai quand même, par mes propres moyens.

Chang a cru que son tuteur allait se mettre en colère mais Liu a simplement souri. Un sourire à la fois douloureux et affectueux.

— On dirait ton père, a-t-il dit avec émotion. La même détermination, la même certitude de son destin, le même engagement absolu. Tu lui ressembles beaucoup, et, lorsque je te vois, je le retrouve en toi, en me rappelant combien nous étions proches l'un de l'autre sans jamais avoir osé nous l'avouer. Il était plus qu'un frère pour moi, un peu fou sans doute, mais, sans lui, jamais je ne me serais aventuré sur les chemins incertains de la fortune. Je ne savais pas lui résister mais je ne m'en plaignais pas : le plus souvent il avait raison. Sauf le soir où il a décidé de venir vous voir ta mère et toi sans me prévenir. S'il l'avait fait, j'aurais pu le dissuader, et il serait encore de ce monde...

L'évocation de Charles Esparnac a soudain métamorphosé les deux hommes en statues.

— Si tu savais combien je me sens responsable de sa mort..., a murmuré Liu Pu-zhai après un long silence.

— Vous n'y pouvez rien, Oncle Liu, a répondu maladroitement Chang, intimidé par les aveux de son tuteur.

La faiblesse de Liu n'a duré qu'un instant. Il a commandé un peu d'alcool de riz, l'a versé dans leurs deux tasses, a levé la sienne, imité par Chang, un sourire a réapparu sur son visage et dans ses yeux a pétillé un éclat malicieux.

— Chaque fois que je dois prendre une décision, a-t-il dit, je me demande ce qu'aurait fait Charles à ma place. En l'occurrence, je suis à peu près certain qu'il ne se serait pas opposé à ton départ. Il l'aurait même encouragé. Par conséquent, puisque ton père en a décidé ainsi, je ne vois pas pourquoi je m'opposerais, moi, à ce que tu ailles faire tes études à Tokyo !

5.

— Madame, un officier américain demande à vous voir.

Dans la voix de Mme Hu, sa gouvernante depuis vingt ans, Olympe note une nuance de réprobation. Cela ne se fait pas de venir chez une dame aussi importante que Mme Esparnac sans se faire annoncer au préalable par un billet. Il se peut aussi que Mme Hu considère qu'il est indigne de sa maîtresse de recevoir un homme chez elle, même cinq ans après la mort de son mari.

— A-t-il donné son nom ? demande Olympe.

On vient rarement sonner à sa porte à huit heures du soir et elle se demande si ce visiteur ne serait pas le captain Gates, le commandant de la canonnière, venu présenter ses excuses après avoir réalisé combien les propos qu'il a tenus chez le consul l'ont choquée. Elle a bien vu aussi qu'elle ne lui était pas indifférente et sans doute va-t-il essayer de la séduire. Cette perspective l'amuse. Son statut de veuve, de femme d'affaires et de Française excite de nombreuses convoitises. L'aura mystérieuse qui l'entoure chez tous les Shanghailanders la rend plus attirante encore. Ne dit-on pas qu'elle est la seule femme à pouvoir pénétrer au Shanghai Club, à la demande expresse de Samuel Lawson et de ses membres les plus influents ? Ou qu'elle bénéficie de hautes protections aussi bien du côté français que du côté chinois, auprès du *Taotai* de Shanghai comme du vice-roi de la province ? Protections qui expliqueraient pourquoi Olympe Esparnac n'a jamais été inquiétée quand Elias Kassoun est mort sans raison apparente au Pavillon de Thé du Jardin Yu, dans la ville chinoise. Régulièrement, la rumeur propagée par les enfants de Kassoun prétendant qu'elle est à l'origine de la mort suspecte de leur père refait surface dans les dîners mais aucun fait n'est jamais venu la corroborer. Les héritiers Kassoun étant aussi détestés que leur père, aucun Shanghailander n'y prête d'ailleurs attention et Olympe Esparnac continue d'être reçue comme une reine chez tous les grands taipans anglais et américains de l'international settlement.

Pendant ses premières années de veuvage, Olympe ne se rendait pas compte que les hommes la courtisaient discrètement. Encore habitée par le chagrin et le souvenir omniprésent de Charles, puis entièrement occupée à sauver la Compagnie du Yangzi de la faillite et à élever ses deux enfants, elle ne prêtait aucune attention à ces manœuvres plus ou moins habiles. Plus tard, quand elle comprit l'attention dont elle était l'objet, elle s'en trouva flattée, n'ayant pas imaginé un seul instant qu'une femme comme elle, veuve et mère de famille, puisse intéresser les nombreux célibataires qui cherchaient désespérément une compagne digne d'eux. Depuis, Olympe se laisse vaguement courtiser mais sans donner le moindre espoir à ces soupirants d'un soir dont certains, déjà mariés, sont en fait à la recherche d'un adultère discret. En se dirigeant vers le grand salon où Mme Hu a fait entrer son visiteur, elle se dit que si Gates est dans cet état d'esprit, elle va se faire une joie de le remettre à sa place.

L'homme lui tourne le dos et contemple le parc. Il est plus râblé que Gates et se retourne quand il l'entend entrer. À contre-jour, elle ne voit pas de qui il s'agit et il faut qu'il fasse quelques pas vers elle pour qu'elle le reconnaisse.

— Patrick O'Neill ! s'exclame-t-elle. Si j'avais pu imaginer...

Il prend ses mains dans les siennes avec un tel empressement qu'elle a un mouvement de recul.

— Olympe, quelle joie de vous revoir ! Cela fait si longtemps...

— Depuis les obsèques de mon mari, si je ne m'abuse.

— Oui, malheureusement. Nous nous étions rencontrés lors de ce fameux dîner chez Edward Cunningham, vous vous rappelez ?

Olympe rit au souvenir de la soirée offerte par le concurrent direct de Charles à l'époque, et qui s'était terminée par une passe d'armes entre son mari et O'Neill lorsque Charles avait prétendu pouvoir atteindre Chongqing, à deux mille kilomètres de Shanghai, en franchissant la barrière réputée infranchissable des rapides des Trois-Gorges avec son vapeur.

— Il est regrettable qu'il n'ait pas eu le temps de réaliser cet exploit, dit O'Neill.

Olympe ne répond pas. Elle n'a pas envie de parler de sa vie d'avant, lumineuse et pleine de promesses, brusquement brisée tel un verre tombant par terre. Un temps, elle a vécu dans le passé jusqu'à ce qu'elle comprenne qu'elle devait vivre seule, pour elle et ses enfants, et non plus dans le souvenir de l'homme qu'elle aimait. Étonnée de revoir cet homme qui s'intéressait naguère à elle et à ses projets d'orphelinat chinois, elle l'observe en souriant. Son visage, plus hâlé qu'autrefois, ressemble davantage, désormais, à celui d'un capitaine au long cours, ses cheveux toujours coupés ras sont plus clairsemés et le bleu de ses yeux est plus pâle que dans son souvenir. Quelques rides lui dessinent des ravines océaniques. « Les rides de mer », se dit-elle en se remémorant celles qui creusaient le front de Charles. À l'instar de beaucoup d'hommes, il s'est laissé pousser la moustache. Comme si le capitaine de trente ans qu'elle a connu fougueux, entreprenant, était devenu adulte. Curieusement, elle ressent comme une gêne devant cette intrusion inattendue à une heure où les capitaines au long cours sont généralement occupés à déguster un cognac dans leur club ou à s'offrir une pipe d'opium et les plaisirs adjacents au *Mianyunke*, le Pavillon des Rêveries nuageuses, la fumerie chic réservée aux Blancs de Fuzhou Road, près de le l'hippodrome.

Alors qu'une servante apporte à petits pas discrets du thé, des gâteaux et des fruits, elle brise le silence qui s'est installé entre eux.

— Et que me vaut le plaisir de votre visite ? Vous venez me proposer une affaire ?

L'Américain rit de bon cœur.

— Quelle idée saugrenue ! Si c'était le cas, je serais venu vous voir dans vos bureaux.

— Alors que là, vous venez directement chez moi... Et sans vous annoncer qui plus est. Ce qui signifie quoi, exactement ? questionne-t-elle avec une certaine raideur.

O'Neill se lève le plus dignement possible. Il paraît soudain gauche dans son uniforme dont les boutons dorés ont l'air d'avoir été astiqués pour l'occasion. En le regardant lisser les galons de ses manches d'un geste machinal, Olympe se rend compte qu'il est plus trapu que dans son souvenir.

— Je vous parlerai sans détour, Olympe, dit O'Neill. Quand nous nous sommes rencontrés, je n'avais qu'un clipper à voile. Aujourd'hui, je suis propriétaire d'une compagnie qui possède cinq cargos et deux paquebots à vapeur.

— J'en suis heureuse pour vous, interrompt Olympe, mais je ne vois pas en quoi cela me concerne.

— Si vous voulez bien me laisser finir, je pourrai vous expliquer pourquoi, reprend O'Neill, vexé d'avoir été interrompu. Le siège de ma compagnie est à San Francisco mais j'ai décidé de le transférer à Shanghai.

— Vous avez bien fait.

— Ce qui signifie que je vais m'installer ici.

— Bonne idée. Nous pourrons ainsi nous voir plus souvent.

O'Neill toussote.

— C'est justement de cela dont je voulais vous parler.

— C'est bien ce que je pensais, vous venez me proposer de travailler avec vous.

O'Neill se met brusquement à marcher en rond autour du fauteuil où Olympe est assise.

— Vous ne comprenez donc pas ? s'impatiente-t-il en se plantant devant elle. Oui, j'ai une proposition à vous faire, mais c'est une proposition de mariage !

Bouche bée, Olympe le regarde comme s'il venait de dire la chose la plus absurde du monde.

— Vous voulez vous marier avec moi ? questionne-t-elle, incrédule.

— Oui, Olympe. Je peux aujourd'hui vous l'avouer : je n'ai cessé de penser à vous depuis cette soirée chez Cunningham.

Elle se met à rire puis se fige tout à coup.

— Taisez-vous ! ordonne-t-elle. Vous allez dire des âneries.

— Non, je ne me tairai pas ! Vous devez entendre ce que j'ai à vous dire.

— Il n'en est pas question ! Vous débarquez chez moi à une heure impossible, vous me faites des propositions indécentes et maintenant vous exigez que j'écoute vos fadaises ? Pour qui vous prenez-vous, capitaine O'Neill ?

— Pour quelqu'un qui vous aime, Olympe.

Elle le regarde, interloquée, se calme d'un coup. Il a prononcé ces mots d'une voix si grave, si posée, si mesurée qu'ils ont la force de l'évidence. Elle en est brusquement tout étourdie.

— Que dites-vous ? demande-t-elle, incrédule.

— La vérité, Olympe. Je vous aime depuis notre rencontre et vous ne m'avez pas quitté depuis. Chaque jour, je pense à vous.

— Vous êtes en plein rêve, Patrick ! Et je vous défends de penser à moi.

— Vous n'en avez pas le pouvoir. Ce qui n'était pas possible autrefois l'est aujourd'hui.

— Ne dites plus rien ! Vous n'en avez pas le droit.

— Je le prends. Tout le monde à Shanghai vous respecte, admire votre grandeur d'âme depuis que votre mari est...

— Mort ! N'hésitez pas à prononcer le mot.

— Pardonnez-moi, mais toutes ces choses ne sont pas faciles à dire.

— Dieu, que vous êtes empêtrés, vous autres Américains, avec votre manie de ne pas choquer. Je parie que vous êtes protestant.

O'Neill ne relève pas et poursuit, imperturbable.

— Tout le monde vous admire mais désapprouve votre solitude. Une femme telle que vous ne peut pas rester seule.

— De quoi vous mêlez-vous ? Qui vous dit que je n'ai pas envie de rester seule ?

— Vous ne pouvez pas vivre continuellement dans le souvenir.

— Vous ne savez rien de moi. Je ne vis nullement dans le souvenir. Je vis pour moi, mes enfants et mon entreprise. Pas pour le souvenir de Charles. Et ce n'est pas lui qui m'empêche de me remarier.

— Qui alors ?

— Moi, tout simplement. Je n'en ai aucune envie. Et d'abord parce que je ne vous aime pas.

— Je vous aimerai pour deux.

Olympe éclate de rire.

— Que vous êtes présomptueux ! J'ai déjà toute une vie derrière moi. Des enfants, des charges et mon âge. Je ne suis pas intéressante pour un homme comme vous. Prenez-vous une solide Américaine qui vous fera de beaux enfants et laissez-moi tranquille.

— Vos enfants me suffisent. Je n'en veux pas d'autres.

— Vous renonceriez à être père ? C'est un sacrifice stupide. Et à qui transmettrez-vous donc votre entreprise ?

— À qui en voudra. Mes neveux, mes nièces, un inconnu, qui sait. Je ne suis attaché ni à la fortune ni à la propriété, et encore moins à l'idée de la transmettre. En réalité, j'ai fait tout cela pour m'amuser. Pour aller voir moi-même de l'autre côté du Pacifique la tête qu'avaient ces Chinois qu'on disait si ridicules. Pour être le plus rapide sur l'océan. Pour gagner la course, remporter le *challenge*. Et au bout du compte vous retrouver.

— Vous prétendez que vous avez fait construire vos bateaux pour mes beaux yeux ? Ne me prenez pas pour une idiote !

Olympe s'est dressée, toute colère dehors. Mais, au fond, elle est troublée, bien plus qu'elle ne l'aurait imaginé. O'Neill a l'air sincère, ses yeux bleus qui ne la fuient pas la désarment. Jamais un homme ne lui a avoué qu'il traversait les océans dans le seul but de la retrouver et de se marier avec elle. Charles lui a dit maintes fois qu'il l'aimait, mais ils étaient déjà mariés et c'est elle qui était venue de l'autre côté de la planète pour le trouver. Même si elle s'efforce de n'y croire qu'à moitié, les mots de O'Neill lui procurent un léger vertige. Elle sait combien les Shanghailanders s'intéressent à elle, ils le lui ont fait comprendre plus d'une fois, cependant aucun n'a osé lui dire aussi franchement qu'il aimerait l'épouser. Il est vrai que l'homme qu'elle a devant elle n'est pas un de ces taipans anglais ou américains sûrs d'eux et de leur pouvoir comme l'était Elias Kassoun, certains que leur argent peut tout acheter, même la plus belle veuve de la ville. Et puis, c'est la première fois qu'un homme la demande en mariage.

— Je crois que vous feriez mieux de prendre congé, monsieur O'Neill, finit-elle par dire en faisant un pas vers la porte. Vous avez proféré assez de bêtises pour ce soir et je n'ai aucune envie de me fâcher avec vous.

— Vous avez tort de ne pas me croire, Olympe. C'est pourtant simple : je vous aime.

— Partez, avant qu'il soit trop tard, répond-elle d'une voix moins ferme qu'elle ne l'aurait voulu.

Avant de franchir la porte, Patrick O'Neill la contemple longuement avec la gravité des vaincus, comme s'il la voyait pour la dernière fois, et le regard qu'il pose sur elle lui donne la chair de poule. « Et si c'était vrai ? se demande-t-elle. Et s'il voulait vraiment m'arracher à ma solitude ? » Les mots de l'Américain lui donnent brutalement conscience de l'étroitesse de sa vie. Derrière les apparences, la réussite, le travail, sa solitude est là, entière, invisible et massive. Elle ne vit en réalité que pour les autres et si peu pour elle. Un sacrifice inconscient qu'elle a consenti sans même s'en rendre compte à la mort de Charles mais qui, elle le réalise seulement maintenant, l'a coupée de la vie. À moins que ce ne soit le refus de l'affronter à nouveau, la vie, avec tout ce qu'elle suppose d'inconnu et de dérangeant, à commencer par un homme.

Est-ce l'apparition inattendue de cette vérité qui l'étourdit quand elle regagne sa chambre ou le parfum puissant – mélange de goudron, d'embruns, de laine humide – que O'Neill a laissé derrière lui ?

6.

— Vous ne pouvez rien contre nous, Huang Jinrong, dit Joseph Liu. Je vous conseille de vous en souvenir.

Il fait appel à toutes ses ressources intérieures pour conserver son calme face à cet homme qui prétend s'appeler Huang. La vulgarité du visage de son interlocuteur, son sourire en coin, vaguement menaçant, ses yeux exorbités ne l'y encouragent pas. Il aurait envie de le faire jeter dehors par l'un de ses adjoints. Mais son mépris des méthodes violentes, son penchant pour la négociation et la certitude que l'attitude la plus morale finit toujours par l'emporter le poussent à tenter de convaincre Huang de la fragilité de sa position.

— Vous commettez une grosse erreur, Liu Pu-zhai, répond Huang.

Quand il a demandé à être reçu par le directeur général de la Compagnie du Yangzi sans avoir pris de rendez-vous préalable, Joseph Liu a cru accueillir un nouveau client et l'a prié de s'asseoir. Il ne s'attendait pas à se retrouver devant un envoyé du chef du Qing Bang, la Bande verte, venu exiger dix mille taëls pour leur société de bienfaisance, en réalité une triade de la pire espèce. Il a bien entendu parler de cette confrérie qui trafique le sel sur le Yangzi mais n'imaginait pas un instant qu'elle se soit implantée dans la concession française et essaye, par le chantage et la menace, de prélever un pourcentage sur le chiffre d'affaires des entreprises.

— Vous ne devriez pas prendre notre demande à la légère, poursuit Huang. Elle pourrait devenir une exigence. Notre association est avant tout philanthropique et nous réclamons seulement un peu d'argent pour aider les veuves des marins emportés par le fleuve. En échange, nous vous apportons notre protection.

— Je vous le répète, nous n'avons nul besoin de votre protection, réplique Joseph qui ne cache plus son exaspération.

— Aujourd'hui peut-être, mais demain, qui sait ? Votre famille est riche, celle de Mme Esparnac aussi, et des entreprises concurrentes chinoises pourraient tenter de s'en prendre à la Compagnie du Yangzi pour l'affaiblir. Nous pourrions alors vous aider à vous en défendre. En revanche, si vous persistez à refuser, nous pourrions faire preuve de moins de compréhension envers vos proches ou envers Mme Esparnac. Il serait regrettable que vos enfants tombent par accident dans le Huangpu.

Joseph Liu se dresse, soudain blême. Sa bouche se tord de rage et ses yeux, d'ordinaire si sereins, s'assombrissent.

— Vous n'auriez jamais dû proférer ce genre de menaces, monsieur Huang, répond-il d'une voix exagérément calme en l'attrapant par l'oreille pour le forcer à se lever. La Bande verte ne me fait pas peur et j'ai des moyens que vous ne soupçonnez pas. À commencer par celui des autorités françaises que je vais alerter dès aujourd'hui sur vos manigances.

Huang Jinrong se dégage et éclate de rire.

— Les autorités françaises connaissent notre existence. Le fonctionnaire en charge de la police nous a même félicités pour notre action philanthropique. Jamais il ne viendra nous chercher des histoires.

— Il changera d'avis lorsque je lui aurai expliqué qui vous êtes en réalité, menace Joseph. Et si cela ne suffit pas, je pense que le Taotai, une fois informé par mes soins, prendra les mesures qui s'imposent pour vous empêcher de nuire. Alors un conseil, déguerpissez rapidement et ne revenez pas.

Il agite la petite cloche posée sur son bureau. Quelques secondes plus tard ses deux adjoints pénètrent dans son bureau.

— Veuillez reconduire ce monsieur jusqu'à la sortie de nos locaux et veillez à ce qu'il n'y remette plus jamais les pieds. Il s'appelle Huang Jinrong et appartient à la Bande verte. S'il fait la moindre difficulté, je vous autorise à le confier à mon *jian* pour qu'il en fasse ce que bon lui semble.

En entendant Joseph Liu mentionner son *jian*, Huang blêmit. Tout le monde à Shanghai connaît la réputation de l'homme à tout faire du puissant associé d'Olympe Esparnac. Personne ne l'a jamais vu, personne ne sait à quoi il ressemble, mais chacun sait qu'il est aussi cruel que son maître est affable, qu'il est la face cachée et noire de cet homme réputé pour sa sagacité et sa mesure. Plusieurs morts mystérieuses et les conditions épouvantables de ces exécutions – car il s'agissait bien d'exécutions – lui ont été imputées dans le passé. Toutes les victimes avaient en commun de s'être un peu trop approchées des intérêts de M. Liu. On savait, à Shanghai, mais sans en avoir la moindre preuve, qu'il ne fallait pas plaisanter avec le comprador et que, tout dévoué à Olympe Esparnac comme il l'avait été à son mari, il défendait avec une rage animale parfaitement dissimulée ses importants intérêts financiers.

*

Quand Olympe entre, une heure plus tard, dans le bureau de Joseph, elle le trouve en train de contempler pensivement la fragile tasse de thé qu'il tient délicatement entre ses doigts, comme s'il était hypnotisé par le reflet du soleil sur l'étui d'argent qui protège son ongle de lettré. Le comprador a l'air fatigué. Ses cheveux drus, toujours aussi impeccablement séparés par une raie centrale, ont blanchi ces derniers mois et les traits de son visage se sont imperceptiblement creusés. Pour la première fois, elle trouve qu'il accuse son âge lui qui, d'ordinaire, paraît plus juvénile.

— Que se passe-t-il, Joseph ? demande-t-elle. Vous avez l'air soucieux. Nous avons un problème ?

Surpris dans sa méditation, Joseph tourne vers elle un regard qui se veut serein mais qu'une légère trace d'inquiétude altère.

— Aucun problème. J'étais seulement en train de réfléchir.

— Et à quoi donc pour avoir cet air si pensif ?

Il hésite un instant à lui parler de la visite de Huang Jinrong mais y renonce pour ne pas l'alarmer prématurément. Il sera toujours temps de l'informer s'il ne parvient pas à décourager la Bande verte de s'en prendre à eux. Depuis quelques années, en réalité depuis que Shanghai est devenue la ville la plus prospère de Chine, elle attire à elle plus que les aventuriers et les brasseurs d'affaires du monde entier. Les pirates, les trafiquants, les hors-la-loi, les criminels s'y installent pour tirer profit, eux aussi, de sa richesse nouvelle. De tout temps, ils ont écumé la région, le Grand Fleuve et les ports mais, désormais, Shanghai est pour eux une terre de conquête où prospérer. Ils sont devenus si puissants qu'ils n'hésitent pas à racketter les grandes sociétés, comme ils le font avec les petites entreprises, trop faibles pour se défendre contre leur chantage.

— Je pensais aux nouveaux terrains viabilisés que nous venons d'acheter au sud de la concession française, mentil. À quoi les destinez-vous ?

Olympe s'assied près de lui, étonnée.

— Je pensais vous l'avoir dit, Joseph. Nous avons besoin de nouveaux entrepôts et je voudrais les bâtir là. Mais j'envisage aussi de construire des ensembles de maisons mitoyennes, des *shikumen*, avec tout le confort moderne, l'eau courante, le gaz, l'électricité, un cabinet de toilette dans chaque appartement. Deux étages par maison, une quarantaine de maisons par ruelle, toutes construites sur le même modèle, et cinq ruelles en tout, soit deux cents maisons qui pourraient abriter quatre cents familles. Qu'en dites-vous ?

— Et à qui allons-nous les louer ? Les Européens préfèrent acheter. Les Américains aussi.

— Aux Chinois, Joseph. Beaucoup vivent dans des conditions déplorables, sans hygiène, vous le savez aussi bien que moi. Il faut les loger décemment.

— Vous oubliez qu'ils sont pauvres, Olympe. Jamais ils ne pourront payer les loyers.

— J'ai décidé que les loyers seront faibles. Et ils pourront les payer.

Joseph se redresse dans son fauteuil.

— Ce n'est pas une bonne idée, Olympe, je m'y oppose formellement. Si les loyers sont faibles, nous mettrons des années à récupérer notre investissement, à supposer que nous le récupérions un jour. Car je connais mes compatriotes. Même avec des loyers modérés, ils feront tout pour ne pas vous payer. Et le jour où, après de multiples actions en justice, vous croirez les obliger à régler leurs dettes, ils auront disparu et vous aurez tout perdu !

— Vous êtes d'un pessimisme, mon pauvre Joseph !

— Non, je connais les Chinois mieux que vous et je ne

me fais aucune illusion sur leur compte. J'ajoute que la Compagnie du Yangzi n'est pas une société philanthropique.

— Je croyais qu'un bon chrétien comme vous serait plus charitable envers ses semblables.

— Être un bon chrétien ne signifie pas dépenser des taëls à tort et à travers pour des gueux. Surtout quand il s'agit des capitaux d'une entreprise qui doit gagner de l'argent et non en perdre.

— Si vous ne voulez pas me suivre dans cette affaire, libre à vous, dit Olympe en se levant. Je créerai une société spécialement pour construire et gérer ces shikumen avec un partenaire capable de voir plus loin que son intérêt immédiat. Sur mes fonds personnels, rassurez-vous.

Troublé, Joseph se lève à son tour.

— Olympe, écoutez-moi. Je n'ai rien contre vos projets, mais je réclame une plus grande prudence. Notre société se porte bien, elle suscite des appétits, et pas des plus rassurants.

Olympe s'immobilise. De sombres souvenirs remontent instantanément à sa mémoire, spectres noirs qu'elle pensait n'avoir jamais à revoir.

— Du genre Kassoun ? interroge-t-elle, d'une voix mal assurée.

— Pire que ça, répond Joseph en s'approchant d'elle. J'ai reçu la visite d'un envoyé de la Bande verte. Ils menacent de s'en prendre à nos enfants si nous refusons de payer la protection qu'ils prétendent nous apporter.

— Nous n'avons besoin d'aucune protection, vous le leur avez dit ?

— Évidemment. Ce n'est qu'un prétexte pour nous extorquer de l'argent.

— Que comptez-vous faire ?

— Les signaler sans attendre au commissaire de police

de la concession et au conseil municipal ainsi qu'au Taotai pour qu'ils prennent des mesures immédiates.

— Ils les connaissent ?

— Je les connais, moi, et j'imagine qu'ils sont également bien renseignés. Les choses devraient se calmer. Dans le cas contraire, nous serons obligés de nous défendre par nos propres moyens.

— Vous en avez ? Nous pourrions aussi alerter les autres entreprises. En nous regroupant pour faire la police nous-mêmes, nous pourrions dissuader la Bande verte et même la faire expulser de Shanghai, non ?

— Les dissuader, peut-être. Les chasser de la ville, certainement pas. Ils tiennent tout le trafic de l'opium, notamment dans la concession française. Ce qui signifie que les complicités dont ils bénéficient sont multiples. Et haut placées... C'est pour cette raison que je ne suis qu'à moitié confiant dans la volonté de la police de les arrêter. En attendant, surveillez Louis et Laure comme je le ferai avec Marc. J'enverrai quelques-uns de mes hommes autour de chez vous pour suivre vos déplacements. Au cas où...

— Si vous vouliez me faire peur, Joseph, c'est réussi ! Vous croyez vraiment qu'ils vont essayer de s'en prendre aux enfants ?

— Shanghai a deux visages. Cette ville est un Janus aux yeux bridés. L'un est celui d'une ville riche, européenne, avec ses clubs, ses bals, ses fêtes et le business des grands taipans anglais et américains. L'autre est celui des bouges, des fumeries d'opium, des maisons de plaisir, des trafics sans nombre de la pègre chinoise et des crapules blanches. C'est ce visage-là qui vient de se révéler. Je sais encore comment nous en défendre mais il arrivera peut-être un jour où nous ne serons plus assez puissants pour y parvenir.

7.

Les vociférations, les cris, les hurlements ne montent pas des tribunes mais des abords immédiats de l'hippodrome, dans Nankin Road. Sur les pelouses, des milliers de Chinois s'agglutinent. Ils n'ont pas le droit de monter dans les tribunes du Shanghai Race Club où seuls sont autorisés les Européens et les Américains. Même les Indiens, bien qu'ils soient citoyens britanniques, se voient refuser l'entrée du club. Dans les gradins, les Blancs conservent leur flegme, à l'abri de leurs jumelles, interrompus, de temps à autre, par le cri strident d'une femme quand son cheval favori gagne la course.

Les Chinois viennent en masse parier ici leurs yuans. Les bookmakers anglais ne se privent pas de faire miroiter les plus grands profits à ces foules ignares qu'ils méprisent mais ne rechignent pas à plumer parce qu'elles sont prêtes à tout pour assouvir leur passion du jeu. Quoi de plus facile, il suffit de s'entendre avec certains propriétaires d'écurie, des jockeys et des lads pour truquer les courses. Les Blancs parient, eux aussi, quoique avec retenue, comme Samuel Lawson, et uniquement quand ils connaissent les chevaux et leurs propriétaires. Même si Olympe n'apprécie pas particulièrement les courses hippiques, elle n'ignore pas que le Shanghai Race Club est l'un des quelques endroits où il lui faut être vue pour maintenir son rang et sa notoriété. Et elle a compris depuis longtemps qu'une bonne partie de son business se fonde sur sa réputation. La visite de Patrick O'Neill lui a ouvert les yeux : beaucoup de Shanghailanders rêvent de la séduire et espèrent bien la mettre dans leur lit un jour ou l'autre. Samuel n'est pas de ceux-là. Elle met le penchant à peine déguisé qu'il lui manifeste depuis longtemps sur le compte de l'affection plus que sur la tentation de l'adultère, très hypothétique chez cet anglican prude dont l'épouse est, par surcroît, une de ses amies. Son invitation à passer ce samedi aux courses est venue à point nommé. Elle veut en avoir le cœur net. Après le déjeuner dans la salle à manger du club dominant les tribunes, elle ose lui poser la question qui la préoccupe depuis des semaines.

— Samuel, nous sommes amis, vous connaissez tout de moi, et vous savez que j'ai beaucoup d'affection pour vous, dit-elle. Répondez-moi sincèrement : à votre avis, devrais-je me remarier ?

Lawson, qui commençait à observer les chevaux entrant les uns après les autres dans le paddock, repose sa paire de jumelles, surpris. Il la dévisage comme pour s'assurer qu'il a bien entendu.

— Ma chère Olympe, vous m'étonnerez toujours ! Ne nourrissez aucun espoir de mon côté, je suis déjà marié, répond-il avec humour. Et trop vieux.

— Et je ne suis pas du tout votre genre, je le sais, enchaîne Olympe sur le même ton. Sérieusement, répondez-moi.

— Sérieusement, et si je ne suis pas trop indiscret, êtes-vous tombée amoureuse d'un de ces types qui vous tournent autour ? Si oui, donnez-moi le nom de l'heureux veinard que j'aille lui casser la figure !

Olympe éclate de rire. Cette façon très anglaise qu'a Samuel de répondre l'enchante.

— Non, Samuel. J'aurais beaucoup de mal à tomber amoureuse, vous vous en doutez. Charles est encore si présent en moi que je m'imagine mal succomber aux charmes d'un autre homme. Il me paraîtrait trop quelconque. Mais, pour ne rien vous cacher, je me demande si, parfois, je ne suis pas un peu trop veuve et s'il ne serait pas temps, à mon âge, de renouer avec une vie matrimoniale, au moins pour me sentir protégée. J'avoue que, parfois, me retrouver seule et sans défense dans cette grande baraque me pèse un peu.

— Pourtant vos enfants, les domestiques et les Hu vivent à demeure, non ?

— Oui, bien sûr. Mais ce n'est pas la même chose de savoir vos domestiques dormant tranquillement dans leurs chambres, deux étages plus haut, et d'avoir un homme dans son lit pour vous rassurer.

— Et les nuits sont fraîches en ce moment, c'est cela ?

Olympe apprécie une fois de plus la délicatesse de son vieil ami qui ne peut évoquer les choses de la chair que par périphrase.

— Pas seulement, répond-elle. À vous, je peux bien le dire : il m'arrive d'avoir peur. Surtout depuis que Joseph Liu m'a informé que nous avions été menacés par la Bande verte. Vous les connaissez ?

— Qui ne les connaît pas ? Nous avons été assez fermes ici avec eux. Nous avons jeté en prison quelques-uns de leurs membres, des seconds couteaux pour l'essentiel : cela a suffi pour leur montrer que force restait à la loi. Ils ont quitté l'international settlement, mais ce que vous venez de me dire confirme mes craintes : ils se sont rabattus sur la concession française.

— Où Joseph Liu m'a laissé entendre que la loi est

moins efficace que chez vous. Dans ces conditions, répondez franchement à ma question : est-il temps pour moi de me remarier ?

— Si vous en avez vraiment envie, pourquoi pas ? Vous ferez le désespoir de beaucoup de prétendants, mais je crois que tout le monde se réjouira de vous voir à nouveau au bras d'un homme. D'où ma question : en avez-vous trouvé un qui soit digne de vous ?

Olympe fronce les sourcils, saisit les jumelles de Samuel et jette un coup d'œil au dernier cheval qui prend place sur la ligne de départ.

— À vrai dire, je n'en ai aucune idée, répond-elle en reposant les jumelles.

Lawson lui lance un sourire à la fois complice et ironique.

— J'ai l'impression que vous me cachez quelque chose et que vous ne savez pas encore très bien quoi.

Pour toute réponse, Olympe le gratifie de son sourire le plus candide et s'exclame :

— On va donner le départ de la course, Samuel. Je ne vous ennuierai plus avec mes histoires, mais vous m'avez aidée plus que vous ne pensez. Je rentre chez moi apaisée.

— Vous ne restez pas pour le *steeple chase* ?

— Non, j'attends la visite d'un vieil ami.

— Un prétendant ?

— Plutôt une sorte de père ! Vous souvenez-vous de René Mattéoli, l'ingénieur naval, qui m'a menée jusqu'à l'autel le jour de mon mariage ? Eh bien, il est arrivé hier. Il a quitté définitivement la France pour venir vivre ici, à Shanghai.

*

Arrivé la veille, René Mattéoli a décliné la proposition d'Olympe de loger chez elle, au Trianon, en attendant de trouver une maison à son goût dans une des rues de la concession française. Il a pris pension au Central Hotel, sur le Bund anglais, de préférence à l'hôtel des Colonies qui n'offre pas le même confort. Après avoir quitté l'hippodrome, Olympe passe le chercher pour l'emmener dîner et, quand elle pousse la porte du hall, il se précipite à sa rencontre.

— Olympe, vous êtes toujours aussi superbe ! s'exclame-t-il en l'embrassant sur les deux joues.

Autour d'eux, quelques clients britanniques manifestent leur réprobation devant cette exubérance toute française et se détournent ostensiblement. Olympe n'en a cure et entraîne son vieil ami à l'extérieur.

— Depuis combien d'années n'étiez-vous pas venu à Shanghai ? questionne-t-elle en montant dans son coupé.

René Mattéoli prend place à son côté en soufflant un peu. Il est toujours aussi petit, mais son embonpoint est nettement plus visible et ses cheveux coiffés en brosse ont largement blanchi.

— Depuis votre mariage, ma chère. C'est-à-dire vingt ans.

Alors que l'équipage se met en route, elle lui prend la main et se tourne vers lui.

— Ce fut un des plus beaux jours de ma vie. Vous souvenez-vous comment vous m'avez conduite à l'autel ?

— Comment pourrais-je oublier ? Sans vous, je n'aurais jamais connu ce bonheur d'être un père, au moins pour un jour, puisque, malheureusement, je n'ai pas eu d'enfants.

— Vous avez été un père pour moi ce jour-là, et jusqu'à votre départ pour Pékin. Et j'en avais vraiment besoin face à un homme comme Charles qui était un parfait inconnu.

— Votre mari était un butor ! Je sais que vous l'avez civilisé et qu'il a fini par vous aimer comme il le devait.

— Nous avons été très heureux tous les deux, répond Olympe d'une voix sourde. Mais c'est le passé, et je ne vis pas dans le passé. Vous allez trouver Shanghai très changée.

Elle lui a proposé de l'emmener dans un restaurant à la mode sur Bubbling Well Road, la rue la plus chic et la plus animée de la ville. C'est l'occasion de faire un tour dans la partie anglaise de la concession pour montrer à Mattéoli combien, en deux décennies, elle s'est métamorphosée. Est-ce parce que le premier soleil de printemps répand sur les façades des bâtiments qui s'étendent le long du Bund une lumière chaude et précoce ? Le quai a l'air encore plus éclatant que d'ordinaire, enveloppé d'une atmosphère scintillante, inhabituelle en cette saison accoutumée à un ciel plus voilé. Les sièges des grandes sociétés de commerce anglaises que Mattéoli a découverts vingt ans plus tôt se sont agrandis. Ils ont gagné en taille ce qu'ils ont perdu en élégance. Après cinquante ans de présence à Shanghai, leur puissance est devenue si spectaculaire que les rives du Huangpu paraissent plus prospères que celles de la Tamise ou de la Seine. Les banques, toutes plus opulentes les unes que les autres, rivalisent de majesté architecturale. Juste à côté de l'hôtel, l'Oriental Bank, et son style Renaissance, domine de son beffroi les bâtiments voisins ; la Yokohama Bank, elle, se veut plus sobre, avec son mélange de rigueur japonaise et d'architecture coloniale. Non loin du carrefour avec Pékin Road, Mattéoli sursaute.

— Et cette grosse bâtisse, c'est quoi ? demande-t-il en désignant un lourd bâtiment sans grâce.

— Les Douanes. Malheureusement, elles n'ont plus rien de chinois.

Le bâtiment de style victorien inspiré de l'époque

Tudor se distingue par sa tour de l'horloge surmontée de quatre cheminées qui lui donnent un faux air de donjon. À chaque quart d'heure, il carillonne comme Big Ben à Londres.

— Pareil pour notre vénérable Shanghai Club, qui a pris goût aux grosses colonnades et qui a refait sa façade en 1893, déplore Olympe.

Ils prennent ensuite Nankin Road où René Mattéoli ne reconnaît plus rien. Les maisons d'autrefois ont fait place à des immeubles de deux ou trois étages où logent les sociétés qui, arrivées après les pionnières un demi-siècle plus tôt, n'ont pas réussi à s'installer sur le Bund. Même en y mettant le prix, sir Silas Hardoon a dû ainsi se résigner à bâtir son siège social dans cette rue, à côté de celui de la Shanghai Power Company. Les tireurs de rickshaws efflanqués et muets se faufilent entre les fiacres et les cabriolets, plus nombreux qu'autrefois, qui se croisent sans se presser. De chaque côté, les boutiques des tailleurs, des bijoutiers, des coiffeurs, des antiquaires s'alignent, élégantes, accueillantes et tellement plus respectables que vingt ans plus tôt.

— On se croirait davantage à Londres qu'à Shanghai, observe Mattéoli.

— La concession internationale a bien changé, n'est-ce pas ? Chez nous, c'est resté plus provincial, ce qui a son charme. Dites-moi, René, pourquoi avez-vous quitté la France pour venir vous installer ici à votre âge ?

— Mon âge, justement ! J'ai cinquante-cinq ans et je m'ennuyais aux Chantiers de la Loire, à Saint-Nazaire. Alors, quand j'ai reçu la proposition de rejoindre l'arsenal de Jiangnan comme ingénieur naval, j'ai accepté sans hésiter. J'avais gardé la nostalgie de cette ville dans laquelle je rêvais de revenir. À cause de vous, peut-être.

— De moi ?

— Qui n'aurait pas un faible pour vous, Olympe ?

— Même vingt ans après m'avoir menée à l'autel pour épouser mon mari ?

— C'est comme si c'était hier. Ces vingt années ont passé je ne sais comment. J'avais l'impression que mon âme était restée ici et qu'en revenant, vingt ans plus tard, je la retrouverais.

— Vous n'avez jamais eu envie de vous marier à Saint-Nazaire ?

— À vrai dire non, mais je me demande si, secrètement, je n'attendais pas de revenir à Shanghai pour trouver une femme à mon goût.

— Il n'y a pas beaucoup d'Européennes convenables par ici, vous savez.

— Qui vous parle d'Européennes ? J'ai beaucoup de curiosité pour les Chinoises. Les quelques spécimens que j'ai croisés m'ont paru très attrayants.

Olympe tourne vers lui un regard interloqué.

— Ne me dites pas que vous êtes venu jusqu'ici pour vous dévergonder avec des Chinoises ! s'écrie-t-elle, faussement offusquée.

René Mattéoli rit de bon cœur.

— Bien sûr que si ! Et aussi pour fumer de l'opium, perdre mon salaire aux courses, me livrer à toutes sortes de turpitudes inavouables ! Ah, j'oubliais, et dessiner des bateaux, évidemment.

— Ne vous moquez pas de moi, René. Vous êtes libre de faire ce que vous voulez. Mais faites attention, on m'a dit que les Chinoises étaient redoutables. Et cette ville n'est tranquille qu'en surface. J'ai payé suffisamment cher pour le savoir.

8.

L'orgue de l'église Saint-Joseph apparaîtrait assez sommaire au regard d'un amateur européen mais pour les catholiques français de Shanghai, qui n'en ont jamais entendu d'autre, c'est un superbe instrument. Ils ne concevraient pas d'assister à une messe dominicale sans sa magnificence sonore. En réalité, l'orgue est assez pauvre. Avec ses deux claviers, un pour le récit et un pour le positif, et un pédalier de deux octaves, il n'aligne qu'une dizaine de registres, bourdons, flûtes, trompette et cromorne, mais ils suffisent au bonheur de Marc Liu qui en joue plusieurs fois par semaine sous l'œil de son maître, le père Guillou, un lazariste. Celui-ci n'a pas oublié que l'un des premiers à avoir introduit et fabriqué des orgues en Chine fut Teodorico Pedrini au début du XVIIIe siècle, sous le règne de l'empereur Kang Xi. Guillou poursuit la tradition et s'efforce de la transmettre aux chrétiens chinois mais sans beaucoup de succès, la musique de Couperin ou de Bach restant irrémédiablement étrangère à leurs oreilles et à celles des quelques élèves qu'il tente de former. Marc Liu est le seul à avoir surmonté les difficultés du solfège, compris les principes de l'harmonie et appris à jouer l'orgue. Il n'en est pas encore à interpréter les grandes toccatas de Jean-Sébastien Bach, mais il excelle dans les préludes et fugues et surtout les chorals qu'il interprète le dimanche, quand le père Guillou lui confie l'instrument.

L'écouter jouer console Louis et Laure d'être obligés d'assister à la messe dominicale. Surtout Laure : Dieu et tout ce rituel l'ennuient et les bonnes sœurs encore plus. Joué par Marc, l'orgue la libère de toutes ces pesanteurs étouffantes. Quand il fait sonner ces longs tuyaux de zinc qui se dressent sur la tribune, au fond de la nef, elle tremble des pieds à la tête, elle a la chair de poule et ne sait qui en est la cause, de la musique ou du musicien. Quelque chose vibre en elle quand Marc interprète un de ces chorals élégiaques, mais, lorsqu'il se lance dans un prélude et fugue pour accompagner la sortie de la messe, elle se sent emportée au-delà du monde. Elle n'ose pas définir ce qu'elle éprouve alors pour lui et n'a qu'une hâte après l'*ite missa est* : monter l'étroit escalier qui mène à la tribune pour le rejoindre et le regarder fermer l'orgue puis ranger ses partitions. Elle le complimente avec enthousiasme, affirme qu'il joue de mieux en mieux, pourtant c'est chaque fois la même déception : Marc ne remarque pas ses yeux brillants d'excitation et se contente de la remercier avec un sourire gêné. En silence, ils redescendent et retrouvent Louis qui les attend à la sortie.

— Aujourd'hui, maman déjeune avec René Mattéoli, leur annonce-t-il. Plutôt que de retourner manger à la maison, j'ai fait préparer un pique-nique et les chevaux. Je vous emmène à la Pagode perdue, ajoute-t-il, mystérieux.

*

Depuis une heure qu'ils galopent le long des champs, les chevaux commencent à donner des signes de fatigue. Ils renâclent et Louis décide qu'il est temps de faire une halte. Lui-même retrouve difficilement son souffle et Laure n'en peut plus. Elle est aussi bonne cavalière que son frère mais a moins d'endurance. Sur le visage de Marc, en revanche, aucune trace de fatigue, pas une goutte de sueur. Comme chez son père, rien chez lui ne trahit la moindre émotion, la lassitude ou l'irritation. Ils ont quitté la concession française deux heures plus tôt par la route de Zi Ka Wei, dépassé les faubourgs de Shanghai, sont passés devant l'orphelinat, le carmel, ont aperçu la coupole de l'observatoire des jésuites et ont poursuivi jusqu'à la pleine campagne qui environne Shanghai. Paysage plat de rizières et de plantations de cotonniers, coulé dans l'infini où presque rien n'arrête le regard, hormis quelques bosquets d'arbres à la lisière d'un champ ou la masse noire d'un buffle tournant autour de sa noria pour amener l'eau dans les canaux d'irrigation. La terre est seulement boursouflée ici et là de monticules comme si, sur ces étendues sans relief, quelque démon chtonien s'était amusé à faire des bosses pour manifester son existence et en briser la monotonie.

— Et les stèles ? Où sont-elles ? interroge Marc.

Depuis des jours, Louis leur a promis de les emmener voir ce cimetière apparemment oublié qu'il a découvert, par hasard, un jour de promenade dans la campagne. Après avoir sillonné à pied ou à cheval causses et forêts pendant les dernières vacances chez ses grands-parents Esparnac, il s'est mis à explorer les environs de Shanghai à la moindre occasion. La ville est devenue trop petite pour lui, il a besoin d'espace, d'air pur, d'horizons inattendus, d'enjambées sauvages. Au début, avec son *mafou*, ils ne dépassaient pas le faubourg de Dongjiadu, puis ils se sont enhardis de plus en plus loin, jusqu'à des villages reculés où les enfants s'enfuyaient en les voyant approcher. Jamais leurs habitants, des familles de paysans vivant là depuis des siècles, n'avaient encore vu de Diable étranger. Un jour, sur la route du lac Dianshan, à l'ouest de Shanghai, Louis et le mafou ont aperçu une haute pagode qui se dressait, solitaire et abandonnée, comme un phare délaissé par l'océan. Dans ces horizontalités terrestres, elle semblait un défi au ciel. Fasciné, Louis s'est arrêté pour admirer de plus près cette tour à étages dont le toit, où passaient des nuages, laissait entrevoir à chaque angle un petit peuple de génies immortels. Et il n'avait eu de cesse d'y retourner avec sa sœur et son meilleur ami.

La pagode est là, dans le silence de ses ruines. Des touffes d'herbe s'accrochent aux corniches en partie écroulées qui ponctuent chacun de ses huit étages. Des briques vernissées jonchent le sol envahi par les fleurs et les herbes sauvages. Des oiseaux, dérangés par l'intrusion des trois cavaliers, s'envolent du sommet à grands cris.

— Les stèles sont un peu plus loin vers la gauche, répond Louis en mettant pied à terre.

Quelques pas à peine et il les voit, perdues dans la végétation et les sophoras, plaques minérales et sombres. Certaines penchent vers le sol, d'autres, brisées, ne montrent plus que des poèmes mutilés, d'autres encore sont intactes mais recouvertes de mousses.

— Quelle paix…, murmure Laure en approchant à son tour. Vous devinez, vous aussi, comme on se sent bien ici ?

Elle s'agenouille et promène son doigt sur les caractères gravés dans la pierre, comme si elle pouvait mieux les déchiffrer de l'index qu'avec les yeux. Certains sont effacés par le temps, d'autres conservent encore toute la vigueur de leurs traits taillés dans le granit.

— Ce doit être l'ancien cimetière des moines, dit Marc Liu. On sent que les esprits sont apaisés et que c'est un endroit bénéfique pour l'âme.

Agenouillé à côté de Laure, il traduit lentement le texte d'une stèle un peu plus grande que les autres :

— « Ô homme qui passe et appartient encore à ce monde, rappelle-toi qu'un jour tu seras, toi aussi, l'hôte du Vide Sans Nom, comme je le suis depuis ma mort. Nul ne sait si j'en suis ou non satisfait, pas même les Esprits, pas même l'Empereur de Jade, pas même les Huit Immortels. À moins que je ne sois échappé du Grand Vide et que je ne sois à nouveau vivant, derrière toi, invisible... »

Involontairement, Laure se retourne et se protège derrière Marc.

— J'ai peur, dit-elle.

— Ce devaient être des moines taoïstes, explique-t-il pour la rassurer. Il paraît qu'ils étaient assez farceurs à l'époque des empereurs Tang.

Louis s'assied par terre et promène son regard sur ce monde oublié.

— Tout finit toujours par devenir ruine et plaisanterie, dit-il. Les constructions humaines, la vie et même les dieux. J'aime bien cet endroit : il nous prouve que les divinités ne sont d'aucun secours.

— Pourquoi dis-tu cela ? s'étonne Marc.

— Regarde autour de toi, le temps a passé, des siècles peut-être et, pourtant, les sujets de l'empire du Milieu, ceux que nous croisons tous les jours à Shanghai, sont toujours aussi misérables. C'est bien la preuve que les dieux qu'ils ont priés, y compris le nôtre, n'y ont rien changé et qu'ils n'existent donc pas. Je pense que c'est seulement en lui que l'homme doit chercher son salut. Pas ailleurs.

— Tu ne crois donc vraiment à rien, comme ton père ? questionne Marc.

— Si je pense que Dieu n'existe pas, ce n'est pas pour imiter mon père. Je suis assez grand pour me forger ma propre opinion. Comment croire en lui quand tu vois tous ces coolies qui triment comme des bêtes sur les quais de Shanghai ?

— Tu nous embêtes, Louis, avec tes histoires, proteste Laure. On était tranquilles et tu viens nous parler de tes problèmes métaphysiques. Avoue plutôt que tu n'aimes pas les jésuites du collège.

— C'est toi qui ne comprends rien, Laure, rétorque Louis. Je voulais t'emmener ici parce que personne ne connaît cet endroit, qu'il est seulement pour nous et qu'il est notre secret. Je pensais que cette solitude te ferait du bien à toi aussi, qu'elle t'amènerait à réfléchir autrement.

Marc et Laure échangent un regard perplexe.

— Pourquoi devrais-je réfléchir autrement ? interroge-t-elle. Je pense de travers, d'après toi ?

Louis s'allonge entre deux stèles, arrache un brin d'herbe et le porte à sa bouche. Les yeux grands ouverts, il essaie de retrouver dans les nuages qui défilent les mêmes formes fantasmagoriques que dans les cieux de France quand, cet été, il s'étendait sur le sol caillouteux. Mais rien ne vient, les masses blanches passent, indifférentes, sans prendre le temps de dessiner la moindre figure de rêve.

— Non, mais tu es trop futile, répond-il. Et moi, je sais maintenant que je me sens à l'étroit chez nous, que notre vie elle-même me paraît étroite, étriquée.

— Tu ne manques pas de culot, notre maison est une des plus grandes de la concession !

— Je ne parle pas de ça, dit Louis en se redressant. Je parle de maman, de ses affaires avec Joseph, du Yangzi ! Parfois, j'ai l'impression que ce satané fleuve et leurs bateaux comptent plus que nous ! Ça me donne envie de fuir loin de tous ces gens qui ne pensent qu'au fric !

Marc l'observe avec inquiétude. Il croyait connaître

Louis et il a bizarrement l'impression que c'est quelqu'un d'autre qui s'exprime.

— Qu'est-ce qui te prend ? demande-t-il.

— Il me prend que j'en ai assez. On vit dans un immense empire dont on ne connaît rien, dont on voit les habitants comme des fantômes ou des esclaves, sans se préoccuper ni de ce qu'ils sont, ni de ce qu'ils veulent. J'ai l'impression d'être coincé dans un clapier et j'ai envie d'aller voir ailleurs.

— Si tu nous as emmenés ici, c'est bien pour que l'on s'échappe de la concession, non ? s'insurge Laure. Ça ne te suffit pas ?

— Non, répond son frère. Je veux aller plus loin, bien plus loin.

— Maman ne sera jamais d'accord.

— Le jour où je partirai, je ne lui demanderai pas son avis.

— Et nous ? Tu nous demanderas notre avis ? interroge-t-elle, subitement inquiète.

— Tu serais capable de partir sans nous ? questionne Marc.

Louis leur tend la main à tous les deux pour l'aider à se relever.

— Non, évidemment, répond-il. Nous sommes tous les trois, nous resterons tous les trois. Unis comme aujourd'hui.

— Pour toute la vie ? demande Laure.

— Pour toute la vie, affirme-t-il en conservant leurs mains dans les siennes. J'en fais le serment. Et vous ?

— Nous aussi, répondent Laure et Marc d'une même voix.

C'est seulement quand ils remontent sur leurs chevaux que leurs mains se séparent, comme à regret, et que Laure les embrasse sur la joue l'un après l'autre.

9.

— Où étiez-vous ? J'étais morte d'inquiétude.

Ils ont à peine franchi le seuil du Trianon qu'Olympe laisse éclater sa colère. Depuis que le *mafou* de Louis lui a avoué que sa sœur et lui étaient partis pique-niquer sans lui dire où, elle ne vit plus. Elle a alerté Joseph, la police, les domestiques, les voisins, les amis pour savoir où étaient ses enfants. Et quand ils rentrent enfin, à la nuit tombée, elle est partagée entre soulagement et fureur.

— À la Pagode perdue, explique Laure. C'est à une vingtaine de kilomètres d'ici.

— Peu importe où c'est ! Je vous interdis de quitter la concession sans me prévenir ou sans informer M. et Mme Hu. Et surtout, je vous interdis de partir seuls.

— Pourquoi ? demande Louis qui fait front à sa mère. On n'a plus le droit de se promener le dimanche ?

— Eh bien, justement non ! Enfin si, mais pas tout seuls.

— On ne risque pas de se perdre, tu sais, ironise-t-il.

— Ne le prends pas sur ce ton, je te prie ! C'est très sérieux. Autant que vous le sachiez, nous avons reçu des menaces. Nous devons, vous devez être très prudents, toi et ta sœur.

— Des menaces ? Quel genre de menaces ? interroge Laure, étonnée mais curieuse.

— La Bande verte. Joseph m'a affirmé qu'il ne fallait pas plaisanter avec eux. Ce sont des bandits redoutables qui ne reculent devant rien. Rappelez-vous comment votre père est mort. C'est le même genre de crapules. Ils sont prêts à tout pour obtenir ce qu'ils veulent.

— Et que veulent-ils, ceux-là ? demande Louis.

— De l'argent. Ils nous font chanter : « Si vous ne nous donnez pas un pourcentage sur vos affaires, nous pourrions nous en prendre à vos enfants. » Joseph a fait le nécessaire auprès du consul et du commissaire de police mais cela ne suffira peut-être pas. En attendant, nous devons tous faire très attention.

— Pourquoi ne me donnes-tu pas le revolver de papa ? Avec, je saurai nous défendre.

Olympe ouvre des yeux ronds. Elle n'avait pas imaginé une seconde que son fils connaissait l'existence de cette arme et encore moins qu'il la voudrait. Après tout, pourquoi pas ? Autant la lui offrir, elle-même n'ayant aucune envie de se promener avec un revolver que de toute façon elle serait incapable d'utiliser. Louis est assez grand à présent pour recevoir ce legs. Elle se souvient que, dans son village, c'était toute une cérémonie quand les pères transmettaient le fusil de chasse du grand-père défunt à leur fils aîné, signe que ce dernier était devenu un adulte. Et Louis, elle le constate tous les jours, est devenu un homme digne de recevoir l'arme de son père.

— Tu sauras tirer ? demande-t-elle pour s'assurer une dernière fois qu'elle ne fait pas d'erreur.

— Je crois que oui, mais je m'entraînerai dans le parc sur des cibles.

— Viens avec moi, je vais te le donner.

Ils entrent dans le bureau de Charles et Olympe va directement ouvrir le tiroir de droite de l'imposant secrétaire en acajou. À l'intérieur, le Colt que Charles a acheté peu après leur mariage. L'arme repose dans son étui de cuir, vaguement menaçante avec sa crosse en bois, son barillet et son canon d'acier noir. Elle la prend le cœur battant. Charles aimait beaucoup ce revolver, c'est comme si c'était un peu de lui qu'elle tenait dans ses mains. L'odeur de cuir, de graisse et de métal froid lui rappelle les soirs où Charles le nettoyait avec soin. Elle aimait le regarder démonter son arme, disposer soigneusement chaque pièce sur un linge, les ressorts, le percuteur, le barillet, et les graisser, passer l'écouvillon dans le canon puis le mirer pour s'assurer qu'il était bien propre, enfin remonter le revolver avec une minutie qui l'étonnait toujours avant de remettre en place le barillet avec un claquement sec.

— Ton père affirmait qu'il était très précis, dit-elle en le tendant à Louis. Il regrettait toujours son vieux Remington que les pirates lui avaient volé mais il aimait bien celui-ci. Les cartouches sont dans la boîte.

— Je n'imaginais pas qu'il était aussi lourd, dit Louis.

— Et moi, je n'ai rien pour me défendre ? demande Laure.

Olympe s'efforce de rire.

— Ton frère est là pour ça, répond-elle.

— Il ne sera pas toujours à côté de moi et j'aurais bien voulu avoir quelque chose de papa, moi aussi.

Olympe s'aperçoit que les yeux de sa fille sont humides et qu'elle fait un effort désespéré pour ne pas éclater en sanglots. Comme eux, Laure ne s'est jamais consolée de la mort de son père. Il lui manque peut-être plus encore qu'à sa mère et à son frère. Brutalement dépossédée de celui qui était l'unique phare de son existence, une part d'elle-même est perpétuellement ailleurs et dans ses yeux sombres passe alors le voile noir d'un chagrin sans remède. Laure chérit le souvenir de ce père devenu mythique et conserve précieusement les petits mots qu'il lui écrivait, les dessins qu'il lui faisait pour lui apprendre la perspective, les premiers caractères chinois qu'il lui a enseignés en les traçant lentement au pinceau sur une feuille de papier de riz. Son bien le plus précieux est une grosse toupie en bois qu'il lui avait fabriquée pour son cinquième anniversaire.

— Je crois que s'il avait été là, il t'aurait donné ceci, dit Olympe.

Elle tend à sa fille le couteau à cran d'arrêt dont Charles ne se séparait jamais et qu'elle a laissé posé sur son bureau après l'avoir trouvé dans la poche de son pantalon. C'est une arme redoutable dont la lame d'acier vient se loger dans un manche d'ivoire où est sculpté un tigre en position d'attaque.

— Prends-le, il est pour toi, insiste Olympe en voyant Laure hésiter. Sois-en digne et ne te vante jamais de le posséder. Il n'est pas très courant que les jeunes filles se promènent avec un couteau sur elle mais il faut toujours faire exception, n'est-ce pas ? Sinon, la vie ne serait vraiment pas drôle.

— Et elle doit l'être ? questionne Laure d'une voix triste.

Olympe la prend dans ses bras et la berce doucement contre elle pour la consoler.

— D'une certaine façon, oui, répond-elle. Même quand on la trouve cruelle. En fait, votre père affirmait que la vie n'est ni bonne ni méchante. Qu'elle se contente d'être là, c'est tout. Ce sont les hommes qui en font le pire ou le meilleur, qui la rendent gaie ou ennuyeuse, conformiste ou fantaisiste. À vous de l'égayer comme vous en avez envie.

— Et toi, comment l'égaies-tu, la vie, en ce moment ? demande Louis.

Olympe le regarde, étonnée. Elle aimerait bien le prendre lui aussi dans ses bras mais il ne le lui permettrait sans doute pas. Depuis qu'il devient un homme, il répugne à ses caresses et c'est à peine si elle réussit à l'embrasser le soir lorsqu'il monte se coucher.

— En travaillant, mon chéri. Et pour le moment, je n'ai pas trouvé mieux !

En réalité, Olympe ment par omission. Elle ne veut pas lui dire que le consul général des États-Unis l'a invitée la semaine suivante à la soirée de gala du 4 juillet, jour de l'Indépendance. Après tout, cela ne le regarde pas et elle a bien le droit de sortir pour se divertir et oublier, le temps d'un soir, ses obligations de femme d'affaires. C'est la première fois qu'elle est conviée à une réception au consulat américain. Le jeune consul veut-il se faire pardonner à nouveau l'arraisonnement intempestif de sa jonque, un an plus tôt, par le captain Gates ? Veut-il plutôt faire venir dans sa résidence une des personnalités les plus en vue de Shanghai et la plus belle femme de la ville ? Ou bien encore a-t-il, lui aussi, un faible pour elle comme dirait René Mattéoli et souhaite-t-il user de son prestige pour lui faire des avances ? Rien de tout cela ne figure sur l'épais carton d'invitation où son nom est calligraphié et elle sourit de ses propres interrogations. « Allons, tu n'es plus une midinette », se dit-elle tout en se demandant quelle robe elle va porter ce soir-là.

*

Contrairement à la plupart des invités, Olympe arrive seule à la résidence du consul américain. Son fiacre l'a déposée à l'entrée, deux domestiques lui ouvrent le chemin jusqu'au salon d'apparat où le consul accueille ses invités. Elle avance, reine parmi les couples ordinaires, splendide et lointaine, beauté lumineuse dans sa longue robe de satin mauve. Blonde apparition aux yeux de pur azur, ses cheveux rassemblés en un lourd chignon sur la nuque, elle capte tous les regards quand le consul se penche et lui baise maladroitement la main.

— Les États-Unis d'Amérique sont très honorés de vous accueillir dans cette maison, madame Esparnac, dit-il, subjugué.

— C'est un plaisir de vous revoir, cher consul, répond-elle.

Aussitôt, on se presse autour d'elle. Les grands taipans américains sont les premiers à l'entourer, Edward J. Cunningham et John D. Russel, patrons du plus gros chantier naval de la ville, les frères Dent, rejoints par les agents de la Standard Oil Company et Martin Field, représentant de l'American Tobacco, arrivé depuis un an à peine. Les Français ne sont pas loin et se mêlent à leurs hôtes pendant que le consul général, en ce jour de l'indépendance américaine, se pavane au bras de sa femme, en se voulant le successeur de La Fayette ou de Rochambeau. Les Anglais, eux, font masse à l'écart, par défi, et évitent de se mêler à leurs anciens sujets. Certaines rancunes sont tenaces malgré le pragmatisme et un intérêt commun pour les affaires. Mais le 4 juillet est une date trop symbolique pour fraterniser au-delà du raisonnable et aucun Anglais ne peut oublier que, cent vingt ans plus tôt, l'Amérique était encore anglaise et les Américains des rustres à peine civilisés. Dans la salle de bal voisine, un orchestre militaire, descendu du croiseur léger amarré sur le fleuve qui a réveillé toute la ville en tirant vingt coups de canon, enchaîne valses et polkas. Des couples dansent et virevoltent avec entrain. Olympe s'approche, suivie par quelques-uns de ses admirateurs. Elle n'imaginait pas qu'il puisse y avoir ici autant de jeunes couples. Comparée à la concession française, la Shanghai américaine regorge d'ardeur juvénile, de dynamisme, de vigueur. Edward Cunningham ne la lâche pas d'une semelle.

— Vous êtes rayonnante, Olympe. Particulièrement en beauté. Je regrette que l'on ne vous voie pas plus souvent en ville.

— Une femme seule n'a pas les mêmes loisirs qu'un homme, mon cher. Entre mes enfants et mon entreprise, je suis suffisamment occupée pour ne pas perdre mon temps en mondanités.

— Qui vous parle de mondanités ? Il faut prendre un peu de bon temps, parfois, sortir, voir les amis, accepter une invitation sur l'*house-boat* d'un admirateur pour passer un dimanche à la chasse aux faisans sur les canaux de l'arrière-pays.

— Je vous vois venir, Edward, répond-elle en riant. Je tiens à ma réputation.

— C'est en tout bien tout honneur, Olympe, même si vous ne pourrez jamais m'empêcher de voir en vous une femme plus qu'une cliente de mon arsenal, si prestigieuse soit-elle.

Olympe sourit à ce compliment habile.

— Comme c'est bien dit, Edward, répond-elle, mais sachez que j'ai tendance à me méfier, ici, de la notion d'honneur : elle me paraît un peu trop éloignée de nos usages. Mais vous avez raison de ne pas me considérer seulement comme une cliente.

— Pourquoi ?

— Je me diversifie, j'investis ailleurs que dans les bateaux et le commerce sur le fleuve. Pas plus tard que ce matin, j'ai donné le premier coup de pioche d'un nouveau chantier.

— Vous avez décidé de vous lancer dans l'immobilier ?

— Je construis un shikumen pour les Chinois au sud de notre concession.

— Vous êtes folle ! s'exclame Cunningham.

— Pas du tout. Très lucide au contraire. Écoutez, nous

ne sommes pas venus ici uniquement pour faire des affaires et nous enrichir sur leur dos. Nous avons aussi le devoir de les aider à se moderniser, à rattraper le temps perdu. À force de la voir comme une vache à lait, vous oubliez facilement que la Chine est une vieille civilisation.

— Complètement décatie, oui ! Un peuple d'esclaves, de va-nu-pieds dirigés par une vieille peau, des eunuques et des fonctionnaires plus corrompus les uns que les autres.

— Raison de plus pour les sortir de ce Moyen Âge et leur louer des appartements dignes de ce nom.

— Ils ne l'ont même pas atteint, votre Moyen Âge ! Ils ne pensent qu'à se reproduire et à voler leurs voisins. Ce sont des primitifs qui voient des esprits partout, se soignent avec des remèdes de sorcières, ne font rien sans consulter leur horoscope. Des sauvages, je vous dis, qui vivent dans la crasse comme des cloportes. À quinze dans une pièce. Des gens qui n'ont ni Dieu ni morale. Comment voulez-vous faire confiance à des gens qui n'ont ni Dieu ni morale ? Ils vont vous les saccager vos maisons. C'est tout ce qu'ils savent faire. Et après, vos beaux appartements ne vaudront plus une sapèque !

Olympe a rarement entendu un tel mépris des Chinois. Consternée, elle dévisage Cunningham qu'elle croyait pourtant bien connaître et préfère lui tourner le dos plutôt que de lui répliquer violemment. Elle ne tient pas à créer un incident avec les Américains dont elle a besoin pour ses affaires. Dans un grand froissement de satin, elle pivote sur elle-même et se retrouve nez à nez avec Patrick O'Neill.

— Vous vouliez m'inviter à danser, je crois, lui lance-t-elle avec aplomb.

— Je ne peux rien vous cacher, répond l'Américain avec un grand sourire en l'entraînant dans une polka endiablée.

10.

Rarement elle s'est sentie aussi grisée. Tout étourdie, Olympe doit aller s'asseoir. La tête lui tourne après avoir enchaîné valses, galops et mazurkas à un rythme effréné. O'Neill ne l'a pas lâchée ni ne lui a laissé le temps de reprendre son souffle. Il a fallu qu'elle crie grâce pour qu'il l'accompagne jusqu'à un canapé où elle s'effondre en riant. Quand il revient avec deux verres de champagne, elle avale le sien d'un trait sous les yeux amusés de son cavalier.

— Ne me regardez pas comme ça, captain, je ne fais que me désaltérer !

— Après tout, vous êtes française, c'est normal que vous aimiez le champagne, répond-il en saisissant deux nouvelles coupes sur le plateau d'un serveur.

Olympe ne peut ignorer les yeux brillants que l'Américain pose sur elle et où perce la même flamme que celle qui l'animait lorsque, à l'automne dernier, il lui a avoué qu'il l'aimait. Ce jour-là, elle en a été troublée plus qu'elle ne l'aurait souhaité. Et aujourd'hui, redécouvrir en lui un désir qui ne se cache pas la trouble davantage encore. Tout à l'heure, quand ils dansaient une valse, il l'a serrée un peu trop contre lui et tout son corps a frémi. Elle n'a pu réprimer un frisson de plaisir et s'en est émue, étonnée de cette réaction physique qu'elle avait oubliée. Depuis combien d'années n'a-t-elle pas senti la main d'un homme contre sa taille, son souffle dans ses cheveux ? Combien de jours et de nuits se sont écoulés sans que sa peau reçoive la moindre caresse, son front le moindre baiser, son bras le moindre effleurement ? Depuis qu'elle est veuve, elle s'est volontairement cloîtrée, comme autrefois sa sœur aînée dans son couvent de Marseille. Mais au moins celle-ci en avait-elle fait le vœu et était-ce sa vocation depuis longtemps. Tandis que l'exigeante fidélité *post mortem* pour son époux assassiné, le respect de ses enfants, le devoir et la rigueur morale auxquels Olympe s'est astreinte ont seuls guidé sa décision de vivre comme une vestale de la Rome antique.

Elle doit pourtant s'avouer que la déclaration d'amour de Patrick O'Neill a battu en brèche ce mur qu'elle oppose depuis si longtemps aux hommes qui s'approchent trop près d'elle. Et qu'aujourd'hui elle est loin d'être insensible à l'entrain de son cavalier, à sa fougue, à ses petits gestes attentifs, la pochette qu'il lui a tendue pour essuyer sa gorge humide d'avoir trop dansé, son bras offert pour l'accompagner jusqu'à ce sofa. Alors qu'elle boit une nouvelle gorgée de champagne, elle ne peut échapper à son regard ardent fixé sur elle. Le sien, elle le sent, est empreint de gravité, d'interrogations muettes et d'attentes qui n'osent dire leur nom. Tout son visage lui semble figé, comme brièvement suspendu à une réponse, et elle ne peut plus nier que cet homme ne la laisse pas indifférente.

Un pincement au cœur quand l'image de Charles transperce sa conscience, sa main qui tremble un peu trop en agitant son éventail d'ivoire finement sculpté, son souffle qui s'altère : Olympe comprend qu'elle se trouve au bord d'un séisme qu'elle redoute et espère à la fois. Elle est en train de basculer vers l'inconnu. C'est comme si le monde n'existait plus, comme si ses rumeurs s'étouffaient d'elles-mêmes avant de lui parvenir et ne lui laissaient entendre que des bourdonnements indistincts. Patrick reste debout face à elle qui le guette, tétanisée par les bouleversements qui s'opèrent en elle. Elle sent qu'on les regarde mais elle s'en fiche, le visage levé vers lui, éperdue telle une noyée attendant son sauveur. O'Neill a-t-il senti sa métamorphose, a-t-il noté ce rose qui lui monte aux joues derrière le fragile rempart d'un antique éventail ?

— Que diriez-vous d'aller nous rafraîchir dans le parc ? propose-t-il en se penchant vers Olympe.

Comment refuser cette main qui se tend vers elle et qui signifie déjà tant de choses, tant de promesses, tant d'avenir, cette main qui déchire d'un coup le voile opaque du passé et fait renaître en elle une lumière qu'elle croyait éteinte à jamais ?

— Pourquoi pas ? parvient-elle à articuler d'une voix qui se veut assurée mais que l'émotion altère.

Elle sait qu'elle a bu trop de champagne. Accrochée au bras de l'Américain, elle distingue à peine les visages intrigués des danseurs qui les regardent quitter la salle de bal, l'œil perplexe du consul de France et celui, beaucoup plus irrité, du consul américain. Elle n'entend pas davantage les commentaires que suscite leur sortie dans le parc illuminé par des torchères dont l'air de la nuit fait vaciller les flammes. Et c'est seulement quand elle sent sur ses épaules nues la fraîcheur du jardin, l'odeur mouillée du gazon tondu de frais qu'Olympe reprend ses esprits et s'écarte légèrement de cet homme qui l'a entraînée loin du monde sans qu'elle lui oppose la moindre résistance. Elle se sent idiote de rester muette alors qu'elle devrait, par quelques mots, rompre le silence gêné qui s'est installé entre eux. Comme si ni l'un ni l'autre n'osaient le moindre geste, paralysés par les conséquences que ce premier pas aurait sur leur vie. O'Neill, si entreprenant quelques minutes plus tôt, paraît bizarrement emprunté.

— N'avez-vous pas froid ? demande-t-il en s'en voulant aussitôt de n'être pas plus imaginatif.

Olympe pourrait faire semblant de frissonner ou rentrer les épaules pour montrer que, oui, elle a froid, mais elle n'a aucune envie de minauder, ce qu'elle n'a, d'ailleurs, jamais eu l'occasion de faire. Fugacement, elle en veut à l'Américain de l'avoir mise dans une situation aussi embarrassante en l'emmenant, aux yeux de tous, se fondre dans l'obscurité du parc.

— Non, mais je n'aime pas beaucoup marcher dans l'herbe mouillée ! répond-elle un peu sèchement.

— Moi non plus. J'ai une bien meilleure idée. Venez, dit-il en l'entraînant vers le portail du consulat.

— Où m'emmenez-vous ? questionne-t-elle, inquiète. Ce que vous faites est très cavalier.

Pour toute réponse, O'Neill se met à rire.

— Très incorrect vis-à-vis de votre consul, insiste-t-elle. C'est très grossier de partir sans le saluer.

— Il s'en remettra ! Nous avons mieux à faire que ces mondanités au milieu de tous ces pingouins en tenue de gala.

— Vous oubliez que certains d'entre eux sont mes amis.

— Ça ne me les rend pas plus intéressants.

D'abord surprise par l'initiative d'O'Neill, Olympe décide de s'arrêter net.

— Où m'emmenez-vous, Patrick ? Répondez-moi ou je ne fais pas un pas de plus.

L'Américain s'immobilise à son tour, la prend dans ses bras et posant presque sa bouche contre son oreille, murmure :

— Sur mon bateau.

Puis, sans lui laisser le temps de réagir, il la fait monter dans le premier fiacre stationné devant le consulat, donne l'ordre de filer sur le Bund et, une fois arrivé à hauteur de son navire amarré au milieu du Huangpu, la fait descendre par un *go down* jusqu'à une chaloupe. Amusée par cet enlèvement, Olympe rit, manque tomber à l'eau, crie de frayeur, s'accroche au bras de Patrick, rit de plus belle, et, redevenue jeune fille, entre dans l'inconnu au rythme des rameurs qui l'emmènent vers la silhouette vaguement inquiétante du cargo du captain O'Neill.

*

À peine ont-ils posé le pied sur le pont du *Star of California* que la nuit s'illumine brusquement et que des explosions crèvent la torpeur de la ville. Olympe sursaute, rentre la tête dans les épaules.

— Ce n'est rien, la rassure O'Neill. Juste le feu d'artifice pour la fête de l'*Independence Day*. Regardez, les fusées sont tirées du jardin du consulat américain.

C'est presque naturellement qu'il l'enveloppe de ses bras pour regarder le ciel s'embraser d'étoiles pétaradantes et de gerbes de lumière aux couleurs de l'Amérique. Elle ne proteste pas, accepte tacitement d'être réchauffée par le corps massif de l'Américain, laisse aller sa tête contre sa joue et s'émeut de sentir les poils de sa barbe piquer sa peau délicate. Depuis Charles, elle n'a jamais été aussi étroitement proche d'un homme et elle en frissonne. La vision des majestueux palais du Bund frappés par saccades d'une lumière blanche presque surnaturelle, puis enluminés de rouge et de bleu l'enchante au point d'oublier qu'elle se trouve entre les bras d'un homme qui l'aime, mais à qui elle a déjà dit non.

Elle préfère se laisser aller à la douceur de l'instant et cesser de réfléchir ou de se poser des questions. Elle a seulement envie d'être femme, totalement femme, elle qui ne l'est plus depuis si longtemps. Se sentir aimée, désirée, attendue délie d'un coup le nœud des anciennes douleurs qui la retenaient prisonnière. Patrick devine-t-il cette libération, sent-il à sa façon de s'appesantir contre lui qu'une porte s'est ouverte en elle, que son passé ne fait plus barrière entre lui et elle ? Il se penche sur elle comme s'il passait de l'autre côté d'un miroir. Et lorsque, dans le silence de cette troublante étreinte, ses lèvres se posent sur celles d'Olympe, elle abandonne toute résistance et lui rend son baiser avec une ardeur dont elle ne se croyait plus capable.

*

« Quand je pense qu'il m'a fallu attendre d'avoir trente-sept ans pour découcher ! » s'amuse Olympe en ouvrant la grille de la rue Discry après un dernier signe à Patrick O'Neill qui l'a raccompagnée chez elle en tilbury. Le jour s'est levé alors qu'ils étaient encore enlacés dans sa chambre du *Star of California* et elle s'est rhabillée à la hâte pour rentrer avant que toute la maisonnée découvre qu'elle a passé la nuit ailleurs que dans son lit. Elle était pourtant si bien dans les bras de cet homme, bercée par ce navire inconnu et immense qu'elle a trouvé d'emblée accueillant et où elle s'est sentie consolée de tout, apaisée. Après cette nuit, aurore à peine passée, elle revit, elle respire à nouveau, magnifiquement vivante, et ses mouvements, longtemps contraints, retrouvent leur ancienne liberté. Mieux, elle se sent à nouveau elle-même, elle qui, pendant toutes ces années avec Charles, était d'abord son épouse avant d'être une femme, puis, après sa disparition, sa veuve. Celle qui continuait son œuvre et le représentait comme s'il était toujours vivant, quelque part, invisible mais là, derrière son épaule, derrière sa vie, pesant sur elle de tout le poids de son amour défunt. Sa mort l'a amputée de lui mais elle l'a aussi coupée d'une part d'elle-même, la plus vibrante peut-être, la plus proche de la jeune fille qu'elle était jadis quand elle échafaudait, dans les couloirs déserts du château familial décrépi, des plans pour courir le monde. Son utopie s'est réalisée mais depuis le voyage, vingt ans plus tôt, qui l'a menée à Shanghai, du monde elle n'a pas vu grand-chose et encore moins de la vie.

— Vous êtes sortie vous promener en robe de soirée ?

La voix de Mme Hu la surprend alors qu'elle s'apprête à monter les escaliers le plus silencieusement possible après avoir refermé doucement la porte d'entrée.

— Déjà debout, madame Hu ? s'étonne-t-elle. Vous êtes bien matinale.

— Je m'inquiétais. Ne vous ayant pas vue rentrer hier soir, je me demandais…

— Vous n'avez pas à vous inquiéter, madame Hu, ni à vous demander quoi que ce soit, répond-elle avec son sourire le plus engageant. Je vais très bien.

Elle monte dans sa chambre d'un pas qui n'a jamais été aussi léger et le visage qu'elle découvre dans le miroir de sa coiffeuse semble rajeuni de dix ans. Sous sa chevelure désordonnée, sa peau, ses joues ont un éclat qu'aucune crème de beauté ne réussirait à lui donner, on dirait que ses yeux bleus scintillent et sa bouche semble plus pulpeuse. Rarement elle s'est trouvée aussi belle. En passant une lotion sur son visage, elle fredonne le vieil air chinois que ses marins lui ont appris, autrefois, quand elle est montée sur la *Cheng Gong* pour sa première course sur le Yangzi. Elle pense à l'homme qu'elle vient de quitter, aux moments délicieux qu'il lui a fait vivre, à cette ardeur amoureuse qui l'a emportée et lui donne envie, ce matin, d'embrasser le monde, de crier à tous sa joie, de sourire à tous les inconnus qu'elle croisera et surtout de recommencer.

— Charles, tu m'entends, je le sais, chuchote-t-elle en se dirigeant vers la console où est posée la photo de son mari, figé pour l'éternité dans son cadre doré.

Olympe lui parle souvent, et prend soin de remettre régulièrement de l'huile dans la petite lampe qui brûle nuit et jour devant son portrait. Combien de fois, dans sa désespérante solitude, s'est-elle adressée à lui, lui reprochant d'être parti trop vite, de les avoir abandonnés, elle et ses deux petits ? Combien de fois, dans les moments de doute, a-t-elle imploré son aide et, dans les moments heureux, lui a-t-elle raconté ses succès en lui en attribuant la moitié du mérite ? Combien de fois l'a-t-elle interrogé sur les raisons de sa mort, ne recueillant pour toute réponse que le silence obscur de cette photo qui garde son secret. Ce matin, tout est différent, et elle doit le lui avouer.

— Charles, tu n'as cessé d'être à mon côté, tu le seras toujours et je te chérirai jusqu'à ma mort, murmure-t-elle. Mais, en attendant, il me faut vivre. C'est-à-dire ne pas me dessécher comme une nonne. Cela signifie que je dois faire de la place dans mon cœur. T'écarter un peu pour laisser venir en moi un autre homme. Un homme bon comme tu l'étais, un homme qui m'aime comme tu m'aimais, un homme qui m'a offert de goûter à nouveau les fruits de l'existence. Tu l'aurais aimé si tu l'avais mieux connu. Je voulais te dire qu'en attendant de te rejoindre là où tu es pour l'éternité, j'ai décidé d'aimer à nouveau, de redevenir une femme sans cesser de rester la tienne à jamais. Mon âme est à toi, Charles, elle te reste fidèle mais mon corps m'appelle vers un autre homme, merveilleusement vivant, lui, et qui pourra m'apporter un peu de ce bonheur que tu m'avais donné si généreusement. Je veux que tu le comprennes et que tu l'acceptes, Charles, et que tu me laisses vivre.

Le regard d'Olympe se brouille, quelques larmes perlent sur ses joues. Le portrait de Charles devient flou, il se perd dans le temps, s'estompe et se confond avec l'indistinct des choses et au même moment la flamme de la petite lampe à huile s'éteint lentement, comme si elle avait épuisé toute son énergie.

Olympe sourit : à travers cette fumée légère qui s'échappe de la mèche, Charles vient de lui rendre sa liberté.

11.

Les coups de bâton tombent, l'un après l'autre, furieux, méthodiques, sur le dos décharné du coolie qui ne geint même pas. Accroupi par terre, il tente de se protéger de ses deux bras repliés sur la tête. Geste vain. Pas un cri. Juste le bruit mat des chocs sur la peau qui bleuit, les os qui craquent et le souffle rauque du Blanc à chacun de ses coups. Le Chinois n'a pas d'âge. Il pourrait avoir vingt ou quarante ans, il aurait le même masque de souffrance, la même résignation, figure immémoriale des miséreux et des moins-que-rien, certains que la bastonnade est leur destin, leur seule raison d'exister, certains qu'elle est pour eux dans l'ordre des choses depuis l'éternité.

Debout, le Blanc tape à s'en dégoûter ou à s'en casser le poignet. Il déverse sa haine du sous-homme avec toute l'application du bien-pensant. Il n'a rien d'une brute. Sous son costume de lin clair, il porte cravate et gilet, et ses mouvements laissent entrevoir la chaîne en or de sa montre de gousset. C'est un civilisé. Il est jeune, ses cheveux courts sont coiffés en brosse et si ce n'étaient les quelques gouttes de sueur coulant de son front ou les veines gonflées de son cou, on jurerait qu'il se livre à l'une de ses besognes habituelles. Peut-être l'est-elle, après tout. Son visage est aussi impassible que celui de sa victime.

Pour lui, le coolie n'est qu'une bête de somme tout juste bonne à être châtiée. Seul son chapeau tombé par terre trahit sa violence. Concentré, il frappe méthodiquement, calme et endurant, et ses coups ont la régularité d'un métronome.

À côté de lui, un rickshaw renversé sur le côté, son essieu cassé et, tout autour, un attroupement de Chinois hilares et quelques badauds européens. Tous regardent intensément la scène. Tous se taisent. On voit dans leurs yeux qu'ils comptent les coups et font intérieurement des paris sur le temps que tiendra encore le pousse-pousse et le moment où le Blanc sera fatigué de cogner. Dans leurs regards avides de voyeurs muets, toute la secrète jouissance du malheur de l'autre.

Attirés par l'attroupement, Louis et Marc, qui rentrent rue Discry après s'être arrêtés chez les Liu, se glissent au premier rang et découvrent, horrifiés, l'homme rachitique au dos martyrisé dont les côtes craquent et son bourreau.

— Il se fait corriger pour avoir fait tomber le Diable étranger, commente Marc, fataliste.

— Comment peux-tu dire ça ? répond Louis. Ce n'est pas une correction, c'est un massacre !

Marc se contente de détourner les yeux sans répondre.

— Et pourquoi tous ces Chinois rigolent-ils au lieu de le secourir ? s'indigne Louis. Comment peuvent-ils accepter qu'un des leurs soit traité aussi sauvagement ?

La révolte monte en lui. Autant que le spectacle d'un homme qui en frappe un autre, c'est celui des Chinois qui le révulse. Au mieux, ils observent, impassibles, indifférents, apparemment abrutis, au pire, ils s'esclaffent à chaque coup qui s'abat sur le peau éclatée du malheureux.

— Pourquoi ne l'aidez-vous pas ? leur crie-t-il en chinois.

Et vous, arrêtez de lui taper dessus ! dit-il en tentant d'arrêter le Blanc. Vous allez le tuer !

— *Leave me alone, bloody bastard !* répond l'homme, furieux.

D'un coup de poing en pleine figure, il envoie Louis par terre et s'apprête à le corriger quand cinq Chinois s'interposent sans un mot. Ont-ils l'air assez déterminé ? Surpris, l'Anglais suspend son geste, leur lance un juron et tourne les talons, son stick sous le bras. Dans un brouillard de douleur, Louis le voit s'éloigner et essuie le sang qui coule de son nez. Alors seulement, le coolie commence à gémir, écroulé sur le sol, ses côtes meurtries saillant à chacune de ses respirations. Sa pâleur est extrême.

— Il va mourir, dit Louis en s'approchant de lui. Il faut l'emmener à l'hôpital.

Mais, tandis que Marc l'aide à se relever, les Chinois qui l'ont protégé sans un mot prennent le malheureux par les pieds et les bras et l'installent sur un rickshaw. Le plus âgé s'approche de Louis et le regarde droit dans les yeux.

— *Xièxiè*, dit-il simplement avant de rejoindre les autres.

— Où l'emmenez-vous ? demande Louis.

Le Chinois ne lui répond pas.

— Ne t'inquiète pas, dit Marc. Ils vont s'occuper de lui. C'est toi qui lui as sauvé la vie, à ce pauvre bougre.

— Pourquoi l'ont-ils laissé si longtemps se faire martyriser par cette brute ? Ils n'ont donc aucun courage ?

— Si, mais la peur des Blancs est trop forte. Les Diables étrangers ont à peu près tous les droits, tu le sais bien.

— Y compris celui de cogner sur un sujet de l'Empire ?

— Formellement non, mais s'ils le font, qui le leur reprochera ? Qui le leur interdira ? Personne, sauf s'il s'agit d'un personnage important ou d'un fonctionnaire. Pour le peuple ou les pauvres, chacun fait comme il veut. S'ils meurent sous les coups, quelle importance ? Ils sont tellement nombreux et personne ne se préoccupe d'eux, surtout pas le Taotai ou les fonctionnaires impériaux qui agissent de la même façon. Hormis quand ils ont besoin de provoquer les Blancs.

Dégoûtés, les deux amis reprennent lentement le chemin de la rue Discry.

— Une chose est certaine, poursuit Marc. Toute la ville chinoise va bientôt savoir qu'un jeune Français a empêché l'un des nôtres de se faire massacrer par un Diable anglais. Et quand ils apprendront que tu es le fils du Tigre Noir, ta légende se répandra dans toute la ville chinoise.

— Tes compatriotes feraient mieux de se secourir mutuellement plutôt que d'attendre que d'autres le fassent à leur place ! Aide-moi à résoudre ce mystère, Marc : pourquoi restez-vous si apathiques face à la misère, à l'injustice, à l'exploitation ? Pourquoi ne vous révoltez-vous jamais ?

Marc Liu se met à rire.

— Les Chinois se révoltent seulement quand l'empereur ne remplit pas le mandat qu'il a reçu du Ciel et que la famine menace, ou quand les fonctionnaires se montrent trop gourmands. Mais, sinon, nous ne bougeons pas. Nous sommes trop occupés à survivre ou à nous enrichir.

*

Rue Discry, le nez cassé de Louis crée la stupeur.

— Que s'est-il passé ? Tu t'es battu ? s'alarme Olympe en découvrant l'état de son fils.

— Non, un Anglais lui a mis son poing dans la figure quand il a voulu l'arrêter de taper sur un coolie, répond Marc avant que Louis ait pu s'expliquer.

— Pourquoi t'en es-tu mêlé ?

Rétrospectivement, elle s'inquiète pour ce grand jeune homme si soigneux de sa personne dont elle n'aurait pas imaginé qu'il puisse un jour voler au secours d'un malheureux Chinois. Louis la regarde avec étonnement.

— Tu aurais préféré que je le laisse crever sans rien faire ? questionne-t-il avec rudesse.

— Non, évidemment. Mais cela aurait pu se terminer plus mal pour toi. Je connais les Anglais. Ce sont des brutes, parfois, ils se croient tout permis et ils n'aiment pas ceux qui se mettent en travers de leur chemin. Tu souffres ? demande-t-elle encore, en caressant tendrement sa joue.

Le geste de recul de Louis et le regard glacial qu'il lui jette soudain la transpercent.

— Mme Hu va te soigner si tu veux, propose-t-elle.

Désarçonnée par l'hostilité inattendue de son fils, Olympe ne sait plus quoi dire. Depuis quelques semaines, Louis se montre distant. Il évite de lui adresser la parole, ne répond que par monosyllabes à ses questions, et fuit son regard. À plusieurs reprises, elle l'a surpris en conciliabule avec sa sœur mais dès qu'elle a voulu savoir de quoi ils discutaient, ils ont baissé les yeux et se sont fermés comme des huîtres avant de filer dans leur chambre. Le soir, quand elle dîne avec eux, Louis participe à peine à la conversation et seule Laure semble prendre plaisir à parler avec leur mère.

— Maman, nous allons partir une vingtaine de jours, Marc et moi, annonce-t-il sans prévenir.

Olympe tombe des nues.

— Quoi ? Tu viens de risquer ta peau et tu ne trouves rien de mieux que de partir à l'aventure ! Et pour aller où, je peux le savoir ?

C'est Marc, à nouveau, qui répond à la place de Louis.

— À Hangzhou. La famille de ma mère vit là-bas depuis l'époque des Song et j'ai proposé à Louis de venir avec moi leur rendre visite. Papa est d'accord pour que nous y allions tous les deux.

— Tu veux dire que je n'ai qu'à m'incliner ? proteste Olympe. Et comment comptez-vous vous rendre là-bas ?

— À cheval, répond Louis.

— Et allez donc ! Êtes-vous inconscients ? Croyez-vous que je vais vous autoriser à partir alors que les Blancs risquent leur tête dès qu'ils sortent des villes ?

— La route est sûre, Tante Olympe, plaide Marc. Et moi je suis Chinois. Nous ne risquons rien, je te l'assure. Faire le chemin à cheval est le meilleur moyen pour Louis de connaître la province du Zhejiang, de voir la vraie Chine.

— Parce que ce n'est pas la vraie Chine, ici ?

— Non, maman, et tu le sais très bien, répond Louis.

— Et moi, pourquoi ne me proposes-tu pas de venir avec vous si ce n'est pas dangereux ? interrompt Laure que personne n'a entendue arriver.

Elle se tient debout à l'entrée du salon, droite dans la tunique de soie dont les motifs – des oiseaux et des fleurs multicolores – ont été brodés par Mme Hu pour son anniversaire. Sur son visage, un air de défi qui ne plaît pas du tout à sa mère.

— Parce qu'il n'en est pas question, répond Olympe. Ce n'est ni à ton frère ni à Marc de décider mais à moi, et la réponse est non. Quant à vous deux, je ne sais pas encore si je suis d'accord.

Louis se rapproche d'elle. Il a encore grandi et la dépasse maintenant d'une trentaine de centimètres.

— Oncle Joseph a déjà dit oui, maman, dit-il de sa voix rauque qui hésite encore entre les aigus et les graves.

— Ce n'est pas lui qui décide pour moi, Louis.

— Si tu refuses que j'accompagne Marc, j'irai quand même, réplique-t-il. Et tu ne pourras pas m'en empêcher.

Olympe explose instantanément de colère.

— Pour qui te prends-tu ? Pour un adulte qui peut faire ce qu'il lui plaît parce qu'il a trois poils sur le menton ? Il te faudra attendre encore un peu, mon bonhomme. Et, en attendant, tu es prié de m'obéir. Si je ne veux pas que tu ailles à Hangzhou, tu n'iras pas à Hangzhou.

— T'obéir ? M'empêcher de faire ce que je veux ? De quel droit ? Tu fais bien ce que tu veux, toi !

Horrifiée par les mots que son fils vient de lui jeter à la figure, Olympe veut le gifler mais Louis fait un pas en arrière et continue de la provoquer.

— Quand tu rejoins ton Américain, tu fais bien ce que tu veux, non ? crie-t-il. Pourquoi ne le pourrais-je pas, moi ?

La stupeur les fige tous. Quelque chose a été dit qui n'aurait pas dû l'être. Quelques mots qui ont déchiré le voile opaque des apparences et coupé Olympe de son fils, comme s'il venait de trancher lui-même l'invisible cordon ombilical qui le reliait encore à elle. Laure est statufiée, ses yeux écarquillés fixent sa mère, Marc semble s'être affaissé sur lui-même et baisse la tête. Tous attendent la réaction d'Olympe. Joues empourprées, elle est tétanisée. Comment savent-ils ? se demande-t-elle. Depuis combien de temps ? M'ont-ils surprise un matin, rentrant à la maison ? Dois-je leur dire que j'ai trouvé un homme mais qu'il ne remplacera jamais leur père ? Elle regarde ses enfants l'un après l'autre pour vérifier que le moment est peut-être venu de leur dire la vérité. Ce n'est pas de la colère qu'elle peut lire dans leurs yeux, plutôt une sorte de dépit amoureux. Ils l'attendent, cette vérité, et Olympe devine que c'est seulement au prix de cet aveu qu'elle regagnera le respect de son fils.

— Asseyez-vous, les enfants, propose-t-elle d'une voix adoucie. Toi aussi, Marc, tu es des nôtres.

Le charme de sa voix, son intonation maternelle apaisent d'un coup la tension. Les trois jeunes gens obéissent avec réticence. En les observant, Olympe a l'impression que rien ne sera plus comme avant, que la famille qu'ils formaient n'aura plus la même force d'attraction, le même pouvoir rassurant et que, bientôt, elle ne sait pas quand, ils vont se séparer pour vivre chacun leur vie, à commencer par elle-même. Cette perspective, inéluctable, lui serre le cœur. Si Charles n'était pas mort, ils seraient encore unis pour longtemps dans cette espèce de cocon qu'elle a su tisser autour d'eux et qui, même si elle a tout fait pour le préserver, s'est dissous le soir de sa mort. Depuis, elle vit avec cette douloureuse impression qu'ils sont en sursis ou qu'ils ne vivent plus tout à fait pleinement.

— Je voulais vous l'annoncer depuis un certain temps, commence-t-elle. Oui, j'ai rencontré un homme. Un Américain qui s'appelle Patrick O'Neill et que nous avons connu, votre père et moi, il y a au moins dix ans, lors d'un dîner chez les Cunningham. Récemment, il est venu me déclarer qu'il était tombé amoureux de moi ce soir-là. Au début, j'en ai ri. Puis, je dois avouer que je n'ai pas été insensible à sa gentillesse et à son intérêt pour moi.

— Que fait-il? interrompt Louis. Encore un de ces types qui s'enrichissent sur le dos des Chinois?

Olympe préfère rire de l'agressivité de son fils.

— Non, répond-elle. C'est un marin, un capitaine au long cours qui possède une compagnie de navigation et plusieurs cargos à vapeur faisant la liaison entre San Francisco et Shanghai.

— Tu vas te marier avec lui? demande abruptement Laure.

Olympe soupire. Dieu que ses enfants sont à vif.

— La question ne s'est pas encore posée et je n'y songe

même pas. Je devine ce que vous éprouvez, mes chéris. Vous craignez que je ne trahisse le souvenir de votre père et que je ne vous abandonne pour partir avec un homme que vous ne connaissez pas et n'avez nulle envie de connaître. Soyez sans crainte. Comment pourrais-je oublier votre père et vous abandonner pour suivre aveuglément un homme ? Je resterai toujours la femme de Charles et votre mère. Surtout, je n'abandonnerai jamais la Compagnie du Yangzi. Votre père l'a fondée, j'en ai hérité, vous en hériterez à votre tour et la dirigerez quand le temps sera venu. C'est notre bien à tous les trois, l'œuvre de deux vies, la sienne et la mienne. Jamais je ne suivrai un homme qui n'accepterait pas que je consacre d'abord ma vie à mes enfants et à notre société.

— Tu l'aimes, toi ? demande encore Laure.

Olympe lit dans les yeux de sa fille l'attente d'une réponse qui comblerait ses interrogations sur des mystères qu'elle commence à entrevoir. Laure est une jeune fille et Olympe devine que, emportée par le caractère brûlant hérité de Charles, elle rêve déjà du grand amour.

— Je n'en sais rien, ma chérie, répond-elle. Je crois que je n'aimerai jamais que votre père et qu'aucun homme ne pourra vraiment gagner mon cœur. Mais j'ai bientôt trente-huit ans et, je suis franche avec vous, je ne veux pas finir ma vie en veuve acariâtre et revêche. Or, un jour, vous partirez de cette maison, vous vivrez vos vies, vous aurez autre chose à faire que de vous occuper d'une vieille femme comme moi. Et puisqu'un homme se présente pour remplir ce rôle ingrat, autant l'accepter en me disant que c'est le destin qui l'envoie. Quant à l'aimer, c'est autre chose. Avec votre père, nous avons mis un certain temps avant de comprendre que nous nous aimions très fort. Alors, avec ce M. O'Neill, laissez-moi un peu de temps pour savoir.

Laure n'a pas attendu que sa mère ait fini de parler pour se précipiter dans ses bras et se blottir contre elle.

— Nous ne t'abandonnerons jamais, maman, dit-elle. N'est-ce pas, Louis ?

Louis, plus réservé que sa sœur, réagit avec sa froideur habituelle et il faut qu'Olympe lui fasse son plus tendre sourire pour qu'il consente à s'approcher et à se laisser embrasser par elle.

— Jamais, finit-il par dire à mi-voix.

C'est au tour d'Olympe de sentir l'émotion la gagner. Combien de fois pourra-t-elle encore serrer ses deux enfants contre elle ? Un jour ou l'autre, ils partiront loin et ils trouveront ailleurs l'amour dont ils auront besoin. Autant donc leur accorder ce qu'ils attendent d'elle pendant qu'elle en a encore la possibilité.

— Bon. Puisque Joseph n'y voit aucun inconvénient, je vous autorise à partir à Hangzhou, dit-elle. Toi aussi, Laure. Et je compte sur toi, Marc, qui es le plus raisonnable, pour vous éviter des bêtises. Maintenant, allez préparer vos affaires. Revue de détail ce soir, comme aurait dit votre père !

12.

Chang finit par trouver le College of Medicine après trois heures de marche dans les rues de Hong Kong. Le fils de Lian et de Charles a quitté le Japon une semaine plus tôt sans en avertir Joseph Liu. Pendant des mois, il a économisé l'argent que son tuteur lui adresse pour payer son billet de troisième classe sur le paquebot qui relie Tokyo à la colonie anglaise. Ses compatriotes étudiants en droit se sont cotisés pour qu'il ait de quoi manger quand il sera sur place. Chang est leur porte-parole. Ils l'ont désigné pour prendre contact avec un homme dont le nom commence à être connu dans les cercles réformistes de l'étranger : Sun Yat-sen, un jeune médecin de vingt-six ans qui est venu faire ses études à Hong Kong et qui a des idées pour moderniser la Chine.

Après la traversée qui l'a parqué sur le pont étroit des troisième classe et obligé à dormir dans un dortoir surpeuplé, l'île de Hong Kong apparaît à Chang comme un paradis terrestre. Une végétation abondante et parfumée recouvre Victoria Peak, la haute colline qui domine le port, et de grandes maisons blanches à colonnades apparaissent à chaque détour de rue, protégées par des banians ou de luxuriants bosquets d'arbres.

— Est-ce vous qui cherchez le docteur Sun Yat-sen ?

l'apostrophe un jeune Chinois au visage lunaire et aux oreilles décollées.

Chang cesse de faire les cent pas dans le hall d'entrée du collège.

— Oui, c'est moi, répond-il. Je m'appelle Zhu Chang et je viens de Tokyo pour le rencontrer. Où puis-je le voir ?

— Il n'est plus ici. Notre ami Sun a terminé ses études il y a quelques mois, en juin 1892, et désormais il travaille à l'hôpital de Macao. Que lui voulez-vous ?

Chang hésite entre prudence et aveu. L'autre ne croira jamais qu'il est venu de Tokyo pour une simple conversation avec le docteur Sun. Il doit jouer franc-jeu.

— Nous sommes un groupe d'étudiants en droit à Tokyo et nous avons entendu parler de lui par un ami commun, Lu Hao-Tung, qui travaille au bureau des télégrammes Wuhu à Shanghai, répond-il.

— Je le connais, il s'active beaucoup pour diffuser nos idées. Vous aussi, vous êtes de ces jeunes patriotes qui souhaitez un autre avenir pour notre pays ? Allez voir Sun Yat-sen à l'hôpital de Macao, il vous recevra certainement.

*

Le lendemain, après avoir traversé l'estuaire du Zhu Jiang, la Rivière des Perles, sur un vieux rafiot pour rejoindre Macao, Chang se trouve face à celui pour lequel il a fait ce long et pénible voyage. Dans son petit bureau de l'hôpital, Sun Yat-sen a le visage grave de ceux qui savent qu'un grand destin les attend. Intimidé par cet homme dont il sait seulement qu'il est né dans un petit village de la région mais qu'il a passé une partie de son adolescence à Hawaii, Chang lui explique que, parmi les étudiants chinois du Japon, son nom et ses idées circulent pour sortir le vieil empire du Milieu de la léthargie.

— Vous incarnez les espoirs de notre génération, docteur Sun, conclut-il, et au nom de mes camarades, je suis venu vous proposer notre aide.

Curieusement, Sun Yat-sen n'a pas l'air surpris par cette offre de service. Les traits de son visage lisse ne bougent pas et c'est à peine s'il fronce ses épais sourcils.

— Je vous remercie, monsieur Zhu. J'ai effectivement quelques idées sur la modernisation nécessaire de notre vieux pays. À Hawaii puis à Hong Kong, j'ai constaté que les méthodes de gouvernement des Américains et des Anglais sont ce dont nous avons besoin pour sortir la Chine du Moyen Âge. Mais, dites-moi, monsieur Zhu, vous n'êtes qu'à moitié han ? demande-t-il à brûle-pourpoint.

Chang se sent rougir. Il déteste qu'on le méjuge à cause de son métissage.

— Mon père était un Français de Shanghai, avoue-t-il comme pour s'excuser.

— Était ?

— Il est mort il y a une dizaine d'années. Il s'appelait Charles Esparnac mais les Chinois le surnommaient Tigre Noir.

— Ce nom me dit quelque chose, dit Sun Yat-sen à mi-voix. N'a-t-il pas été aux côtés des Taiping dans les années 1860 ?

— Je l'ai très peu connu, malheureusement, répond Chang, et ma mère ne m'en a jamais parlé.

— Quand j'étais enfant, j'ai connu un vieux combattant des Taiping, Lai Han-ying, qui me racontait ses batailles et m'expliquait pourquoi des millions d'entre nous s'étaient révoltés contre Pékin pour s'engager sous la bannière des Taiping. À deux ou trois reprises, il a évoqué un Français qui leur fournissait des armes et qu'il avait rencontré une dernière fois lors de la prise de Nankin par les troupes impériales. Ce devait être votre père. Il était de notre côté.

— De notre côté ? interroge Chang, étonné.

— Tous ceux qui ont lutté et luttent encore contre la dynastie des Qing pour libérer le peuple de ces Mandchous sont de notre côté. Je comprends mieux maintenant pourquoi mes idées vous intéressent. Vous avez hérité de votre père le sens de la justice.

— Mon père était trop riche pour avoir le sens de la justice, réfute Chang. Il a abandonné ma mère et ne m'a jamais reconnu.

— Peut-être l'aurait-il fait s'il était encore de ce monde, jeune homme, dit Sun Yat-sen.

La perplexité soudaine qu'il lit dans le regard de Chang lui confirme que ce jeune homme est capable de se remettre en question et qu'il réfléchit. Exactement le genre d'individus qu'il recherche pour étoffer son mouvement. Ils ne sont que quelques dizaines de jeunes Chinois à le suivre, ici à Macao, à Hong Kong ou dans la province du Guangdong et, s'il veut faire avancer sa cause, il doit avoir des partisans dans toutes les grandes villes de l'empire.

— Quand vous aurez achevé vos études à Tokyo, comptez-vous rentrer à Shanghai ? demande-t-il.

— Oui. Je veux devenir avocat pour m'occuper de ces gens que personne ne défend face aux fonctionnaires impériaux.

— C'est très courageux de votre part. Le pouvoir de Pékin ne supporte pas la contestation, vous le savez. Il n'accepte pas que ses représentants soient accusés de corruption ou de toutes ces injustices qu'ils commettent en toute impunité contre le peuple. Il faut réveiller le peuple, jeune homme !

— Je vous y aiderai autant que je le pourrai, docteur Sun.

— Je compte sur vous, Zhu Chang. Puisque je n'ai personne pour me représenter à Shanghai, je vous confie cette mission. À compter de ce jour, vous êtes mon correspondant auprès des étudiants de Tokyo mais également à Shanghai quand vous y serez de retour. Vous devrez recruter ceux qui pensent comme nous, les encadrer, les organiser pour me soutenir quand je déciderai de passer à l'action. Mais soyez très prudent, très discret, très méfiant. L'impératrice Cixi nous fait surveiller, elle a des espions partout. Faites attention à vous et soyez perspicace dans vos recrutements.

— Quand comptez-vous passer à l'action ? demande Chang.

— Lorsque je serai prêt, que la situation politique sera favorable et que mes partisans seront assez nombreux pour constituer une force capable de peser.

— Vous voulez renverser les Qing, mais après, que comptez-vous faire ?

— Instaurer une république. C'est le seul moyen de moderniser notre pays. En attendant, retournez voir Yang Heiling à Hong Kong : il vous expliquera comment nous sommes organisés et comment communiquer avec moi. Il vous faudra également de l'argent. Connaissez-vous un moyen honnête d'en avoir ?

Chang se permet un sourire et répond d'une voix qu'il veut très assurée :

— Je sais exactement où en trouver, docteur Sun. Et suffisamment pour faire de Shanghai une de vos bases les plus solides le moment venu.

*

Pour la première fois depuis longtemps, Olympe a tenu à se rendre dans le *yamen* de Joseph. Elle veut discuter sérieusement avec lui et ni chez elle ni dans leurs bureaux de la Compagnie du Yangzi ils ne trouveront la tranquillité nécessaire. Son vieil associé l'a faite entrer dans son cabinet, la pièce la plus secrète et la plus sombre de sa demeure qu'elle a atteinte après avoir traversé jardins, cours intérieures, couloirs sombres et pièces d'apparat noyées dans le silence. Assis très raide dans son fauteuil Ming brillant de patine, Joseph paraît plus âgé et plus mystérieux que dans la pleine clarté du jour. La pénombre creuse les rides de son visage et les cernes sous ses yeux paraissent plus ombreux. Le gris de ses cheveux, impeccablement séparés par cette raie médiane qu'elle lui a toujours connue, est plus terne et ses lèvres tremblent un peu quand il ne parle pas. « Et dire que je ne connais même pas son âge exact », pense Olympe en le regardant boire une gorgée de thé. « Ni lui ni Marie-Thérèse ne me l'ont jamais dit. Soixante ans, soixante-dix ans ? Comment savoir ? »

— Mon cher Joseph, commence-t-elle, si vous ne m'aviez pas assurée que vous feriez discrètement escorter les enfants jusqu'à Hangzhou, jamais je ne les aurais autorisés à accompagner Marc chez son oncle.

— Vous imaginez bien qu'il était hors de question de les laisser partir sans protection, répond Joseph. Je suis certain que la Bande verte continue de rôder autour de nous en dépit de mes menaces et je fais surveiller nos enfants sans qu'ils s'en aperçoivent.

— Et moi, vous me surveillez également ? demande-t-elle avec un grand sourire.

Joseph la regarde fixement sans rien dire et caresse mécaniquement l'étui d'argent de son index.

— Nous sommes amis et associés depuis suffisamment longtemps, vous pouvez tout me dire, insiste-t-elle.

— Mes hommes ne vous surveillent pas, Olympe, finit-il par avouer, ils vous protègent. Ils se relaient autour de votre maison pour vérifier que personne ne rôde et, quand vous sortez, ils sont prêts à intervenir si un de ces brigands se rapproche trop de vous.

— Merci de cette protection, Joseph. Grâce à elle, vous n'ignorez donc rien de ma vie sentimentale, n'est-ce pas ?

Elle le sent gêné et s'amuse, une fois de plus, des pudeurs morales de son vieil ami.

— Votre vie ne me regarde pas, Olympe, mais oui, je sais depuis un certain temps que vous avez un ami. Un Américain, je crois.

— C'est pour vous en parler tranquillement que j'ai souhaité vous voir ici. Je voudrais que les choses soient claires entre nous. Cet homme s'appelle Patrick O'Neill...

— Je sais.

— Si vous savez tout, ce n'est peut-être pas la peine que l'on discute, Joseph !

— Pardonnez-moi, s'excuse-t-il.

— Allons droit au but. *Primo*, j'ignore encore si j'aime ou non cet homme. Je sais seulement que je me sens bien avec lui même s'il ne remplacera jamais Charles. *Secundo*, quelle que soit la façon dont mes sentiments évolueront à son égard, je veux que vous sachiez qu'ils n'interféreront pas sur ma façon de diriger la société et que je n'ai pas l'intention d'en faire le troisième associé de notre compagnie. Nous sommes deux, vous et moi, nous resterons deux jusqu'au jour où nous déciderons de tout laisser aux enfants. D'accord ?

— D'accord, répond Joseph Liu, une fois de plus impressionné par la capacité de décision d'Olympe.

— Même s'il possède sa propre société aux États-Unis, je ne peux, en effet, négliger l'hypothèse que Patrick O'Neill soit un jour plus intéressé par la Compagnie du Yangzi que par mes beaux yeux. Je ne veux pas prendre ce risque. *Tertio*, je ne me marierai pas avec lui, Joseph, je tenais à vous en informer solennellement. Je suis la femme d'un seul homme et je n'imagine pas une seconde remplacer Charles par cet Américain. Je vois à votre tête que cette décision heurte vos sentiments chrétiens. Tant pis, que voulez-vous, nous vivrons dans le péché, ce qui n'est d'ailleurs pas désagréable. Puisque Dieu m'a retiré mon époux, qu'il me laisse au moins libre de vivre comme je l'entends avec celui qu'il a mis sur mon chemin. Même mariée, j'ai toujours été une femme indépendante, vous le savez, et ce n'est pas aujourd'hui que je vais renoncer à ma liberté.

— Vos paroles me rassurent, Olympe, dit Joseph, visiblement soulagé. Je ne vous cache pas que je m'inquiétais pour vous et pour la société. Vous êtes une femme de tête et l'esprit de Charles continue de vous habiter. Par curiosité, M. O'Neill compte-t-il s'installer chez vous, au Trianon ?

— Ni lui ni moi ne le savons encore. Il a déjà transféré le siège de sa compagnie de transport maritime dans la concession internationale et a chargé une agence de lui trouver une maison dans la concession française.

— Pour être plus proche de vous, je suppose.

— On peut le supposer, effectivement, mais c'est aussi parce qu'il aime l'atmosphère plus tranquille de nos rues. Cela signifie que nous ne vivrons pas nécessairement sous le même toit. Chacun chez soi, en tout cas pour le moment et jusqu'à ce que Louis et Laure soient suffisamment grands pour prendre leur envol.

— Finalement, comment ont-ils pris la situation ?

— Marc a dû vous raconter que ce ne fut pas facile, surtout avec Louis. Mais je crois qu'ils acceptent que leur mère ait le droit de vivre à nouveau comme une femme après toutes ces années de deuil. Et vous, Joseph, l'acceptez-vous ?

— Je m'en réjouis, Olympe, et Marie-Thérèse également. Si nous voulons que la Compagnie du Yangzi continue de prospérer, il est préférable pour nous que vous soyez heureuse.

— Quelles que soient les circonstances, vous conservez toujours le même sens de l'intérêt général, n'est-ce pas, Joseph ? ironise-t-elle. Et tant pis si votre sacro-sainte Église n'y trouve pas son compte du moment que vous, vous y trouvez le vôtre, hein ?

— Je ne peux rien vous cacher et Dieu m'a fait ainsi, conclut le Chinois avec un fatalisme feint.

Ils en rient tous les deux jusqu'à ce qu'Olympe jette un coup d'œil à sa montre, pousse un cri, se lève brusquement et aille déposer un léger baiser sur la joue agréablement fraîche de son associé.

— Je dois filer, je suis en retard, s'excuse-t-elle. Dites à Marie-Thérèse que je l'attends demain, comme tous les mardis, à l'orphelinat, ajoute-t-elle en se dirigeant vers la porte.

— Un rendez-vous ?

— Exactement.

— Galant, j'espère.

— Merveilleusement galant, oui.

Et elle disparaît dans l'ombre du couloir. Joseph sourit en l'entendant s'éloigner. Ce n'est plus une veuve dont les talons claquent sur le parquet d'acajou, c'est une jeune fille qui court à son premier rendez-vous. Aussi légère que la belle Lin Daiyu, l'héroïne du *Hong lou meng*, *Le Rêve dans le pavillon rouge*, se précipitant à la rencontre de son amoureux de cousin.

13.

Le *Star of California* appareille dans quelques heures et Patrick a invité Olympe à les passer à bord. À l'aube, il partira pour sa dernière traversée du Pacifique jusqu'à San Francisco où il réglera les ultimes problèmes du transfert de sa société à Shanghai. Dernière nuit avec lui dans sa cabine. Olympe se sent bien dans cet espace clos, tout lambrissé d'acajou verni et dont les hublots enchâssés dans d'épais cercles de laiton donnent sur les lumières du Bund. Accrochées aux parois, des marines où chacun des bâtiments de la compagnie de O'Neill est peint sur des mers déchaînées, étraves de clippers fendant des déferlantes toutes voiles dehors ou de steamers bravant les tempêtes dans des panaches de fumée noire.

Sur sa table aux bords arrondis, l'épais volume du journal de bord, la carte des approches de Shanghai, des crayons, un compas, une règle, une grosse rose des vents. Une lampe basse diffuse une lumière de miel et peint sur leur peau des ombres sinueuses. Le *Star* est le dernier né de la compagnie de O'Neill. Un bâtiment taillé pour la course. Sans concurrencer les grands paquebots des Messageries maritimes ou de la Pacific and Oriental Steam Navigation Company dont l'agence de Shanghai occupe l'un des plus orgueilleux bâtiments du Bund, il mesure près de cent mètres de long. Avec sa haute cheminée qui domine l'imposante passerelle centrale, ses lignes très profilées, il a quelque chose d'irrésistiblement nouveau. Avec lui, la modernité américaine a fait irruption sur les rives de la mer de Chine. Olympe est d'emblée tombée sous le charme et se demande parfois si celui qu'elle trouve à son amant ne tient pas en partie à la silhouette très virile de son navire.

Avant de quitter Shanghai, Patrick voudrait s'assurer qu'elle l'accepte, qu'il n'a pas rêvé, qu'elle est bien la femme avec laquelle il veut faire sa vie. Mais, elle, sa vie, voudra-t-elle la refaire avec lui ? Allongé sur le lit un peu étroit pour deux de sa cabine, il la tient étroitement contre lui.

— Patrick, pourriez-vous desserrer votre étreinte, murmure Olympe. J'aimerais ne pas mourir étouffée avant votre départ.

— Excusez-moi, j'ai si peur de vous perdre, répond Patrick.

— Pourquoi donc ? Je ne vais pas m'envoler. Et vous, vous allez revenir, n'est-ce pas ?

Il la regarde éperdument. Jamais jusqu'à ce jour une femme n'a été si naturelle avec lui. Patrick O'Neill est un marin téméraire et fonceur, il aime surmonter les obstacles, se mesurer aux éléments, défier les tempêtes du Pacifique, aller plus vite que le vent mais, face aux femmes, il doute.

— De quoi doutez-vous donc ? demande Olympe à qui il vient de faire cet aveu.

— De moi-même, de ma capacité à les retenir ou à simplement les intéresser. Je me trouve maladroit, insipide et, pis que tout, sans esprit. Il y a peu encore, quand j'expliquais que j'étais capitaine de mon cargo, les femmes s'éloignaient. J'en ai déduit que mon métier leur faisait peur et qu'elles préféraient un homme moins exposé aux dangers ou moins remuant. Plus tard, lorsque j'ai créé ma société, j'ai cru les intéresser davantage mais j'ai rapidement compris que je ne correspondais pas à l'image qu'elles se faisaient d'un entrepreneur.

— Pourtant, les femmes aiment rêver et un marin, c'est le grand large, le bout du monde, l'ailleurs, l'inconnu. Le frisson.

— Les Américaines rêvent peu et frissonnent encore moins. Elles préfèrent les dollars.

— Les Françaises sont moins intéressées et elles adorent éprouver de temps à autre quelques délicieux frémissements.

— C'est bien ce qui me fait peur, dit-il. Je n'en reviens toujours pas de vous avoir contre moi, dans mon lit.

— À vrai dire, moi non plus, répond Olympe, mais j'ai décidé de ne plus me poser de questions. Et vous feriez bien d'en faire autant, Patrick.

Comment l'Américain pourrait-il lui avouer qu'avoir réussi à séduire la Reine du Yangzi, celle qu'on appelle aussi la veuve du Français, l'enivre et le tétanise à la fois ? Il en revient toujours à ses doutes malgré les abandons qu'elle vient de lui offrir, et le sourire qui éclaire son visage. Cette nuit, avant de partir, il veut en avoir le cœur net. Il veut une promesse, au moins, pour partir assuré qu'elle ne le quittera pas comme les autres et qu'il la retrouvera à son retour.

— Je serai rentré dans deux mois environ, dit-il. Si tout va bien.

— Je vous interdis que ça aille mal, Patrick ! Débrouillez-vous comme vous voulez, mais soyez là en juin. Je voudrais fêter la Saint-Jean avec vous.

— Pourquoi la Saint-Jean ?

— Parce que je n'ai pas sauté au-dessus d'un feu depuis longtemps. Et que j'aimerais le faire avec vous.

— Vous tenez donc à moi ? murmure-t-il.

— Cessez donc de vous poser des questions à tout bout de champ ! Contentez-vous de vivre, bon sang !

— Je n'ai pas vraiment l'habitude.

— Qu'avez-vous donc fait pendant tout ce temps ?

— J'ai travaillé. Et c'est à peu près tout.

— Moi aussi. Mais à présent nous sommes suffisamment grands pour nous accorder un peu de loisir, non ?

O'Neill sourit gauchement, lisse sa moustache et prend la main d'Olympe entre les siennes.

— Olympe, voulez-vous m'épouser ? demande-t-il.

— Décidément, vous avez de la suite dans les idées ! fait-elle en s'écartant légèrement de lui. Que vous ai-je répondu quand vous me l'avez demandé la première fois ?

— Justement, vous ne m'avez pas répondu.

— Parce que vous disiez des bêtises. Je n'ai pas changé d'avis.

— C'est non ?

Olympe recouvre du drap sa nudité, dont la lumière de la cabine révèle les courbes mystérieuses, et s'assied sur le lit en soupirant.

— Vous êtes trop pressé, Patrick, et vous posez trop de questions. Il est trop tôt pour que je prenne une décision. Nous nous connaissons à peine. Laissons faire le temps.

— Pourquoi attendre ? Chacun de nous connaît l'essentiel de l'autre.

Elle a un petit rire amusé.

— Les corps ne sont pas l'essentiel. Et le désir n'est pas nécessairement de l'amour. Quand les corps s'accordent, le cœur ne suit pas toujours aussi vite. Il a besoin de temps. Laissez-moi m'habituer. Soyez patient.

— Ce n'est pas mon fort et je ne veux pas partir sans savoir, insiste l'Américain.

— Écoutez, Patrick. J'ai beaucoup de tendresse, d'affection pour vous. Mais je me suis déjà mariée une fois et je n'ai pas envie de recommencer. C'est aussi simple que cela. Vivons d'abord, nous verrons plus tard.

L'air désespéré d'O'Neill l'émeut plus qu'elle ne le voudrait. Et elle se sent fléchir, ses résolutions s'émoussent.

— Je veux que vous soyez ma femme, dit-il. Ne refusez pas, sinon, j'en mourrai.

— Ne soyez pas si emphatique, cela ne vous va pas ! Vous m'avez, c'est tout ce que je peux vous promettre pour l'instant. Je vous attendrai. Et si vous rasez votre horrible moustache, je vous jure que je réfléchirai sérieusement à votre proposition.

— M'aimez-vous au moins ?

L'émotion qui la gagne soudain et empourpre son visage lui confirme qu'elle doit admettre la vérité, qu'elle ne peut plus reculer devant l'évidence.

— Oui ! s'écrie-t-elle. Vous êtes content ?

*

Le shikumen qu'Olympe est en train de faire construire au sud de la concession française est devenu en quelques semaines l'une des attractions de la ville. Shanghai n'en manque pas mais la surface du chantier entre les faubourgs de Nanshi et la campagne, les profondes tranchées où seront enterrés les lourds tuyaux de fonte qui vont amener l'eau et le gaz dans chaque appartement, les cavités creusées pour les fondations, la noria de tombereaux et de brouettes qui apportent pierres, briques et tuiles pour construire les maisons, attirent chaque jour une foule de Shanghailanders et de Chinois. Le dimanche, on vient en famille constater l'avancement des travaux et observer les centaines d'ouvriers chinois qui travaillent sur le chantier de l'aube au crépuscule. Ils peinent à imaginer que, sur cette terre encore informe et presque marécageuse, au bout d'une rue qui n'existe pas encore, s'élèveront dans un an, à l'abri d'un mur d'enceinte, plusieurs hectares de maisons en brique de deux étages, toutes mitoyennes, le long de rues rectilignes. Olympe s'y rend quasiment tous les jours pour s'assurer que le chantier ne prend pas de retard et vérifier *de visu* que les ouvriers, qui vivent sur place, sont traités conformément à l'accord qu'elle a imposé à l'entrepreneur chinois, et non comme des esclaves. Elle a exigé qu'ils soient nourris convenablement et interdit que les contremaîtres les battent à coups de bâton comme elle l'a observé trop souvent sur d'autres chantiers de l'international settlement.

— Chaque maison aura vraiment l'eau courante et l'électricité ? questionne à nouveau René Mattéoli, incrédule.

Olympe a proposé à son vieil ami de l'accompagner pour lui montrer la réalisation dont elle est la plus fière. Une façon de tromper l'absence de Patrick O'Neill qui lui pèse plus qu'elle ne l'imaginait. Elle ne peut s'empêcher de craindre les traîtrises de l'océan, le déchaînement des tempêtes, la violence inhumaine des typhons auxquels rien ne résiste, et qui pourraient le lui prendre.

— Exactement, répond-elle à Mattéoli. Ce seront les maisons les plus modernes de la ville.

— Vous en avez fait du chemin depuis que vous avez débarqué de l'*Ava*, dit-il, pensif.

Elle se tourne vers lui, attendrie de le voir légèrement voûté, comme si toutes ces années enfuies étaient pour lui un fardeau trop lourd. René n'est plus le quadragénaire fringant qui l'a conduite à l'autel le jour de son mariage avec Charles, et elle se demande si, depuis deux ans qu'il vit à Shanghai, il n'abuse pas des innombrables plaisirs de Fuzhou Road ou de Bubbling Well Road. Après tout, il ne lui a jamais caché qu'il s'était expatrié pour mener une existence plus galvanisante qu'en France.

— Et vous êtes certaine que des Blancs accepteront d'habiter ici en sachant qu'ils devront côtoyer des Chinois ?

— Chaque jour, des immigrants arrivent ici de toute l'Europe, du Japon ou des États-Unis. Il faut bien qu'ils se logent. Et tous ne partagent pas la même répulsion des Anglais ou des Américains pour les Chinois.

— C'est un sacré pari que vous faites là, ma chère. Et qui vous dit que des Chinois viendront, eux, louer vos maisons ?

— J'en suis sûre, René. Cette ville a été fondée il y a bientôt cinquante ans et a enrichi non seulement beaucoup de gens comme moi mais aussi de Chinois comme Joseph Liu et, dans une moindre mesure, ces cohortes d'employés qui travaillent pour nous. Ceux-là ont envie de vivre à l'occidentale, pas à la chinoise. Ils veulent cuisiner au gaz, s'éclairer à l'électricité, avoir des toilettes à eux. Ils veulent ce que nous avons et d'abord du confort. C'est pour eux que je construis ces habitations. Même si beaucoup en ville me prennent pour une idéaliste ou une naïve et prédisent que je signe ma ruine avec cette opération immobilière, vous verrez que l'avenir me donnera raison. Cet investissement se révélera une excellente affaire et tout le monde dira alors qu'il y a toujours cru. En attendant, si vous voulez m'acheter une maison sur plan, n'hésitez pas, je vous ferai de très bonnes conditions !

Alors qu'ils rentrent au Trianon par le quai de France qu'ombrage une double rangée de platanes, le spectacle des jonques, des sampans amarrés le long du fleuve, de toute cette vie grouillante et fébrile la renvoie à des souvenirs anciens.

— C'est vrai que j'ai fait du chemin depuis mon arrivée ici, dit-elle en prenant familièrement le bras de Mattéoli. Mais ce ne fut pas sans drame ni douleur. Et même aujourd'hui où tout semble me porter chance, je n'arrive pas à me sentir tout à fait heureuse.

— Le souvenir de Charles ?

— Moins depuis que je fréquente mon Américain. Non, ce sont plutôt les enfants qui m'inquiètent. Louis est devenu très indépendant et ne s'intéresse qu'à une chose, ce pays et ceux qui le peuplent. Et, depuis quelques mois, il se révolte à propos de tout et de rien. C'est à peine si je peux lui parler sans qu'il me contredise systématiquement.

— Il a dix-huit ans, n'est-ce pas ? C'est normal pour son âge.

— Ce qui l'est moins c'est son refus d'aller en France faire des études s'il décroche son baccalauréat. Il affirme qu'il veut d'abord explorer la Chine avant de décider ce qu'il voudra faire plus tard.

— Ce n'est peut-être pas une mauvaise idée. Si ce pays a besoin de nous pour se moderniser, peut-être avons-nous aussi besoin de gens qui le comprennent vraiment et qui ne soient ni des missionnaires ni des diplomates. Si Louis devient un de ces grands connaisseurs de la Chine, il sera bien mieux armé pour prendre la tête de la Compagnie du Yangzi quand vous lui passerez le relais. Et Laure ?

Olympe pousse un soupir désolé.

— Elle a grandi beaucoup plus vite que je ne le pensais et un peu dans le désordre. C'est de ma faute, je ne me suis pas assez occupée d'elle ni rendu compte assez tôt qu'elle était devenue une jeune fille. Avec un tempérament difficilement contrôlable, si vous voyez ce que je veux dire.

— Pas du tout.

— Elle est aussi fantasque que son père, elle rêve d'aventures sans savoir très bien lesquelles et elle a un vrai cœur d'artichaut !

— Elle est déjà amoureuse à son âge ?

— Oui, et du fils de Joseph et Marie-Thérèse Liu. Lui aussi apparemment, mais je n'en suis pas sûre. Et, du coup, Laure est soit complètement exaltée, soit la minute d'après en pleine torpeur. J'ai beaucoup de mal à la comprendre.

— Je n'ai pas d'enfant, mais je crois que c'est le propre des jeunes filles amoureuses. Laure doit être aussi romantique que vous à son âge.

— Je ne l'étais pas et je ne suis tombée amoureuse que bien plus tard, lorsque j'ai connu Charles. Et, pour tout vous dire, c'est plutôt aujourd'hui que je me sens romantique pour la première fois de ma vie.

14.

— Nous n'avons plus aucune raison de nous cacher, s'écrie Olympe.

À peine Patrick est-il revenu à Shanghai qu'elle a décidé de l'inviter à déjeuner chez elle le dimanche suivant.

— J'en ai assez de ne pas pouvoir vous rejoindre avant la nuit et de jouer à la veuve alors que je couche avec vous depuis des mois, ajoute-t-elle. Je veux pouvoir vous emmener dans ma chambre sans avoir à vous faire entrer par la fenêtre ! Surtout depuis que vous avez rasé cette horrible moustache. Ces cachotteries n'ont que trop duré.

— J'espère que vos enfants ne s'en formaliseront pas, dit Patrick. Ils pourraient être choqués que nous assumions notre liaison au grand jour sans être mariés.

— J'en doute : ils sont aussi peu conventionnels que leur père et moi.

*

Pour l'occasion, Mme Hu a préparé un repas typiquement shanghaien. Crabes de rivière à la chair délicate, poulet mariné dans l'alcool, poisson cuit à la vapeur, boulettes de porc. Elle veut faire honneur à l'invité d'Olympe comme si c'était elle-même qui recevait, a choisi du meursault et du saint-julien, les vins préférés de sa maîtresse, et a sorti toute l'argenterie, les verres en cristal, les serviettes damassées brodées aux initiales d'Olympe, un O et un E entrelacés, et les rafraîchissoirs en argent.

Olympe a passé une robe de percale du même bleu que ses yeux et retenu ses cheveux avec l'épingle à cheveux en or et écaille d'époque Ming que Marie-Thérèse Liu lui a offerte. Patrick n'a pas fait l'erreur de venir dans son uniforme de capitaine et a préféré passer un costume de lin grège et un gilet de soie lie-de-vin. Il a fait livrer un énorme bouquet de lis à Olympe et a apporté à Laure une boîte de pâtes de fruit, achetée chez le confiseur français qui vient d'ouvrir sur Nankin Road. Pour Louis, dont Olympe lui a expliqué le goût pour l'histoire chinoise, il a déniché les premiers tomes du *Shiji*, les *Mémoires historiques* de Sima Qian, chez un vieux libraire installé près de la Porte du Nord. Mais autant Laure s'est jetée à son cou pour l'embrasser, autant Louis est resté distant, le remerciant du bout des lèvres sans le regarder.

À table, Olympe entretient la conversation avec Laure dans l'espoir que Louis commencera à montrer un peu d'empathie pour son amant mais sans succès, et elle recule de minute en minute le moment où elle leur annoncera qu'elle entame une nouvelle vie avec lui. « C'est idiot, se dit-elle, je suis plus intimidée par mon fils que par n'importe qui d'autre. Même Charles ne m'impressionnait pas autant, au début. Et ce garçon que j'ai fait, que j'ai porté dans mon ventre, qui me doit la vie, me paralyse... » Conscient de son embarras, Patrick se tourne vers Laure :

— Et votre séjour à Hangzhou ? questionne-t-il. Ta mère m'a dit que vous étiez restés plus longtemps que prévu, ton frère et toi. Comment était la ville ?

— Bien plus belle que la Shanghai chinoise, répond Laure. On voit que c'est l'ancienne capitale des Song. Il y a des canaux partout et, quand on se promène le long du fleuve, on a l'impression d'être revenu aux premiers temps de l'empire.

— Il y a surtout moins de miséreux qu'ici, interrompt Louis d'une voix sèche. Et aucun Européen !

— Et c'est mieux ? questionne Patrick.

— Ah ça, oui ! Au moins les Chinois de là-bas sont chez eux et ne sont pas obligés de s'aplatir devant les Blancs pour avoir le droit de manger.

— Tu dis des bêtises, intervient Olympe, je ne les ai jamais vus s'aplatir devant nous. Ils font le *kowtow* uniquement devant le Taotai ou les fonctionnaires impériaux. Les Blancs ne leur ont jamais demandé de se prosterner à leurs pieds !

— Cela ne les empêche pas de les faire trimer comme des bêtes, poursuit Louis.

Gênée, elle aussi, par la mauvaise humeur de son frère, Laure revient sur leur séjour à Hangzhou.

— Et Marc a été un grand guide, dit-elle. C'est un artiste. Il nous a emmenés un soir sur le lac de l'Ouest pour nous réciter de vieux poèmes, juste au moment où la lune se levait. C'était magique.

— Patrick a promis, lui aussi, de me dire un poème irlandais, la prochaine nuit de pleine lune, plaisante Olympe pour détendre l'atmosphère.

Surpris, Patrick s'apprête à répondre qu'il n'en connaît aucun quand Louis lui coupe la parole :

— Et après, il te ramènera dans ta chambre, c'est ce qui est prévu ? demande-t-il à sa mère.

— Louis ! s'exclame Laure, interloquée.

— Arrête de jouer les mijaurées, toi ! s'écrie-t-il en se tournant vers sa sœur. Tu sais très bien que ce monsieur est le « fiancé » de maman.

Olympe comprend que la situation lui échappe et que

Louis, pour une raison qu'elle ignore, s'apprête à dire ce qu'il a sur le cœur. Elle ne veut ni le laisser faire ni gâcher leur déjeuner, encore moins donner à Patrick l'impression qu'elle n'a aucune autorité sur son fils. Sous les yeux légèrement inquiets de son amant qui ne s'attendait pas à être la cause d'un drame familial, elle se redresse sur sa chaise.

— Et alors ! s'exclame-t-elle. Je n'ai pas le droit d'avoir un amant, peut-être ? Tu veux me l'interdire ? À quel titre ? Parce que tu es mon fils ? Ce n'est pas un motif suffisant. Oui, j'aime Patrick. Après huit ans passés à vivre avec le souvenir de votre père, j'estime avoir le droit de jouir de l'existence, que cela te plaise ou non. Quand Patrick est arrivé, je n'ai pas eu envie de le repousser et je me passe de ta permission.

Elle espère que sa franchise calmera Louis mais c'est le contraire qui se produit. Il se penche vers sa mère, les yeux fixes.

— Et que comptez-vous faire tous les deux ? questionne-t-il durement. Vous marier ?

Olympe s'attend depuis longtemps à cette question. Elle sait ce qu'elle signifie pour Louis qui doit craindre qu'elle change de nom, qu'elle veuille donner un enfant à O'Neill ou encore l'associer dans la Compagnie du Yangzi. Un afflux de tendresse pour son fils, qui ne s'est jamais remis de la perte de son père et qui redoute de le voir remplacé par un étranger, la submerge. Un sourire affectueux se dessine sur ses lèvres quand elle lui répond :

— Non, mon chéri. Je n'ai pas l'intention d'épouser Patrick malgré ses demandes répétées. Je crois qu'il a compris pourquoi et qu'il l'accepte. Vous n'avez rien à craindre, je resterai Mme Esparnac.

Laure a l'air soulagé et tourne un visage souriant vers Patrick, mais Louis semble encore plus enragé.

— Cela ne t'empêche pas de coucher avec lui ! grommelle-t-il.

Olympe croit avoir mal entendu mais l'air de défi de son fils confirme ses paroles.

— Qu'est-ce que tu viens de dire ? crie-t-elle. Comment oses-tu me parler ainsi ? Qui es-tu pour me juger ?

Comme un ressort trop longtemps bridé, Louis se lève et jette sa serviette sur son assiette.

— Je ne veux pas que cet Américain couche dans le lit de mon père ! hurle-t-il.

Stupéfait, Patrick se lève à son tour. Choqué de voir la femme qu'il aime insultée par son fils, il veut répondre, mais Olympe s'est déjà dressée, livide, et désigne la porte du doigt.

— Va-t'en ! hurle-t-elle. Tu n'as plus rien à faire dans cette maison !

— Arrêtez ! crie Laure, en larmes. Arrêtez, je vous en prie.

Elle tente de retenir son frère, il la repousse, atteint la porte en trois enjambées et sort. Horrifiée, Olympe réalise que les mots qu'elle vient de prononcer vont lui coûter son fils. D'un coup, elle comprend que Louis n'a fait qu'exprimer sa jalousie pour l'homme qui vient lui prendre sa mère. Elle voudrait le retenir, lui crier qu'elle l'aime plus que tout, qu'elle ne veut pas qu'il parte, mais Louis est déjà dans le hall d'entrée. Statue de sel au milieu du silence soudain, elle sent son cœur, une nouvelle fois, se briser. Patrick lui-même n'ose faire le moindre mouvement et c'est seulement quand Laure se précipite derrière son frère qu'il se ressaisit et la suit. Mais Louis a déjà claqué avec fracas la porte d'entrée, il file vers la grille et, une fois dans la rue déserte de ce dimanche d'octobre, se met à courir aussi vite qu'il le peut, fugitif de lui-même, décidé à ne plus jamais remettre les pieds dans la maison familiale.

15.

Laure a tout tenté pour faire revenir son frère rue Discry, mais Louis refuse obstinément de quitter le yamen de Joseph et Marie-Thérèse Liu où il s'est réfugié.

— Il veut rester chez eux, sanglote-t-elle. Il dit que sa vraie maison est là-bas maintenant.

Alors qu'Olympe veut la prendre dans ses bras, elle s'écarte, défigurée par le chagrin.

— Tout ça est de ta faute ! s'écrie-t-elle. À cause de toi, je ne reverrai plus jamais mon frère ! Tu nous sacrifies à un homme qu'on ne connaît même pas.

Bouleversée par les accusations de sa fille, Olympe n'a aucun geste pour la retenir quand elle s'enfuit dans sa chambre. De la salle à manger où il l'attend pour dîner, Patrick a tout entendu. Une fois de plus, elle espère que le drame qu'ils sont en train de vivre ne va pas le faire fuir, lui aussi.

— Louis est aussi entêté que son père, dit-elle en s'asseyant à côté de lui, et je doute qu'il revienne ici avant longtemps. Même s'il souffre probablement de ne plus voir sa sœur, ou sa mère, ce qu'il n'avouera jamais.

Aussi malheureuse que Laure, elle s'efforce de rester pour Patrick la femme enjouée et aimante qu'elle était avant sa dispute avec Louis. Après avoir perdu son fils, elle veut tout faire pour garder l'homme qui veut encore d'elle. Un moment, elle a craint que, se sentant coupable de la rupture entre Olympe et Louis, il ne renonce à elle et ne la quitte. Mais l'esclandre de Louis l'a rendu encore plus amoureux, comme s'il voulait se faire pardonner d'être à l'origine de toute cette histoire, et il se montre plus prévenant que jamais. Presque chaque nuit, il reste dormir au Trianon et, sans abandonner son petit appartement de Huangpu Road, à deux pas du consulat américain, il laisse chez Olympe des vêtements, des effets de toilette, des livres, quelques objets auxquels il tient. Une sorte d'emménagement qui ne dit pas son nom, doux et discret qui, nuit après nuit, rassure Olympe sur la réalité des sentiments de son amant. Pour ne pas choquer Laure ni Mme Hu, ils dorment dans sa chambre et non dans celle où elle a vécu avec Charles, sanctuaire resté inviolé depuis sa mort. Dans la journée, chacun à leurs affaires, ils se croisent parfois à la banque ou dans une rue, mais le soir, plutôt que de se rendre au Shanghai Club comme beaucoup d'autres Shanghailanders, Patrick O'Neill rejoint Olympe sur le Bund et rentre avec elle à pied ou en fiacre selon leur humeur jusqu'à la rue Discry. Et plus personne à Shanghai n'ignore désormais que la Reine du Yangzi partage sa vie avec le captain O'Neill.

— Cette fâcherie avec Louis ne peut plus durer, dit-elle en lui prenant la main, ce soir-là.

— Que comptes-tu faire s'il est aussi buté que tu le dis ?

— Aller le voir chez Joseph et lui demander de me pardonner.

— Désolé de mêler de ce qui ne me regarde pas : ce n'est pas à toi de le faire, c'est à lui.

— Sans doute, mais je n'y compte pas. Et si nous voulons qu'il revienne dans cette maison, ne serait-ce que pour retrouver sa sœur, c'est le seul moyen.

— S'il revient, je devrai partir. C'est lui ou moi.

Olympe lâche sa main, désemparée.

— Ne dis pas cela, Patrick !

— Jamais ton fils ne m'acceptera sous votre toit, tu le sais très bien.

— Ne me demande pas de choisir. Comment exiger qu'une mère choisisse entre son fils et son amant ? C'est cruel. De toute façon, je m'y refuse. J'irai voir Louis et lui expliquerai sereinement que nous avons décidé de vivre ensemble et qu'il n'a pas à s'y opposer. Joseph a déjà dû lui dire qu'il a eu tort et qu'il doit me laisser mener mon existence comme je l'entends avec toi, dans ma maison, et que cela n'insulte pas la mémoire de son père. Louis ne t'aime pas, Patrick, et jamais je ne lui demanderai de t'aimer. Mais qu'il t'accepte parce que je le veux, ça, oui, je peux l'exiger de lui. Demain, j'irai le chercher chez les Liu et m'expliquer avec lui. En attendant, ressers-moi de ce délicieux vin. Ces histoires m'épuisent et ce soir je veux les oublier.

*

Le visage de Joseph Liu n'a jamais été plus catastrophé, même aux pires moments de la Compagnie du Yangzi. Ses yeux brillent d'une fièvre inquiète et ses mains tremblent un peu sans qu'il puisse les contrôler.

— Louis n'est plus ici, Olympe, avoue-t-il. Il est parti. Je n'ai pas pu le retenir.

Debout dans le grand salon chinois de son associé, Olympe croit avoir mal entendu. Elle vient d'arriver chez lui, décidée à pardonner à Louis et à lui demander de rentrer à la maison.

— Comment ? Louis n'est plus ici ? Où est-il ? Répondez-moi, Joseph, exige-t-elle en l'agrippant par le bras.

Le visage du comprador, plus cireux que jamais, est un masque où se mêlent peur, culpabilité et désarroi. C'est celui d'un homme qui vient de perdre la face. Il se tord les mains sans oser affronter Olympe, vacillant sur ses jambes comme s'il allait s'écrouler, semblable à une tour antique dont le temps aurait sapé les fondations.

— Je n'ai rien pu faire, explique-t-il. Depuis des jours, je tentais de le convaincre de rentrer chez vous mais il refusait. Il prétendait qu'il ne voulait plus vous voir tant que l'Américain serait là. Ni moi, ni Marie-Thérèse, ni Marc n'avons réussi à lui faire changer d'avis. Puis il m'a annoncé qu'il devait partir.

— Pour où ? Pour faire quoi ? C'est absurde !

— Pékin. Il voulait aller à Pékin. Là où tout avait commencé pour son père. C'était son obsession. Une sorte de pèlerinage. Plus je tentais de le dissuader, plus il insistait.

— Mais enfin, Joseph, il était chez vous, vous étiez responsable de lui ! Il fallait me prévenir, venir me chercher, je l'aurais raisonné ou ramené de force à la maison ! Et vous êtes resté comme ça, les bras ballants ?

— Je n'imaginais pas qu'il oserait partir seul et c'est seulement maintenant que Marc vient de me dire qu'il était parti ce matin, juste après mon départ pour le bureau. Je suis profondément désolé de m'être trompé à ce point.

— Vous rendez-vous compte des dangers qu'il court ? Un jeune Blanc, tout seul, avec tous ces bandits qui rôdent autour de Shanghai, il va à la mort ! Il faut absolument le retrouver. S'il lui arrive quelque chose, je ne vous le pardonnerai pas, Joseph. Et pourquoi Marc ne vous a-t-il pas prévenu plus tôt ?

— Il a eu peur de le faire. Il se sentait terriblement coupable. Il a fini par m'avouer tout à l'heure qu'il était au courant mais que Louis lui avait fait jurer de garder le silence. Il a aussi promis de lui envoyer régulièrement des nouvelles.

— Et vous n'avez pas pensé à lancer un de vos sbires à sa poursuite ?

— Bien sûr que si, répond Joseph qui se redresse légèrement, blessé dans son orgueil. Je viens d'envoyer deux de mes jian à sa recherche, mais Louis a une bonne journée d'avance sur eux. Il leur faudra du temps pour le retrouver.

— Qu'ils ne s'arrêtent pas, même pour dormir !

— Je leur ai promis une bonne récompense. Ce sont des hommes très endurants. Je suis certain qu'ils vont revenir avec lui.

— Cela vaudra mieux pour vous tous, menace Olympe en saisissant à nouveau Joseph par le bras.

Choqué par la brutalité de son geste, Joseph se rebiffe malgré son sentiment de culpabilité.

— Vous ne devriez pas être si dure, Olympe... J'observe Louis depuis longtemps. Il aime la Chine. Très profondément, avec son cœur, sa tête, son âme. Il l'aime de tout son être, plus que son père, plus que vous. Et s'il est parti, c'est pour répondre à un appel. Le même que celui auquel Charles a cédé dans le passé. C'est toujours une bonne chose de répondre à un appel. C'est souvent la voix de Dieu qui parle.

— Vous ne me ferez pas avaler ça, Joseph, dit Olympe, excédée. Louis a cédé à ses impulsions maladives, pas à un appel divin ! C'est un révolté, un idéaliste. Il veut changer le monde.

— Et alors ? Ce n'est pas un défaut. Comme tous les jeunes, il voit loin et bien. Il fera de grandes choses. Si c'est son destin, il faut le laisser faire.

— En me laissant mourir d'inquiétude dans l'attente qu'il revienne ? Vous êtes devenu fou ? Donnez-moi vite de ses nouvelles, Joseph, sinon, j'irai le chercher moi-même, menace-t-elle en sortant.

Pour la première fois depuis qu'elle a décidé autrefois de tuer de ses mains l'assassin de Charles, Joseph vient de voir dans le regard d'Olympe quelque chose de féroce, la flamme d'une mère prête à tout pour retrouver son fils. Effondré sur sa chaise, il prie Dieu de lui venir en aide, de mettre ses hommes sur les traces de l'héritier de Charles, ce garçon qui doit prendre sa succession, un jour, s'il revient vivant. Il connaît trop les dangers que Louis court sans en avoir conscience. Sur les routes, il risque de tomber sur une des multiples bandes de brigands qui écument la province et finir entre leurs mains, torturé à mort par jeu, à moins que des paysans ne le tuent pour lui voler son cheval ou seulement parce qu'il est un Diable étranger. Louis ne le sait pas, mais il peut disparaître corps et biens, happé par les immensités du pays sans qu'on le retrouve jamais. Accablé par sa responsabilité, Joseph se sent impuissant pour la première fois de sa vie et songe à l'étrangeté des destins qui réunit aujourd'hui en une même figure douloureuse, mais sans qu'elles le sachent, les deux femmes de Charles, Olympe et Lian, à qui le monde et les hardiesses de la jeunesse viennent de prendre leur enfant.

Le poids des secrets devient soudain trop lourd pour l'âme lasse de Joseph. Il les porte depuis si longtemps que son corps, fatigué lui aussi, n'a plus la force de les contenir. La concubine secrète de Charles et le fils qu'il a eu d'elle jadis, le fantôme même de Charles se font trop pesants avec l'âge. Il sent une sorte de fatalité l'envahir. À moins que ce ne soit Dieu, qui le punit pour ses fautes, ses silences coupables ou ses complicités passées et désormais insurmontables.

16.

L'idée s'est imposée à Louis au cours d'une nuit étouffante lorsqu'ils se trouvaient à Hangzhou, Marc, sa sœur et lui. Le ciel avait la luminescence argentée des nuits de pleine lune et le croassement des grenouilles l'empêchait de dormir. Il était sorti faire quelques pas dans le jardin pour se rafraîchir et répondre à quelque chose d'indéfinissable qui l'appelait au-dehors. Là où se cachaient des vérités que seule la nuit savait révéler et qui lui donneraient de voir le monde différemment. La lumière irréelle lui dévoilait des formes, des reliefs, des détails du jardin qui restaient insoupçonnés le jour. La forme tourmentée d'un rocher prenait l'apparence d'un animal antique, la branche d'un pin dessinait un chemin sinueux vers le ciel, les toits recourbés du yamen semblaient des vaisseaux fantômes à l'assaut d'océans invisibles.

Il était au milieu des choses et des êtres nocturnes, baigné de lune blanche, quand l'évidence le foudroya : sa vie était en Chine mais Shanghai ne représentait pas la Chine. Celle-ci était ailleurs. Shanghai n'était qu'un port métis, ouvert à tous les vents de la planète, un mélange factice d'Orient et d'Occident, un concentré des deux mondes qui n'existait que par l'argent et pour l'argent. Tout en découlait, tout y aboutissait.

Et là, sous les immensités nocturnes, Louis avait senti que ce monde-là n'était pas le sien et qu'un autre palpitait dans les profondeurs de l'empire du Milieu, plus réel, plus proche de la vérité qu'il recherchait. Un monde que son père avait poursuivi autrefois et qu'il avait trouvé peut-être – mais comment le savoir ? – avant de l'abandonner pour aller à Shanghai chercher fortune, comme tous les autres. L'univers de la vraie Chine, éternelle et inconnue, dont Shanghai n'offrait que des avatars et des simulacres, la Chine des millénaires et des dragons célestes, la Chine des souffrances et des plaisirs indicibles, des calamités et des révoltes l'attendait. Cette nuit-là, Louis avait pris la décision de partir, de quitter le monde artificiel de la concession française et d'aller à la rencontre de son destin. Son père était mort trop tôt pour lui raconter ses dix ans passés à courir les chemins, les fleuves, les mers de la Chine, et Louis voulait découvrir de lui-même ce qu'il avait vu, à Nankin, Tianjin, Pékin autrefois, s'enfouir dans la tourbe de ce pays sans fin ni temps, se laisser modeler par ses eaux, ses montagnes, ses forêts, ses peuples innombrables et puis renaître. Chinois.

Sur son cheval, Louis ressemble à un homme ivre. Le sourire qui plane sur ses lèvres est celui d'un égaré ou d'un bienheureux proche de l'extase. Accordé au pas de sa monture, son corps mince ne fait qu'un avec elle, il tangue souplement sous le ciel pourpre, cavalier du crépuscule chevauchant sa liberté. Sentiment de plénitude, de juste équilibre. Il est heureux, porté par cette marche lente qui traverse doucement le paysage et ne l'altère pas. En quittant sa mère, sa sœur et les Liu, il a conquis son indépendance. Au prix de leur colère, de leur inquiétude ou de leur tristesse, mais toute conquête a un coût et ce qu'il souhaite faire de sa vie l'exige.

Une semaine après avoir fui Shanghai, Louis a la quasi-certitude que les hommes sans doute lancés par Joseph à sa poursuite ont perdu sa trace et qu'ils ne réussiront pas à le retrouver. Au lieu de prendre directement la route principale qui mène à Nankin, il a eu l'idée de piquer plus à l'ouest par la route de Hangzhou pour brouiller sa piste, puis de bifurquer vers le nord et Wuxi. Il distingue au loin les murs fortifiés de la petite ville et est à peu près sûr d'y trouver une auberge pour la nuit. Le poids rassurant du revolver paternel qu'il porte dans son étui en bandoulière lui donne toutes les audaces. Il sait que la région est infestée de brigands mais ne les craint pas. Il connaît la stupeur et le respect qu'il provoque chez les Hans quand ils l'entendent, lui le jeune Long Nez, parler leur langue mieux qu'eux. Surtout, il y a cette présence qu'il sent autour de lui et qui le protège. Son père, peut-être, à moins que ce ne soit l'esprit de la Chine, Grand Dragon céleste, qui veille sur lui.

*

— Louis n'aurait jamais dû faire ça ! s'exclame Laure. Il nous a trahis. Je ne le lui pardonnerai pas.

Dans le jardin des Liu où elle l'a rejoint, elle tourne autour de Marc comme un bourdon. Furieuse contre son frère, elle ne cesse d'entortiller ses cheveux noirs avec ses doigts, elle qui les peigne toujours avec le plus grand soin.

— Il a fait ce qu'il devait faire, répond Marc Liu d'une voix qui se veut apaisante. C'est parfois plus important que tout le reste.

Laure s'arrête net et se plante devant lui. Elle n'a que quinze ans mais le dépasse déjà de quelques centimètres, lui qui en a dix-huit.

— Plus important que nous ? Et notre serment au pied de la vieille pagode il y a un an, qu'en fais-tu ? Nous nous étions juré de ne jamais nous quitter, tu te rappelles ? De rester unis pour la vie. Ce jour-là, il a affirmé qu'il ne partirait pas sans nous. Les aventures, nous devions les vivre ensemble. Il nous a menti et toi, tu lui trouves encore des excuses !

— C'est son aventure, Laure, pas la nôtre. Il reviendra un jour. Quand il aura trouvé ce qu'il cherche.

— Et que cherche-t-il ?

— S'il le savait, il ne serait pas parti sur un coup de tête. Et il reviendra, j'en suis sûr, ne serait-ce que pour toi, et peut-être aussi pour moi.

— Tu l'aimes donc tellement que tu es prêt à lui pardonner sa trahison ?

— C'est mon ami, le seul que j'aie vraiment. Et toi aussi, tu l'aimes, non ?

— Évidemment, c'est mon frère, mais…

— Mais ?

— Mais moins que toi, chuchote-t-elle en lui passant les bras autour du cou.

Marc se raidit et esquisse un pas en arrière. Lorsque Laure se montre trop démonstrative avec lui, il a toujours un mouvement de recul. Moins que la jeune fille qu'il a vue grandir, c'est lui-même et cette ébauche de désir qu'il fuit. Il ne peut ni ne veut être amoureux d'elle, l'Église l'interdit, la morale l'interdit, la différence des races l'interdit et toutes ces choses encore qu'il peine tant à démêler.

— Tu ne veux pas m'embrasser ? murmure Laure en approchant sa bouche de la sienne.

Tout son corps se rétracte pour ne pas la frôler.

— Non, murmure-t-il.

— Pourquoi ? Je te dégoûte ? Tu ne m'aimes pas ?

— Si, mais comme une sœur.

— Tu me trouves trop jeune, c'est ça ?

— Je ne peux pas, Laure, ma mère nous regarde, répond-il à bout d'argument.

— Et alors ? Nous ne faisons rien de mal. Et puis Tante Marie-Thérèse m'aime bien. Elle serait heureuse de nous voir fiancés.

— Tu divagues !

— Nous n'avons que trois ans de différence. Ce n'est rien et j'ai vu qu'ici, les filles se mariaient très jeunes. On pourrait très bien le faire, nous aussi. C'est courant qu'un garçon ait quelques années de plus qu'une fille. Je t'aime, Marc, et je t'aimerai toute ma vie. Mais pourquoi attendre ? Nos familles sont alliées depuis plus de vingt ans, nous avons été élevés de la même façon, on est faits pour vivre ensemble. Et je suis sûre que ton père et ma mère accepteraient que nous nous mariions.

— Tais-toi, tu dis n'importe quoi. On ne va pas se marier, retire-toi cette idée de la tête. Je ne sais même pas ce que je vais faire plus tard et je suis loin de songer à me marier.

— Ce n'est pas grave, j'attendrai.

— Arrête, Laure, tu délires ! crie Marc qui se demande comment faire cesser ce fantasme amoureux.

C'est elle qui, maintenant, recule d'un pas. Une tristesse de plomb altère d'un coup son visage encore enfantin.

— Tu ne veux pas de moi parce que tu ne m'aimes pas, c'est cela ? Dis-le, au moins.

— Je ne t'aime pas assez pour me marier maintenant avec toi, c'est tout, avoue-t-il.

Laure lui tourne brusquement le dos et fond en larmes, cachée derrière ses longs cheveux noirs. Marc a toujours détesté la voir pleurer et aujourd'hui plus que jamais. Un jour, alors qu'ils jouaient dans le parc de la rue Discry, elle était tombée à cause d'un jeu de garçons auquel elle avait voulu se mêler. Une chute sans gravité mais elle avait fondu en larmes et ses pleurs l'avaient complètement bouleversé. Il s'était précipité pour la relever, la consoler, sécher ses joues et là, contre lui, petit animal meurtri, hoquetant d'orgueil blessé plus que de douleur, elle s'était apaisée, blottie contre lui, menue et fragile.

Comment Marc pourrait-il deviner que ce moment dont le souvenir le trouble encore est pour Laure la source d'un amour qui n'a fait que se renforcer au fil des ans ? Il avait su, ce jour-là, trouver les mots pour la consoler et ne s'était pas moqué de sa maladresse : elle ne l'a jamais oublié. Surtout, comment pourrait-il deviner que ces quelques minutes contre lui lui ont procuré un plaisir aussi inconnu qu'éblouissant, une sorte de ravissement de tout son être qui l'électrisa en secret ? Et que, depuis, elle ne songe qu'à revenir dans ces bras si accueillants devenus entre-temps ceux d'un homme ?

*

— Où est Laure ? questionne Patrick O'Neill.

Après Olympe, il s'assied à son tour pour le dîner.

— Dans sa chambre, répond Olympe. Elle est revenue bouleversée de chez les Liu. J'ai bien vu qu'elle avait encore pleuré mais elle a refusé de me dire pourquoi.

— Elle souffre beaucoup du départ de son frère. Peut-être devrais-tu l'emmener consulter le médecin.

— Non. En réalité, elle est amoureuse de Marc et je suppose qu'ils se sont disputés. Ou plus probablement, elle a dû se montrer trop impatiente. Je la connais, c'est une exaltée, une fonceuse. Un peu garçon manqué, ma fille, et qui voudrait tout, tout de suite ! Petite, elle était déjà impatiente et trépignait de colère quand je refusais de lui céder. Si elle pleure pour un chagrin d'amour, je n'ai aucun remède. La patience et le renoncement sont les seules solutions.

— À t'entendre, ni l'un ni l'autre ne sont vraiment son genre.

Ils dînent en tête à tête comme tous les soirs désormais. L'Américain s'est définitivement installé au Trianon. Olympe aime sa présence rassurante, étonnamment douce et légère pour un homme si viril. Elle aime l'entendre chantonner dans la salle de bains, le soir, quand il s'apprête à la rejoindre. Ou siffler lorsqu'il descend prendre son petit déjeuner avec elle. Charles ne sifflait jamais. Tout en s'interdisant de faire des comparaisons, Olympe doit reconnaître que l'humeur égale de son amant, sa joie de vivre, le sourire qui illumine son visage chaque fois qu'il croise son regard colore ses journées d'une teinte plus joyeuse ou tonique que celle donnée par le tempérament, parfois si déroutant, de Charles. La maison revit grâce à lui, elle vibre à nouveau sous le pas d'un homme, résonne de ses rires, de ses exclamations et cris de joie devant un plat qu'il goûte pour la première fois. Même M. et Mme Hu, si distants au début, sont tombés sous son charme et les petites servantes se disputent le privilège de lui repasser ses chemises ou de manucurer ses ongles.

— J'aime la vie avec toi, dit-elle en lui prenant la main. Tout paraît si simple, si facile. J'ai l'impression de vivre avec un homme qui ignore les problèmes.

Patrick se met à rire.

— Je ne les laisse pas avoir prise sur moi, c'est aussi simple que cela. Et je leur interdis de pénétrer dans cette maison. J'ai eu trop de mal à te trouver pour prendre le moindre risque de te déplaire. Du jour où tu m'as accepté, j'ai décidé d'être le moins soucieux des hommes.

— Mais les affaires, tes cargos ?

— Si tu n'en entends pas parler, c'est que ma société se porte bien.

— Et si, un jour, j'en entends parler, que devrai-je en déduire ? ironise-t-elle

— Que j'ai décidé de tout vendre pour me consacrer exclusivement à toi !

Olympe éclate de rire et le bleu de ses yeux se met à briller d'une lueur plus douce.

— Tu crois que l'on pourra s'arrêter de travailler un jour et nous occuper uniquement de nous deux ? J'aimerais tellement confier les rênes de la Compagnie à Louis et me reposer un peu.

— C'est trop tôt, il est encore trop jeune pour diriger une société de cette importance.

— Et nul ne sait quand il reviendra. Jamais peut-être, murmure-t-elle dans un soudain accès de tristesse.

Devant sa détresse, Patrick se lève pour la prendre dans ses bras. Il ne supporte pas de la voir souffrir à cause de son fils et tente des paroles consolantes.

— Il reviendra, évidemment, affirme-t-il. Et ce jour-là, quand vous aurez eu une franche explication, vous pourrez commencer à le former aux affaires, Joseph et toi. S'il était mon fils, je le ferais passer par les différents services de la société pour en apprendre tous les rouages. Et, ensuite, je l'emmènerais traverser le Pacifique jusqu'à San Francisco. Il faudra qu'il connaisse aussi l'Amérique, un jour ou l'autre.

— Il n'acceptera jamais… Mais comment peux-tu être si certain qu'il reviendra ?

— Quitter la maison familiale et les parents comme il l'a fait est normal à son âge. Nous le savons bien en Amérique et laissons nos enfants partir à la découverte du pays, de l'Europe ou du vaste monde. On appelle cela le « Grand Tour ». En fait, c'est une tradition héritée des

Anglais. Généralement, ça dure un an, après quoi ils reviennent parce qu'ils en ont assez d'être loin de leur famille ou qu'ils n'ont plus un sou en poche et reprennent leurs études. Je te parie que, dans un an, tu le verras revenir et qu'il sera totalement transformé.

Olympe a une moue dubitative.

— Que Dieu t'entende s'il n'est pas trop sourd, comme d'habitude. Donc rendez-vous dans un an, en juillet 1895, pour vérifier que tu as raison.

17.

Les projets les mieux préparés ne se réalisent jamais comme on l'espère. Chang en fait l'expérience quand Yang Heiling lui annonce qu'il ne peut pas retourner à Tokyo. Comme Sun Yat-sen le lui a demandé, il est allé le voir avant de quitter Canton pour le Japon et Yang est formel.

— C'est vraiment impossible, insiste-t-il.

— Pourquoi ? s'étonne Chang. Je dois absolument rentrer là-bas pour rejoindre nos camarades et finir mes études, vous le savez bien.

— Je crains que tu ne sois contraint d'y renoncer, au moins pendant un certain temps : les Japonais nous ont attaqués en Corée il y a un mois à peine, en juillet, et ils nous ont battus.

Les yeux étonnés de Chang lui font un visage plus européen que d'ordinaire.

— Je ne le savais pas, dit-il. J'ignorais même qu'ils nous avaient déclaré la guerre.

— Ils n'ont pas eu besoin de le faire.

— Si nous avons été battus, cela signifie que la guerre est déjà terminée, non ?

— Au contraire, elle ne fait que commencer ! Les Japonais veulent chasser la Chine de Corée et ils iront jusqu'au bout. Ils veulent démontrer leur puissance. Tu ferais donc mieux de rester ici, à Canton, plutôt que de courir des risques inutiles au Japon.

— Les Japonais ont toujours très bien accueilli les étudiants chinois...

— Leur hospitalité pourrait n'être plus à l'ordre du jour, Zhu Chang. Installe-toi quelque temps à Canton, tu nous seras plus utile qu'à Tokyo. D'autant plus que nous avons des projets ici, ajoute Yang Heiling, sibyllin.

Il allume une cigarette et dans la pénombre du jour finissant, la flamme de l'allumette fait naître des ombres dures sur son visage plat. Yang Heiling n'a que vingt-cinq ans, mais son autorité, sa volonté, sont palpables. Impressionné par Sun Yat-sen, Chang l'est encore plus par son adjoint. Sun est un intellectuel. Yang, un tacticien, un organisateur.

— Des projets de quoi ? demande-t-il, captivé par l'atmosphère de conspiration que Yang Heiling vient de créer d'un simple geste.

Yang tire une longue bouffée de sa cigarette et prend tout son temps pour exhaler la fumée, les yeux mi-clos, sa longue main droite en suspens dans l'air comme un oiseau paralysé en plein vol. Il hésite à parler, mais Zhu Chang lui a donné tous les gages de loyauté et il a toute confiance en lui depuis qu'il l'a fait initier à la Tiandihui, la Société du Ciel et de la Terre, une fraternité secrète à laquelle Sun et lui-même ont adhéré et qui les soutient. Et s'il veut compter sur lui pour organiser leur mouvement à Shanghai, autant le mettre dans la confidence.

— Pékin est loin, très loin et c'est notre chance. Nous allons donc commencer par faire peur à l'empereur ici, à Canton, en prenant le contrôle de la ville puis de tout le Guangdong. Il sera contraint d'envoyer des troupes dans le Sud pour nous déloger et ramener la province dans le giron de l'Empire. C'est le moment que nous choisirons pour frapper ailleurs. Au cœur de l'Empire. Voilà le stratagème que le docteur Sun Yat-sen a décidé d'utiliser car il a déjà fait ses preuves dans notre histoire.

— N'est-ce pas l'un des Trente-Six Stratagèmes, celui qui propose de « jeter une brique pour récolter du jade » ?

— Tu connais tes classiques, Zhu Chang. Le stratagème dit en effet : « Une chose pour une autre, toutes deux de même espèce mais non de même valeur. Celle de moindre prix suffira à constituer un appât. » Une ruse particulièrement utile quand on s'attaque à plus fort que soi.

— La brique est Canton et Pékin le jade, c'est cela ?

— Exactement. Nous frapperons loin du cœur pour l'atteindre plus facilement par surprise.

— Et quand passons-nous à l'action ?

— Pas immédiatement : la guerre avec les Japonais est une bonne surprise qui sert nos plans. Tout ce qui affaiblit les armées impériales nous aidera à accélérer la chute des Qing.

Chang sait bien que l'objectif de Sun est de chasser la dynastie mandchoue et d'instaurer une république. Il l'a rejoint pour cela. Le groupe qu'il vient de fonder, le Xing zhong hui, milite pour que la Chine retrouve ses droits sur tout son territoire et expulse tous les étrangers qui se sont appropriés des morceaux entiers de son empire, des villes, des quartiers, des provinces même. Pour y parvenir, Sun veut prendre le pouvoir et installer un nouveau gouvernement qui mettrait fin à l'empire.

— Quand ? répète Chang. Si ce n'est pas dans l'immédiat, je pourrais retourner à Shanghai.

Le visage de Yang se crispe brusquement.

— Il n'en est pas question, dit-il avec rudesse. Tu restes ici. J'ai besoin de toi à Canton pour organiser le soulèvement et je suis ton chef. Tu me dois une obéissance absolue.

Intimidé par l'autorité de Yang Heiling, Chang n'ose pas se rebeller. Il aurait voulu aller voir sa mère et Oncle

Liu, et leur annoncer qu'il s'était engagé dans le combat pour le redressement de la Chine mais sans leur avouer qu'il devait se dévouer corps et âme à la cause et se soumettre aveuglément aux décisions de son chef. Un instant, il médite sur cette position paradoxale qui lui impose d'abandonner une part de son libre arbitre au bénéfice d'un combat pour la liberté dont il est loin de connaître l'issue. Oncle Liu lui ferait certainement des commentaires acerbes sur cet engagement qui restreint autant son indépendance et lui demanderait d'où lui vient un tel esprit de sacrifice. La pensée de son père traverse fugitivement son esprit : serrement de cœur inattendu à l'idée que, si Charles Esparnac était toujours de ce monde, il aurait pu être obligé de le chasser de Shanghai le jour où Sun Yat-sen serait arrivé à prendre le pouvoir.

Après avoir quitté Yang Heiling, alors qu'il regagne discrètement la soupente minuscule qu'il loue depuis son arrivée à Canton, la pensée de son père ne le quitte pas. En vain essaie-t-il de chasser l'image floue qu'il conserve de lui, figure très noire aux yeux ardents qui, la dernière fois qu'il l'a vue, s'apprêtait à frapper sa mère. Mais le souvenir, étonnamment précis, s'impose à lui. Il se rappelle ses propres cris, ses larmes, sa frayeur devant cet homme qui avait fait irruption chez eux, un soir de grande chaleur, presque dix ans plus tôt, et qu'il n'a jamais revu parce qu'il est mort quelques minutes plus tard dans une rue voisine. Liu Pu-zhai ne lui a jamais dit pourquoi il avait été assassiné et cette ombre supplémentaire épaissit plus encore le mystère qui l'entoure et sa curiosité. Un jour, se dit-il en s'endormant, il faudra bien que je sache qui il était vraiment et qui sont mon frère et ma sœur, bien vivants, eux.

*

— Vous en faites une tête ce matin, Joseph ! s'étonne Olympe en entrant dans les bureaux de la Compagnie du Yangzi.

Le comprador discute avec M. Deng, le directeur administratif de la société. Son visage tendu se tourne vers elle : jamais il n'a été aussi pâle.

— Je sais bien que nous sommes en novembre mais il fait un soleil radieux et la journée s'annonce splendide, plaisante-t-elle. Alors que vous arrive-t-il pour avoir l'air aussi sinistre ?

Elle aime bien se moquer gentiment de lui pour le dérider. D'habitude, il est le premier à en rire ; aujourd'hui, Joseph reste de marbre.

— À moi, rien, Olympe, répond-il, amer. À la Chine, le pire, une fois de plus. À nouveau, nous sommes dépouillés de nos provinces sans pouvoir faire autrement que subir la loi des étrangers. Nous sommes un géant, mais un géant incapable de se défendre.

— Que s'est-il passé ? questionne Olympe. Encore les Japonais ?

— Toujours les Japonais ! répond M. Deng. Depuis des mois, ils nous font la guerre en Corée et ils ont évidemment fini par l'emporter. Nos armées ne font pas le poids, ni sur terre ni sur mer, et les Japonais ont réussi à s'emparer de Lüshunkou, Port-Arthur, et de toute la péninsule du Liadong, en Mandchourie.

— Où vont-ils s'arrêter ? interroge Olympe en faisant signe aux deux hommes de la suivre dans son bureau.

Sur la grande carte de la Chine qui orne l'un des murs, elle repère le Liadong, la ville de Port-Arthur, tout au bout de la péninsule : à part un fleuve, le Liao, rien ne s'oppose plus à l'avance des troupes japonaises.

— Si rien n'est fait côté chinois, ils pourraient être aux portes de Pékin dans quelques semaines, constate-t-elle.

— C'est exactement ce que je redoute, dit Joseph, fataliste. Rien ne les arrêtera. Nous sommes trop faibles, trop pusillanimes, trop en retard pour nous défendre efficacement. Si ça continue, tout l'Empire sera bientôt aux mains des étrangers, comme une vulgaire colonie d'Afrique, lui qui a dominé le monde pendant si longtemps.

— Vous n'avez rien dominé du tout, Joseph, corrige Olympe. Juste cette partie du monde. Ce n'est pas le moment de discuter des déboires de l'empire du Milieu, bien que je croie qu'ils sont dus à l'illusion que la Chine était le centre du monde alors qu'elle ne l'a jamais été.

— Peut-être, admet Joseph. Mais surtout nous avons trop longtemps cru dans les vertus de l'immobilisme. Si rien ne changeait et si tout était fait selon les rites ancestraux, alors l'harmonie était préservée, pensait-on. C'était une grave erreur. Pendant ce temps, l'Occident inventait, faisait d'immenses conquêtes, subjuguait tous les peuples. Paradoxalement, s'il n'était pas venu nous dépecer, la Chine n'aurait jamais connu l'électricité ou le chemin de fer…

— Les Qing mènent l'Empire à sa perte, s'emporte soudain M. Deng. Nous ne pouvons pas rester les bras croisés à assister, impuissants, à la ruine de notre pays. Il faut chasser les Qing et cette vieille Cixi.

— Ce n'est pas si facile, monsieur Deng, tempère Joseph.

— À moins de laisser les Japonais s'en charger, suggère Olympe.

Les deux hommes la regardent avec stupeur comme si elle venait de prononcer une invraisemblable grossièreté. Jusqu'à ce jour, ils n'avaient même pas envisagé une telle éventualité, mais le ton d'évidence d'Olympe les ramène à la dure réalité. Joseph Liu est le premier à reprendre ses esprits.

— Jamais les Européens et les Américains ne les laisseront prendre Pékin, dit-il. Ils voudront toujours conserver la haute main sur l'Empire et n'ont donc aucun intérêt à permettre au Japon de s'affirmer comme une nouvelle puissance en mesure de les concurrencer.

Tandis que le boy chargé d'alimenter les employés en thé chaud toute la journée dépose sur la table trois tasses et la théière de porcelaine bleue qu'Olympe a achetée chez le nouvel antiquaire de Nankin Road, ils restent muets tous les trois, plongés dans leurs pensées, imaginant le pire, éprouvant une fois de plus le caractère incertain des choses, la force d'événements très lointains mais qui peuvent en quelques jours tout remettre en cause, ruiner les fortunes les mieux établies, faire table rase d'une puissance qu'on croyait éternelle et qu'un seul coup de vent peut balayer.

— Le climat de guerre est mauvais pour nos affaires, même si nous sommes loin de la Corée et de Pékin, finit par dire Olympe.

— La bourse de Shanghai s'est maintenue jusqu'à présent mais cette nouvelle défaite va la faire plonger, affirme M. Deng.

— Je suis sûr que les Anglais feront tout pour arrêter cette guerre rapidement, répond Joseph. Trop d'intérêts sont en jeu pour qu'ils laissent le conflit s'éterniser entre nous et le Japon. Et, malheureusement, les Qing accepteront de négocier s'ils ont la garantie de conserver leur trône.

— J'ignorais que vous les détestiez à ce point, dit Olympe. Si je vous comprends bien, il faudrait que la Chine fasse la révolution, c'est cela ? Nous pourrions vous donner des conseils, propose-t-elle pour alléger l'atmosphère.

Joseph Liu sourit. Plus que jamais, il regrette de taire à son associée le passé de Charles, de ne pouvoir lui expliquer que, peut-être, quelque chose se prépare, une révolution, oui, si tout va bien, parce que des hommes plus jeunes que lui, plus éduqués, plus impatients de progrès politique ont décidé de tout changer et parce que, parmi ces hommes, il y a Zhu Chang, le fils caché de Charles qu'il protège, encourage et finance. Si Olympe l'apprenait, serait-elle fière ou heureuse de savoir qu'un peu de l'esprit et de la force de son mari est présent dans la génération qui pourrait faire entrer le vieil empire du Milieu dans l'âge moderne ? se demande-t-il sans pouvoir imaginer la réponse. Ne pourrait-il pas profiter de ce moment où, entamant une vie commune avec O'Neill, Olympe semble moins sensible au souvenir de Charles pour lui raconter qu'il avait autrefois une concubine chinoise et que cette femme lui a donné un fils ? Le temps est venu de se débarrasser de ce secret trop lourd à porter : les enfants d'Olympe sont suffisamment grands pour apprendre qu'ils ont un demi-frère et, qui sait, pour faire sa connaissance. Avec son caractère enflammé et sa soif d'idéal, Louis s'entendrait bien, il en est sûr, avec Chang, et Joseph rêve fugacement de les réunir pour qu'ils œuvrent ensemble à la nouvelle Chine.

— Je serais curieux de savoir ce que votre consul pense d'une révolution à la chinoise, finit-il par répondre avec une moue dubitative. À mon avis, il n'en approuverait pas du tout l'idée !

— Celui-ci, je n'en sais rien mais nous verrons bien avec le prochain qui devrait arriver en juillet. Un jeune diplomate dont on dit déjà le plus grand bien.

— Comment s'appelle-t-il ?

— Paul Claudel.

18.

Lian a fait appeler Liu Pu-zhai de toute urgence. Depuis quelques semaines, elle est souffrante mais a mis sa maladie sur le compte de l'automne qu'elle déteste, humide, arrosé par les averses d'un ciel perpétuellement gris et bas, traversé par des vents soudains venus des plaines, porteurs des miasmes des marais de toute la région. En réalité, le climat n'y est pour rien. L'eau qu'elle a bue est la seule cause de son état. Les médecins ont soulagé sa fièvre et ses douleurs mais ce ne fut qu'un répit. Aujourd'hui, elle sent que le mal empire. Ses migraines sont insupportables, son ventre se tord et même l'acupuncteur ne parvient pas à la soulager. Elle se vide plusieurs fois par jour et sa faiblesse est telle qu'elle doit rester alitée.

Quand Joseph Liu pénètre dans la petite chambre où Lian est allongée, son visage émacié et son extrême pâleur lui confirment qu'elle est en train de mourir. Des fumées d'encens s'échappent du brûle-parfum, un petit lion en bronze que Charles lui a offert jadis, lorsqu'il l'aimait encore. Mais purifier l'air qu'elle respire ne suffira pas à la guérir. En la découvrant aussi affaiblie, avec ses orbites creusées, sa bouche desséchée qui se réduit à un trait, Joseph sait qu'elle est condamnée. Il n'a plus devant lui la femme séduisante et altière, au charme indéfinissable et au caractère déterminé mais une créature que les souffles vitaux abandonnent et que la mort guette.

— Maître Liu Pu-zhai, commence-t-elle d'une voix à peine audible. Je vous remercie d'être venu me rendre visite. Je ne vais pas bien et je crains de n'avoir plus beaucoup de temps devant moi.

— Ne dites pas cela, répond Joseph Liu, nous allons tout faire pour vous guérir.

Il ment mal. Lian a la fièvre typhoïde et rien ne pourra plus la sauver. Décharnés, ses doigts se crispent et de ses yeux éteints elle lui fait comprendre qu'elle n'est pas dupe de ses paroles rassurantes.

— Je vous en remercie, dit-elle pourtant, par respect pour cet homme puissant qui a scrupuleusement tenu les promesses de Charles et lui a remis, tous les ans, la somme que le Français s'était engagé à lui donner. Mais il faut toujours prévoir le pire, n'est-ce pas ? Mon fils est encore à Canton et j'ignore si je le reverrai un jour.

— Je vais lui envoyer un télégramme pour lui dire de revenir immédiatement.

Lian pousse un soupir fataliste et refuse de la tête.

— Ce n'est pas la peine, murmure-t-elle. Il arriverait trop tard.

— Quelques jours lui suffiront, insiste Joseph.

— Je ne serai déjà plus là, Maître Liu. Et c'est peut-être mieux ainsi. Je ne veux pas offrir à mon fils le spectacle avilissant d'une mère amoindrie par la maladie. Je préfère qu'il conserve de moi l'image de la femme que j'ai été, fière de ce qu'il deviendra. Il sera avocat, vous me le garantissez, Maître Liu, n'est-ce pas ?

— Oui, répond Joseph. C'est un étudiant brillant et il fera honneur à votre nom.

Ce n'est pas le moment de lui annoncer qu'outre ses

études de droit, Chang suit surtout des idées et des hommes qui pourraient changer l'histoire de la Chine.

— En revanche, poursuit Lian, il y a une personne qui vit ici, à Shanghai, et que j'exige de voir avant de quitter ce monde.

— Et quelle est cette personne ? interroge Joseph qui se demande s'il ne s'agit pas de son ancienne mère maquerelle ou d'un moine bouddhiste à qui Lian aurait envie de se confier.

— Quelqu'un que vous m'avez empêchée jadis d'aller visiter chez elle, de l'autre côté, chez les Français. Mme Esparnac, la femme de Charles.

— Mon Dieu, murmure Joseph, brusquement aussi pâle que Lian. Vous ne pouvez pas me demander cela, Zhu Lian.

Lian tente maladroitement de se redresser et ses prunelles retrouvent un bref instant leur éclat.

— Si, Maître Liu. C'est ma dernière volonté et vous n'avez pas le droit de la refuser à la mourante que je suis.

— Pourquoi voulez-vous la rencontrer ?

— Pour voir le visage de celle qui m'a pris Charles.

— Olympe Esparnac ne vous a pas pris Charles, plaide Joseph.

— Si. Je lui en ai voulu pendant des années et bien après la mort de Charles. Mais, à présent que mes heures sont comptées, je veux faire la paix avec elle, entendre le son de sa voix, découvrir celle que Charles a aimée plus que moi. Je veux parler de lui avec elle, écouter ce qu'elle a à me dire. C'est une mère, elle aussi, elle pourra comprendre. Faites cela pour moi, Maître Liu.

Ému par la vision de cette femme qui fut si belle et par la dignité dont elle fait preuve, Joseph se sent obligé d'accepter ses dernières exigences. Lian a raison, on doit obéir à ceux qui vont partir afin qu'ils meurent en paix.

Peu importe le drame qu'il va provoquer en dévoilant à Olympe tout un pan du passé de Charles qu'elle ignore, peu importe son propre embarras, certaines choses doivent être faites quoi qu'elles en coûtent.

— Je vais lui demander de venir ici, dit-il, si c'est ce que vous voulez. J'espère qu'elle acceptera car la révélation de votre existence risque d'être un choc pour elle.

— Comme la révélation de la sienne le fut pour moi en son temps, Maître Liu. Mais je l'ai surmonté. Mme Esparnac devra elle aussi le dépasser.

Hanté par l'épreuve qui l'attend, c'est en vieillard las de vivre que Joseph quitte la pièce pour rejoindre son palanquin et regagner le siège de la Compagnie du Yangzi affronter Olympe.

Elle est dans son bureau, penchée sur les plans de la filature qu'elle a décidé de construire si le gouvernement impérial autorise les Blancs à implanter leurs propres usines à Shanghai, et pas seulement à faire du négoce. Elle est telle qu'il l'a laissée, deux heures plus tôt, studieuse, réfléchie, et Joseph, une fois de plus, admire cette femme qui, contre vents et marées, a voulu continuer l'œuvre de son mari, l'a développée à force de travail, de ténacité et de sens des affaires. C'est à cette femme qui se donne tout entière à son travail qu'il doit maintenant faire les révélations les plus pénibles qui soient. Depuis des années, il redoutait ce moment, trouvant toujours de bonnes raisons de le reculer, espérant lâchement qu'un événement extérieur le dispenserait de devoir avouer un jour le secret de Charles et, du même coup, le sien. Comment Olympe pourra-t-elle lui pardonner de s'être tu si longtemps, de lui avoir caché que Charles avait un autre fils, quelque part dans la ville chinoise ?

— Ah, Joseph, vous voilà ! s'exclame-t-elle d'une voix

enjouée. Vous tombez bien. Je voulais avoir votre avis sur notre filature. Les plans me conviennent mais j'hésite encore sur son emplacement : concession française ou concession américaine, vous savez, sur ce terrain que j'ai acquis il y a quelques années et qui pourrait parfaitement convenir ? Qu'en pensez-vous ?

Joseph prend toujours son temps avant de répondre. Il aime réfléchir et peser le pour et le contre afin d'apporter la réponse la plus correcte possible à la question qu'on lui pose. Une fois de plus, Olympe met sur le compte de la réflexion son long mutisme et se demande simplement pourquoi son visage s'est fait aussi grave pour une question aussi simple.

— Olympe, je dois d'abord vous raconter une histoire, finit-il par dire d'une voix sourde.

*

Assise dans le rickschaw qui les emmène chez Lian, Olympe ne dit pas un mot, raide, hiératique presque, le regard vague. Joseph, muet lui aussi, regarde sans le voir le spectacle des rues de la ville chinoise. Olympe l'a écouté sans rien dire mais en se décomposant un peu plus à chaque révélation sur la liaison passée de Charles avec une Chinoise, l'existence d'un fils, de trois ans plus âgé que le sien, la mort prochaine de cette femme. Puis elle est restée prostrée, absente, les yeux fixés sur lui comme si elle s'efforçait de mieux comprendre ce qu'il venait de lui avouer. Après un silence interminable, quand il lui a demandé à mi-voix si elle acceptait de se rendre chez cette mourante qu'avait aimée autrefois son mari, elle s'est levée, somnambule égarée dans un cauchemar, et sans un mot l'a suivi docilement. En la voyant soudain à l'opposé de la femme pugnace qu'il côtoie tous les jours,

Joseph s'est demandé si elle n'était pas en train de perdre la raison sous le choc.

Repliée au plus profond d'elle-même, Olympe lutte pour ne pas s'effondrer, garder la face, ne rien laisser paraître, ne rien lâcher. Au fond de sa détresse, une voix ténue lui ordonne de rester digne, de dominer ses peurs, d'être maîtresse d'elle-même. La seule chose à faire est d'assimiler cette vérité qui a jailli, bête aveuglante et cruelle, et de la dompter malgré les déchirures. Lian exige de la voir ? Elle aussi veut maintenant connaître la femme qu'a entretenue Charles avant qu'elle arrive à Shanghai et avec laquelle il a continué de coucher pendant des mois, des années après leur mariage. Curiosité morbide plutôt que compassion pour une mourante.

Ils sont parvenus dans le cœur de la ville chinoise. Un quartier où elle n'a jamais eu envie de revenir après avoir tué Kassoun. Frémissant à ce souvenir, Olympe a froid soudain. Joseph la précède. Une petite maison à un étage, un jardin, des arbres aux branches basses, une porte qui s'ouvre, son cœur bat la chamade en entrant dans cet univers inconnu. Submergée par l'émotion, elle a conscience que Charles, autrefois, a lui aussi pénétré cette maison, qu'il a dormi ici à côté de cette femme, qu'il a vu son premier fils naître entre ces murs. Elle découvre un lieu dont elle ne soupçonnait même pas l'existence, où il venait quand il ne voulait pas d'elle, ou si peu, pendant les premières années de leur mariage, elle voit ces chaises sur lesquelles il s'asseyait, tout ce petit monde chinois de vases, de peintures sur soie, de boîtes en laque, de coffres en bois de camphre. Prise à la gorge par les effluves d'encens qui imprègnent la maison, elle doit s'appuyer sur Joseph pour ne pas défaillir en montant l'étroit escalier. À mi-étage, elle est proche de renoncer, se dit qu'elle n'a pas à s'infliger pareille souffrance, pourtant elle continue, pour elle, pour Charles, pour ses enfants. Et aussi pour cette femme qu'elle va découvrir dans un instant et que la mort guette. Une porte qui grince, une chambre faiblement éclairée, une odeur écœurante de médicament, sur le lit une forme qui se tord de douleur mais qui s'immobilise à l'entrée d'Olympe.

Bouleversé par le spectacle de ces deux femmes qui se confrontent en silence pour la première fois, Joseph renonce à parler et fait un pas en arrière pour les laisser face à face. Dans son visage amaigri, les yeux de la Chinoise sont deux puits noirs. Ceux d'Olympe, fixes, n'ont plus aucun éclat. Entre ces deux regards qui se croisent et se cherchent, tout se dit et tout s'avoue en un instant. C'est un mystère qu'Olympe contemple, celui de l'autre femme aimée par Charles – et elle ne saura jamais pourquoi. Aujourd'hui réduite à un corps décharné qu'elle entrevoit sous la courtepointe du lit, Lian ne laisse plus deviner en quoi elle était si séduisante. Debout à son chevet, Olympe n'éprouve ni haine, ni colère, ni dépit. Juste une sorte de frustration de ne pouvoir se mesurer d'égale à égale avec celle qui fut sa rivale inconnue.

— Je vous remercie d'être venue jusqu'à moi, madame, murmure Lian.

Sa voix est si faible qu'Olympe doit se pencher pour l'entendre.

— Je vais bientôt mourir mais avant je voulais voir de mes yeux la femme qui m'a remplacée dans le cœur de Charles, ajoute la Chinoise.

Alors qu'Olympe veut parler, elle lui fait signe d'un geste de ne pas l'interrompre, reprend son souffle avec difficulté, déglutit péniblement et poursuit :

— Je vous vois et je comprends maintenant. Vous êtes très belle. Mais je tenais surtout à vous dire deux choses avant de quitter ce monde : Charles vous aimait vraiment, il me l'a fait comprendre quand il a cessé de venir me voir.

Bouleversée par cet aveu, Olympe fond en larmes et, avant de pouvoir retenir son geste, prend dans sa main celle, sans forces, de Lian.

— Je souhaitais également vous dire que Charles était très fier de notre petit Chang. Nous sommes mères toutes les deux, je devine ce que vous ressentez. Je vous demande de respecter mon fils et de ne pas lui en vouloir. Bientôt, je ne serai plus là et je partirai plus tranquille si je sais que vous ne vous vengerez pas de moi sur lui. Maître Liu me l'a promis mais je voulais l'entendre de votre voix.

— Je vous jure que, jamais, je ne m'en prendrai à votre fils, dit Olympe. Et si, un jour, il a besoin de mon aide ou s'il veut que je lui parle de son père, je ferai cela pour lui. En souvenir de vous.

— J'ai sincèrement aimé votre mari, autrefois. Vous ne devez pas m'en vouloir. Nous avons chéri le même homme. C'est ce qui nous lie à jamais. Ne l'oubliez pas.

Les yeux de Lian se ferment soudain, tout son visage se crispe, elle gémit de douleur en se tenant le ventre à deux mains. Désemparée, Olympe ne sait pas quoi faire. Elle voudrait pouvoir la soulager, mais elle ne peut que poser sa main sur son front dans un geste dérisoire. Au même moment, une vieille servante entre, l'écarte sans ménagement et Joseph lui-même la tire en arrière pour laisser la servante s'occuper de Lian. Elle l'a rarement vu aussi bouleversé et comprend quelle place la Chinoise occupe dans sa vie depuis si longtemps.

— Partez, maintenant, madame, demande Lian d'une voix qui n'est qu'un souffle. Je vous ai tout dit.

Olympe hésite quelques instants. Elle sent qu'elle doit prononcer une parole apaisante, quelques mots seulement, alors qu'elle aurait tant à dire et à demander.

— Je n'ai pas de colère contre vous, parvient-elle à dire. Vous pouvez partir en paix, madame Zhu, je ne vous oublierai pas.

C'est seulement après avoir franchi la Porte du Nord pour revenir dans la concession française qu'Olympe réussit à parler à nouveau.

— C'est elle qu'il était allé voir avant de mourir, n'est-ce pas ? demande-t-elle à Joseph.

— Oui, répond le comprador.

— Il la fréquentait donc toujours ?

— Non. En réalité, il la voyait de moins en moins depuis qu'elle avait donné naissance à Chang. Et il a cessé complètement de lui rendre visite après l'attaque des pirates. Le petit avait trois ans et il m'a alors demandé de m'occuper de lui et de sa mère. Ce que j'ai fait scrupuleusement jusqu'à ce jour.

— Avec l'argent de la Compagnie du Yangzi ?

Joseph la regarde, outré.

— Bien sûr que non ! Avec le mien. Cela ne regardait et ne regarde toujours que moi.

— Vous leur donnez toujours de l'argent ?

— Oui.

— Eh bien, je vous demande de m'y associer désormais. Après tout, cette histoire me concerne aussi. À compter de ce jour, vous paierez ce qui doit être payé, y compris les études de Chang, sur les fonds que nous réservons aux bonnes œuvres des missionnaires. Il est temps que la fortune de Charles revienne un peu à ce garçon.

Joseph approuve d'un hochement de tête et finit par poser la question qui lui brûle les lèvres depuis des heures.

— Maintenant que vous connaissez toute la vérité, que comptez-vous faire avec les enfants ? Leur dire qu'ils ont un demi-frère ou les laisser dans l'ignorance ?

Olympe le regarde, désemparée.

— Je n'en sais rien, Joseph. Tout cela est encore si frais et si bouleversant. Je n'en veux même pas à Charles et encore moins à cette pauvre femme. Mais je ne sais pas ce que pourraient en penser Louis et Laure. Apprendre qu'ils ont un demi-frère, c'est apprendre que leur père avait une maîtresse, une concubine, qu'il n'était pas celui qu'ils croyaient être, qu'il leur a menti.

— Non, il ne leur a jamais menti puisque, lorsque Louis est né, Charles ne voyait plus Mlle Zhu depuis longtemps.

— Ils ne comprendront pas qu'il ne leur en ait jamais parlé et considéreront cela comme un mensonge, un manque de confiance. Le résultat sera le même : leur père leur a caché quelque chose et, même s'il avait de bonnes raisons de le faire, Louis et Laure ne lui pardonneront pas d'avoir brisé l'image qu'ils avaient de lui. Ils sont si jeunes, si ignorants de la vie…

— Puisque Louis est loin et Laure amoureuse, peut-être faudrait-il attendre qu'ils deviennent adultes pour en discuter avec eux. Après tout, ils seront peut-être très heureux d'apprendre qu'ils ont un demi-frère et que le sang de leur père coule aussi dans d'autres veines que les leurs.

— Vous êtes optimiste, Joseph. Les enfants, même adultes, sont égoïstes. Ils pensent qu'ils sont les seuls, qu'ils ont l'exclusivité de l'amour de leurs parents. Rappelez-vous la jalousie de Louis quand sa sœur est née.

— De toute façon, vous êtes obligée d'attendre le retour de Louis pour le leur dire, si vous le souhaitez.

Alors qu'ils arrivent devant les grilles du Trianon et que Joseph s'apprête à rentrer chez lui, Olympe le retient un instant par le bras et murmure :

— Vous me parlerez de ce Chang un jour ?

Sur le chemin qui le ramène à son yamen, Joseph doit reconnaître une fois de plus qu'Olympe est une femme rare. Sa bonté, son respect des êtres et sa compréhension de la vie, sa connaissance miraculeuse des ressorts de l'âme humaine ont quelque chose de profondément intrigant. D'où tient-elle cette sagesse, elle qui prétend ne croire en rien, ou en tout cas en si peu de choses et vraisemblablement pas en Dieu ? Pour lui dont la foi en Dieu, en la Trinité et en la sainte Église apostolique et romaine, est si forte, mais qui éprouve cependant tant de tourments, cette capacité reste un mystère. Olympe semble n'aimer que les hommes, ne croire qu'en eux et en éprouver une joie dont il est parfois jaloux. Et si elle avait raison ? Et si l'existence, effectivement, n'avait aucun sens, hormis celui de l'amour ?

Le trot du cheval de son tilbury le tire brutalement de sa méditation et le ramène par la pensée au destin des deux fils de Charles. Louis et Chang doivent-ils se rencontrer un jour ? Ils sont si éloignés l'un et l'autre, de leur famille, de leur ville, déjà lancés dans l'immense chaudron qu'est devenu l'empire du Milieu, le premier à Pékin, à en croire les dernières nouvelles qu'il a données, le second toujours à Canton avec Sun Yat-sen. Tous les deux si distants l'un de l'autre, si dissemblables et pourtant si proches par l'esprit, la curiosité, le désir d'apprendre et celui de s'engager dans une cause à laquelle ils croient. Joseph essaie d'imaginer leur rencontre, ce qu'ils pourraient se dire, mais son esprit refuse encore d'associer les deux jeunes hommes au sein d'une seule et même image. Il hausse les épaules : il sera toujours temps de décider quoi faire quand ils rentreront.

S'ils rentrent à Shanghai un jour, évidemment.

19.

Qui les a trahis ? Qui a vendu leur groupe aux Impériaux ? S'il en réchappe, Chang se jure de le découvrir. Pour l'instant, il ne cherche qu'à sauver sa peau. Par miracle, il a réussi à échapper aux soldats du Tsong-Tou, le vice-roi de Canton, qui ratissent la ville et s'est réfugié, haletant, dans un bouge près du port.

L'opération montée par Sun Yat-sen et Yang Heiling est un échec complet et le soulèvement de Canton qu'ils espéraient provoquer ne s'est pas produit. Sun Yat-sen avait projeté de s'emparer du yamen du vice-roi en ce mois d'octobre 1895 puis de prendre le contrôle de la province. Ils ignoraient qu'ils étaient attendus par des soldats. Ce qui devait être un assaut héroïque s'est transformé en sanglant guet-apens. Tout s'est passé très vite. Ils croyaient arriver par surprise et s'emparer facilement du palais et du vice-roi lui-même qui ne devait être défendu que par une dizaine de gardes. Or, à peine étaient-ils parvenus dans la cour du bâtiment principal qu'on leur tirait dessus depuis les toits. Plusieurs compagnons de Sun s'effondrèrent, touchés à mort, les autres se mirent à répliquer mais à l'aveugle car le jour n'était pas encore levé. En quelques minutes, tout fut joué. Assaillie de toutes parts, décimée par des tirs mortellement précis, la petite troupe de Sun, dépassée par le nombre, ne trouva son salut que dans la fuite. Par chance, Chang figurait parmi les derniers à pénétrer dans le yamen et il fut l'un des premiers à pouvoir fuir. Il n'avait jamais tiré avec un fusil et n'avait aucune intention de commencer. Poursuivi par les coups de feu et les balles qui sifflaient à ses oreilles, il s'en débarrassa pour sauter par-dessus le mur d'enceinte et disparaître aussi vite que possible dans les ruelles tortueuses qui entouraient le yamen.

Recroquevillé sur sa paillasse pouilleuse, encore tout vibrant de peur, il ne cesse de revivre ces moments dramatiques, cette panique qui lui a troué le ventre quand les premiers coups de feu ont éclaté et qu'il a vu ses compagnons mourir près de lui. Ils étaient tellement sûrs d'eux, Yang Heiling et Sun Yat-sen... Mais Chang comprend qu'on ne s'improvise pas conspirateur. Comment ses deux chefs ont-ils pu être aussi naïfs ? Et où sont-ils à présent ? Morts, prisonniers, ou en fuite quelque part dans cette ville tentaculaire, où l'eau du fleuve et des canaux est partout, où des quartiers entiers de sampans accrochés les uns aux autres sur les eaux fournissent un refuge idéal pour qui veut se fondre dans la foule innombrable ? Chang est certain que le vice-roi a déjà ordonné de ratisser toute la ville et qu'il doit disparaître au plus vite, dès que le jour sera levé, quand il aura récupéré assez de forces. Tous les comploteurs, et il en est un, vont être pourchassés sans pitié, jugés et condamnés à mort. S'il veut en réchapper, il lui faut trouver une jonque qui acceptera de l'emmener jusqu'à Shanghai pour le peu d'argent qui lui reste. Et, s'il n'en trouve pas, il devra aller se réfugier de l'autre côté du delta, à Hong Kong, et envoyer un télégramme à Joseph Liu pour qu'il mette de l'argent à sa disposition dans une des banques de la ville.

L'aube automnale se lève sur la Rivière des Perles. Les

premiers rayons de soleil qui s'infiltrent à travers la minuscule ouverture donnant sur le port lui rappellent l'emblème du Xing Zhong Hui, le parti de Sun Yat-sen. Dessiné par son camarade Lu Hao-tung, il représente un soleil blanc rayonnant sur fond de ciel bleu. Là, dans ce cagibi puant, démuni de tout, la peur au ventre et encore tremblant, Chang se fait le serment de planter lui-même ce drapeau, un jour, sur le sommet de Wu Men, la Porte du Midi, à l'entrée de la Cité interdite des empereurs.

Déjà, on se lève autour de lui, marins de passage, paysans venus des campagnes chercher un travail sur le port, coolies qui ont trouvé ici un peu de sommeil. Il se fond dans cette misérable troupe qui sort par petits groupes en mâchant du riz ou un morceau de poisson séché. Il est sale, hirsute, ses joues sont creusées d'angoisse, ses vêtements aussi miteux que les leurs : qui pourrait deviner, à le voir, qu'il n'est qu'à moitié han, qu'il est diplômé de droit et qu'il rêve de faire la révolution ?

*

Plus d'un an que Louis est parti, qu'il a quitté sa mère et sa sœur pour parcourir autant de provinces de l'Empire qu'il en a rêvé. Il est allé jusqu'à Pékin, il a vu les murs gigantesques de la Cité interdite, sillonné le Sichouan et le Hunan, il a pénétré des villes fermées qui n'avaient jamais vu d'étranger et en est ressorti vivant, il a dormi dans des temples abandonnés, des auberges misérables ou les yamen de mandarins à bouton rouge curieux d'en savoir plus sur ce jeune Long Nez parlant si bien leur langue, il a joué au jeu des nuages et de la pluie dans le lit de filles curieuses d'extases exotiques, il a goûté des nourritures innommables ou divines, il a admiré des paysages à la beauté si miraculeuse qu'il faillit en mourir, foulé des chemins perdus dans des montagnes oubliées, croisé des pestiférés, contemplé le reflet de la lune sur l'eau d'un étang solitaire, médité avec des moines capables de tuer à mains nues, il a lu pendant des nuits entières les histoires des Royaumes combattants, s'est soûlé avec des soudards qui l'ont vénéré comme un prince tombé du ciel, mais en un an il n'a croisé aucun Blanc.

À croire qu'ils n'ont jamais posé le pied sur cette terre chinoise. Louis voulait la connaître dans son état originel, avant l'arrivée des Européens, avant qu'elle soit profanée par leurs idées, leurs machines, leur Dieu, leur science. Il voulait voir la Chine d'avant Marco Polo, d'avant Matteo Ricci, d'avant les jésuites mathématiciens ou géographes, il voulait voir la Chine d'avant l'arrogance anglaise, d'avant l'opium, la Chine des Tang, des Song, des Ming, la Chine immémoriale qui se contentait d'elle-même et à qui le grand ordre du Ciel suffisait pour se gouverner et se reconnaître, la Chine qui vivait pour elle, rien que pour elle, dans une éternité bienheureuse. Avant que les Blancs viennent la tirer de force vers leur réel, leur modernité, leur histoire, leur violence, avant qu'ils viennent la déposséder de son âme et s'approprier ses richesses.

Après un an de ce périple qui a mené Louis aux franges de la raison et au bout de lui-même, fouler la route de Zi Ka Wei et retrouver quasiment inchangés les faubourgs de Shanghai et les canaux qui les parcourent lui procurent une joie presque enfantine. Il n'imaginait pas en claquant la porte du Trianon qu'il serait si heureux d'y revenir un an plus tard, ni qu'il était aussi attaché à cette ville, à cette atmosphère, à cette lumière qu'il reconnaît déjà, à ces odeurs si singulières, mélange d'air marin, de végétations humides, de putréfactions anonymes, d'humeurs aqueuses que domine la note rauque et fiévreuse du Huangpu.

Il est parti au galop comme un fuyard, il revient assagi,

au pas lent de son cheval. Sa colère est éteinte, il n'en veut plus à sa mère, il n'en veut plus au monde ni aux hommes d'être comme ils sont, injustes et cruels. Son périple dans les confins, en lui enseignant qui il était et ce que le monde valait, lui a appris aussi qu'il pouvait le faire évoluer s'il était décidé à le faire. Le vieux maître d'un monastère le lui a dit un jour : « Si tu veux quelque chose, et à condition que cette chose soit bonne et juste, ne pense plus qu'à elle et œuvre sans répit pour elle en ouvrier inspiré. Alors, tu l'obtiendras car tu seras en harmonie avec le Ciel, seul maître de nos destinées. » La gorge de Louis se serre quand il passe devant les bâtiments des congrégations de Zi Ka Wei, le collège et l'observatoire des jésuites où il a grandi, mais il continue sa route jusqu'à la concession française qui n'a pas changé. Hormis quelques maisons neuves et des chantiers de construction, elle est égale à elle-même, paisible, provinciale et sans éclat. Si ce n'étaient les platanes dont les branches étêtées juste avant son départ ont repoussé de plus belle, il jurerait que le temps s'est arrêté un an durant dans ce minuscule bout de France isolé des immensités chinoises qu'il a pénétrées avec ferveur.

Bientôt, la rue du Consulat. Les rares promeneurs se retournent sur ce cavalier étrangement vêtu d'un large manteau chinois, d'un grossier pantalon de coton et d'une chemise européenne qui naguère a été blanche. Avec ses longs cheveux blonds, sa peau brunie par le soleil, sa barbe en broussaille, il a tout d'une apparition dans cette rue bordée de sages demeures françaises. Même les coolies et les tireurs de rickshaws regardent passer avec étonnement cette créature venue de nulle part, qui ressemble à un Han mais qui n'en est pas un, et dont les bagages accrochés à la selle, paniers d'osier et épais sacs de cuir, cachent peut-être des trésors. En bandoulière, il porte une sorte de gibecière d'où dépasse la tête d'un chat noir. Sur ses lèvres, le sourire d'un homme qui goûte chaque seconde de son existence. Il s'élargit plus encore quand il atteint la rue Discry et s'arrête devant la grille du Trianon. Il est six heures du soir, le soleil descend lentement vers l'ouest, mais la chaleur du jour imprègne toujours de moiteurs marines l'atmosphère de Shanghai. De l'autre côté de la grille, le vieux jardinier occupé à couper des fleurs pour orner la table du dîner s'interrompt en voyant la masse sombre du cheval dessiner devant lui une ombre inattendue. Il se relève, fronce les sourcils, pose son large panier à anse, s'approche pour mieux distinguer la silhouette à contre-jour qui descend de sa monture dans un cliquetis d'éperons.

— Monsieur Louis ? questionne-t-il en allant ouvrir la grille. Est-ce vraiment vous ?

— Oui, c'est bien moi, répond Louis le prenant par les épaules.

— Madame, Madame ! appelle le jardinier de sa voix rauque. Venez, monsieur Louis est de retour !

À l'intérieur du Trianon, cavalcade, cris. Laure apparaît la première. Jaillie de la porte d'entrée, elle dévale l'escalier du perron et se précipite dans les bras de son frère.

— Louis ? Tu es revenu enfin !

Olympe la suit de près, bouleversée elle aussi, entre stupeur et ivresse. Dans la seconde, elle réalise que sa hantise de ne jamais revoir son fils était infondée, que Patrick avait raison et que, si Louis est rentré, c'est parce qu'il a décidé de faire la paix avec elle. Immobile sur le haut du perron, incapable de faire un pas de plus, ses lèvres esquissent un sourire qui ne la quittera plus jusqu'à la nuit. Louis monte vers cette statue vivante, cette mère aimée qu'il a si souvent imaginée durant ses pérégrinations, et elle disparaît entre ses bras, enveloppée dans le grand manteau chinois de son fils comme au creux d'un refuge.

— Maman, je suis de retour. Tu me pardonnes ?

Olympe se détache de lui et le contemple de la tête aux pieds dans son curieux accoutrement en riant.

— Te pardonner quoi ? s'exclame-t-elle. D'avoir pris de trop longues vacances ? Tu as bien fait, c'était une bonne idée.

Ils rient tous les trois et quand Louis pénètre dans le grand hall d'entrée du Trianon, les domestiques commencent par s'incliner puis se précipitent sur lui, l'entourent, le touchent, lui parlent tous en même temps, s'extasient sur ses vêtements, sa barbe. Il serre longtemps contre son cœur son amah et son mafou dont, si souvent, il a deviné le chagrin après qu'il les eut abandonnés sans explication.

— Monsieur Hu, envoyez tout de suite un boy chez les Liu pour leur dire que Louis est rentré et leur proposer de venir nous retrouver, ordonne Olympe. Et préparez-nous un dîner de roi. Nous allons fêter le retour de mon fils !

— Il faudrait peut-être aussi en envoyer un chez Patrick O'Neill ? suggère Louis.

Olympe ne dit rien mais son sourire amusé est la meilleure réponse qu'elle puisse apporter. Elle comprend surtout que son fils lui offre la paix.

— Et ce chat ? demande-t-elle en caressant la tête de l'animal, toi qui ne les supportais pas…

Coincé dans le sac de Louis, le chat tente en vain de se libérer et ses miaulements effrayés font rire les domestiques.

— C'est mon compagnon de route, répond Louis. Un jour, à Jinan, je l'ai sauvé des mains d'une bande de gamins qui s'apprêtaient à le dépecer vivant puis à le manger.

— Quelle horreur !

— Les Hans mangent tout, c'est comme ça. J'ai menacé de les dépecer aussi s'ils ne le lâchaient pas et ils se sont carapatés comme des moineaux, en me laissant cette pauvre bête affolée, à moitié étranglée par une ficelle. Je l'ai adopté. Il est assez sauvage et griffe pour un rien...

— On le comprend.

— ... mais il est très affectueux. Je l'ai baptisé Baocun, « Sauvé », précise Louis en sortant le chat de sa gibecière.

Baocun bondit aussitôt sur le sol et file se mettre à l'abri sous un meuble.

— Il va peut-être s'enfuir, s'inquiète Laure.

— Certainement pas. Il aurait pu le faire cent fois or il ne m'a jamais quitté. Tous les soirs, il retourne dormir dans la gibecière, c'est sa tanière, là où il a pris l'habitude de se cacher. Mais s'il veut partir, je ne le retiendrai pas. C'est sa vie, après tout, et il ne m'appartient pas. Il est libre, comme tout le monde.

— Tu es devenu bien philosophe, constate Olympe.

— Bien plus que tu ne l'imagines, répond Louis en balayant du regard l'intérieur de la maison.

Elle est exactement telle qu'il l'a quittée, familière, hospitalière, lumineuse, pourtant il a le sentiment de n'y être plus tout à fait à sa place, comme s'il était devenu un étranger. À présent, face à ces murs, ces objets, ces parfums qui sont ceux de son enfance, il comprend qu'en faisant de lui un homme libre, son périple l'a détaché au-delà de ce qu'il croyait de ses racines, des peurs qui le minaient et de cette douleur obscure que la mort de son père a autrefois installée en lui. Seules subsistent en lui ses révoltes et son envie d'agir.

— Raconte ! insiste Laure qui l'a suivi dans sa chambre pour l'aider à déballer ses affaires.

— J'en aurais pour des jours ! répond Louis. Je peux simplement te dire que, tout au long de cette année, chaque instant fut le plus heureux de ma vie.

— Tu te rends compte que tu m'as abandonnée pendant un an et demi ?

— Il le fallait. Vous quitter, vous et cette maison, était le seul moyen pour moi de comprendre que maman avait le droit d'avoir un nouvel homme. Comment vont-ils tous les deux ? Ils vont se marier ?

— Patrick vit ici maintenant mais ils n'en parlent pas, et je ne crois pas que maman en ait l'idée, répond Laure en commençant à fouiller dans le sac de son frère. Tu m'as rapporté quelque chose ?

Louis rit.

— Toujours aussi curieuse, hein ? Je ne t'ai pas oubliée si c'est ce que tu veux savoir. Et j'ai pensé que ces anneaux iraient très bien à tes oreilles, dit-il en lui tendant un petit sachet en vieux cuir. À condition de les porter avec ce collier et ce bracelet, ajoute-t-il.

— Quelle merveille ! s'extasie Laure en découvrant deux fins anneaux d'or, un collier de perles et un bracelet de jade. Merci, grand frère chéri. Ces bijoux ont dû te coûter une fortune. Où les as-tu trouvés ?

— Chez un vieux marchand de Dezhou, une petite ville du Shandong où je me suis arrêté quelque temps. Il était tellement surpris de m'entendre lui demander leur prix qu'il a failli s'évanouir !

— Je les porterai pour mes dix-huit ans. Maman a promis qu'elle donnerait un grand bal pour mon anniversaire.

— Tu auras un cavalier ?

— Si Marc Liu se décide, oui.

— Tu es toujours amoureuse de lui ?

— Oui, même si c'est idiot, répond Laure en agitant ses longs cheveux noirs.

— Pourquoi ?

— Parce que lui ne l'est pas de moi !

20.

Pour la première fois depuis des années, Marie-Thérèse Liu force son mari à s'asseoir quand il rentre, ce soir-là, chez eux et à ne pas gagner son bureau obscur à l'autre bout du yamen. Joseph ne cache pas sa contrariété mais comprend au regard glacial de celle qui partage sa vie et sa foi depuis si longtemps qu'il doit s'exécuter sans discuter. En soupirant, il s'assied sur l'une des deux chaises du cabinet de lettré où elle l'a attendu. Elle prend place sur la seconde, de l'autre côté de la table carrée qui les sépare et ne perd pas de temps en circonlocutions inutiles.

— Joseph, j'en ai assez de vivre dans ce palais des courants d'air que ta famille habite peut-être depuis deux siècles et où je ne me suis jamais plu !

Joseph Liu s'attendait à tout sauf à cette attaque.

— Nous n'avons nulle part ailleurs où aller, Marie-Thérèse, répond-il. Et, de mon côté, je suis très bien ici.

— Parce que tu passes tes journées au bureau et tes soirées dans ton cabinet, de l'autre côté de la maison ! Mais pour moi qui vis la majeure partie de mon temps ici, ce n'est plus supportable. Cette baraque est trop vieille, elle est inconfortable, elle craque de partout !

— Je ne vois pas très bien ce que tu pourrais vouloir d'autre.

— C'est pourtant simple, je veux une maison française comme celle d'Olympe.

— Tu n'y penses pas, c'est contraire à nos traditions !

— Ah, ne m'embête pas avec ça ! Nous allons entrer dans le XXe siècle et tu voudrais, au nom des traditions, nous obliger à vivre encore dans cette bicoque pleine d'humidité, sans eau courante, en nous éclairant encore avec ces lanternes ridicules alors qu'à moins d'un kilomètre d'ici, les Français ont l'électricité et cuisinent au gaz ? Joseph, je te le dis, je ne resterai pas trois mois de plus dans ce yamen infesté de cafards et de souris !

Joseph Liu, crispé sur sa chaise, en lâcherait presque la précieuse tasse de thé vert qu'il boit tous les jours avant le dîner. Il s'apprête à répondre mais sa femme ne lui en laisse pas le temps :

— D'ailleurs, je ne comprends pas pourquoi, toi qui es chrétien, donc un peu français, tu t'obstines à rester coincé dans ce trou à rats au lieu de vivre, comme eux, dans une maison digne de nous.

— Ce n'est ni une question de tradition ni une question de religion, Marie-Thérèse, explique-t-il. C'est une question d'esprit ou d'âme, si tu préfères. Toute la journée, je travaille avec Olympe dans la concession française, je mange comme elle, je pense comme elle, je suis comme elle mais, le soir, tu peux comprendre que j'aie envie de me sentir à nouveau chinois. Et c'est seulement dans ce yamen que j'y parviens, nulle part ailleurs. Nos ancêtres sont là, notre histoire est là, et tu sais bien que, malgré toute l'affection que j'ai pour Olympe et ses enfants, nous ne serons jamais comme eux et que nous restons avant tout des Hans. Si je t'écoutais, j'aurais l'impression de trahir mon pays.

— Tout de suite les grands mots ! Habiter une maison moderne n'est pas trahir son pays, voyons ! Personne ne te le demande ! Franchement, tu n'as pas envie de dormir dans un lit français, sur un matelas de laine large et moelleux comme celui d'Olympe ? questionne Marie-Thérèse d'une voix plus douce.

La réaction de Joseph est immédiate.

— Depuis des siècles, le fils aîné des Liu dort dans ce lit fabriqué par le premier de notre lignée, dit-il d'une voix forte. Il est hors de question que j'aille dormir ailleurs !

*

Six mois plus tard, les Liu emménagent dans une magnifique propriété construite sur un terrain qu'ils ont acheté à l'ouest de la concession française dont on dit qu'elle va bientôt s'agrandir d'une soixantaine d'hectares. Beaucoup d'Anglais, d'Américains et d'Allemands fortunés veulent s'installer ici, loin des rues sans grâce de l'international settlement auxquelles ils préfèrent la quiétude ombragée des quartiers français. Dans la rue Marco-Polo, les murs d'enceinte et les arbres du parc des Liu se remarquent de loin : ce sont les plus élevés du quartier. À peine si l'on aperçoit les toits de la demeure, entourée de pins magnifiques. La maison elle-même est élégante et sans ostentation malgré ses dimensions. Avec son corps central à deux étages, son toit presque plat de tuiles rouges, son péristyle blanc à quatre colonnes légèrement arrondi et le grand balcon qui le surmonte, elle possède tout le charme d'une maison méridionale.

Joseph doit se résoudre à passer désormais ses nuits dans le vaste lit au matelas épais de la grande chambre du premier étage. Marie-Thérèse, certaine que son mari s'y installerait à contrecœur, a choisi avec soin les meubles de chaque pièce : gros canapés de velours, fauteuils profonds, rideaux lourds comme des tentures, guéridons et tables à thé graciles, lustres de cristal et lampes de chevet en verre de Daum. Avec Olympe, elles ont passé des heures dans les magasins ou chez les menuisiers pour trouver le meilleur, elles se sont assurées que les salles de bains disposeraient bien de robinets venus d'Allemagne et non fabriqués en Chine qui fuient au bout de quelques mois. Marie-Thérèse a dû faire une seule concession, laisser Joseph passer une nuit par semaine dans son yamen qu'il refuse obstinément de vendre et que les vieux domestiques de la famille continueront d'occuper. Mais comment Marie-Thérèse pourrait-elle se douter que le yamen des Liu sert, parfois, à autre chose que dormir et qu'à l'arrière du petit temple du parc se tiennent des réunions secrètes dont elle ignore heureusement tout ?

*

Dans cette salle que seuls les initiés connaissent, Liu Pu-zhai domine du regard, derrière sa petite table à thé, la dizaine d'hommes assis le long des murs à sa gauche et à sa droite. La lumière fragile des lanternes de papier peine à les éclairer et fait naître dans la pénombre des reflets de laque ou des éclats de soie brodée. L'antique étendard suspendu sur la paroi derrière lui semble une parole figée pour l'éternité. Il porte les caractères, magnifiquement calligraphiés, du Tan Di Hui, le nom de la société secrète dont Liu est le chef à Shanghai, la Société du Ciel et de la Terre. Les Chinois qui l'entourent semblent eux aussi volés au temps, statues immobiles dans leurs tuniques de soie, certaines brodées d'un paon, d'un héron ou d'une panthère, d'autres noires, sobrement coupées et sans larges manches. Les uns sont des fonctionnaires impériaux, juges de provinces, *tche-fou,* ou encore officiers supérieurs de l'armée impériale. Les autres, personne ne se risque à demander qui ils sont. Seul Liu le sait et s'en porte garant. Ils ne sont officiellement rien mais détiennent la vraie puissance, celle que confèrent l'argent et les hommes de main. Tous sont membres de la Société à des grades divers. Au fond de la pièce, une silhouette jeune, assise sur un modeste tabouret, observe en silence, à moitié dissimulée dans l'ombre.

— Honorables amis, nous délibérons depuis une heure sur les événements de Canton, mais, ce soir, nous devons prendre des décisions importantes pour l'avenir du pays. Avant de vous prononcer, je voudrais que vous entendiez un homme qui les a vécus au plus près, mon jeune protégé, Zhu Chang, qui a été initié dans notre Société à Canton et a prêté les Trente-Six Serments. Je l'avais envoyé sur place pour prendre contact avec le docteur Sun Yat-sen. Après l'échec du soulèvement, il a réussi à se réfugier à Hong Kong puis à revenir à Shanghai. Si vous l'acceptez, il vous racontera ce qu'il s'est passé exactement et vous pourrez ensuite vous prononcer en toute connaissance de cause. Êtes-vous d'accord pour le recevoir ici ?

Tous les hommes approuvent d'un hochement de tête et sur un signe, Chang sort de son cercle d'ombre pour aller se placer face à Joseph.

— Veux-tu nous décrire ce que tu as vu à Canton, jeune Zhu Chang ?

Des murmures saluent son apparition.

— Cet homme n'est pas un Han ! aboie le tche-fou d'une voix gutturale. Il n'a rien à faire ici !

Joseph a un geste d'apaisement.

— Le jeune Chang est fils d'une dame dont les qualités ont été suffisamment rares pour séduire jadis son père, un Français, Charles Esparnac, le fondateur de la Compagnie du Yangzi, dit-il. Je réponds de lui comme je répondrais de mon propre fils et d'un vrai Han. Écoutez-le donc et vous constaterez qu'il est un vrai patriote.

Debout, hiératique, face à son mentor, Chang s'est raidi en entendant dire, une fois de plus, qu'il n'est pas un vrai Chinois. Il maîtrise sa colère et son envie de quitter la pièce sur-le-champ, mais il n'est pas question de faire perdre la face à son oncle et il n'insiste pas.

— Ce fut un carnage, commence-t-il d'une voix blanche.

L'émotion est immédiatement palpable.

— Oui, un vrai carnage... Notre chef, Sun Yat-sen, avait méticuleusement organisé la prise du yamen du Tsong-tou, le vice-roi. Tous nos hommes étaient engagés dans l'opération. Une fois que nous en aurions pris le contrôle, nos relais devaient lancer le soulèvement général dans toute la ville. Chacun se tenait à son poste, les agitateurs en place, tout était prêt.

— Comment se fait-il alors que vous ayez échoué si lamentablement ? interroge brutalement le tche-fou.

Fouetté par cette mise en cause directe, Chang se redresse.

— Nous avons été trahis, répond-il. Quelqu'un nous a vendus. Et quand nous sommes arrivés au yamen, les soldats nous attendaient. La fusillade fut terrible. Mes camarades sont tombés les uns après les autres. Ce fut un massacre. J'ai réussi à m'échapper mais j'ai appris le lendemain que tous les partisans du docteur Sun avaient été arrêtés et exécutés. À Canton, le mouvement est décapité. Sun Yat-sen est parvenu à s'enfuir, lui aussi, mais j'ignore où il se trouve.

— Il est en route pour le Japon, précise Liu. Quelle leçon tires-tu de cette affaire, Zhu Chang ?

Le jeune homme hésite avant de répondre.

— Nous avons échoué parce que nous étions trop sûrs de nous et certains de réussir, sans imaginer qu'il pourrait y avoir un ou des traîtres dans nos rangs, répond-il. On ne s'improvise pas conspirateur. Il ne faut pas seulement compter sur l'enthousiasme des hommes, calculer toutes les opérations, il ne faut pas seulement tout prévoir, il faut aussi mettre sur pied une organisation digne de ce nom, très rigoureuse, et avoir la certitude que tous nos fidèles sont dignes de confiance. À Canton, ce n'était pas le cas.

— Nous allons nous organiser en conséquence, commente Liu.

— Qui nous a trahis ? interroge Chang en dévisageant l'un après l'autre les hommes qui l'entourent.

Ce ne sont que masques fermés.

— As-tu des soupçons ?

— Pour le moment, non. Mais je finirai par trouver pour venger nos camarades.

— Réfrène ton désir de vengeance, Zhu Chang, dit Liu. C'est à la Société du Ciel et de la Terre de faire justice, pas à toi. En attendant, nous devons décider si nous continuons de soutenir le docteur Sun, malgré son échec, ou si nous misons plutôt sur le ministre Kang Youwei pour réformer le pays. La place qu'il occupe désormais au gouvernement le met en bonne position.

— Il a critiqué Confucius ! s'insurge le tche-fou. C'est indigne d'un lettré.

— Peut-être, mais je partage son avis, répond un autre préfet. Ce qui compte, c'est de chasser les étrangers qui occupent nos ports et cela, Confucius ne l'avait pas prévu ! Les idées de Kang pour changer le fonctionnement du gouvernement et adopter une politique plus ferme face aux puissances étrangères sont excellentes. Nous devons l'appuyer de toutes nos forces.

Un des assistants dont la tunique s'orne d'un lion brodé, signe distinctif des militaires de deuxième classe, se lève et parle d'une voix posée :

— Il ne faudrait pas oublier que le docteur Sun a une

grande réputation auprès de la jeune génération et qu'il est l'un des rares à vouloir vraiment établir une république, ce qui est notre objectif, alors que Kang soutient plutôt le principe d'une monarchie constitutionnelle. Il serait dommage de le laisser chercher des soutiens autres que le nôtre, ce qui nous ferait perdre toute notre influence sur lui. Je suggère donc que nous continuions de financer ses activités pour le conserver en notre pouvoir.

Liu Pu-zhai réfléchit longuement dans un silence que personne n'ose briser.

— L'Empire est immense, finit-il par dire. Notre erreur a été de penser que nous pourrions commencer par les provinces les plus éloignées de Pékin, le Guangdong par exemple, et de là entrer en rébellion ouverte contre le pouvoir central. Nous n'avons pas assez d'hommes ni de ressources pour y parvenir. Et nous sommes insuffisamment préparés. Nous devons donc viser directement la tête. Mais dans l'état de fragilité où nous sommes, le temps est notre meilleur allié pour avancer en nous laissant offertes toutes les possibilités, avec la certitude de l'emporter le jour venu.

«Je propose donc que nous soutenions à la fois le docteur Sun et le ministre Kang. Les Français disent qu'il faut toujours avoir deux fers au feu. C'est une bonne illustration de ce que nous devons faire. Dans l'espoir que l'un ou l'autre parviendra un jour à renverser la dynastie des Qing et à réformer notre pays. Quelqu'un parmi vous s'oppose-t-il à cette stratégie ?

La Tan Di Hui est réputée pour l'obéissance absolue qu'elle réclame de ses membres et tout dans le regard impérieux de Liu dissuade quiconque de s'élever contre sa proposition.

— Nous agirons donc ainsi, conclut-il avec un sourire satisfait. Jeune Zhu Chang, je te confie la responsabilité de réorganiser notre groupe à Shanghai et de recruter de nouveaux partisans dignes de confiance. J'enverrai un nouvel émissaire au docteur Sun, à Tokyo, et je vais parallèlement écrire au ministre Kang Youwei pour l'informer que nous soutenons sa volonté de réforme. Rentrez chez vous maintenant, honorables frères, gardez le secret et restez vigilants. La séance est levée.

D'un seul mouvement, tous se lèvent et d'une seule voix prononcent la formule rituelle :

— *Fan qing, fu ming!*

« Chasser les Mandchous, restaurer les Ming » : depuis deux siècles et la conquête du trône du Fils du Ciel par les Mandchous, c'est le mot d'ordre de la société secrète. Puis ils jurent de garder le silence et les uns après les autres quittent la salle après avoir salué Liu Pu-zhai avec respect.

— Reste avec moi quelques instants, Chang, dit celui-ci.

Le jeune homme s'approche, curieusement intimidé par cet oncle qu'il n'avait jamais soupçonné d'être le *heung chu*, le Maître de l'encens, celui que l'on appelle par le nombre secret 426, le numéro deux de la plus puissante société secrète de l'Empire, et s'incline devant lui.

— Tu n'as pas manqué de bravoure tous ces derniers temps et je t'en félicite. Tu vas devoir, aujourd'hui, faire preuve d'un courage encore plus grand.

Intrigué, le fils de Lian s'approche plus près.

— Aurais-tu une autre mission à me confier? questionne-t-il.

— Non, mon fils. Mais je dois t'annoncer une dure nouvelle. Tu étais déjà orphelin de ton père. Tu l'es aussi de ta mère : elle est morte pendant que tu étais à Canton.

21.

Après avoir parcouru pendant des mois les grands espaces de l'empire du Milieu, les bureaux de la Compagnie du Yangzi semblent particulièrement étroits et confinés à Louis. Il n'y travaille que depuis deux jours mais il s'y sent déjà prisonnier, incapable de rester en place pendant plus d'une demi-heure, comme de se concentrer. Son esprit s'évade immanquablement dès qu'il lève les yeux des livres de comptes que M. Deng a posés sur le bureau et qu'il doit étudier sous sa sévère conduite. Dehors, la vie l'appelle, les steamers et les grands paquebots se saluent à coups de sirène, l'activité bat son plein sur le quai de France, des coolies déchargent des cargaisons, les fiacres et les cabriolets passent devant les hautes fenêtres des bureaux de la Compagnie, des jeunes femmes se promènent bras dessus bras dessous, s'abritant du soleil sous des ombrelles. Et lui qui est coincé derrière ce bureau, son chat sur les genoux. Il enrage et ses longs cheveux, toujours retenus pas un catogan, s'agitent en tout sens comme la queue d'un cheval furieux. Quand sa mère lui a proposé d'entrer dans la société, il a accepté avec enthousiasme. Mais elle s'est bien gardée de lui dire qu'il commencerait son apprentissage au bas de l'échelle, comme un simple employé.

— C'est le seul moyen de comprendre le fonctionnement de notre entreprise. Quand tu auras appris la comptabilité, les caractéristiques de nos clients et les principes de la négociation commerciale, tu achèveras de te former dans nos différentes filiales. C'est la condition *sine qua non* pour être capable de prendre la direction d'une maison comme la nôtre, plus tard.

— Tu veux quitter la Compagnie ? demande Louis, brusquement inquiet.

— Pas immédiatement, rassure-toi. Mais un jour vous en hériterez, ta sœur et toi. Et tu devras la diriger. Il faut donc que tu te formes dès maintenant. Car quand tu seras prêt, je prendrai du champ. Depuis que ton père est mort, je n'ai pas cessé de travailler. J'ai dû batailler pour maintenir la Compagnie à flot, la redresser, la faire prospérer, l'engager sur de nouveaux marchés.

— Oncle Joseph t'aide, non ?

— Évidemment et il est irremplaçable, mais les décisions importantes, c'est moi qui les prends. C'est difficile, tu verras, de décider. On est toujours seul dans ces moments-là, et, chaque fois, c'est l'avenir de l'entreprise que l'on joue. Il faut être solide et ne pas se tromper. La moindre erreur peut être fatale. Je crois que j'ai fait du bon travail, mais je me sens un peu fatiguée, parfois, et j'ai envie de vivre comme une femme normale.

— Surtout que tu as Patrick, désormais, dit Louis involontairement ironique.

Olympe lui sourit, indulgente. Depuis son retour, elle ne craint plus ses remarques autrefois corrosives et blessantes. Louis lui inspire à présent une confiance totale. Il a mûri, c'est un homme, et il a l'air suffisamment assagi pour qu'elle lui confie les rênes de la Compagnie du Yangzi dès qu'elle le sentira prêt. La visite qu'elle a faite à Lian mourante lui a montré l'extrême fragilité de sa vie et combien la mort pouvait frapper sans prévenir. Elle a eu peur, brusquement, de quitter un jour cette terre sans avoir pu connaître tout ce qu'elle avait envie de vivre. Évidence si foudroyante qu'elle occulta presque celle, pourtant terrible, de l'infidélité passée de Charles et de l'existence, quelque part dans la ville chinoise, d'un enfant de lui.

— Oui, j'ai Patrick, répond-elle, et je veux pouvoir prendre le temps de partager ma nouvelle vie avec lui, tu comprends ? Pendant trop longtemps, j'ai été seule pour vous élever et faire tourner l'entreprise. Je ne te souhaite pas d'endurer ce que j'ai vécu. Ce fut exaltant, mais si dur, parfois... Aujourd'hui, j'ai envie de vacances ! Te rends-tu compte que je n'ai même pas visité ce pays dans lequel je vis pourtant depuis vingt-cinq ans ? Que je ne connais que les rives du Yangzi ?

— On ne te surnomme pas la Reine du Yangzi pour rien... Joseph est d'accord pour que je prenne la succession ?

— Je suis certaine qu'il acceptera. Lui non plus n'est plus très jeune. Peut-être saisira-t-il cette occasion pour se retirer des affaires, lui aussi, et proposer à Marc de le remplacer. Vous vous entendez bien tous les deux et vous pourriez travailler ensemble.

Louis a une moue dubitative.

— Je ne sais pas si l'amitié peut faire bon ménage avec les affaires.

— Si tout est bien clair entre vous, les deux sont parfaitement compatibles. Ton père et Joseph n'étaient pas très proches au début, ils le sont devenus et leur amitié s'est renforcée au fil des années. Elle durerait si Charles était toujours de ce monde. Et, entre Joseph et moi, il n'y a jamais eu le moindre problème, même si je suis surtout l'amie de Marie-Thérèse.

— Je doute que Marc ait envie de reprendre les affaires de son père et ses responsabilités dans la Compagnie. La dernière fois que nous en avons parlé, il m'a expliqué qu'il voulait aller en Europe ou aux États-Unis pour étudier la musique. Il veut devenir pianiste. Le premier pianiste chinois.

*

En découvrant jour après jour l'écheveau des sociétés qui composent la Compagnie du Yangzi, Louis constate qu'il n'a jamais eu une idée très précise de ses activités. C'est un véritable empire commercial et industriel qui se dévoile à lui et dont le périmètre va bien au-delà de ce qu'il imaginait.

Il y a d'abord la compagnie de navigation elle-même, la société historique fondée par son père à partir de laquelle tout le reste s'est construit. Toujours très active sur le fleuve Bleu où ses steamers font le transport du thé, du soja, de la paille à chapeau, de l'huile, de balles de soie et vont maintenant jusqu'à Chongqing, ouvert aux étrangers depuis 1891.

— Il faudrait que vous remontiez le Yangzi, un jour, Monsieur Louis, a proposé Zhao Fu, le patron de tous les capitaines de la Compagnie. Au moins jusqu'aux Trois-Gorges.

Louis a eu un sourire navré et répondu :

— Ne comptez pas sur moi, capitaine. Autant mon père était un vrai loup de mer, autant moi, je suis un incorrigible terrien ! Je ne me sens bien qu'à cheval ou à pied. Sur un bateau, j'ai le mal de mer depuis toujours…

Olympe qui sortait de son bureau à ce moment-là a eu un geste de dénégation mais n'a rien dit : elle savait bien que Louis n'avait pas toujours été malade en mer et que son rejet des bateaux masquait en réalité la répulsion qu'il éprouvait pour le Fleuve. Ce dégoût datait du jour où les eaux du Yangzi avaient englouti la dépouille de son père, enveloppée dans son linceul blanc. Terrible moment qui le marqua à jamais et lui fit prendre le Fleuve en horreur.

D'autres steamers font du cabotage jusqu'à Qingdao et Tianjin au nord, et les côtes du Guangdong et l'île de Hainan, au sud. Plus une vingtaine de jonques pour les petites distances et les cargaisons plus réduites. Le cœur de l'entreprise est là, dans les mains de ses capitaines et de ses équipages, dans le feu de ses chaudières, dans les profondeurs de ses soutes qui font sa richesse depuis près de trente ans.

Il y a ensuite les filiales ou les sociétés dont la Compagnie est actionnaire majoritaire : la compagnie d'assurance maritime qui couvre les risques sur mer et sur le Fleuve et à laquelle Patrick O'Neill vient de faire appel pour assurer l'ensemble de sa flotte ; le chantier naval qu'Olympe a racheté à Hong Kew, la concession américaine, pour effacer la mésaventure du chantier Di Pietri qui faillit, jadis, les ruiner ; la fabrique de moteurs et de chaudières qu'Olympe a créée cinq ans plus tôt pour faire face à la demande des arsenaux de la région.

Et puis, il y a toutes les sociétés sans lien direct avec l'activité principale de la Compagnie et qu'Olympe ou Joseph ont créées au rythme où la ville et le port se développaient, année après année : une filature au sud de la ville chinoise et que Louis va avoir la charge de transformer en usine dès que les machines commandées en France seront installées ; l'Immobilière de Shanghai qui possède et gère plus d'une trentaine d'immeubles de bureaux et les shikumen dans les deux concessions ; la Financière Esparnac, qui a des participations dans toutes les sociétés du groupe, joue le rôle d'une banque interne et s'occupe des placements financiers ; l'Olympic & Liu Company, de droit anglais, qui acquiert les terrains disponibles à Shanghai et dans les environs, et les viabilise avant de les revendre. Au total, une bonne dizaine de sociétés qui brassent des millions de dollars chaque année et emploient près d'un millier de salariés de toutes nationalités. Sans parler des participations minoritaires dans une myriade de sociétés toutes plus diverses les unes que les autres, une compagnie de fiacres, un restaurant français récemment ouvert à proximité de l'hippodrome, des entrepôts le long du Huangpu ou une société américaine de télégraphe.

À la lecture des chiffres, des activités si multiples de la Compagnie et du nombre de gens dont la vie dépend de sa bonne santé commerciale et financière, Louis est saisi d'un vertige. Il n'imaginait pas une telle puissance ni une telle responsabilité. Il savait que les Esparnac étaient riches – tous les Shanghailanders vivent sur un grand train et Olympe en est une des plus fameuses –, mais pas au point de posséder autant de biens, d'être présents dans autant d'activités commerciales, industrielles, financières ou sociales. Car la Compagnie et la famille ont aussi leurs œuvres charitables, l'Association philanthropique de Shanghai qui finance un orphelinat, et l'Association de l'entraide française qui vient au secours des expatriés durement frappés par le sort. Pour Louis, la question se pose, angoissante et cruelle : saura-t-il manœuvrer un jour un tel navire et l'engager vers les mers de l'avenir où aucun sextant, aucune étoile ne peut servir de guide puisqu'elles sont aussi obscures que le futur lui-même ? Aura-t-il assez de courage pour prendre de telles responsabilités ? Se sentira-t-il assez fort pour affronter ses concurrents, les dépasser, conquérir de nouveaux marchés ?

— Mais oui, ne t'inquiète pas, le rassure Joseph Liu à

qui il vient faire part de ses angoisses. Il suffit d'apprendre, de réfléchir et de raisonner.

— Mon père raisonnait-il quand il s'est lancé dans l'aventure avec toi ? J'en doute.

— C'est vrai. Mais il avait une idée et je l'ai aidé à la réaliser. C'est moi qui raisonnais, c'est-à-dire qui étais raisonnable. Lui, il avait une vision, un peu de folie. Et c'est cela qui fait les vrais chefs. Moi, je ne suis qu'un gestionnaire.

— Et maman ?

— Ta mère a dû apprendre très vite car nous étions en train de couler. Elle a agi à l'instinct. Ensuite seulement, elle s'est mise à raisonner, et puis elle a eu, elle aussi, des fulgurances, ce petit brin de folie qui lui a permis de développer la Compagnie au-delà de ce que j'imaginais. Retiens bien ce que je vais te dire : si tu veux être, toi aussi, un grand patron, tu dois être un peu visionnaire, un peu fou, n'écouter parfois que ton instinct, mais pas trop. Et la gestion courante, tu pourras parfaitement la déléguer à quelqu'un de confiance.

— Tu vas quitter la direction de la Compagnie, toi aussi, Oncle Joseph ? s'inquiète Louis qui s'imagine déjà seul aux commandes.

— Non. Tant que je pourrai tenir ma place, je resterai mais je formerai quelqu'un pour me succéder, un Han puisqu'il en faut absolument un pour faire un bon comprador. J'ai déjà quelqu'un en vue.

Louis s'apprête à quitter le petit bureau de Joseph mais s'immobilise avant de franchir la porte.

— Tu crois vraiment que je serai à la hauteur ?

— Cela ne fait aucun doute. Tu le vérifieras toi-même dès demain puisque j'ai pris rendez-vous avec le nouveau directeur de la Banque d'Indochine. Il a repris toute la clientèle et les fonds du Comptoir d'escompte qui a dû fermer après la faillite de la banque à Paris. Il va nous proposer de placer nos excédents de trésorerie et je pense que cela t'intéressera.

— Mais je n'y connais rien ! s'exclame Louis catastrophé.

— Les questions d'argent s'apprennent vite, Louis. Juste une question de chiffres et d'opérations arithmétiques simples. Très largement à ta portée.

Une nouvelle fois, Louis a une moue dubitative.

— J'aurais aimé parfois avoir un autre destin, soupire-t-il.

— Ah bon ? Et pour faire quoi ?

— Changer le monde, aider les pauvres, les malheureux. Tu ne peux pas savoir le nombre d'affamés, de malades, de mourants que j'ai vus pendant mon périple. Il faut changer tout cela.

Louis ne remarque pas la lueur d'intérêt qui traverse le regard de Joseph et poursuit, vibrant de passion :

— Il faut partager la richesse, ne pas la laisser seulement aux mains des puissants.

— Je te félicite d'avoir des idées aussi nobles, Louis. Mais justement, c'est en étant à la tête de la Compagnie du Yangzi que tu pourras changer les choses et améliorer le sort des déshérités. Tu pourrais alors suivre les traces de ces grands entrepreneurs catholiques qui font beaucoup pour leurs employés en France.

— Même si je ne suis pas catholique ? demande Louis, ironique.

— Surtout si tu ne l'es pas ! répond Joseph en partant d'un grand éclat de rire.

22.

Dans tout Shanghai, on ne parle que de cela. Ce sera le clou de la saison. L'événement qui surpasse tout, y compris le grand steeple chase qui doit se courir à l'hippodrome ce jour-là et même la soirée de gala de la Shanghai Sharebrockers'Association, la Bourse de Shanghai fondée en 1891, où se retrouve chaque année tout ce que les concessions comptent de taipans anglais, américains ou allemands. La lutte pour recevoir le carton d'invitation des Esparnac est féroce, et certains sont prêts à toutes les bassesses pour l'obtenir, soudoyant l'employé des postes françaises, voire l'imprimeur, ou proposant à quelque heureux élu de le lui racheter à prix d'or. Il faudra en être et ceux qui n'y seront pas pâtiront pendant longtemps, comme d'une tache, d'avoir été écartés du club très recherché des invités d'Olympe Esparnac. Le bal que la Reine du Yangzi s'apprête à donner pour les dix-huit ans de sa fille, Laure, a de quoi faire rêver.

L'orchestre de la Société philharmonique de Shanghai, un cocktail gigantesque dont on dit déjà qu'il dépassera tout ce qu'on peut imaginer par sa somptuosité et son originalité, du champagne millésimé qui devrait couler à flots, des pistes de danse et des tentes installées dans le parc du Trianon, une fête qui devrait commencer à six heures du soir et ne s'achever qu'à l'aube, une tenue blanche obligatoire pour les hommes comme pour les femmes, des milliers de fleurs également blanches, lis, roses et tubéreuses, achetées pour l'occasion, les steamers de la Compagnie du Yangzi relâchant ce jour-là à Shanghai faisant retentir leur sirène au même moment, à neuf heures du soir, en hommage à Laure, née à cette heure-là dix-huit ans plus tôt, un souvenir pour chacun des invités – on parle de plusieurs centaines : le bal des dix-huit ans de mademoiselle Esparnac promet d'être mémorable et d'éclipser tous ceux qui l'ont précédé.

Depuis des jours, le défilé des fournisseurs ne s'interrompt qu'à la nuit, et encore, devant les grilles de la rue Discry. Fleuristes, pâtissiers, marchands de volailles ou de légumes, couturières et petites mains, modistes, menuisiers, marchands de vin, lingères défilent sans discontinuer au Trianon et y campent même, comme M. Chevreux, le photographe, et ses assistants, qui installent leur atelier au premier étage. Le soyeux Lacroix lui-même se déplace en personne pour examiner avec Olympe quelles soieries décoreront les deux étages de la maison. La fête sera tout en blanc mais, pour lui servir d'écrin, elle veut de grands drapés de soie bleue brodée de fils d'or pour remplacer les rideaux dans les salons du rez-de-chaussée. Exigeante, l'œil à tout, Olympe surveille les préparatifs avec le même soin qu'elle met à ses affaires.

Si elle aime tendrement Louis, elle éprouve une passion absolue pour Laure chez qui elle retrouve plus qu'elle ne l'imaginait le caractère fougueux de Charles mais aussi les élans qui étaient les siens à son âge, ce goût déraisonnable des lointains, de l'inaccessible, de l'improbable et, elle le craint aussi, de l'interdit. Elle connaît ses émois, devine ses attentes, ressent ses doutes parfois mieux que sa fille car elle les a déjà vécus. Et, pour ses dix-huit ans, elle veut lui offrir le plus beau et le plus immatériel des cadeaux : une fête si mémorable qu'on en parlera encore dans cent ans.

*

Les uns après les autres, les fiacres et les cabriolets s'immobilisent devant les grilles grandes ouvertes du Trianon. Il est à peine six heures et la splendide demeure des Esparnac est déjà envahie par les invités. La plupart d'entre eux n'a pas eu la patience d'attendre et s'est présentée bien avant l'ouverture officielle de la réception. Toute la rue est ornée d'arceaux géants où sont fixées des guirlandes de fleurs blanches. Des groupes de Chinois et quelques Européens, coolies, employés de bureau, domestiques des maisons voisines, enfants venus de la ville fortifiée encombrent les trottoirs pour admirer les femmes en robe longue et les hommes en habit. À l'ouest, le soleil qui descend sur le Huangpu couvre d'un voile d'or la façade immaculée du Trianon et une légère bise promène des parfums sucrés jusque dans le parc. Il est rare qu'un soir de mai soit aussi doux. Certains y voient un signe favorable et de bon augure pour l'avenir de la jeune fille. Dans le grand hall où l'immense lustre de cristal flamboie dans les derniers rayons du soleil, Olympe accueille chaque invité de quelques mots aimables, secondée par Louis qui, lui aussi, fait son entrée dans le monde comme héritier désigné de l'empire Esparnac et futur maître de maison. Avec tact, Patrick O'Neill se tient légèrement en retrait pour ne pas avoir l'air de s'imposer même si personne n'ignore, en ville, qu'il est depuis longtemps l'amant officiel de la Reine du Yangzi.

Laure, dans le salon d'honneur, court des uns aux autres avec la grâce aérienne des filles du vent. Dans une robe toute simple de soie blanche, ses longs cheveux noirs ondulant librement sur ses épaules, elle ne ressemble à aucune de ces débutantes à anglaises que l'on voit au bal annuel de la bonne société britannique. Une fine ceinture de soie rouge souligne sa taille mince et elle s'est amusée à chausser des souliers de même couleur, espérant bien choquer les bien-pensants. Tous ceux qui ont connu son père s'émeuvent de la voir si semblable à ce qu'il était. Mais ce qui les frappe le plus, ce sont ses prunelles de ténèbres ardentes qui magnétisent tous ceux qu'elles croisent. On ne sort pas indemne d'un tel regard. Même les hommes les plus blasés en bredouillent ou mettent quelques secondes avant de balbutier des mots maladroits. C'est d'abord un silence respectueux qui accompagne ainsi Laure chaque fois qu'elle salue un couple d'invités ou un vieil ami de la famille. Samuel Lawson lui-même, qui la connaît depuis son enfance, reste muet devant une beauté si surnaturelle pour Shanghai.

— Tu es presque aussi grande que ton père, dit-il avec émotion.

Prématurément usé par le climat, le vieux taipan anglais ne dirige plus que de loin ses affaires, mais il a tenu à venir fêter Laure pour respirer le parfum de la jeunesse, lui à qui sa femme n'a pas pu donner d'enfants.

— Te contempler me rajeunit de dix ans ! s'écrie-t-il d'une voix que l'âge fait trembler. Tu es une fontaine de Jouvence.

Touchée par le compliment de cet homme dont elle a toujours adoré l'accent anglais, Laure plante deux baisers sur ses joues rasées de frais, le prend par le bras et l'entraîne vers l'un des buffets dressés au fond du salon. On la suit, on se presse autour d'elle. Elle rit. Laure est de ces jeunes filles dont la beauté est si éclatante qu'elle agit comme un aimant sur ceux qui l'approchent. On veut la voir de près, l'effleurer comme on touche un talisman et recueillir au bout des doigts un peu de cette beauté qui reste inaccessible au commun des mortels.

Sur une table, les cadeaux s'accumulent, paquets enrubannés de toutes tailles et de toutes formes refermant des présents qu'elle découvrira plus tard. René Mattéoli, radieux au bras d'une jeune et belle Chinoise, a déposé une grosse boîte, et le directeur de la Banque d'Indochine, M. Arranger, venu avec son épouse, a glissé parmi tous les paquets un petit coffret soigneusement emballé qui dissimule un ravissant camée monté en pendentif. Le plus beau cadeau sera, mais Laure ne le sait pas encore, celui offert par Joseph et Marie-Thérèse Liu : une parure de diamants qu'ils ont fait monter chez Max Sennett, le meilleur joaillier de Nankin Road, un Alsacien qui a fui l'occupation prussienne, s'est installé à Shanghai et va chercher tous les ans ses pierres précieuses jusque chez les Yakoutes, en Sibérie orientale.

Fêtée comme elle ne l'a jamais été, Laure rayonne de bonheur mais, parmi tous ceux qui la félicitent, l'embrassent, l'admirent, elle en cherche un seul, les yeux perpétuellement en éveil, guettant chaque mouvement à l'entrée du grand salon ou dans le parc. En vain.

— Permettez-moi de vous féliciter, mademoiselle, dit le consul de France, M. de Bezaure, arrivé depuis peu à Shanghai. Vous êtes la perle de cette ville.

Les joues empourprées, Laure remercie le diplomate d'une gracieuse révérence et le gratifie de son plus éclatant sourire.

— Je vous présente mon jeune collègue, Paul Claudel, poursuit le consul.

L'homme doit avoir une trentaine d'années. Petit, la tête ronde, le cheveu rare, une fine moustache qui donne un peu de relief à son visage lunaire, il pourrait passer inaperçu ou banal si ses yeux, électrisants, ne captaient pas son interlocuteur. Laure, qui s'apprêtait à le saluer hâtivement, reste captivée par ce curieux homme sur lequel elle a envie d'en savoir plus.

— Vous êtes donc diplomate ? questionne-t-elle en gardant sa main dans la sienne.

— Bien modestement, répond Claudel. Je ne suis que consul suppléant, à Fu Zhou d'abord puis à Hankéou sur le Yangzi.

— Mon père a beaucoup navigué sur le fleuve Bleu.

— Je sais, son souvenir reste très vivace chez les gens du Fleuve.

— Et que fait un diplomate à Hankeou ?

— Il négocie avec les Chinois pour un projet de train jusqu'à Pékin.

— Ce doit être passionnant.

— Pas toujours ! Mais surtout il écrit.

— Vous êtes écrivain ?

— Poète serait plus juste.

— Et l'on peut lire vos vers ?

— Si vous trouvez *La Revue blanche* ici, à Shanghai, oui. Mais j'en doute.

— Je pourrais la commander ?

— Ou moi vous en faire parvenir un exemplaire, mademoiselle, avant mon départ pour le Japon.

— Décidément, vous avez la bougeotte. Vous dansez ?

— Pardon ?

— Pourriez-vous m'inviter à danser, monsieur Claudel ? L'orchestre va se mettre à jouer et je n'ai pas de cavalier.

Paul Claudel rougit intensément. Très embarrassé, il se recule légèrement et bredouille :

— Je suis confus, mademoiselle, mais je sais à peine danser.

Laure ouvre de grands yeux étonnés.

— Mais que vous apprend-on dans la diplomatie ?

— À être diplomate, mademoiselle. C'est-à-dire à ne pas danser, justement, répond Claudel.

Après l'avoir saluée d'une légère inclination de la tête, il s'éloigne alors que l'orchestre entame une valse. Décontenancée, Laure regarde autour d'elle dans l'espoir de trouver celui qu'elle attend, le seul qui pourrait la consoler de n'avoir pas ouvert le bal de ses dix-huit ans avec un poète diplomate. Mais Marc Liu n'apparaît toujours pas et c'est Louis, finalement, qui, la voyant désemparée, s'avance vers elle, la prend par la main et l'entraîne sur la piste.

— Ah, mon frère, murmure-t-elle. Toujours là pour sauver la petite sœur, n'est-ce pas ?

Louis sourit. Elle est aussi grande que lui, aussi brune que lui est blond, si différente et pourtant si semblable, et l'emporter dans cette valse, la première qu'ils dansent ensemble, l'emplit d'un bonheur inattendu. Il n'avait pas réalisé à quel point elle est devenue femme et s'en trouve suffisamment intimidé pour ne pas la serrer contre lui. À peine se sont-ils élancés sous les applaudissements qu'Olympe et Patrick O'Neill s'enlacent à leur tour et se mettent à valser. La grâce d'Olympe, son sourire radieux, sa silhouette si légère entre les bras de son amant éclipsent un instant la beauté de sa fille, sauvage resplendissante que son frère semble avoir domestiquée le temps d'une danse. Bientôt le parquet d'acajou du grand salon se couvre de couples tournoyant sur les cadences de Strauss.

Jamais Shanghai n'a connu soirée plus élégante et plus joyeuse. Sans doute les bals organisés par les Anglais ou les Américains sont-ils somptueux, mais si compassés que l'atmosphère y est rarement aussi gaie. De plus, ils s'achèvent au plus tard à minuit. Ceux offerts par les consulats lors des fêtes nationales sont encore plus guindés et si l'on veut se distraire vraiment, il faut aller dans les cabarets de Bubbling Wells Road ou du côté de l'hippodrome. Tandis que, ce soir, tout ce que la ville compte de célébrités, de jolies femmes, d'hommes d'affaires, d'artistes, de diplomates et de banquiers s'est donné rendez-vous chez la Reine du Yangzi avec la certitude de s'amuser, de boire le meilleur champagne et de déguster les plats les plus raffinés dans l'ambiance la plus cosmopolite qu'on puisse imaginer. Entre deux danses, quand elle s'arrête pour reprendre son souffle, Olympe sait que sa fête est réussie lorsqu'elle aperçoit le directeur de l'Oriental Bank où elle a récemment ouvert un compte, Edward Cunningham et le consul américain interrompus dans leur conversation par leurs femmes respectives qui les entraînent dans une polka endiablée. Et elle sourit en voyant Louis se diriger vers le parc au bras d'une ravissante Anglaise qui rit aux éclats. Même Joseph et Marie-Thérèse Liu semblent s'amuser, eux d'ordinaire si sérieux et si réservés : leur conversation avec Paul Claudel est si animée que Joseph a l'air transfiguré et parle avec les mains, ce qu'il ne s'autorise jamais. Olympe est tout simplement heureuse et, tandis que Patrick va lui chercher une coupe de champagne frais, elle a une pensée fugace pour Charles : il aurait été si fier de voir sa fille fêtée comme elle l'est ce soir par le Tout-Shanghai.

23.

Alors que l'orchestre s'accorde une pause après avoir joué sans discontinuer pendant une heure et que le brouhaha des conversations, des rires, des verres qui s'entrechoquent décline, les notes d'un piano s'élèvent, solitaires et fragiles. Une mélodie rare, que personne ne connaît, tendre et nostalgique au point de nouer la gorge des hommes et de faire frissonner les femmes. Intrigué, on se tait, on quitte le parc où les torchères illuminent la nuit, on revient à l'intérieur, vers le petit salon d'où s'élève cette dentelle de musique, sereine et lumineuse, qui magnétise tout le monde et fait taire les plus bavards. Le piano à queue est là, son couvercle ouvert comme une grande voile noire et brillante, et derrière, à moitié masqué, le beau visage, grave et inspiré de Marc Liu qui joue pour Laure.

Depuis des mois, il répète ce Nocturne de Chopin en *mi* bémol majeur, délaissant les œuvres pour orgue de Bach pour celles de Frédéric qu'il a découvertes en lisant un *Hiver à Majorque* de George Sand.

Dans le silence stupéfait qui s'est emparé des invités, la mélodie monte, bouleversante, et Laure, comprenant tout d'un coup pourquoi le jeune homme qu'elle attendait restait invisible depuis le début de la soirée, demeure immobile, pétrifiée, à quelques pas de lui, envahie par l'émotion. Les mains longues et fines de Marc survolent le clavier avec l'agilité et la douceur de deux oiseaux parcourant un monde dont seuls ils ont la clef. Il ne voit pas les invités qui, silencieusement, se sont approchés, tout absorbé qu'il est par son jeu, intimidé par Laure à qui il ne sait pas dire autrement qu'en musique qu'il l'aime mais comme sa meilleure amie. Il ne voit rien, ni elle qui tremble, émue jusqu'aux larmes par ce cadeau impalpable, ni la fierté de ses parents qui l'ont entendu si souvent répéter pour atteindre ce jeu parfait, élégant et inspiré, ni les visages ébahis de tous ces Longs Nez, sidérés d'entendre un Chinois interpréter Chopin avec autant de finesse. Pour Joseph Liu, c'est la plus belle des revanches sur ces Anglais qui les méprisent et voient encore en eux des attardés incultes et rétifs à la modernité occidentale. Et quand les doigts de Marc quittent le clavier après un dernier accord, quand le piano résonne une ultime fois avant de se taire, on l'entend murmurer, dans le silence émerveillé qui suit, tout imprégné encore des notes du nocturne :

— Bon anniversaire, Laure...

Elle se précipite vers lui, l'enlace, le couvre de baisers, chuchote des mots tendres à son oreille, baise ses mains, plus amoureuse que jamais et, soudain, une rafale d'applaudissements les submerge, des bravos fusent, on se presse autour du jeune pianiste au talent insoupçonné.

— Bravo, jeune homme ! s'exclame le consul de France, lui-même mélomane. Il faut continuer, vous êtes très doué.

— Vous êtes un grand artiste, monsieur, nous allons vous organiser des concerts, propose le directeur du Shanghai Club.

Restée à distance, Marie-Thérèse Liu, bouleversée par le spectacle de son fils ovationné par les Blancs et dévoré des yeux par la fille de sa meilleure amie, se prend à rêver au couple merveilleux qu'ils feraient, à ces enfants magnifiques qui en seraient le fruit, à cette jonction des âmes et des sangs qui permettrait enfin aux deux mondes de se comprendre et de se respecter. Puisqu'un Han est capable d'aimer l'Occident à travers sa musique, son trésor le plus impalpable, pourquoi les Blancs ne pourraient-il pas reconnaître la Chine dans ce qu'elle a de plus spirituel, ses rites et son histoire ?

*

La curiosité est trop forte. Chang veut voir la fête de près, lui aussi, et il a de bonnes raisons pour cela. Un peu comme une récompense qu'il s'octroie à lui-même. Quelques mois auparavant, il a magnifiquement réussi la mission que la Tan Di Hui lui a confiée : inciter les pousseurs de brouettes de Shanghai à la révolte. Taillables et corvéables à merci, les pousseurs de brouettes transportent tout ce que les concessions réclament jour et nuit pour satisfaire leurs immenses besoins, à commencer par les produits frais venus des campagnes. Quelques sapèques pour tout paiement, des coups et des injures quand ils arrivent en retard ont fini par provoquer la colère de leur corporation. Pour la Tan Di Hui, leur révolte constituait un bon début, une façon très claire de montrer aux étrangers qu'ils ne pouvaient plus dormir tout à fait tranquilles.

Chang s'est mis au travail avec enthousiasme. Il a identifié les chefs de la corporation, les a aidés à formuler leurs revendications et à organiser le mouvement de protestation. Quand le *Municipal Council* a voulu leur imposer de nouvelles taxes, la montée de colère des pousseurs de brouettes, parfaitement canalisée par lui, s'est transformée en révolte, la première du genre à Shanghai, et a paralysé la ville. Pendant ces quelques jours exaltants, Chang a pu constater l'importance du rapport de force prévu par Oncle Liu : après quelques jours de blocage complet, les pousseurs de brouettes ont obtenu satisfaction et une augmentation substantielle de leur salaire. Les Longs Nez ont cédé. Et, lors de la dernière réunion de la Tan Di Hui, Chang a été chaudement félicité par celui-là même qui ne le trouvait pas assez han.

Dans Nanshi, la ville chinoise, il est impossible d'ignorer qu'un grand bal va se donner chez les Esparnac. La famille est connue et respectée depuis des lustres. Non seulement en raison des exploits du mythique Charles, mais aussi pour l'aide qu'Olympe apporte aux orphelins de la ville ou, plus récemment, parce que le fils, Louis, a voulu empêcher un Anglais de battre à mort un coolie. Personne n'ignore non plus que Liu Pu-zhai, aussi vénéré que craint, est le comprador des Esparnac, et que s'ils aiment à ce point la Chine, c'est un peu grâce à lui. Parmi les Chinois fortunés comme chez ceux de la rue, le Trianon et ce qui s'y déroule tient lieu de chronique mondaine sur la vie des Longs Nez, de l'autre côté des murailles. L'annonce de la fête des dix-huit ans de Laure Esparnac a fait le tour de la ville. On la dit très belle et très rebelle, grande et mystérieuse comme son père, et, depuis des jours, Chang rêve de se joindre aux centaines de Chinois de Nanshi qui vont se rendre rue Discry le soir de la fête pour assister à l'arrivée des invités.

Longtemps, il a résisté à la curiosité de voir la célèbre demeure de son père, où vivent toujours son demi-frère et sa demi-sœur. Longtemps il a rêvé d'eux, de les rencontrer, de leur parler. Depuis la mort de sa mère, ils sont sa seule famille, avec l'Oncle Liu. Mais celui-ci l'a toujours dissuadé de chercher à les connaître pour éviter un drame avec Olympe et ses enfants. Résigné, il a accepté de se taire, de se cacher, de rester un parfait inconnu pour celui et celle qui portent le même sang que lui. Mais ce soir, l'occasion est trop belle : on dit que le Trianon sera ouvert à tous les vents pour permettre aux invités de s'ébattre dans le parc et l'on affirme aussi qu'Olympe Esparnac a prévu de distribuer boissons et gâteaux à tous ceux qui seraient dans la rue.

Chang décide d'aller sur place, dans l'espoir de les apercevoir, même de loin, et de constater s'il ressemble à son frère et à sa sœur. Il a conscience de la puérilité de son geste, lui qui, à l'instar du docteur Sun Yat-sen, s'est juré de chasser les étrangers du pays. Mais les enfants Esparnac sont-ils vraiment des étrangers ? Et lui-même n'est-il pas à moitié un barbare étranger ?

Vêtu à l'européenne du costume de lin clair qu'il portait à Canton, Chang pourrait passer pour un Long Nez rentrant chez lui après s'être encanaillé dans la ville chinoise. Inconsciemment, il se redresse en passant la Porte du Nord. En se tenant si droit, veut-il se grandir pour mieux ressembler à son père dont il a hérité les yeux très noirs et le large front ? Veut-il également rejeter cette part de Han qu'il porte en lui pour mieux endosser l'habit du Blanc ? Lui qui est tant porté à l'introspection refuse ce soir de s'interroger davantage pour tenter de comprendre pourquoi il agit ainsi. Quelques centaines de mètres plus loin, il aperçoit les illuminations du Trianon. Plus il s'approche, plus il entend distinctement les échos de la fête, la musique de l'orchestre, des rires et des exclamations. Quelques mètres encore et il doit se frayer un passage parmi les Chinois qui sont venus comme lui et se pressent pour admirer les invités, regarder avidement cette débauche de lumière, ces Européens tout de blanc vêtus qui déambulent sur le gazon par groupes, poursuivis par des boys porteurs de plateaux d'argent couverts de coupes de champagne et de petits fours.

Immobile au milieu de cette petite foule de spectateurs

qui, par sa seule présence, a l'impression de participer, même de loin, à la fête, de s'approprier un peu de ce monde luxueux et étranger mais auquel beaucoup voudraient appartenir, Chang tend le cou pour tenter d'apercevoir, parmi tous ceux qui entrent et sortent, apparaissent derrière les hautes portes fenêtres du rez-de-chaussée, dansent ou parlent, celui et celle qui pourraient être Louis et Laure. Il croit un moment reconnaître Olympe, une petite femme blonde à laquelle viennent rendre hommage ceux qui prennent congé. Mais il n'est pas certain que ce soit elle. C'est trop stupide, ils sont là, à quelques pas de lui, à portée de regard, et il ne peut les voir.

Jouant le tout pour le tout, Chang recule de quelques mètres, se redresse, prend un air assuré et se dirige avec l'aplomb d'un invité retardataire vers la grille d'entrée du Trianon. Personne ne l'a remarqué, on ne lui demande rien, il avance, le cœur battant. Encore étonné de son audace et saisi d'une peur rétrospective, il n'ose pas entrer tout de suite dans la maison et choisit de faire d'abord un tour dans le parc où il passera plus inaperçu. Foulant l'herbe humide, il observe à travers les fenêtres qui, parmi les danseurs ou ceux qui se pressent autour des buffets, pourraient être Louis et Laure. Il a l'impression d'être un voleur, un de ces bâtards qui viennent troubler l'ordre des familles. Qui ne sont reconnus par personne, qui dérangent. Mais lui n'a aucune intention de troubler les Esparnac. Il souhaite seulement les entrevoir et peut-être, un jour, leur parler.

Soudain, là, cette danseuse dans les bras de Marc Liu, le fils d'Oncle Liu qu'il reconnaît, cette jeune fille radieuse dont les lourds cheveux noirs virevoltent au rythme de la polka, c'est Laure, il en est sûr. Il s'approche, fasciné par ce visage dans lequel il se retrouve de façon troublante. N'être plus qu'à quelques mètres d'elle est grisant. Passant comme les autres par une des portes-fenêtres grandes ouvertes, Chang entre le plus discrètement possible dans le grand salon illuminé et se poste dans un coin, un verre à la main pour se donner une contenance. Là, à moitié dissimulé derrière un rideau, il admire sa sœur. Son rire parvient même jusqu'à lui quand, malgré la raideur de son cavalier, elle entraîne Marc dans une nouvelle danse. Et ce rire trouble Chang infiniment. Il ne l'imaginait ni si belle ni si grande. Il suffirait de quelques pas, il pourrait se planter devant elle et dire qui il est et, là, il pourrait la voir de près, surprise et affolée peut-être, il pourrait lui prendre la main pour la rassurer, entendre le son de sa voix... Mais non, d'un coup il serait le centre de tous les regards, il créerait un énorme scandale et ruinerait toutes ses chances d'avoir, un jour, une relation normale avec elle.

Et Louis ? Il le cherche du regard parmi les hommes de son âge. Ce jeune homme blond, là, en train de discuter avec ce vieil Anglais un peu fatigué ? Non, il parle un anglais trop pur pour que ce soit lui. Et celui-là, apparemment mort de soif, qui est en train de porter à ses lèvres un grand verre d'eau ? Pas très grand, la peau claire, il y a quelques chose de familier dans le visage. Pas tout à fait comme si Chang voyait dans un miroir non pas son reflet mais son exact contraire – la même figure allongée, le même menton très volontaire, mais des yeux bleus quand les siens sont d'obsidienne, et une longue chevelure blonde, inverse de la sienne, noir comme jais. Est-ce Louis ? se demande Chang, hésitant à quitter l'abri du rideau pour se mêler aux invités et s'approcher davantage du jeune homme. Celui-ci est en grande conversation avec une jeune fille encore plus blonde que lui, une Anglaise probablement, qui le dévore des yeux et semble légèrement ivre. Elle se penche vers lui et Chang croit un moment qu'elle va l'embrasser à pleine bouche devant tout le monde. Lui se contente de toucher son bras. Pour le tenir à distance ou la caresser sans en avoir l'air ?

Plus il l'observe, plus Chang est convaincu qu'il s'agit de Louis. Instinctivement, il se reconnaît dans cet homme qui doit être son cadet de trois ou quatre ans, ce qui correspond à leur différence d'âge. Quelque chose l'attire en lui comme l'attirait Laure, un instant plus tôt. Quelque chose d'irrationnel lié à leur origine commune, avec le magnétisme de son père et qu'il retrouve en eux comme il l'a trouvé en lui. Décidé, Chang fait un pas dans la lumière et marche vers Louis, mais une main l'agrippe violemment par le bras.

— Que fais-tu là, Chang ? murmure une voix dans son dos.

Il reconnaît celle, impitoyable et sèche, de Pu-zhai Liu qu'il n'a pas entendu approcher. En se retournant, il se retrouve face à son mentor. Il ne lui a jamais vu le visage aussi dur.

— Que fais-tu là ? répète le comprador en entraînant Chang au dehors. Comment es-tu entré ?

— Par la porte, Oncle Liu, répond le jeune homme avec insolence.

— Tu n'as rien à faire ici ! Ta place n'est pas là.

— Et où est-elle, ma place ? s'emporte Chang. Nulle part ! Tu as beau dire et faire, je ne suis nulle part à ma place.

— Ce n'est pas une raison pour venir ici.

— Justement si ! C'est le seul endroit qui me reste pour savoir qui je suis. Le seul endroit où vivent des gens qui ne me sont pas totalement étrangers.

À cet instant Joseph sent que tout peut basculer. Que Chang a atteint son point de rupture, qu'il ne peut plus retenir sa frustration d'avoir été abandonné par son père et de n'être plus reconnu de personne sauf de lui. S'il le pousse dans ses retranchements, Chang ne se contrôlera plus et alors la pire des catastrophes serait à craindre : un face-à-face entre Olympe ou ses enfants et Chang. Le vieux comprador décide de l'emmener dans la partie la plus obscure du parc.

— Je sais ce que tu éprouves et nous allons changer tout cela. Mais pas tout de suite, Chang, et certainement pas ce soir. Il me faut encore du temps pour informer les enfants d'Olympe de ton existence. Laure est encore très jeune et fragile, elle est un peu fantasque et je ne voudrais pas qu'elle fasse une bêtise en apprenant qui tu es.

Chang baisse la tête. Il comprend une fois de plus qu'il est sacrifié à la stabilité d'une famille qui aurait pu être la sienne et dont l'accès lui est interdit. Il comprend que son rêve est impossible, que son idée était trop folle pour être réaliste. Mais derrière les mots de Joseph qui se veulent apaisants, il entend surtout qu'il n'a rien à faire ici, qu'il ne sera jamais le bienvenu dans cette maison, que Joseph le fera patienter longtemps encore, jusqu'à ce qu'il se décourage, afin de n'avoir jamais à le présenter à Louis et à Laure.

À contrecœur, il renonce. C'est à Liu, son tuteur mais surtout au chef de la Tan Di Hui qu'il doit obéissance, respect et allégeance. Ses propres intérêts, ses aspirations doivent s'effacer devant les lois et intérêts supérieurs de la société secrète, il le sait. Son vrai combat est ailleurs qu'ici, il est dans la mise en marche d'une Chine nouvelle, moderne et libérée de ses envahisseurs. Et lorsque Joseph, d'une voix feutrée mais qui ne supporte pas la contestation, lui ordonne de partir, il s'exécute sans protester et s'en va sans un regard pour ceux qu'il a reconnus comme siens et qui pourtant doivent lui rester étrangers.

Seconde partie

SHANGHAI LA ROUGE

24.

De chaque côté, les herbes folles poussent en toute liberté sur l'empierrement des rives du Grand Canal. L'imposant house-boat qu'Olympe et Patrick ont fait construire dans l'arsenal de Cunningham – et que Patrick a proposé de baptiser *Charles II* – paraît presque modeste, malgré ses dimensions au regard de la largeur du canal : les deux berges sont éloignées l'une de l'autre d'une trentaine de mètres et offrent l'image parfois bucolique, parfois grandiose du vieil empire chinois. D'admirables ponts de pierre sculptée enjambent ses eaux calmes, des temples ou d'antiques pagodes semblent les gardiens immobiles, inutiles et silencieux d'un monde en train de s'effondrer. Au passage du bateau, les pêcheurs suspendent leurs gestes, les enfants sur les berges cessent de jouer, les paysans arrêtent leurs charrues tirées par deux buffles pour les regarder. Tous semblent fascinés par cet étrange navire qui avance tout seul avec un bruit sourd et dont la cheminée crache une fumée blanche que le vent disperse en panaches éphémères. Certains osent un signe, d'autres soulèvent leur chapeau de paille, d'autres encore lèvent le poing et lancent des imprécations. Ce sont les plus nombreux.

— J'avais toujours rêvé de connaître le Grand Canal, murmure Olympe, allongée dans les bras de Patrick sur le petit banc d'acajou vernis garni de coussins de velours rouge qu'il a fait installer à l'avant du house-boat.

Depuis une semaine, ils voguent tous les deux à l'intérieur des terres chinoises, sur cette rivière artificielle voulue par les empereurs et qui commença à être creusée cinq cents ans avant la naissance du Christ. Ils ont quitté Shanghai au début de juin, décidés à fêter cette année la Saint-Jean à Pékin. Depuis qu'ils sont amants et que Patrick a rasé son horrible moustache, ils ne manquent jamais de célébrer le solstice d'été qu'Olympe a considéré comme la date de sa renaissance après son long veuvage. Une Saint-Jean qu'ils ont voulue exceptionnelle puisque, en cette année 1900, elle sera la dernière du siècle qui s'achève. La nomination de Louis à la tête de la Compagnie du Yangzi a laissé enfin Olympe libre de prendre ces longues vacances dont elle rêve depuis si longtemps et de partir à la découverte de son pays d'adoption. Un périple de mille cinq cents kilomètres sur le Grand Canal, à bord d'un bateau confortable qu'elle a préféré au train qui vous brinquebale dans tous les sens ou pis encore aux routes, beaucoup moins sûres depuis quelques mois.

Spécialement dessiné pour naviguer sur les fleuves grâce à son faible tirant d'eau, le *Charles II* mesure une quinzaine de mètres de long, largement suffisant pour eux deux, a décrété Olympe. À la proue, sur le pont de tek, un auvent de toile blanche leur permet de prendre leurs repas dehors en restant protégés du soleil, puis, jusqu'à la proue, une vaste cabine abrite la passerelle de commandement, un salon, une salle à manger et deux chambres joliment meublées. Le bateau est si bien conçu qu'il peut naviguer pendant une semaine sans avoir à faire ni charbon ni eau. Les vivres frais sont conservés dans une glacière et la réserve d'eau suffit à tous les besoins du bord. L'équipage loge dans les cabines avant avec le garde du corps bien armé que Patrick, alerté par le consul américain, a engagé pour les protéger. Depuis l'arrêt brutal de la Réforme des Cent Jours de Kang Youwei qui a tenté, au printemps 1898, de moderniser la Chine, le pays est de moins en moins sûr pour les étrangers. « La secte du Yi He Quan, Les Poings de la Justice et de la Concorde, fait beaucoup parler d'elle, a prévenu le consul. Ils s'attaquent aux missionnaires et aux Chinois chrétiens, en particulier dans les provinces du Shandong et du Hebei, et l'on dit qu'ils ont infiltré la capitale avec l'accord de l'impératrice douairière Cixi. Soyez prudents, O'Neill. » « Ce ne sont pas quelques Chinois illuminés qui nous font peur, monsieur le Consul, » a répondu Patrick, légèrement inquiet, cependant, d'avoir accepté de se lancer dans ce périple avec Olympe. « Je crains qu'ils ne soient de plus en plus nombreux, mon vieux », a insisté le consul.

*

Après avoir dépassé Suzhou, à l'ouest de Shanghai, le *Charles II* s'enfonce lentement dans les profondeurs du Jiangsu. Le nom des villes – Wuxi, Zhejiang, Yangzhou, Huai'an – leur donne chaque fois matière à rêver pourtant Olympe s'en trouve le plus souvent déçue. Aucune n'est réellement différente de Nanshi, et, après quelques visites, elle renonce à s'y arrêter pour éviter de constater que cette partie de la Chine diffère si peu d'une province à l'autre. Chaque ville a son caractère, ses beautés propres – un jardin paradisiaque, une pagode, un ensemble de temples –, mais elle y retrouve toujours, derrière les mêmes remparts, la même agitation désordonnée, la même indifférence au malheur, le même fatalisme dans les yeux des mendiants, la même foule pressée et parfois hostile. La grande sécheresse qui frappe cette année 1900 décuple la misère. La famine est là, à chaque étape, elle la voit dans les yeux fiévreux des femmes et le ventre gonflé des enfants et c'est chaque fois un crève-cœur d'abandonner ces êtres promis à la mort sans pouvoir les sauver. Au début, elle a distribué le plus de vivres possible mais les affamés sont trop nombreux et eux-mêmes rencontrent des difficultés à s'approvisionner.

C'est seulement lorsqu'ils font halte dans les petits villages de pêcheurs qu'elle trouve presque intact l'esprit de cette vieille Chine qu'elle est venue rechercher et qu'elle découvre dans les vieilles maisons de bois, un monastère caché dans une forêt de bambous, ou chez les graveurs de sceaux sculptant, avec les mêmes gestes séculaires, les caractères antiques dans la pierre tendre, le jade ou le bois. Les villages se succèdent, signalés par un trafic plus important sur le canal et une soudaine accumulation de sampans et de jonques fluviales amarrées sur les berges. Olympe descend alors à terre pour faire quelques pas, suivie de Patrick, du garde du corps et du cuisinier qui en profite pour acheter de quoi nourrir son monde. Il se garde bien de dire à Olympe que ses taëls lui ouvrent des réserves de riz ou de légumes secs qui pourraient être distribués et elle feint de croire qu'il a un talent particulier pour dénicher ce dont ils ont besoin. Inéluctablement, les enfants s'attroupent autour d'elle, fascinés par ses cheveux blonds, et il faut qu'elle prononce des paroles rassurantes, aidée par son sourire le plus engageant pour que leurs mères acceptent qu'elle leur distribue des friandises, des gâteaux de lune ou simplement des fruits.

— Elles craignent que vous ne cherchiez à les empoisonner, explique le cuisinier.

— Pourquoi ferais-je une chose pareille ?

— C'est ce qu'on leur fait croire, madame. Que les chrétiens sont venus pour tuer leurs enfants.

Elle qui est respectée à Shanghai fait jour après jour

l'expérience de l'hostilité grandissante des Chinois à l'égard des étrangers.

— Je me demande si nous n'aurions pas mieux fait de voyager en train, finalement, dit-elle à Patrick tandis qu'ils dînent tous les deux à l'avant du bateau, dans le jour encore clair de cette soirée de juin.

— Tu as peur ?

— Non, mais j'imaginais des paysages grandioses, un canal plein de majesté, de beaux bateaux transportant des mandarins raffinés, des nobles demeures dont les jardins descendraient jusqu'à la rive. C'était un rêve idiot. Celui que je faisais avant de quitter la France et que je n'ai jamais pu vérifier. La réalité est bêtement plus prosaïque. La nature est sèche et rabougrie, les paysages sans grâce, les êtres sans espoir…

— Tu n'y peux rien : à Shanghai, nous avons une vision erronée de la Chine, dit Patrick. Nous croyons encore qu'elle est ce riche pays légendaire découvert par Marco Polo et décrit par tes jésuites. En réalité, cet empire est à bout de forces. Il n'a plus les ressources pour entretenir ce qui faisait jadis sa puissance et sa beauté. L'état de ce canal millénaire le prouve : il est complètement envasé par endroits, les berges sont envahies par la végétation, la nature reprend le dessus. La Chine nous montre aujourd'hui son vrai visage : elle n'est plus qu'un empire de pacotille.

— Peut-être, mais il nous fait vivre, réplique Olympe. N'oublie pas que je lui dois ma fortune et toi la tienne.

— Ce n'est pas l'Empire qui nous a enrichis, c'est le commerce…

Patrick voit bien qu'Olympe n'est pas convaincue. Ce n'est pas la première fois. Ils s'entendent à merveille et partagent généralement le même avis sur tout sauf sur la Chine. Olympe aime ce pays de toute son âme et croit, sans réellement le connaître, avoir percé ses secrets en soignant les orphelins ou en négociant avec les marchands de l'intérieur. Plus pragmatique, Patrick voit plutôt dans l'empire du Milieu un marché à conquérir, un monde à moderniser, un peuple à éduquer. Saisissant la main d'Olympe par-dessus la table, il lui sourit tendrement. Le boy vient d'allumer les lampes à pétrole et, dans la chaude lumière qu'elles dispensent autour d'eux, il la trouve encore plus séduisante. Des crapauds-buffles s'appellent d'une rive à l'autre, des feux luisent au loin, l'eau du canal chante contre la coque du house-boat, des papillons dansent des sarabandes ivres autour des lampes, la nuit est douce et le monde en paix.

— Ils ne nous aiment pas, murmure brusquement Olympe d'un ton grave. Nous leur faisons perdre la face depuis des années et des années. Tout ce peuple qui se retrouve vaincu, envahi, dépossédé, ce gouvernement qui se voit imposer des conditions qu'aucun État européen n'accepterait...

— Ils ont perdu...

— Ce n'est pas une raison pour les humilier. Je redoute confusément quelque chose.

— Ne crains rien. Je suis là. Et ne perds pas espoir : Pékin comblera bientôt toutes tes attentes. C'est, dit-on, une ville vraiment fabuleuse.

*

De Tianjin à Pékin, la distance n'est que d'une centaine de kilomètres mais, même en chemin de fer, Olympe l'a trouvée interminable. Après des semaines sur le Grand Canal, Patrick et elle ont jugé plus prudent de prendre le train pour atteindre la capitale de l'Empire. Non seulement, le canal était de moins en moins praticable mais naviguer aussi lentement dans un pays de plus en plus hostile devenait risqué. À chacune de leurs haltes, les nouvelles se faisaient plus alarmantes et Patrick proposa même à Olympe de faire demi-tour pour rentrer à Shanghai. Elle refusa obstinément, affirmant qu'elle se sentait en sécurité avec lui et qu'elle voulait à tout prix aller jusqu'à Pékin. À Jinan, ils prirent le chemin de fer qui offrait plus de sécurité et renvoyèrent le *Charles II* à Shanghai, ne conservant avec eux que le garde du corps.

Dans un crissement aigu, le train stoppe dans des panaches de fumée noire et Olympe pousse un soupir de soulagement.

— Enfin ! dit-elle en se levant, étourdie comme elle ne l'a jamais été sur un bateau. Décidément, ce tortillard vaut à peine mieux que le dernier que j'ai emprunté il y a trente ans pour aller à Marseille !

À peine sont-ils descendus sur le quai qu'une armée de coolies les assaille, se dispute leurs bagages et tente de les entraîner vers la file de chaises à porteurs en attente à la sortie de la gare. Patrick et le garde essaient de s'en débarrasser, sans succès, quand surgit un officier français qui disperse les coolies en les menaçant de son pistolet.

— Vous êtes Mme Esparnac et vous le commandant O'Neill ? questionne-t-il d'une forte voix. Je suis le sous-lieutenant Grillot. L'ambassadeur m'a chargé de venir vous chercher et de vous escorter jusqu'au quartier des Légations. Suivez-moi. Nos boys vont s'occuper de vos malles.

— Nous n'avons pas besoin d'escorte, proteste Olympe.

— Ce sont les ordres. De toute façon, si vous voulez arriver vivants à votre hôtel, vous n'avez pas le choix.

— Qu'est-ce que vous dites ? demande O'Neill.

— Vous n'êtes pas au courant ? fait le sergent en les guidant vers la sortie. Les Boxers ont envahi Pékin.

— Des boxeurs ?

— Des paysans chinois. On les appelle ainsi parce qu'ils

pratiquent une sorte de boxe chinoise, très acrobatique paraît-il. Vous allez bientôt les voir. Ils campent par milliers dans la ville chinoise et sont très agressifs. L'autre jour, ils ont attrapé un Américain qui voulait rejoindre les Légations et l'ont torturé pendant trois jours, puis ils ont accroché sa tête sur les murs de la ville tartare.

— Et que nous veulent-ils ? interroge Olympe, brusquement inquiète.

— Mais nous tuer, madame ! C'est pour ça qu'on est là. On est arrivés il y a un peu plus d'une semaine, le 31 mai, et depuis la situation empire de jour en jour. Vraiment, vous n'auriez pas dû venir ici.

Dehors, un peloton de soldats à cheval les attend, fusil en main, prêts à tirer dans la foule compacte de paysans et de va-nu-pieds qui les entoure en silence, visages fermés, immobiles et vaguement menaçants. Une fois montés dans l'attelage qui les attend, ils décampent sans perdre une seconde.

— Sommes-nous à Pékin ? demande Olympe, en regardant autour d'elle.

La capitale de l'empire du Milieu peut-elle être cette immense étendue anarchique de baraques, de tentes, de masures où hommes et animaux se bousculent par milliers dans une cohue indescriptible ? Couchés à côté d'un campement, des chameaux considèrent avec hauteur toute cette agitation, des foules hypnotisées s'agglutinent autour d'une estrade de bateleurs, des Mongols montés sur leurs poneys disputent le passage au cortège d'un mandarin précédé par tout un tintamarre et tous s'écartent à contrecœur pour les laisser passer.

— Non, répond le sous-lieutenant Grillot. La gare se trouve à Matiapu, à trois kilomètres de Pékin. Là, devant vous, ce sont les murailles de la ville chinoise.

Ils traversent sans s'arrêter un Petit Canal, s'enfoncent

sous une large poterne et débouchent dans un immense espace nu. À droite, un temple grandiose, énorme tour circulaire de trois étages posée sur une triple rotonde de marbre blanc. Sur le dernier toit de tuiles bleues, une boule d'or reflète le soleil.

— *Tian Tan*, le temple du Ciel, explique Grillot. Et de l'autre côté, c'est le temple de l'Agriculture. D'après ce qu'on m'a dit.

Ils avancent aussi vite qu'ils le peuvent le long d'une avenue rectiligne bordée d'échoppes plus ou moins délabrées, écœurés par l'odeur pestilentielle qui monte des égouts, jadis recouverts d'un dallage de pierre mais aujourd'hui éventrés. Impression funeste d'arriver dans une ville laissée à l'abandon et où personne ne se soucie de réparer quoi que ce soit. Au bout se dressent à nouveau des remparts crénelés. Cette fois, ils sont gigantesques, même vus de loin. Plus Olympe et Patrick approchent, plus ces murailles défient leur imagination. Ce sont les plus formidables constructions humaines qu'ils ont jamais approchées. Comparées à elles, celles de Shanghai, si énormes soient-elles, paraissent petites. Bientôt, ils arrivent au pied d'une colossale poterne où se presse une masse indistincte d'hommes qui les regardent approcher avec hostilité. Certains portent un chiffon rouge autour du front et sont particulièrement agressifs.

— Les voilà, les Boxers, prévient Grillot. Ici, c'est l'entrée principale de la ville tartare, avec au milieu la porte réservée à l'empereur. Mais nous allons passer par Hata Men, un peu plus loin à droite, pour éviter de les provoquer.

— Ils font froid dans le dos, murmure Olympe.

C'est en franchissant, quelques instants plus tard, l'immense porte Hata creusée dans l'épaisseur des remparts qu'ils prennent conscience de la dimension de la ville. Vue de l'extérieur, Pékin s'annonce comme une forteresse inexpugnable, surgie d'un Moyen Âge de géants invaincus. De l'autre côté, le spectacle de la rue atténue cette impression sauvage : des enfants jouent à se poursuivre, des marchands et des cuisiniers ambulants proposent fruits, légumes, eau fraîche ou bols de soupe. La rue longe les Légations et mène directement jusqu'aux murs rouges de la Cité interdite.

L'hôtel Evrard où ils descendent est situé au cœur du petit quartier des étrangers, entre les légations française et japonaise, dans la rue des Légations. En face, c'est la légation allemande et un peu plus loin, les Américains. Les Britanniques sont installés de l'autre côté du Petit Canal, qui conduit tout droit à la Cité interdite. En descendant devant l'hôtel, Olympe et Patrick découvrent avec surprise, barrant la rue juste à côté, une grosse barricade faite de charrettes renversées, de sacs de sable, d'armoires et de tables, de livres coincés dans les interstices et qui se prolonge au nord vers la légation anglaise, au sud vers la rue des Légations et plus loin vers les remparts. Tous les dix mètres, des fusiliers marins français surveillent les abords, prêts à tirer, et le pompon de leur béret ponctue de rouge vif cet inquiétant tableau d'un quartier cerné de murailles menaçantes et défendu de bric et de broc.

Olympe et Patrick sont attendus : debout à l'entrée de l'hôtel, le directeur, petit bonhomme à moustache rutilante et col cassé, les accueille avec effusion.

— Ah, vous voici enfin ! s'écrie-t-il, visiblement soulagé. J'ai cru que vous n'arriveriez jamais. C'est que vous êtes les derniers. Plus personne ne pourra plus passer après vous, je viens de l'apprendre. Nous ne recevons pas fréquemment la visite des gens de Shanghai mais on peut dire que vous avez mal choisi votre moment. Venez, j'ai réussi à conserver la suite que vous m'aviez réservée. Pas facile avec tous ces soldats.

Il plonge derrière son comptoir et sort du casier à clefs une enveloppe frappée du sceau de la République française qu'il tend à Olympe.

— Une invitation de l'ambassadeur à venir dîner ce soir à la résidence, dit-elle en lisant le carton.

— Il nous laisse à peine le temps d'arriver, proteste Patrick.

— C'est un dîner en notre honneur, précise Olympe.

— Votre réputation vous a précédés, si je puis me permettre, intervient le directeur de l'hôtel. Mme Esparnac et la Compagnie du Yangzi sont connues jusque dans ces murs, monsieur O'Neill. Et nous n'avons pas toujours des clients de votre qualité.

Soudain, une immense clameur monte du dehors. « *Tsa ! Tsa !* » hurlent des milliers de voix de l'autre côté des remparts. Olympe pâlit d'un coup et comprend qu'elle aurait dû écouter Patrick et renoncer à Pékin.

— Qu'est-ce que c'est ? s'inquiète O'Neill.

— Les Boxers, mon cher monsieur ! Ils se mettent à crier ainsi plusieurs fois par jour pour nous faire peur. On ne les voit pas, ils sont de l'autre côté, mais on les entend.

— Et qu'est-ce que cela veut dire ?

— « À mort ! À mort », traduit Olympe, livide.

*

À la table de l'ambassadeur Stephen Pichon, Olympe et Patrick sont entourés par ses homologues du Royaume-Uni, de Russie et d'Allemagne. Les visages sont sombres et fatigués. Mgr Alphonse Favier, l'évêque de Pékin, est là également. Il vit depuis si longtemps en Chine qu'il semble à moitié chinois avec sa curieuse soutane de soie finement brodée et son chapeau rond au sommet duquel un gros bouton de corail signale qu'il est mandarin de deuxième classe. Seule son épaisse barbe blanche qu'aucun Han ne pourrait exhiber rappelle ses origines paysannes bourguignonnes. Le commandant de la garnison française, le capitaine Darcy, est en bout de table, apparemment épuisé.

— L'heure est grave, chers amis, commence l'ambassadeur. Notre éminent collègue, l'ambassadeur du Japon, M. Sugiyama, a été massacré tout à l'heure par ces fous furieux, peu de temps après que vous êtes entrée dans la ville, madame Esparnac. Vous avez eu beaucoup de chance d'échapper aux Boxers. Contrairement à ce que nous avait promis le *Tsong-li yamen*, le ministère impérial des Affaires étrangères, les ministres Touan et Chuang ne font rien pour rétablir l'ordre, au contraire. Ils continuent d'exciter la populace contre nous. Nous sommes maintenant en état de siège. J'ai télégraphié à Paris que je craignais un assaut général contre les Légations et j'espère que les troupes de marine que j'ai réclamées arriveront à temps.

— Elles ont débarqué à Tianjin, monsieur l'ambassadeur, dit le capitaine Darcy, mais j'ignore quand elles parviendront à Pékin. Je viens d'apprendre par un messager que la garnison chinoise les pilonne avec son artillerie.

— S'ils nous attaquent, de combien d'hommes disposez-vous ? demande Patrick O'Neill.

— Un peu plus de quatre cents, répond l'ambassadeur britannique McDonald. Ce qui est assurément peu s'ils passent à l'assaut et surtout si, comme je le soupçonne, l'impératrice laisse ses troupes nous attaquer également.

— Eh bien, nous allons devoir nous organiser, déclare Olympe avec un grand sourire. Ce qui me convient parfaitement car je commençais à m'ennuyer.

Stephen Pichon la regarde avec un sourire indulgent.

— Je crains, chère madame, que vous ne regrettiez rapidement ce temps-là.

25.

— Je refuse que des enfants travaillent dans ma filature, vous m'entendez ? hurle Louis Esparnac.

Furieux contre le directeur et le contremaître chinois de l'usine, il désigne les garçons et les fillettes postés devant les machines dans un bruit infernal.

— Regardez, ils n'ont même pas dix ans ! Comment osez-vous les faire travailler ? Leur place est à l'école, pas dans une usine.

Blême, le directeur de la filature a reculé de trois pas. C'est un jeune Irlandais recruté deux ans plus tôt lorsque Olympe a créé l'usine. Depuis, la Compagnie du Yangzi s'est intéressée aux autres filatures de coton et en a acquis une dans la concession internationale, l'American Cloth Factory. Jusqu'à ce jour, Louis n'a pas eu le temps de s'y rendre et il est rétrospectivement horrifié d'y avoir engagé des enfants sans le savoir. Ici, il en voit bien une vingtaine, mais combien y en a-t-il dans cette autre usine qu'il vient d'acheter près de Hangzhou et qu'il ne connaît que sur le papier ?

— Il faut engager des adultes, pas des enfants, monsieur Spencer ! poursuit Louis. Renvoyez ceux-là chez eux après leur avoir payé ce que nous leur devons.

— Si nous faisons cela, monsieur Esparnac, nous

condamnons une vingtaine de familles à la famine, plaide Spencer. C'est le salaire de ces enfants qui les nourrit.

— Vous n'avez qu'à engager les parents !

— Ils vous coûteront plus cher.

— Et alors ?

Spencer toussote, gêné.

— Votre marge baissera d'autant, reprend-il. Et vous mettrez donc plus de temps à rentabiliser votre investissement.

Le sourire que dessinent les lèvres de Louis n'a rien d'amical.

— Comme c'est aimable à vous de vous préoccuper de cet aspect des choses, ironise-t-il. Moi, je crois que c'est plutôt pour augmenter la marge et donc votre prime de résultat que vous préférez employer des enfants. Je me trompe ?

Spencer rougit et sa carnation déjà couperosée vire à l'écarlate.

— L'argent, hein ? Il n'y a que ça qui vous intéresse, n'est-ce pas ? Même au détriment de la santé de gamins qui tiennent à peine sur leurs jambes. Bon, écoutez, Spencer, c'est simple : ou vous renvoyez ces enfants chez eux et engagez des adultes, ou c'est vous que je renvoie, vous avez compris ?

— J'ai bien compris, monsieur Esparnac, mais si je renvoie ces enfants chez eux, leurs parents croiront qu'ils ont été chassés de chez nous pour avoir mal travaillé et ils les battront comme plâtre. Je ne veux pas être responsable de ce massacre. Ni vous non plus, je suppose.

Louis soupire. Spencer a raison. Il ne peut pas laisser partir les enfants sans garantie. Comme s'ils devinaient ce qui se passe, les petits l'observent en silence. Rien sur leur visage inexpressif ne trahit la moindre émotion. Ni crainte, ni interrogation, ni attente de quoi que ce soit. Comme s'ils acceptaient d'avance leur sort, quel qu'il soit. Louis ne comprend toujours pas comment les Chinois, enfants comme adultes, femmes comme hommes, restent aussi impassibles quand ils se trouvent en face de lui. N'éprouvent-ils donc aucune émotion ? Sont-ils déjà résignés, prévoyant que rien de bon, jamais, ne peut leur arriver ? Combien de fois, au Trianon ou dans les bureaux de la Compagnie, a-t-il eu envie de les secouer pour les obliger à exprimer leurs sentiments quand ils restaient sans réaction après une réprimande ou une question ? Il se tourne vers le contremaître chinois.

— Allez voir les familles de ces enfants, ordonne-t-il d'une voix rude, et dites-leur que les pères ou les mères doivent venir faire le travail de leurs enfants et qu'ils seront mieux payés. Quant à leurs gosses, expliquez-leur qu'on va les envoyer à l'école.

— Vous allez leur payer l'école ? Chinoise ou occidentale ? questionne Spencer, incrédule.

— Selon ce que leurs parents décideront, sans doute un mélange des deux, répond Louis. Il faut éduquer tous ces petits Chinois mais avant, on va les confier à ma sœur Laure qui s'occupe des œuvres de notre mère pendant son absence.

— Vous êtes sérieux, monsieur Esparnac, quand vous parlez d'éduquer ces Chinois ? Ils n'y arriveront jamais, voyons, ils n'ont ni notre intelligence ni nos universités.

— Que savez-vous de leur intelligence, monsieur Spencer ? Elle est bien plus grande que vous ne l'imaginez. Un pays qui a donné Confucius et de merveilleux poètes au monde, qui a bâti la Grande Muraille, ou creusé le canal de Canton à Pékin, qui a inventé l'imprimerie et l'art du jardin, pensez-vous vraiment qu'il l'ait fait sans intelligence ?

— Non, mais les Chinois n'ont inventé aucune des

grandes techniques qui nous permettent de dominer le monde, l'électricité, la machine à vapeur, la science, la médecine, la chimie.

— Cela ne veut pas dire qu'ils ne sont pas capables de les mettre en pratique, répond Louis. Et ils apprennent vite, croyez-moi.

— Ils n'apprennent pas, monsieur Esparnac, ils se contentent de copier...

— Je vois que je ne vous convaincrai pas, dit Louis, exaspéré par cet Irlandais imbu de la supériorité de sa race. Mais cela ne change rien à ma décision. Arrangez-vous pour que les enfants se présentent demain matin à l'orphelinat Esparnac. Ma sœur trouvera bien le moyen de les placer à l'école.

*

Quand Louis rentre au Trianon, encore tout heureux d'avoir sauvé une vingtaine d'enfants, sa sœur et Marc sont en pleine dispute.

— Je ne vais pas rester à Shanghai à t'attendre, crie Laure. Je veux partir avec toi !

— Tu sais très bien que ce n'est pas possible, répond Marc. Ta mère ne voudra jamais.

— Qu'en sais-tu ? Elle est à Pékin et nous n'avons aucun moyen de la joindre. De toute façon, je n'ai pas besoin de son autorisation.

— Moi si, rétorque Marc.

— Tu as des projets de départ? demande Louis en prenant son chat noir dans ses bras.

Depuis deux ans qu'ils sont officieusement fiancés, c'est la première fois qu'il voit Marc et Laure se disputer.

— Quelqu'un en a pour moi. Un grand imprésario américain m'invite à Los Angeles pour perfectionner mon piano pendant un an. Puis il m'organisera une tournée de concerts dans tous les États-Unis.

— Bravo. Oncle Joseph est d'accord pour te laisser partir de l'autre côté du Pacifique ?

— Oui. Il sait que c'est ma meilleure chance de devenir un pianiste professionnel. Mais Laure veut m'accompagner.

— Quand on est fiancés, on ne se quitte plus, affirme la jeune fille.

— Je ne t'ai pas encore offert de bague...

Louis observe sa sœur. Il la sent prête à toutes les folies. Cette histoire tombe très mal, avec leur mère bloquée à Pékin par les Boxers qui assiègent la ville, comme le *North China Daily News* le rapporte. Responsable de Laure, il essaie de se mettre à la place d'Olympe pour prendre la décision qu'elle aurait prise. En même temps, il sait à l'avance que Laure n'en fera qu'à sa tête et que, si elle décide de suivre Marc, il aura le plus grand mal à l'en empêcher.

— Tu ne peux pas partir, Laure, dit-il calmement. Tu n'as pas de passeport, tu n'es pas majeure et tu n'es pas mariée avec Marc.

— J'ai vingt ans et je n'ai pas besoin de ta permission ! Et d'ailleurs, nous n'avons qu'à nous marier, Marc et moi.

— Nous sommes déjà engagés l'un envers l'autre et il suffit d'attendre mon retour, répond Marc d'une voix sourde.

— Et que ferais-tu en Californie pendant que Marc travaille son piano ? insiste Louis.

Laure ne répond pas. Elle s'est comme figée soudain, le regard fixé sur Marc. Le silence est interminable.

— Tu ne veux pas te marier avec moi, c'est cela ? finit-elle par demander d'une voix blanche.

— Bien sûr que si, mais plus tard.

— Non, j'ai compris. Tu ne veux pas de moi...

— Mais si, voyons, que vas-tu imaginer ?

Pourquoi la réponse de Marc sonne-t-elle faux ? Pourquoi son regard fuit-il celui de Laure ? Louis perçoit un malaise entre son meilleur ami et sa sœur, que les exigences de Laure viennent brusquement de révéler. Il se demande si sa sœur n'a pas essayé d'entraîner Marc dans son lit et si celui-ci n'a pas refusé. Laure a-t-elle deviné alors que quelque chose d'indistinct, hors de son pouvoir, de sa féminité, de son amour, rend impossible leur mariage ? En cet instant, elle comprend que la proposition américaine vient à point nommé pour Marc, et qu'elle lui offre une porte de sortie inespérée pour annuler ce mariage auquel il avait cédé non par amour mais par convention et pour satisfaire l'histoire de deux familles unies par la fortune et qu'il fallait unir aussi par les liens du sang.

Louis connaît trop son ami le plus proche pour ne pas noter qu'il semble soulagé par ce qui n'est même pas un aveu mais une délivrance, comme la fin d'une corvée ou d'un mensonge devenu insupportable. Il ne doute pas que Marc aime sa sœur, mais d'amitié, pas comme la femme avec laquelle fonder une famille.

— Tu me brises le cœur, Marc ! crie Laure avant d'éclater en sanglots. Va-t'en, je ne veux plus jamais te voir !

Louis veut intervenir mais Marc leur tourne déjà le dos et quitte la pièce.

— Marc, attends ! dit Louis.

C'est trop tard, son ami de toujours s'est enfui et, quelques secondes plus tard, il reçoit le choc de sa sœur qui vient se réfugier dans ses bras.

— Je veux mourir, Louis, sanglote-t-elle. Pourquoi m'abandonne-t-il ?

Il la serre contre lui comme il l'a toujours fait quand, petite, elle pleurait la nuit, inconsolable de la mort de leur père. Un autre homme vient de la quitter ; comment la réconforter sans lui dire pourquoi ? Louis a brusquement la confirmation de ce qu'il pressentait chez Marc depuis leur adolescence : Laure n'avait aucune chance, son meilleur ami préfère les garçons.

26.

Plus les heures passent, plus le soleil révèle ici l'éclat d'une baïonnette, là-bas celui d'un fusil posé sur un sac de sable. Autour de la Légation française, des bannières chinoises flottent au vent. Derrière leurs barricades qu'ils renforcent comme ils peuvent, les marsouins français attendent dans un silence menaçant. Tout le quartier des Légations attend. Comme chaque jour, ou presque, les Boxers vont attaquer après avoir laissé les assiégés redouter l'assaut durant des heures, au point d'espérer qu'il survienne maintenant. La nuit, qui a été étrangement calme, laisse craindre le pire au capitaine Darcy. Au début du siège, les Boxers lançaient brusquement leurs attaques après un tintamarre effrayant de tambours, de trompes de combat, de gongs et de cris gutturaux poussés par des milliers de gorges. À présent, ils ont compris que laisser les Blancs attendre indéfiniment leur assaut sape leur moral et leur combativité, affaiblit leur vigilance et que cette stratégie d'usure nerveuse finira par leur donner la victoire.

— Depuis combien de temps sommes-nous là, enfermés comme des animaux en cage, capitaine ? interroge Olympe. J'avoue que je n'ai plus la force de compter les jours.

Comme tous les matins, elle fait le tour des barricades défendues par les marins français et des soldats autrichiens pour leur distribuer du thé chaud, du pain, parfois des fruits frais quand elle parvient à en trouver.

— Nous sommes le 18 juillet, madame, et leur première attaque date du 20 juin, quand ils ont tué l'ambassadeur d'Allemagne von Ketteler. Cela fait donc près d'un mois.

Tout autour d'eux, les murs sont à moitié écroulés, pulvérisés par les obus, noircis par les incendies. La plupart des Légations ont été brûlées, les morts se comptent par dizaines. À l'extérieur, toutes les églises et les missions religieuses de Pékin ont été incendiées et les chrétiens massacrés. Plus un seul bâtiment n'est debout, excepté la légation britannique où, chaque jour, se réunissent les ambassadeurs pour faire le point de la situation. Les marins, amaigris, visage tanné par les journées de guet en plein soleil et les combats quotidiens, remercient cette apparition féminine dont le sourire, la sérénité, la bienveillance leur semblent quasiment surnaturels en de telles circonstances.

— Nous avons encore assez de munitions mais elles finiront par s'épuiser, comme tout le reste, vivres et médicaments, poursuit le capitaine, fataliste. Et, ce jour-là, il ne nous restera plus que nos sabres et nos baïonnettes pour défendre notre peau.

— Si nous sommes encore en vie, capitaine. Avons-nous des nouvelles de la colonne de secours qui est censée venir nous délivrer de ce cauchemar ?

— Un messager a pu rejoindre nos lignes. Les alliés ont débarqué à Tianjin mais les combats font rage et les Impériaux bloquent la route de Pékin. Nul ne sait s'ils réussiront à passer ou non.

Brusquement, des coups de canon éclatent au loin suivis par une série d'explosions de l'autre côté du canal, chez les Américains.

— Mon Dieu, Patrick ! dit Olympe. Je dois le rejoindre, il est parti là-bas tout à l'heure.

— Ne bougez pas d'ici, madame ! ordonne Darcy. Quand ils nous bombardent, c'est souvent le signal qu'ils vont passer à l'attaque. Allez plutôt vous mettre à l'abri chez les Anglais.

À peine le capitaine a-t-il achevé sa phrase qu'une foule hurlante hérissée de fusils, d'arcs et de lances surgit du côté des murailles, cent mètres à peine avant la ligne de défense française, et se rue à l'assaut de la barricade avec des cris affreux. Les coups de feu claquent des deux côtés, des balles sifflent aux oreilles d'Olympe, des flèches se plantent dans les sacs de terre ou dans les morceaux de bois de la barricade, elle rentre la tête dans les épaules, accroupie par terre, recroquevillée sur elle-même dans un réflexe de survie, les Chinois hurlent « *Tsa ! Tsa !* ». À côté d'elle, dans un brouillard de fumée, elle voit Darcy épauler, à peine protégé par une charrette couchée sur le côté en haut de leur barricade. Il prend tout son temps pour viser afin de ne tirer qu'à coup sûr. À sa gauche, un marin tire beaucoup plus vite et elle entend les cris des assaillants mortellement touchés. Leurs hurlements redoublent de rage et de férocité. Un Autrichien s'effondre sans un cri, tué net d'une balle en plein front.

Terrorisée, Olympe trouve la force de jeter un coup d'œil de l'autre côté à travers un interstice. En quelques minutes, la rue s'est couverte de cadavres mais les Boxers progressent toujours, mètre par mètre. Quand ils s'approchent trop près, une salve les décime, ils reculent un peu et d'autres les remplacent immédiatement. Elle a l'impression que rien ne peut les freiner et que, derrière, ils sont encore des milliers pour les submerger. Paralysée, elle reste recroquevillée sur elle-même, les yeux à hauteur des bottes bien campées de Darcy qui, étrangement, la rassurent.

— Ne faites feu qu'à coup sûr ! hurle-t-il à ses hommes au milieu des détonations, des cris et des râles. Ne gâchez pas vos munitions et assurez vos baïonnettes !

Nouvelle salve, nouvelle vague de Chinois à terre, mais quelques mètres franchis encore par les Boxers qui continuent obstinément d'avancer, indifférents à leurs pertes. Olympe entend d'autres détonations, plus lointaines, et des explosions. Les Boxers ont attaqué ailleurs. Peut-être l'assaut final contre les Légations.

— Courez vous mettre à l'abri, madame ! crie Darcy. Nous ne tiendrons pas longtemps.

Olympe fait non de la tête, incapable de quitter cet abri dérisoire où elle a fait son trou comme une bête traquée. Elle se demande si Patrick se trouve, là-bas, dans la même situation, si les balles pleuvent autour de lui, s'il est vivant ou si les obus qui se sont abattus tout à l'heure sur le quartier américain l'ont pulvérisé. Un cri de douleur soudain et un soldat français s'écroule à ses pieds, touché à mort. Son fusil tombe sur elle, la baïonnette fixée au bout du canon percute violemment le dessus de son crâne. Elle hurle, surprise et douleur mêlées, mais, en même temps, c'est comme si elle se réveillait d'un cauchemar. Rattrapée par la réalité, elle perçoit plus intensément le bruit, la hargne, l'odeur de la poudre, celle du sang de ce malheureux qui vient de mourir, le visage emporté par une balle ennemie, et sent qu'elle ne peut plus rester passive.

Elle saisit le fusil, un de ces Lebel qu'elle a déjà eu l'occasion de voir de près. Il est lourd, poisseux, il sent la sueur, l'acier chaud et la mort, mais c'est comme un déclic qui s'opère en elle, comme si elle se ressaisissait d'un coup, entrait de plain-pied dans le drame qui se joue autour d'elle, comme si elle en voulait sa part, y jouer son rôle, se défendre elle-même et ne pas laisser sa vie aux seules mains des autres. Ne plus rester tétanisée, apeurée, redevenir digne de son nom. Olympe actionne la culasse pour faire monter une cartouche dans la chambre, jette à nouveau un coup d'œil de l'autre côté, se redresse lentement, appuie le canon du Lebel sur un sac de terre coincé entre une armoire couchée sur le côté et les débris d'un lit, empoigne fermement l'arme, cale la crosse de bois contre son épaule, y colle sa joue, pose son index sur la queue de détente, aligne son œil sur la ligne de mire, vise une cible au hasard dans les rangs serrés des Boxers qui ne sont plus qu'à vingt mètres et tire. Le recul de l'arme écrase son épaule et la fait presque tomber. Le fusil de guerre est beaucoup plus puissant que son fusil de chasse. Le temps de voir qu'elle a fait mouche et déjà elle s'est remise à couvert pour recharger.

« C'est comme à la chasse mais c'est un Han que je viens de tuer, pas un faisan royal », se dit-elle au moment où elle prend conscience de son geste. Mélange de répulsion et de sentiment de puissance. Un goût atroce dans la bouche mais aucun tremblement dans les mains. Au contraire une force nouvelle l'habite, une énergie venue de nulle part, une volonté de se battre, de ne pas se laisser faire, de vendre chèrement sa peau si elle doit mourir aujourd'hui. Un deuxième Chinois dans la ligne de mire, elle tire, il s'écroule.

Darcy lui jette un coup d'œil, surpris.

— Excellent tir, madame, commente-t-il sobrement.

C'est donc ça aussi la Chine ? se dit-elle. Cette tuerie, cette guerre, les destructions, les sauvageries, les combats, la lutte pour ne pas mourir ? La mort, elle la connaît, violente, obscène, barbare, mieux peut-être que tous ces soldats ou ces fanatiques de l'autre côté parce qu'elle l'a donnée jadis, elle, et de sang-froid et de si près qu'elle a pu voir la vie s'enfuir dans les yeux de sa victime. Elle a subi la terrible et diabolique initiation du tueur de sang-froid, commune à ceux qui donnent la mort comme on offre une délivrance et n'en éprouvent ni honte ni remords. Elle n'est pas venue jusqu'à Pékin pour revivre cette affreuse expérience, elle est venue à Pékin pour voir battre le cœur du vieil empire, aborder ses rives les plus secrètes, ressentir plutôt que comprendre les racines de la fascination qu'il produit sur tant d'hommes à l'ouest et le pouvoir sans partage qu'il exerce sur tant d'autres à l'est. Aujourd'hui, tapie derrière ce dérisoire rempart, face à une marée de fanatiques qui veulent sa mort comme celle de tous ces étrangers qui ont osé violer leur capitale, elle comprend qu'elle n'aurait pas dû venir jusqu'ici pour voir son rêve. On n'approche pas impunément la vérité de trop près. Et Pékin est la vérité immémoriale de la Chine. Au lieu d'y trouver la raison de son amour pour ce pays qu'elle a fait sien, elle y rencontre sa face noire, sa cruauté froide, sa détestation sans nom pour tout ce qui n'est pas lui, son rejet total des autres. À commencer par ceux qui lui veulent du bien. En cet instant, ses mains crispées sur le fusil qu'elle ne peut plus lâcher, Olympe doute soudain de tout ce qui a fait sa vie jusqu'à présent. C'est comme un désamour brutal qui s'empare d'elle et elle songe que, si elle sort vivante de cette guerre, plus rien ne sera comme avant entre elle et ce pays. Parce que la Chine, sa Chine, celle de son âme et de son cœur, est morte en même temps que les deux Boxers qu'elle vient d'abattre. Et parce qu'elle est redevenue une meurtrière.

Elle ne s'est jamais sentie aussi froidement déterminée qu'en cet instant terrible où sa vie peut basculer dans le néant d'une seconde à l'autre, à cause d'une balle tirée par un Boxer mais envoyée, en réalité, par le hasard, le destin, ou un dieu vengeur. Comme si elle n'avait plus rien à perdre, elle qui pourtant a tout regagné, année après année, y compris un homme auquel elle tient plus qu'elle ne l'imaginait, elle recharge son arme soigneusement, fait jouer la culasse, se met à nouveau en position, vise et tire mais, cette fois, ne s'arrête plus. L'œil rivé sur le guidon du viseur, elle sait qu'elle fait mouche à tout coup et, quand elle n'a plus de cartouches, son regard enveloppé d'un nuage de fumée âcre, compte huit cadavres jonchant le sol à quelques mètres de la barricade. Maintenant, elle tremble de tous ses membres, non de peur mais d'excitation ou de rage rentrée, et ne trouve plus la force de s'accroupir à nouveau pour recharger son arme. Dans le brouillard qui l'entoure, elle entend le beuglement d'une trompe lugubre, des ordres hurlés de loin en chinois et, d'un coup, voit les rangs clairsemés des Boxers reculer, reculer encore puis faire demi-tour avant de disparaître.

— Que se passe-t-il ? demande-t-elle à Darcy.

— Je n'en sais rien, répond-il, stupéfait, comme elle, par cette volte-face au moment où ils s'apprêtaient à submerger la barricade.

Épuisés, ils contemplent la rue soudain silencieuse et le spectacle du carnage. Des centaines de corps jonchent le sol, certains blessés bougent encore. L'odeur de la poudre, celle du sang versé se mêlent à celle, écœurante, du bois calciné des incendies. Dans leurs rangs, quelques marins sont morts, d'autres sont blessés et gémissent à terre ou se relèvent maladroitement pour rejoindre l'hôpital qui a été installé dans la bâtisse la mieux protégée des légations.

— Merci, madame, dit Darcy. Vous avez été incroyablement courageuse. J'ignore qui vous a appris à tirer mais vous feriez un excellent officier instructeur ! Il serait temps d'aller vous mettre à l'abri, car les Boxers peuvent revenir d'un moment à l'autre.

Hébétée, Olympe le regarde sans comprendre, contemple avec une sorte de stupeur le fusil auquel elle s'agrippe encore et reprend lentement possession d'elle-même.

— Vous avez raison, capitaine, répond-elle. Mais, auparavant, je vais essayer de retrouver mon homme. S'il est encore vivant, naturellement.

*

— Patrick s'est révélé un splendide soldat, madame Esparnac, assure le commandant américain. Au moment de l'attaque, nos marines lui ont donné une arme et il en a fait un excellent usage. Vous pouvez être rassurée avec un pareil tireur à vos côtés. Cela peut être utile dans ce damné pays !

Patrick, couvert de poussière, le visage maculé de traces noires, la joue cisaillée d'un grand trait de sang séché, éclate de rire. Il ne lâche plus Olympe qui a couru jusqu'à la légation américaine et s'est précipitée dans ses bras quand elle l'a retrouvé, accroupi derrière un muret, tirant une dernière cartouche sur les Boxers qui, là aussi, décampaient sans raison.

— Et toi, ma chérie, tu n'as pas eu trop peur pendant cette attaque ? questionne-t-il. Tu as réussi à te mettre à l'abri à temps ?

Olympe le regarde avec amour. Elle le trouve encore plus beau et séduisant que d'ordinaire malgré l'odeur épouvantable qu'il dégage, mélange de sueur, de poudre, de sang.

— Là où j'étais, je ne risquais rien et j'ai attendu patiemment que les Chinois se lassent, ment-elle.

À quoi bon lui dire qu'elle en abattu une dizaine à elle seule ?

27.

— Toujours aucune nouvelle de Pékin ? questionne Louis pour la énième fois de la journée.

— Tu sais très bien que la ville est coupée de l'extérieur, répond Laure. Le télégraphe et le téléphone ne fonctionnent plus depuis un mois. Il n'y a donc aucune chance pour qu'on apprenne quoi que ce soit. Les journaux anglais affirment seulement qu'une colonne de secours est en marche mais quand je suis passée au consulat pour savoir s'ils avaient du neuf, ils m'ont dit qu'ils n'en savaient rien.

Elle revient de chez Shao Wansheng, sur Nankin Road, où elle a acheté toute une variété de petits bouchées de volaille et de poisson au riz, préparées par M. Shao lui-même à la façon de Ningpo dont il est originaire. Depuis cinquante ans, son épicerie est la plus célèbre de la ville et Laure ne résiste pas au plaisir d'y faire de temps en temps quelques provisions pour elle et son frère, qu'elle a rejoint dans son bureau de la Compagnie du Yangzi malgré la chaleur étouffante de ce premier jour d'août et l'humidité poisseuse qui imprègne tous ses vêtements. Tous les ans, c'est la même chose. L'été caniculaire et moite l'empêche presque de respirer et elle retrouve seulement un peu d'air quand elle rejoint la petite maison de campagne qu'Olympe et Patrick ont fait construire à une trentaine de kilomètres au sud de Shanghai. L'éventail qu'elle agite frénétiquement la rafraîchit à peine et, comme toute la ville, elle attend avec impatience l'averse du soir qui va rendre l'atmosphère plus respirable pendant quelques instants. Ses longs cheveux noirs ramenés en chignon découvrent sa nuque et son frère s'étonne une fois de plus de la longueur de son cou.

— Je ne comprends vraiment pas pourquoi ils sont allés se fourrer dans ce guêpier, dit-il. Ils devaient pourtant se douter que se rendre en ce moment à Pékin était risqué.

— Tu connais maman. Elle voulait à tout prix visiter la ville et n'a pas dû vouloir en démordre.

Laure a beau feindre un certain détachement, elle est aussi inquiète que Louis. Les dernières nouvelles qu'ils ont reçues d'Olympe datent de la veille de leur arrivée à Pékin, le 20 juin. Depuis, plus rien. Comme tout le monde, ils ont appris par les journaux ce qui se passait : l'assassinat des ambassadeurs japonais et allemand, puis le siège du quartier des Légations par les Boxers manœuvrés en sous-main par l'impératrice et ses ministres les plus radicaux. Les colonnes du *North China Daily News* sont pleines de récits sur les atrocités commises depuis des années par les Boxers et le soutien dont ils jouissent à la cour impériale. Personne ne doute que, derrière ses discours rassurants, Cixi les utilise dans sa guerre contre les étrangers. Car, cette fois, il ne s'agit pas d'une énième révolte plus ou moins spontanées contre les Blancs, mais d'une vraie guerre.

— Si les Impériaux l'emportent, tous les étrangers installés dans l'Empire seront chassés, n'est-ce pas ? demande Laure, en grignotant un petit gâteau à l'anis.

— Je n'en sais rien, petite sœur. Ici, nous sommes relativement à l'abri. Les Anglais ont envoyé deux mille hommes pour protéger la ville et un bataillon d'infanterie de marine français a débarqué. Six cents marins japonais devraient aussi arriver d'ici peu. Nous ne risquons rien mais, en attendant, maman et Patrick sont prisonniers là-bas depuis quarante jours. Et je me demande s'ils sont toujours vivants.

— Je t'interdis de penser le contraire ! proteste Laure en donnant une miette de son gâteau au chat de son frère.

Louis se remet à faire les cent pas dans ce qui fut le bureau de son père, puis celui de sa mère et désormais le sien. Il n'y a rien modifié, conservant la disposition des meubles, respectant l'emplacement des maquettes des bateaux de la Compagnie et celles de leurs shikumen. Depuis l'agrandissement de la concession française jusqu'au quartier chinois de Pasienjo à l'ouest, le 1er mars dernier, il a conçu d'importants projets d'urbanisation dans ces soixante-quinze hectares supplémentaires. Ils sont d'autant plus réalisables que le conseil municipal a décidé d'agrandir l'usine électrique pour faire face aux besoins et que l'accès à l'eau courante s'est généralisé. Sur le bureau, lampes, crayons, stylographes sont toujours à la même place, comme la machine à écrire Remington sur laquelle sa mère tapait elle-même son courrier dans les années difficiles. Louis s'est contenté de fixer au mur un antique poème calligraphié au XVIIIe siècle offert par Joseph Liu pour ses dix-huit ans.

Quand elle est partie pour son périple à travers la Chine, Olympe lui a officiellement confié l'entreprise et, depuis, Louis y passe ses journées. Joseph Liu a beau lui dire qu'il en fait trop, il veut tout voir, tout contrôler, tout décider. Il fait même venir sa sœur pour lui demander conseil mais aussi vérifier avec elle la bonne marche de l'orphelinat dont elle a la charge en attendant le retour de leur mère. À peine s'il s'accorde de temps à autre un moment de détente au Shanghai Club dont il est devenu membre à sa majorité, privilège exceptionnel pour un si jeune homme qui n'est même pas sujet de Sa Gracieuse Majesté. Mais le souvenir de Charles Esparnac est toujours aussi vif au sein de la communauté britannique, ce qui lui vaut ce traitement de faveur, même s'il n'ignore pas que le montant de sa fortune pèse également d'un poids certain dans cette reconnaissance. Les sollicitations pour entrer dans une des loges maçonniques ne manquent d'ailleurs pas non plus.

« Tu n'as toujours pas de petite amie ? » lui a demandé un jour Laure, étonnée de le voir travailler avec tant d'acharnement, lui qu'elle croyait plus enclin à goûter les plaisirs de la vie. Et, à Shanghai, ils ne manquent pas pour l'un des plus riches héritiers de la ville auquel les filles de banquiers anglais ou américains trouvent, de surcroît, un charme irrésistible, celui d'un Français parfaitement éduqué dont la blondeur, les yeux bleus comme la fortune ne dépareilleraient pas leur famille. « Pas vraiment, a-t-il répondu. Une vague liaison avec la fille du consul d'Italie mais rien de sérieux. » En vérité, Louis vit une aventure très ardente avec une femme plus âgée que lui mais qu'il doit tenir secrète car elle est l'épouse du directeur de la première banque américaine de Shanghai.

Ce soir-là, lorsque Joseph Liu pénètre dans la pièce, il les découvre prostrés dans les vieux fauteuils de cuir de part et d'autre du bureau encombré de papiers et de dossiers. Lui aussi, il a le visage amaigri et creusé des jours de troubles. Des ombres noires cernent ses yeux et les rides de son front, plus creusées que d'ordinaire, témoignent de son inquiétude.

— Je pensais bien que vous étiez là, dit-il.

Sa voix est lasse. Depuis quelques semaines, en fait depuis le début de la révolte des Boxers, il donne l'impression d'avoir vieilli plus vite qu'il ne faudrait.

— Oncle Joseph, tu dois bien savoir, toi, ce qui se passe à Pékin ? demande Louis.

Signe inhabituel de sa lassitude, le comprador se laisse tomber dans un fauteuil, lui qui d'ordinaire s'y tient droit, genoux serrés, nuque raide.

— Les choses vont très mal, répond-il. Je crains qu'il ne faille se préparer au pire, mes enfants.

— Que veux-tu dire ? questionne Laure.

— Qu'ils ne reviendront peut-être pas… J'ai reçu des informations sur ce qui se prépare là-bas.

— De qui ?

— De mes informateurs sur place…

— Toujours tes fameux réseaux, ironise Louis.

Une lueur de colère passe dans les yeux de Joseph.

— Hormis le fait qu'ils sont très utiles pour savoir ce qui se passe loin de chez nous, tu es bien heureux d'en disposer pour tes affaires, Louis. Alors, évite ce genre de commentaires. Ton père, lui, ne se le permettait jamais.

Gêné, Louis détourne le regard. Depuis qu'il est entré dans la Compagnie et surtout qu'il en a pris la tête, il ne sait plus comment se comporter avec Joseph Liu. Il le connaît depuis son enfance, il l'appelle Oncle, il a sauté sur ses genoux, et Joseph lui a même servi de substitut paternel après la mort de son père, mais il ne sait plus comment s'y prendre pour parler avec lui affaires ou quand il doit prendre des décisions. Sa position de patron et d'actionnaire majoritaire de vingt-cinq ans est en complète contradiction avec celle qu'il avait jusqu'à présent. Comment imposer ses décisions à un homme de soixante-cinq ans à qui il doit le respect et pour qui il éprouve une profonde affection. Curieusement, pourtant, il ne peut se déprendre d'une certaine méfiance à son égard. Il a mis longtemps à comprendre qu'elle vient de l'aversion que lui inspirent les Chinois riches et leur complète indifférence à la misère révoltante de leurs compatriotes. Comme s'ils appartenaient à deux mondes distincts qui ne se rencontrent jamais. Or Joseph est l'un des Chinois les plus riches et les plus influents de Shanghai et Louis ne comprend pas pourquoi il vient si peu en aide à ses compatriotes, lui qui professe une foi chrétienne si exigeante.

— On m'a rapporté que le siège des Boxers et des troupes impériales s'était resserré sur le quartier des Légations. Le bruit a couru, un moment, que tous les étrangers avaient été massacrés. C'est faux. Mes hommes ont affirmé qu'ils étaient toujours vivants mais qu'ils n'avaient quasiment plus ni vivres ni munitions. Et que l'assaut final n'était plus qu'une question de jours.

— Rien sur les secours ?

— Je sais seulement qu'un messager a tenté de rejoindre l'armée de l'amiral Seymour qui a débarqué à la mi-juin, mais nul ne sait s'il y est parvenu. Vous devez être courageux, mes enfants, car il est à peu près certain qu'Olympe ne reviendra pas et que la Compagnie du Yangzi sera rapidement de votre seule responsabilité.

Laure se lève brusquement. Son visage est ravagé par la douleur.

— Je n'en ai rien à faire de la Compagnie du Yangzi ! explose-t-elle. La seule chose qui compte, c'est maman. Et moi je suis sûre qu'elle est toujours vivante. Quelque chose me dit qu'elle reviendra, que nous la reverrons. Je refuse que l'on parle de la Compagnie comme si elle n'était déjà plus là, Oncle Joseph !

Plus pragmatique depuis qu'il est à la tête de l'empire Esparnac, Louis prend la défense de leur associé.

— Joseph voulait dire qu'en cas de malheur il faudrait prendre rapidement des dispositions, c'est tout.

— Je ne veux pas en entendre parler !

— D'accord, mais on est bien obligés de se demander ce que l'on fera si, effectivement, les Impériaux chassent les étrangers de Pékin, poursuit Louis. Cela signifiera sans doute que Cixi fera tout pour les expulser de Canton, de Tianjin et de Shanghai, nous y compris. Avec les conséquences que je te laisse imaginer.

Tandis que Laure va à l'autre bout de la pièce et caresse d'une main mélancolique les maquettes de vieilles jonques de son père, Joseph observe Louis dans la lumière chaude du soleil déjà bas sur l'horizon.

— La conséquence est que la guerre se poursuivra, dit-il, et elle sera terrible.

— Pourquoi ?

— Parce que nos généraux ont compris désormais comment combattre les armées étrangères et qu'ils se sont équipés en conséquence. Et je crains que, cette fois, la guerre ne soit pas à votre avantage : la France, la Grande-Bretagne, les États-Unis sont à des milliers de kilomètres d'ici, leurs gouvernements ne pourront jamais envoyer suffisamment d'hommes et d'armements pour conquérir l'Empire. En revanche, nous aurons toujours l'avantage du nombre. Il est considérable, comme tu le sais.

— On dirait que cela te réjouit, Oncle Joseph...

— Non, répond le comprador, mais il faut savoir être réaliste au bon moment.

Louis laisse le silence s'installer.

— Justement, dans quel camp es-tu ? demande-t-il.

Laure qui déambulait tout autour du bureau en écoutant leur conversation s'arrête soudain. Elle sent que l'atmosphère s'est subitement alourdie, que quelque chose de grave, d'irrémédiable peut-être, est en train de se passer qui risque de faire basculer toute leur vie, aux uns et aux autres, dans l'inconnu. Jamais elle ne s'est posé la question de savoir où se situait Oncle Joseph et Tante Marie-Thérèse par rapport à eux, les Blancs. Pour elle, ils sont si proches, si familiers, si imprégnés du mode de vie européen, si chrétiens, qu'elle en oublie qu'ils sont des Hans de vieille souche. Et que si, un jour, ils avaient à choisir entre l'empire du Milieu et leurs amis français, ils choisiraient peut-être l'Empire. En posant brutalement la question, Louis montre que ce jour est arrivé. Elle jette un coup d'œil à Joseph pour surprendre sa réaction mais, comme d'habitude, il reste impassible. À peine si un muscle de sa joue a tressailli.

— Tu te trompes, Louis, répond-il d'une voix inhabituellement ferme. Ta famille a fait ma fortune, les Français m'ont éduqué et ont éduqué les miens. Je ne vous trahirai jamais, ni ta sœur et toi, ni la France. Et je crois avoir donné suffisamment de preuves de loyauté envers ton père, ta mère et vous deux pour que tu m'évites ces soupçons inacceptables ! J'aime mon pays, c'est vrai, pourtant je ne lui sacrifierai jamais ma famille ni mes amis français, que ce soit clair !

— Excuse-moi, Oncle Joseph, murmure Louis. Mes paroles ont dépassé ma pensée. Je suis à cran, en ce moment. Toutes ces responsabilités sur mes épaules, notre angoisse à Laure et à moi au sujet de maman, ces rumeurs de révolte qui courent la ville…

Joseph se lève lourdement de son fauteuil.

— Tu es pardonné, dit-il, mais surveille davantage tes paroles. Tu es souvent blessant sans t'en rendre compte. Une dernière chose : le fait que j'aime mon pays signifie que je veux le meilleur pour lui. Et d'abord la modernité que vous nous apportez, vous, les étrangers, depuis des années. Pas seulement la modernité technique, la modernité politique aussi. Mais il faudra bien, à un moment ou à un autre, que nous, les Chinois, nous construisions notre avenir nous-mêmes, sans vous, et peut-être contre vous. Ce qui veut dire que nous devrons faire, nous aussi, la révolution.

— Et couper la tête de votre empereur ?

— Je ne crois pas que cela soit nécessaire pour instaurer une république comme vous l'avez fait à l'époque. Vos capétiens régnaient depuis huit siècles. Les Qing, l'actuelle dynastie, n'occupe le trône des Fils du Ciel que depuis deux siècles et demi et, de surcroît, ils ne sont pas hans, mais mandchous. On ne va pas les tuer pour si peu.

28.

Nuit brûlante, angoissante, peuplée de silences inquiétants. Olympe se remémore les mots de Charles qui lui parlait de ses nuits d'autrefois, dans les jardins du palais d'Été qu'il venait de piller avec ses hommes. Lui aussi avait éprouvé cette chaleur aussi étouffante qu'une malédiction divine, cette étrange paix nocturne succédant à la violence des combats du jour. Mais il était alors dans le camp des vainqueurs tandis que, quarante ans plus tard, et sauf miracle, elle appartient à celui des vaincus. Audessus d'elle, l'éclat des étoiles est voilé par les ondes de chaleur qui montent encore du sol. La journée a été brûlante et il faudra attendre deux ou trois heures du matin pour sentir un peu d'air frais. En levant la tête, Olympe reconnaît les constellations familières, *Da Xiong Zuo,* la Grande Ourse, *Xian Hou Zuo,* Cassiopée et les trois belles étoiles de l'été, Deneb, Altaïr et Vega, ses étoiles préférées, qu'elle n'appelle plus depuis longtemps que par leur nom chinois, *Tian Jin Si, He Gu Er* et *Zhi Nü Yi.*

Sur l'horizon, à l'ouest, les lueurs d'un incendie drapent le noir céleste d'oripeaux rougeoyants. Le silence est total, déchiré parfois par le hurlement rauque d'un Boxer ivre qui leur crie sa haine, là-bas, de l'autre côté des murailles. Il est minuit passé et Olympe se dit qu'elle vit peut-être sa dernière nuit sur terre. Le bruit court que demain, à l'aube, les Boxers lanceront leur dernière attaque et que les Légations seront submergées sous leur nombre. Avec Patrick, elle est décidée à défendre chèrement sa peau et elle sait déjà que sa dernière balle sera pour elle. Pour calmer son angoisse et se rendre utile, elle apporte de l'eau et des biscuits aux soldats autrichiens et français, postés derrière leurs barricades, qui attendent, eux aussi, l'ultime assaut des Boxers et se rassurent comme ils peuvent. Elle trouve la force de sourire à chacun, espérant qu'à l'heure des combats, l'image de femme bienveillante qu'elle leur renvoie donnera à ces hommes le courage nécessaire pour affronter une dernière fois l'ennemi.

En pénétrant dans l'hôpital bondé où, en compagnie des autres femmes, elle aide du mieux qu'elle peut le médecin et l'infirmière, elle se dit sans trop y croire qu'un miracle est toujours possible puisque cette nuit du 13 août prépare la prochaine assomption de la Vierge. Tout le monde dort malgré la chaleur, quelques blessés geignent dans l'obscurité, l'odeur aigre des chairs éventrées, des membres amputés, du sang répandu la prend à la gorge. Assis sur une chaise branlante, le docteur Matignon, héroïque depuis des semaines, lui fait signe qu'il n'a pas besoin d'elle et elle décide de rejoindre Patrick, de quart aux barricades américaines sur le chemin de ronde des remparts. Depuis le début du siège, un détachement de marines américains s'y accroche et tient tête au bastion fortifié chinois qui le surplombe de ses hauts murs, et aux Boxers qui tentent de les déloger.

— Patrick ? appelle-t-elle doucement pour ne pas réveiller les soldats qui ont sombré dans le sommeil.

À quelques pas, elle reconnaît sa silhouette qui lui fait signe et s'approche des créneaux derrière lesquels il est posté.

— Tu aurais dû rester en bas, chuchote-t-il.

— Je voulais être près de toi, répond-elle dans un murmure. C'est peut-être notre dernière nuit ensemble et, s'il faut mourir, je veux que ce soit avec toi, en me battant.

Patrick pose son fusil, la prend dans ses bras, dépose un baiser sur ses lèvres et sans un mot reprend sa faction. Blottie contre lui, elle a l'impression d'être revenue au Moyen Âge et son esprit vagabonde. Étrangeté du cours d'une vie, se dit-elle, sinuosités contrastées des mondes et des êtres qui s'y meuvent : elle se trouve renvoyée quelques siècles en arrière, dans une Chine médiévale alors même qu'elle est protégée par un Américain et son fusil. Un coup de canon la tire brusquement de sa rêverie. Un second, Patrick la lâche et se redresse pour voir ce qui se passe de l'autre côté, c'est la nuit noire, autour d'elle on se réveille, on s'agite, on grogne. Un troisième coup de canon la fait tressaillir. Ils vont attaquer, se dit-elle. Le début de la fin.

— Ce ne sont pas des canons chinois, affirme le sergent à côté de lui.

— Que dites-vous ? questionne Patrick. Vous en êtes sûr ?

— Sûr. Ce sont des feux de salve là-bas. J'ai aperçu la lueur des départs de feu de l'autre côté de la ville chinoise. Et, maintenant, écoutez, ce sont des rafales de mitrailleuses.

Olympe entend distinctement des crépitements mécaniques et lourds qu'elle n'a jamais entendus du côté chinois.

— On dirait que ça se rapproche, observe le sergent.

— Les Boxers attaquent ? s'inquiète-t-elle.

À sa grande surprise, Patrick lâche son fusil et la serre contre lui :

— J'ai plutôt l'impression que ce sont les nôtres qui arrivent ! répond-il.

Comme pour confirmer ces paroles, la canonnade redouble d'intensité et ils aperçoivent au loin les explosions des obus qui atteignent leur cible à la frontière sud de la ville chinoise, près de la gare.

— Délivrance ! hurle Patrick O' Neill, alors qu'une grande clameur de joie court les remparts. Les secours arrivent !

Le cœur battant, Olympe contemple la nuit qui se déchire de lueurs rouges et sourit sans trop y croire.

*

Après l'interminable voyage en train qui les a ramenés vers Shanghai, Olympe a voulu rentrer dans sa ville par le Yangzi et le Huangpu. Plus qu'une nostalgie de jeunesse, elle a souhaité revivre, à trente ans d'écart, les émotions qu'elle avait ressenties lors de sa première arrivée sur le quai de France quand elle n'avait que dix-huit ans. Pour l'aider à renaître à sa ville, mais surtout se rassurer. Le cauchemar qu'elle a vécu pendant près de deux mois à Pékin et dont elle porte les stigmates sur son visage amaigri ne s'effacera pas avant longtemps. Elle a constaté à ses dépens que l'autre Chine, la Chine impériale, celle de Pékin, était loin d'être celle qu'elle espérait ou qu'elle idéalisait. Elle la savait violente, cruelle, médiévale encore, mais raffinée, civilisée, ingénieuse, respectable. Au lieu de quoi, elle a découvert un empire à l'agonie, ténébreux, encore prisonnier de son passé et de ses rites, ennemi de tout progrès, de toute modernité, fanatisé jusqu'à la sauvagerie et prêt à toutes les horreurs pour faire croire à sa prétendue supériorité.

— Je crois que plus rien ne sera comme avant entre ce pays et moi, a-t-elle expliqué à Patrick en regardant la lente métamorphose des paysages du Shandong à travers la fenêtre de leur compartiment. C'est la première fois que la Chine me fait peur. Je ne la reconnais pas, et je crains que ce sentiment ne l'emporte désormais sur tous les autres.

Elle savait qu'elle ne retrouverait sa sérénité qu'à Shanghai, qu'elle voulait redécouvrir comme autrefois, depuis le fleuve. Les immeubles du Bund, les concessions, les dizaines de navires amarrés le long des quais, le trafic incessant, les pavillons flottant au sommet des mâts, la silhouette familière du consulat de France, elle est là la Chine, sa Chine, celle qu'elle aime avec ses odeurs de mer, de vase, de fumées industrielles et de fleurs, celle dont elle ne veut plus bouger.

Et là, sur le vapeur pris à Nankin qui les a descendus par l'immense Yangzi jusqu'à l'embouchure du Huangpu, elle sent son âme s'apaiser enfin quand elle distingue sur les rives les premiers entrepôts de la concession américaine qui ont remplacé les vieux entrepôts flottants, puis le consulat russe et le pont sur Suzhou Creek, là où le fleuve dessine sa courbe familière. Un sourire effleure ses lèvres quand le bateau longe le jardin du consulat anglais puis remonte lentement le long du Bund.

Il s'est beaucoup embelli depuis son arrivée en 1870. Les grands hôtels sont de plus en plus luxueux, le nouveau siège de la Hong Kong and Shanghai Banking Corporation est encore plus imposant avec sa coupole et ses colonnades, et celui de la Yokohama Bank illustre la puissance nouvelle des Japonais installés à Shanghai. Ils sont nombreux et par solidarité asiatique, en dépit de leur défaite contre l'empire du Soleil-Levant, les Chinois préfèrent de plus en plus traiter avec eux plutôt qu'avec les sociétés occidentales. Et puis son bon vieux Shanghai Club, vénérable témoin de ses débuts dans la ville, de sa réussite et qui, lui aussi, s'est métamorphosé en un grand bâtiment néoclassique avec sa lourde colonnade à chapiteaux ioniques, ses hautes fenêtres et ses clochetons au sommet de chaque aile. Elle a hâte soudain d'y retourner, d'y retrouver ses vieux amis anglais, de se sentir à nouveau à la frontière de deux mondes, française de naissance devenue chinoise de cœur. D'être cette main tendue entre les deux, ce truchement vivant d'où pourrait naître une société moins brutale, moins injuste, moins vorace.

Oui, Shanghai est vraiment la Chine, celle de la modernité, de l'avenir et de la foule chinoise – plus de cent mille Chinois vivent dans la concession française et près de quatre cent mille dans l'international settlement. Les Français, qui sont à peine deux cents, et les Anglais, près de trois mille, ne peuvent d'ailleurs rien faire sans eux. Elle l'a bien vu lors de la grève des pousseurs de brouettes et rit encore au souvenir de son fils Louis les exhortant à se montrer inflexibles sur leurs revendications, au grand scandale des « coloniaux », comme il disait avec mépris.

29.

Le Français qui a accepté de rencontrer Chang à Canton n'a rien d'aimable. Il a refusé de le recevoir au consulat et lui a donné rendez-vous en dehors de la ville, après la Porte de l'Ouest, dans le sanctuaire principal du temple des ancêtres de la famille Chen. Quand il y pénètre, Chang est frappé par la quantité de sculptures en terre cuite vernissée et peinte qui décorent les toits de tuiles grises : personnages familiaux, dragons furieux, animaux légendaires par dizaines, tout un peuple coloré et saisi sur le vif l'accueille comme s'il faisait, lui aussi, partie de cette immense famille dont les rameaux s'étendent dans toute la province du Guangdong et venait honorer ses ancêtres dans ce sanctuaire.

Chang erre quelques instants dans les allées à la recherche d'un Européen et désespère d'en trouver un quand une voix dans son dos lui murmure en français :

— C'est moi. Suivez-moi à dix pas.

Au même instant, un homme le dépasse, vêtu d'une robe de missionnaire, un large chapeau sur la tête pour se protéger du soleil, un missel à la main. Habitué aux rendez-vous discrets et formé par Oncle Liu aux conciliabules secrets, Chang suit l'inconnu. Ils marchent longtemps ainsi, l'un derrière l'autre, d'un pas tranquille, tournant à droite, puis à gauche dans les nombreuses allées du sanctuaire et Chang se demande s'il ne s'est pas trompé en suivant cet homme quand celui-ci, parvenu dans un kiosque isolé au creux d'une rocaille, s'arrête enfin et lui fait signe de le rejoindre.

— Vous êtes prêtre ? questionne aussitôt Chang qui ne s'attendait pas à ce que le responsable des affaires spéciales du consulat de France à Canton soit un religieux.

— Simple déguisement, jeune homme, répond le Français. Vous auriez dû en faire autant. Je vous préviens, si nous sommes amenés à nous revoir, ce que je ne sais pas encore, vous devrez changer d'apparence avant. Faites comme vous voulez mais je ne veux plus vous voir habillé en Occidental.

S'il n'avait acquis une certaine habitude des étrangers, Chang aurait été tétanisé par cet accueil peu engageant, voire fait pour le décourager. Mais depuis qu'il milite pour Sun Yat-sen sous les ordres de Liu Pu-zhai, il a pris de l'assurance et ne se laisse plus impressionner par grand monde. Le Français a des yeux bleu-gris qui l'observent fixement sans ciller. Il est petit, râblé et son visage encore jeune ressemble curieusement à celui d'un paysan du Yunnan où Chang vient de passer plusieurs semaines. À ses gestes brusques, il devine que l'envoyé de la France est un militaire, un de ces durs à cuire des troupes coloniales auxquelles appartenait son père. Ce qui n'aurait rien d'étonnant puisqu'ils ont pris le contrôle du Tonkin voisin, devenu colonie française depuis une dizaine d'années.

— Bon, alors, que voulez-vous ? demande le Français. Et qui êtes-vous exactement ? Vous avez l'air à moitié blanc.

— Je le suis. Mon père était français, ce qui explique que l'on m'ait choisi pour vous rencontrer. Je m'appelle Zhu Chang et je suis l'émissaire du docteur Sun Yat-sen auprès des autorités françaises. Il a déjà rencontré officiellement l'ambassadeur de France à Tokyo, M. Jules Harmand, mais a souhaité préciser sa position et sa demande directement auprès du gouvernement français du Tonkin. Pouvez-vous me confirmer que vous êtes bien son représentant officiel, monsieur... ?

— Je le confirme. Vous n'aurez qu'à m'appeler Blois, même si je ne suis pas toujours déguisé en curé, et, si nous sommes appelés à nous revoir ou à correspondre, vous vous appellerez Pivoine. Maintenant, dites-moi ce que le docteur Sun attend de la France ?

— Au préalable, je dois vous expliquer ce qu'il compte faire de la Chine pour que vous saisissiez bien le sens de notre démarche. Il veut libérer notre pays du joug des Mandchous et établir une république parlementaire comme en France, en commençant par le sud de la Chine, le Guangxi et le Yunnan qui sont proches du Tonkin.

— Ça a son importance ? demande Blois.

— Oui. Votre chemin de fer pourrait facilement acheminer les armes dont nous avons besoin jusqu'à Nanning.

— Vous voulez des armes ?

— On ne fait pas la révolution à mains nues, sauf si c'est pour amuser la galerie. Et nous ne sommes pas des amuseurs publics, monsieur Blois, riposte Chang d'une voix glaciale.

— Ne vous vexez pas. Je ne fais que me renseigner, c'est tout. Quel genre d'armes ?

— Des fusils. Notre dernière tentative d'insurrection générale a encore échoué, en août dernier, à l'ouest de Canton, par manque d'armes. La moitié de nos hommes seulement était équipée et encore chacun n'avait-il que trente cartouches.

— Je sais. Vous auriez dû renoncer. On ne part pas faire le coup de feu quand on n'en a pas les moyens, mon vieux. Et quoi comme fusils ?

— Des Lebel, répond Chang.

— Mazette ! On veut le meilleur, hein ? Et le plus cher !

— Nous avons de quoi payer, ce n'est pas une question d'argent. Mais, à travers cette livraison, c'est aussi le soutien de la République française que nous recherchons. Si nous réussissons, nous aurons besoin d'elle pour nous aider à établir notre gouvernement, à rédiger notre constitution. En échange, elle pourra compter sur nous pour défendre ses intérêts, faciliter l'implantation de ses entreprises et lui offrir de nouveaux marchés pour ses produits, d'abord dans le sud de la Chine et plus tard dans tout le pays. Cela vous offrirait un avantage majeur par rapport à vos concurrents anglais, vous ne croyez pas ?

Plus il discute, plus Chang se laisse prendre par le rôle qu'Oncle Liu lui a demandé de jouer. Il y met toute la passion dont il est capable pour convaincre son interlocuteur de l'intérêt de son offre. Le souvenir de son père s'impose soudain à lui. Charles Esparnac, Liu le lui a raconté, avait jadis fait du trafic d'armes pour les taiping. Il les fournissait en fusils modernes. Et c'est lui, Chang, qui se trouve aujourd'hui dans la position de demandeur, comme le général des taiping de l'époque. Parallèle de l'histoire, parallèle des destinées ou condamnation, génération après génération, à faire le même commerce de mort, nécessaire mais détestable ?

— Je ne suis pas habilité à discuter des modalités du soutien politique que la France pourrait apporter à une prise de pouvoir du docteur Sun Yat-sen mais seulement de l'aide matérielle qu'elle pourrait lui fournir et de ses conditions, répond Blois en regardant Chang sans aucune aménité. Mon rôle se borne à connaître vos intentions et vos souhaits en matière d'armement et à rendre compte à mes supérieurs. Donc vous voulez des Lebel…

— Qui pourraient facilement passer votre frontière du Tonkin…

— Quelle quantité ?

— Mille. Et deux cent mille cartouches. Dans un premier temps.

— C'est beaucoup. Qui paie ?

— Moi. La moitié à la commande, le solde à la livraison.

— D'accord, mais qui est derrière vous ? Je présume que la fortune du docteur Sun ne suffit pas.

— Il a beaucoup de soutiens, celui de nombreuses sociétés et d'hommes d'affaires de Canton, mais aussi de Hong Kong et de Shanghai, qui veulent que la Chine se modernise.

— Mais également le soutien des Anglais et de certaines sociétés secrètes, si je suis bien informé.

— Vous l'êtes.

— Pourquoi donc n'allez-vous pas demander ces armes aux Anglais ?

Chang rit doucement avant de répondre.

— Nous avons un idéal, monsieur Blois, dit-il. Comment pouvez-vous supposer que les républicains que nous sommes s'abaisseraient à demander des armes à des Britanniques qui vivent encore sous un régime monarchique ? En outre, comme je suis à moitié français, j'ai convaincu le docteur Sun de faire appel à votre pays pour nous aider à fonder, nous aussi, une vraie république.

C'est au tour de Blois de rire.

— Je ne sais pas si je dois vous croire, monsieur Pivoine. Mais je vais faire comme si. C'est la base de notre métier, non ? Feindre de prendre pour argent comptant ce qu'on vous raconte mais ne pas en croire un mot et agir en conséquence. Bien, je vais transmettre votre demande à mes supérieurs à Hanoi. Maintenant, nous allons nous séparer.

Vous partez le premier par la gauche. Réponse dans trois mois, jour pour jour, même heure...

— Même endroit ?

— Non, à Shanghai, au pied du sémaphore.

*

— Je trouve que c'est un peu audacieux, interroge Olympe.

Devant le miroir de sa chambre, Laure esquisse quelques pas de danse pour faire tourner sa robe et pose ses mains sur sa gorge.

— Pas du tout. Regarde, le décolleté est recouvert par un voile de dentelle. Elle est très bien, cette robe, pour une soirée chez les Japonais. Ils sont tellement coincés...

Olympe doit reconnaître que sa fille a raison. Ajustée à la taille, sa robe de velours bleu nuit enveloppe son buste et ses bras comme une seconde peau avant de s'évaser gracieusement jusqu'à ses pieds. Laure est resplendissante. La masse de ses cheveux est retenue en torsade par une épingle d'argent et autour de son cou resplendit la rivière de diamants offerte par Joseph et Marie-Thérèse Liu pour ses dix-huit ans. Elle a pris soin de mettre des souliers qui ne la grandissent pas davantage afin de ne pas intimider par sa taille ceux qui l'inviteront à danser. C'est la première fois qu'ils sont conviés, elle et son frère, à la soirée que le directeur de la Yokohama Bank donne pour le nouvel an chinois, mais Louis ne l'accompagnera pas. Il a prétexté un dîner de travail avec un client pour se défiler : Laure sait bien qu'en réalité il emmène sa maîtresse, Deborah Alexander, dans une maison chinoise aussi discrète qu'éloignée des concessions pour une soirée passionnée. Laure l'a aperçue un jour sortant du bureau de son frère, légèrement décoiffée et les yeux brillants. Une très belle femme d'une trentaine d'années qui, lui a-t-il avoué, est l'épouse d'un banquier américain particulièrement occupé. De toute façon, Laure préfère se rendre seule à cette soirée, elle a le sentiment d'être plus libre même si Louis ne l'a jamais surveillée et qu'ils ont conservé leur complicité d'autrefois. Mais, parfois, il ne peut s'empêcher de se sentir responsable d'elle et de la mettre en garde contre ceux qui s'approchent trop près. Il oublie qu'elle a toujours dans son réticule son talisman, le couteau de son père.

Depuis le départ de Marc Liu pour l'Amérique, Laure est courtisée par tout ce que Shanghai compte de jeunes prétendants, futurs héritiers des grosses sociétés commerciales ou industrielles, anglaise ou américaine, jeunes diplomates des consulats de France, de Hollande ou de Russie. Elle s'amuse à les séduire pour ne retenir que quelques rares élus avec lesquels elle engage un flirt plus ou moins poussé. Mais elle fait en sorte qu'ils restent sans lendemain. Ce qui lui vaut la réputation légèrement scandaleuse d'une fille volage qui cherche l'aventure plus que le mariage. En réalité, elle se désole qu'aucun d'entre eux ne la fasse vibrer comme elle l'attend. Sans doute le souvenir encore douloureux de son amour brisé pour Marc la retient-il de se livrer davantage bien qu'elle sache confusément qu'une autre raison, plus obscure, l'empêche de pousser plus loin son avantage : ce sont les Asiatiques qui l'attirent et non les Blancs. Elle s'en est rendu compte quand, au cours du dîner offert par le consul de France pour fêter le retour d'Olympe et de Patrick à Shanghai, ses yeux n'ont pu se détacher d'un jeune officier japonais assis de l'autre côté de la table. Et, si elle se rend ce soir à la soirée de la Yokohama Bank, c'est uniquement dans l'espoir de le revoir.

Quand elle fait son entrée dans la villa illuminée, annoncée par un majordome, Laure attire tous les regards. Sa jeunesse éblouissante, la masse soyeuse de ses cheveux couleur de nuit, ses yeux ténébreux qui magnétisent ses interlocuteurs dès qu'elle les pose sur eux, son maintien de reine et sa froideur savamment calculée provoquent l'arrêt des conversations, des murmures ou des remarques acides qu'elle perçoit sans les entendre. Autant la réputation sans tâche de la Reine du Yangzi fait l'unanimité, autant celle de sa fille est plus contrastée. Les jeunes filles et les mères de la bonne société britannique lui reprochent sa légèreté apparente, son refus des convenances – « Comment ose-t-elle venir ici sans cavalier ? » entend-elle sur son passage –, sa séduction naturelle mais diabolique. Leurs fils et frères rêvent de percer le mystère de cette jeune Française, de briser sa réserve et d'en faire leur maîtresse ou leur épouse. Les vieux Shanghailanders, eux, la regardent passer avec émotion, comme un rêve de leur jeunesse enfuie quand ils voyaient danser sa mère dans les bras de son mari, le *French Tycoon,* et rêvaient tous de valser avec elle au moins une fois dans leur vie.

Le directeur de la Yokohama la conduit lui-même vers le buffet, lui offre une coupe de champagne, échange quelques mots avec elle puis va rejoindre ses autres invités avec un soupir.

— Ravi de vous revoir, chère Laure, vous êtes toujours aussi rayonnante, complimente Émile Mayer, le nouveau directeur de la Banque d'Indochine. Comment se porte Mme Esparnac ?

— On ne peut mieux, répond Laure, qui connaît l'intérêt que le banquier porte à la santé financière de la Compagnie du Yangzi. Mon frère également, si cela peut vous rassurer.

Mayer pique un fard. Elle sait qu'il n'a pas apprécié

qu'Olympe laisse à Louis la direction de l'entreprise car il le juge trop jeune et surtout trop idéaliste. Son refus de voir des enfants travailler dans leur filature fait encore parler dans la concession.

— Il semble réussir parfaitement à la tête de votre entreprise, se défend le banquier.

— Je crois qu'il ne se débrouille pas mal, bien que ses idées novatrices ne lui valent pas que des amis. En tout cas, moi, je les approuve totalement.

— Moi également, intervient Silas Aaron Hardoon avant de faire un baisemain à Laure. Votre frère a raison, ma chère, il faut éduquer ces petits Chinois et non les traiter en esclaves.

Hardoon est l'une des personnalités les plus attachantes de Shanghai. Il a commencé au bas de l'échelle, collecteur de loyers et veilleur de nuit chez les Sassoon, mais il a accumulé une fortune considérable en pariant sur la montée des prix des terrains dans les concessions lors de la guerre franco-chinoise. Laure lui sourit avec affection. Hardoon a épousé une Chinoise, Luo Jialin, au grand dam de la communauté juive de Shanghai, et elle l'apprécie pour avoir osé la braver.

— Je devrais pourtant lui en vouloir, ajoute Hardoon.

— Et pourquoi donc ? s'étonne Laure.

— Louis m'a raflé sous le nez un terrain que je convoitais depuis quelque temps. Mais, bon, les affaires sont les affaires, et contre lui et votre diabolique Joseph Liu, je n'avais aucune chance.

Elle s'apprête à lui répondre quand son cœur s'emballe. Un homme en uniforme noir, mince, très raide, s'avance vers elle et elle panique soudain en reconnaissant l'officier japonais vu chez le consul de France. Que lui veut-il ? Elle espérait le revoir ici mais au moment où elle l'aurait choisi, pas lui. Au lieu de quoi, il prend les devants. Déconcertée, elle le regarde s'approcher puis claquer des talons en s'inclinant.

— Mes hommages, mademoiselle Esparnac, dit-il d'une voix assurée. C'est un honneur de vous revoir ce soir. Je crains que vous ne vous rappeliez pas de moi : je suis le capitaine de frégate Yoshida Ichirô.

Son français est un peu haché mais chantant. Laure se sent rougir bêtement et le salue d'une inclination de tête.

— J'ignorais votre nom, capitaine, mais je vous avais reconnu, répond-elle. Je n'oublie jamais un visage.

— J'en suis flatté, mademoiselle.

Elle veut répondre quand Robert Cunningham, le fils du patron des chantiers navals Cunningham, s'approche et l'interpelle.

— Tu m'accordes cette valse, Laure ? demande-t-il en lui tendant la main.

Ils se connaissent depuis l'enfance et ont le même âge. Elle hésite un instant, consciente que, si elle lui refuse cette danse, il se vengera en disant partout qu'elle préfère les singes jaunes aux vrais hommes. Mais quelle importance ? Entre le fringant Britannique sûr de lui et de sa haute stature, et le Japonais si austère dans son uniforme noir mais dont les yeux l'hypnotisent, son choix est fait.

— Non, merci, Robert, répond-elle. Je me suis légèrement foulé la cheville et la danse m'est interdite pendant quelque temps.

Pas dupe, Cunningham la salue sèchement de la tête.

— Amuse-toi bien quand même, dit-il perfidement en jetant un coup d'œil assassin au Japonais.

Il tourne à peine les talons que Yoshida offre son bras à Laure.

— Venez, je vous accompagne vers un des salons. Vous pourrez vous y asseoir à votre aise.

Elle le regarde, surprise. L'a-t-il vraiment crue ou entret-il dans son jeu dans le seul but de se retrouver en tête à tête avec elle ? Si tel est le cas, il ne manque ni d'assurance ni de réflexe. Elle rit doucement en se disant qu'elle a bien fait de venir : la soirée promet d'être amusante. Après tout, y a-t-il plus enivrant que de se lancer dans l'inconnu au bras d'un homme auquel on est prête à succomber ?

30.

— Je n'ai pas du tout envie de me marier, maman ! s'insurge Louis.

Olympe sait qu'elle a fait une erreur en demandant à son fils s'il comptait prendre bientôt épouse. Elle se le reproche déjà, Louis est tellement susceptible.

— J'ai trop à faire pour avoir le temps de convoler, explique-t-il. Et avec qui d'abord ?

— On te voit souvent en ce moment avec cette Allemande, Greta Paulson, dit Olympe.

— Juste un flirt.

— Qui a l'air de durer…

— Maman, Joseph et toi m'avez placé à la tête de la Compagnie, ce que je ne désirais pas vraiment. Mais par fidélité à notre nom et à mon père, je m'y suis mis et j'y ai pris goût. Maintenant, ne viens pas me reprocher de ne pas penser assez à la gaudriole. Notre affaire se développe considérablement, nous avons fait des investissements importants et je me consacre à cent pour cent au business. L'amour attendra et tu n'es pas près d'être grand-mère si c'est ce que tu veux savoir.

— Je ne suis pas aussi pressée que cela, se défend Olympe, mais, comment dire, je ne voudrais pas que tu passes à côté d'une gentille fille si l'une d'elles croise ta route, mon chéri. Elles sont rares, surtout ici, et tu as déjà vingt-cinq ans. Le temps passe plus vite que tu ne le penses.

— Papa avait trente ans quand tu t'es mariée avec lui. J'ai encore de la marge.

Il n'a surtout aucune envie de lui avouer qu'il est l'amant caché de Deborah Alexander, l'épouse d'un de leurs banquiers, qu'il a séduite sans même s'en rendre compte et qui lui a ouvert le monde volcanique de l'amour physique. Ce flirt avec la fille Paulson n'est qu'une façade, un leurre qui entretient sa réputation d'aimable séducteur et lui permet de vivre en toute tranquillité ses amours clandestines. Il compte bien s'amuser ainsi le plus longtemps possible, du moins tant que Deborah ne se sera pas lassée de lui.

Olympe ne répond pas, mais lui lance un petit sourire en coin, l'embrasse sur la joue et le laisse seul dans le bureau qui fut le sien autrefois. En regardant sa mère s'éloigner avec cette grâce aérienne que l'âge n'entame pas, Louis ne peut s'empêcher de l'admirer. Elle a quarante-sept ans, en paraît dix de moins et Louis doit reconnaître que l'amour d'O'Neill est pour beaucoup dans la sérénité épanouie que sa mère répand autour d'elle. Il ne les remerciera jamais assez, elle et Joseph Liu, de l'avoir mis au contact de la dure réalité des affaires et de lui avoir fait confiance. Grâce à eux, sa vision du monde est plus réaliste : alors qu'il expérimente quotidiennement le pouvoir de l'argent, il a le sentiment de plus en plus net qu'il a le devoir d'agir parallèlement pour améliorer le sort lamentable des ouvriers chinois.

À la tête de la French Company qu'il agrandit comme jamais sa mère et Joseph n'auraient osé l'espérer, il se lance à corps perdu sur tous les marchés qui s'ouvrent à Shanghai, dans le Zhejiang et le Jiangsu. Quelque chose le pousse à aller de l'avant, à investir, à être audacieux quitte à passer pour trop téméraire aux yeux des vieux Shanghailanders. Le commerce sur le Yangzi est de plus en plus florissant et les filatures, la fabrique d'eau gazeuse qu'il vient d'acheter dégagent déjà de bons bénéfices. Mais l'immobilier est devenu sa plus grande source de revenus. Louis s'est pris de passion pour le marché en pleine expansion des shikumen, dont sa mère fut la pionnière, et la Compagnie du Yangzi y occupe la première place. Les Chinois affluent de toute la province, attirés par le travail, les salaires et des conditions de vie meilleures.

— C'est en les logeant décemment, en envoyant leurs enfants à l'école, en formant des professeurs, des ingénieurs, des médecins que nous aiderons le mieux les Chinois à se moderniser, a-t-il affirmé un jour à Joseph.

— Certes, mais il faudrait le faire à l'échelle de tout l'Empire, a répondu le comprador. Or les résistances sont fortes au sommet de l'État : lorsque le ministre Kang Youwei a réussi à imposer ses réformes en juin 1898, il n'a pas tenu plus de cent jours. L'impératrice Cixi et les conservateurs l'ont chassé du pouvoir et ont exécuté tous ses proches pour mettre fin à ce qui aurait pu sauver l'Empire. Maintenant, il est trop tard.

— Il n'est jamais trop tard, Oncle Joseph. Il faut persévérer, s'obstiner à faire progresser la société en commençant par le bas comme je le fais, et non par le haut. Tu as parlé l'année dernière de révolution. Eh bien, peut-être faudra-t-il y venir…

Ce jour-là, malgré son flegme, Joseph a eu du mal à contenir son émotion. Il avait l'impression de retrouver en Louis les mêmes audaces que Charles, ses emballements soudains, cette sorte de révolte permanente devant ce qu'il estimait insupportable ou injuste. Il aurait voulu le dire à Louis, lui avouer qu'il était fier de lui, qu'il était le digne fils de son père et que la Chine avait besoin d'hommes comme lui mais, s'il le faisait, Louis y verrait aussitôt un encouragement à s'engager dans un combat révolutionnaire parfaitement incompatible avec ses responsabilités de patron. Il ne pouvait pas davantage lui avouer qu'il y travaillait, lui, à la révolution, de façon si secrète qu'il lui était impossible de partager cette action avec quiconque sauf avec l'autre fils de Charles, Zhu Chang.

— Oui, peut-être faudra-t-il y venir…, finit-il par dire avec un sourire énigmatique.

*

— Je t'aime, Ichirô ! s'exclame Laure.

— Chut, pas si fort, proteste le Japonais à mi-voix. Tout le monde va nous entendre.

— Tant mieux ! Je veux qu'ils sachent tous que je t'aime, que je ne suis plus vierge et que j'ai envie de recommencer !

Dans le petit appartement dépouillé de Yoshida, Laure ressemble à une princesse de l'*Iliade* égarée dans le *Dit du Genji*. Échevelée, elle a bondi sur le futon posé sur les tatamis du *washitsu* de son appartement de Zhabei, la partie la plus au nord de la ville appelée aussi le Petit Tokyo, pour clamer son bonheur. Quand elle y a pénétré, une heure plus tôt, elle a adoré cette sobriété, cette odeur de paille verte et de bois ancien qui se dégage des deux pièces. Yoshida a installé son logement à la japonaise : une pièce avec un *tokonoma* et un *kotatsu*, une autre, plus petite et nue, séparée de la première par un *shoji*, mince cloison coulissante en bois garnie de papier, où il a tiré le futon d'un étroit placard avant de le dérouler sur les tatamis. C'était leur troisième rendez-vous.

La semaine précédente, pendant la soirée de la Yokohama Bank, ils sont restés à discuter ensemble jusqu'à minuit, Laure décourageant d'un sourire faussement navré tous ceux qui se risquaient à l'inviter à danser. Yoshida l'a conviée quelques jours plus tard à déjeuner dans un restaurant japonais où il l'a régalée de poissons crus et de *tempura* avant de la raccompagner, le plus lentement possible, en passant par le Bund jusqu'à la rue Discry. Tout au long de cette promenade, Laure n'a eu qu'une envie : lui donner le bras, s'arrêter pour l'embrasser sous un arbre, face au Huangpu, et lui dire qu'elle était tombée amoureuse de lui. Mais quelque chose l'a retenue et elle s'est souvenue des mises en garde de sa mère lors de son premier flirt : « Cela ne se fait pas de se jeter à la tête des hommes. Tu dois les laisser faire le premier pas, au moins pour leur donner l'impression qu'ils sont les maîtres du jeu. Sinon, tu passeras pour une aventurière et tous leurs effets seront coupés. » Elle est donc restée la jeune Française sage et réservée que Yoshida semblait apprécier, sans rien montrer de la fille intrépide et éloignée des convenances qu'elle est en réalité. Ne pas effrayer l'animal que l'on veut apprivoiser, aurait conseillé son père.

Pour leur troisième rencontre, il lui a donné rendez-vous dans le jardin public face au consulat britannique. Il faisait chaud, l'air avait des senteurs de figue sèche et, après quelques propos anodins, il a invité Laure à boire une tasse de thé chez lui. Elle a accepté sans dissimuler son enthousiasme et s'est laissé séduire sans opposer la moindre résistance.

— Moi aussi, je t'aime, dit Yoshida. Tu es la femme que j'attendais.

Laure lui sourit et l'étreint avec passion. Enfin, elle a un homme qui l'aime. Il est plus petit qu'elle mais elle s'en moque, elle adore ses mains fines et soignées, ses yeux aussi sombres que les siens et ses cheveux raides qui le font ressembler à un hérisson. Il est ardent, mystérieux, attentif et son français mélodieux la ravit. Sur le chemin, il s'est mis à lui parler en chinois, elle lui a répondu du tac au tac, en s'amusant de leurs différences de prononciation et des quiproquos qui en découlaient. « Le mandarin est quasiment ma seconde langue maternelle », lui a-t-elle expliqué quand il s'est étonné de l'entendre parler beaucoup mieux que lui.

— À part abuser d'une Française innocente, que fait un capitaine de vaisseau japonais à Shanghai ? demande-t-elle faussement ingénue. Les Chinois ne vous aiment pas beaucoup depuis leur défaite, non ?

— Moins que tu ne le crois car ils ont le sens des réalités. Tout est business ici et ils ont besoin de nous depuis qu'ils ont compris que les Blancs n'étaient là que pour s'enrichir sur leur dos.

— Ce que vous ne faites pas, naturellement, ironise-t-elle.

— Pas autant que vous, en tout cas.

— Qu'est-ce qui vous intéresse, alors ?

— Le pays lui-même. Il est au bout du rouleau mais il est riche, très riche. Et l'empire du Milieu peut l'aider à se moderniser comme il l'a fait lui-même quand l'empereur Mutsuhito a ouvert l'ère Meiji. Nous sommes bien plus proches des Chinois que vous les Occidentaux et nous pouvons leur apporter beaucoup. Ils préfèrent d'ailleurs de plus en plus faire des affaires avec nous.

Laure se rappelle alors des mots de Patrick O'Neill quand, cinq ans plus tôt, les Japonais ont chassé les Chinois de la Corée et en ont fait un protectorat nippon : « C'est un premier pas vers la Chine, a-t-il dit. Bientôt, ils en feront d'autres. »

— En fait, vous voulez les coloniser, finit-elle par dire.

Yoshida se redresse et la regarde, stupéfait. « Comment as-tu deviné ? » manque-t-il de demander. Laure n'est pas seulement alerte, vive, intelligente et prête à toutes les bêtises, elle est encore plus intelligente qu'il ne l'avait imaginé.

— Absolument pas ! se défend-il avec un rire un peu forcé. Nous voulons seulement leur faire profiter de notre expérience, leur permettre de gagner du temps.

— Tu n'as pas répondu à ma question, insiste Laure. Que fais-tu à Shanghai ?

Yoshida la prend dans ses bras avant de reprendre la parole.

— Je représente l'Amirauté nippone auprès des douanes chinoises et du Taotai pour tous les problèmes du commerce maritime, répond-il.

— C'est tout ? questionne-t-elle, déçue. Pas très intéressant, comme travail.

Il la serre plus fort contre lui.

— Je fais aussi autre chose, mais c'est un secret.

Laure se redresse sur un coude, intriguée.

— Si tu m'aimes, tu ne dois avoir aucun secret pour moi.

— Non, je n'ai pas le droit d'en parler.

Elle se love contre lui, irrésistible.

— À moi tu peux bien le dire… Sinon, je m'en vais.

Yoshida fait mine d'hésiter encore puis, bouche contre bouche, murmure :

— Je travaille pour la *Shinaka*, la section chinoise du *Kanseikyoku*, le service de renseignement de l'état-major impérial…

— Ah ? Et cela consiste en quoi ?

— À chercher ce qui ne se voit pas… À trouver des

informations que les autres veulent cacher. À savoir les choses avant tout le monde.

— Tu es un espion ? l'interrompt-elle en riant nerveusement. Comme c'est excitant ! Et personne n'en sait rien à part moi ?

— Personne. Et tu ne dois jamais rien en dire, c'est entendu ? ordonne-il d'une voix brusquement autoritaire.

— Jamais, c'est promis. Tu peux m'expliquer comment tu fais pour…

— Non. Ça c'est vraiment un secret.

— Tu n'es pas drôle. Moi qui rêvais de faire enfin quelque chose d'intéressant.

— Tu accepterais de travailler pour moi ?

Elle le renverse et l'immobilise sous elle.

— C'est ce que tu veux ? Vraiment ? questionne-t-elle.

— J'ai peut-être besoin de quelqu'un comme toi, répond-il gravement.

Laure lâche prise. Yoshida a l'air si sérieux d'un coup qu'elle a un mouvement de recul. Son cœur bat, elle a le sentiment de vivre quelque chose de radicalement nouveau, d'entrer dans un monde mystérieux, interdit. Elle sent l'aile du danger la frôler, comme un avertissement léger. Mais que pourrait-il lui arriver ?

— En quoi pourrais-je bien t'être utile ? Je ne sais pas faire grand-chose…

— Au contraire, tu peux m'aider beaucoup. Pour obtenir certaines informations, tu ferais bien mieux que moi.

— Comment ?

— Tu es une femme. Et pas n'importe laquelle.

Elle rit et l'embrasse fougueusement.

— Je te vois venir. Tu veux que je fasse du charme à des hommes pour leur faire dire ce que tu veux apprendre, c'est cela ? demande-t-elle.

— Exactement. Je m'intéresse aux Chinois qui veulent

changer leur pays. À Shanghai, ils s'organisent, complotent, mobilisent des étudiants, des ouvriers. C'est très important pour nous d'apprendre ce qu'ils essaient de faire, quels sont leurs plans, dans quel but et pour quelles dates. Je dois savoir aussi ce qui se trame derrière les façades des grandes firmes du Bund, à l'abri des murs des yamen du Taotai et des riches Chinois, je veux savoir ce qu'ils trafiquent, quelles alliances se nouent, quelles sont leurs craintes, leurs espoirs. Je veux savoir ce qu'il y a dans leur courrier, qui couche avec qui et qui paie quoi.

Laure en reste muette. Elle était loin d'imaginer les choses sous cet angle ni le sérieux de la tâche.

— Jamais je ne pourrai faire tout cela, dit-elle.

— Ce n'est pas ce que je te demande. Mais tu es la seule femme capable d'écouter ce qui se dit dans les soirées mondaines de Shanghai, de rencontrer facilement tous ceux qui comptent dans cette ville et de susciter les confidences qui m'intéressent. Rien de très compliqué. C'est même plutôt amusant, tu verras.

Elle sourit. Effectivement, cela promet d'être assez excitant, un peu plus, en tout cas, que de s'occuper des bonnes œuvres de sa mère.

— Et puis, peut-être qu'un jour, je te demanderai de séduire un homme pour savoir ce qu'il manigance. Tu serais d'accord ?

Laure pâlit.

— Tu veux dire qu'il faudrait que je couche avec lui ?

— S'il le faut, pourquoi pas ? confirme Yoshida.

— Tu te rends compte de ce que tu me demandes ? s'indigne-t-elle.

Elle s'est écartée mais Yoshida la reprend fermement.

— Tu le feras pour moi, parce que je t'aime et que ce sera la meilleure façon de me prouver que toi aussi, tu m'aimes, dit-il d'une voix où elle perçoit une violence, une autorité qu'elle ne soupçonnait pas et qui lui fait un peu peur. Ce sera notre grand secret.

— Le secret que nous nous aimons ou que je travaille pour toi ?

— Les deux.

— Tu veux dire que nous n'aurons pas le droit de nous montrer ensemble en public ? Si c'est le cas, je refuse tout de suite, ne compte pas sur moi.

Yoshida se rend compte qu'il a été trop vite et qu'il a manqué de psychologie en croyant que Laure, si amoureuse soit-elle, accepterait que leur liaison reste clandestine. Il aurait dû comprendre qu'elle a envie d'être vue avec lui et qu'il doit jouer son jeu à elle, celui d'une jeune femme aventureuse qui veut provoquer famille et amis en s'affichant avec un homme qui n'appartient pas à leur monde et qui ne dispose d'aucune fortune. Il aurait dû deviner que, dans la façon de voir de la jeune Française, c'était lui la prise et non elle.

— D'accord, concède-t-il. Nous nous rendrons ensemble dans les soirées où nous serons invités, mais pas trop d'effusions en public, d'accord ?

— Pour qui me prends-tu ? s'offusque Laure. Je sais me tenir !

Le rire léger avec lequel elle ponctue sa remarque convainc Yoshida qu'il a gagné la partie. Il est loin de se douter que Laure s'amuse déjà beaucoup à l'idée de se rendre à une soirée au bras d'un homme et d'en repartir avec un autre.

31.

Liu Pu-zhai a beaucoup ri quand Zhu Chang lui a indiqué que le Français l'avait baptisé « Pivoine ». « C'est une jolie fleur, surtout en médecine où elle est utilisée pour consolider le yin, a-t-il commenté. J'y vois un signe favorable : sans le savoir, M. Blois va nous donner les forces dont nous avons besoin. »

Au jour et à l'heure convenus, se dirigeant le plus tranquillement possible vers le sémaphore qui se dresse comme un phare à l'extrémité nord du Bund, Chang espère que Maître Liu ne s'illusionne pas et que le Français aura des nouvelles pour les fusils qu'ils veulent acheter à la France. Comme Blois l'a exigé, il a troqué son costume d'étudiant occidentalisé pour la vareuse et le pantalon de coton d'un employé aux écritures d'une maison de commerce et s'est coiffé d'un bonnet rond. Il n'y a pas grand monde à cette heure de la matinée sur les quais du Huangpu et Chang prend tout son temps pour observer les grands clippers et les cargos à vapeur remontant lentement le fleuve pour négocier le large coude à quatre-vingt-dix degrés qu'il dessine juste à hauteur du sémaphore.

Arrivé au pied de la tour où la time ball va chuter le long de son mât à midi pile, Chang regarde autour de lui. Aucune trace de Blois. Il commence à s'inquiéter quand il aperçoit en contrebas sur le fleuve un pêcheur chinois lui faire signe de son sampan amarré à un *godown*. Sous le déguisement, il reconnaît Blois qui lui fait signe de le rejoindre et descend aussitôt sur la passerelle de bois.

— C'est bourré d'Anglais par ici, explique le Français une fois Chang à bord. Pas facile de passer inaperçu sauf à se travestir. Pas très pratique mais au moins nous ne courons pas le risque de nous faire repérer.

— Vous ne croyez pas que vous êtes un peu trop prudent ?

— On n'est jamais trop prudent, mon vieux. Surtout avec les Anglais mais aussi avec vous, les Hans. Impossible de savoir si on est suivi ou pas, vous vous ressemblez tous. D'où le sampan. Au moins, on n'a personne derrière soi et on peut discuter sans danger.

Chang n'ajoute rien mais quand il observe avec quelle habileté Blois dirige son sampan, il ne peut s'empêcher de lui en faire la remarque.

— On dirait que vous faites ça depuis toujours, complimente-t-il.

— Il faut savoir tout faire dans nos métiers.

— Ne perdons pas de temps, dit Chang. Avez-vous des bonnes nouvelles pour moi ?

— Pas encore, répond le Français. En deux mots, c'est à Paris que ça coince. Autant Hardouin, notre consul à Canton, est favorable à votre cause et est parvenu à convaincre le gouverneur du Tonkin, autant à Paris, ils font la grimace.

— C'est-à-dire ?

— Ils ne sont pas convaincus, mon vieux. Je ne peux pas entrer dans le détail mais, pour le moment, ils ne sont pas encore prêts à vous livrer des armes. Je suis désolé.

— N'ai-je pas été assez convaincant ? questionne Chang.

— Si, mais les projets du docteur Sun Yat-sen méritent

d'être étudiés avec soin, voilà ce qu'on m'a dit. La France n'est pas opposée à son projet de créer une république dans le sud de la Chine à partir du Guangxi et du Guangdong mais elle refuse que le Tonkin lui serve de base arrière. Comprenez-nous, monsieur Pivoine, nous ne pouvons prendre parti de façon aussi évidente contre Pékin.

Chang, très dépité, se demande comment il va annoncer cet échec à Liu Piu-zhai quand le Français reprend la parole :

— Je comprends votre déception, pour autant rien n'est perdu. L'on m'a prié de vous dire que l'on étudie soigneusement votre requête aux Affaires étrangères comme au ministère des Colonies. Les deux ne sont pas du même avis. Ce qui explique notre réponse actuelle. Ne vous découragez pas pour autant et continuez de plaider votre cause par tous les canaux possibles. En France, au Japon, le docteur Sun Yat-sen a des sympathisants, des gens qui croient en lui et qui sont prêts à le soutenir. Pas tout de suite car ils sont minoritaires. Mais un jour, la balance penchera du bon côté.

— Quand ?

— Quand la France y trouvera son intérêt ou quand elle ne pourra plus faire autrement. Ça se résume toujours ainsi, au final.

Sans que Chang s'en soit rendu compte, ils sont arrivés à l'extrémité sud du quai de France et les grosses murailles de Nanshi se dressent de l'autre côté de la forêt de mâts des jonques et sampans amarrés sur le fleuve.

— Nous devons nous séparer à présent, monsieur Pivoine. Je vais vous déposer sur ce débarcadère.

— Quand nous reverrons-nous ? demande Chang, complètement dépité.

— Je n'en sais rien, mais si j'ai besoin de vous rencontrer, je laisserai un message pour vous derrière le tronc du pilier nord de la cathédrale Saint-Ignace. Vous vous y rendrez chaque semaine pour voir s'il s'y trouve. Mais soyez patient. Ces choses-là prennent beaucoup de temps.

— Le peuple n'a pas toujours le temps d'attendre, ne l'oubliez pas, monsieur Blois, réplique Chang en débarquant sur le ponton branlant.

À sa grande surprise, Blois se met à rire.

— Ne vous faites pas trop d'illusions, mon vieux : c'est rarement le peuple qui décide, dit-il avant de remettre le sampan dans le sens du courant d'un vigoureux coup de godille.

*

Liu Pu-zhai ne paraît nullement étonné quand Chang lui annonce la mauvaise nouvelle.

— J'avais fait savoir à Sun Yat-sen que demander des armes aux Français était prématuré, dit-il. Je les connais bien, les Français. Ils sont très pusillanimes et ne prennent des risques que lorsqu'ils ont un vrai chef à leur tête. Et ils n'en ont pas en ce moment. Ils sont trop dans l'idée qu'ils se font d'eux-mêmes et de leur mission historique pour agir concrètement, à l'inverse des Anglais, si assurés de leur supériorité qu'ils ne se posent pas de questions. Ils avancent, c'est tout, en comptant combien cela va leur rapporter.

— Cela n'empêchera pas le docteur Sun d'être déçu, maugrée Chang. Et le porteur de mauvaises nouvelles que je suis va en pâtir.

Liu a un petit rire.

— Ne t'inquiète pas. Il a trop besoin de toi pour te sacrifier et je te confierai une lettre où je lui expliquerai qu'il a eu tort ; avant d'acheter des armes, il faut acquérir les cœurs et les âmes. Ceux qu'il a conquis ne sont pas assez nombreux ni assez organisés. Il lui faut d'abord se structurer et se fortifier avant de mettre sa stratégie à exécution.

— Peut-être que sa stratégie justement n'est pas la bonne, s'interroge Chang.

Liu devient pensif, comme s'il se posait la question, lui aussi. Dans la pénombre de son cabinet, au fond de son yamen, son visage lisse prend des reflets parcheminés. Ses cheveux blancs se partagent toujours aussi impeccablement en deux, mais ses yeux ont perdu cette petite lueur ironique qui lui donnait l'air de s'amuser de tout. L'étendue de son pouvoir et l'importance de la conspiration dont il est le chef ne laissent place sur ses traits qu'à la gravité.

— Il n'y a que deux moyens de renverser un régime, répond-il. Il faut s'attaquer soit à la tête pour faire tomber l'ensemble, soit aux pieds et grignoter le reste. En l'occurrence s'en prendre directement à Pékin, ou commencer par les provinces les plus éloignées, celles du Sud, pour remonter jusqu'à la capitale. Plus long, mais moins compliqué.

— Pourtant, tout le monde dit, et les Longs Nez les premiers, que l'Empire est à bout de forces. Un poisson pourrit toujours par la tête. Si la tête est déjà atteinte, pourquoi le Dr Sun n'en profite-t-il pas ?

— Parce que la place est encore trop forte, que toutes ses forces sont dans le Sud, ou ici et à l'étranger, et qu'il n'a aucun allié à Pékin.

Liu se penche vers Chang.

— Le fruit tombera quand il sera mûr. Ce n'est pas encore la saison, mon fils, et il nous faudra travailler encore plusieurs années. Je t'ai formé, tu es mon disciple, Zhu Chang, et j'ai promis à ta mère de faire de toi un homme honorable. Jusqu'à ce jour, tu m'as donné entière satisfaction. Tu as mérité de monter en grade. Je vais donc te confier de nouvelles responsabilités. Lors de notre prochaine réunion, tu seras nommé officiellement 432, c'est-à-dire *cho hai,* chargé de nos relations avec les autres sociétés secrètes.

— En suis-je capable ?

— C'est à moi seul d'en juger. Et j'ai pensé que tu étais suffisamment aguerri pour remplir cette mission. En particulier, approcher la triade la plus dangereuse de Shanghai, la Qing Bang.

— La Bande verte ?

— Oui.

— Et dans quel but ?

— En prendre le contrôle.

32.

Deborah est exactement la femme qui lui faut, pense une fois de plus Louis en regardant sa maîtresse déguster le poisson cuit à la vapeur qu'il a commandé à son cuisinier. Deborah Alexander est belle, mariée, discrète et se contente de le voir une fois par semaine. En réalité, leur liaison est purement charnelle. Quand ils se sont rencontrés chez le mari de Deborah, au cours d'une soirée où il a été en quelque sorte intronisé dans le club des grands Shanghailanders américains, il a été subjugué par la beauté de cette femme élégante, sa blondeur irréelle, son teint de lait, ses formes émouvantes. Avec un sourire qui l'a laissé sans voix, elle lui a souhaité la bienvenue au côté de son mari banquier et lui a laissé ses doigts plus longtemps qu'il n'aurait fallu lors de son baisemain. Plus tard, au cours de la soirée, ils ont discuté, dansé et le monde autour d'eux s'est progressivement effacé. Et quand, jouant le tout pour le tout, Louis l'a entraînée dans un couloir désert pour l'embrasser, c'est elle qui, après lui avoir rendu passionnément son baiser, lui a proposé de le revoir dès le lendemain.

Depuis, Louis et Deborah se retrouvent dès que possible. Quand ils s'octroient un après-midi de liberté, ils abritent leurs amours dans le house-boat de Louis amarré le long du canal du Yangjingbang où elle le rejoint discrètement. À peine réunis, ils s'enferment dans la chambre et chavirent dans une étreinte passionnée. Elle a trente ans, lui bientôt vingt-six, ils partagent le même goût ardent de la chair et s'aiment sans se faire d'illusions sur des lendemains possibles.

— Je ne divorcerai jamais de mon mari, autant que tu le saches, lui a-t-elle annoncé dès leur deuxième rencontre.

— Je ne te l'aurais pas demandé, a-t-il répliqué.

— Tu es mon jardin secret, mon amant français qui me permet de supporter mon époux et cette vie sans histoire, mais c'est tout, tu comprends ?

— Rien de plus ?

— Rien de plus. De la passion, de la tendresse, du désir, oui, mais pas d'amour. C'est le prix à payer pour m'avoir.

Un peu déconcerté par cette condition *sine qua non*, Louis s'est dit qu'après tout, cet ukase était ce qu'il pouvait espérer de mieux. Il n'avait ni le temps ni l'envie pour le moment de s'encombrer d'une femme et de fonder une famille, et la liaison purement utilitaire proposée par l'Américaine convenait parfaitement à ses besoins. Quand il la regarde comme maintenant en train de choisir de ses baguettes le morceau qu'elle va délicatement porter à sa bouche puis de boire une gorgée de meursault, il sait qu'un seul mot d'elle suffirait pour qu'il tombe vraiment amoureux. Mais pourquoi gâcher par les sentiments, nécessairement volatils, une relation hédoniste où chacun d'eux trouve son compte ? Parfois, Deborah vient retrouver Louis dans son bureau du quai de France, à l'heure où les employés vont déjeuner à la cantine qu'il a fait installer au sous-sol, et ils s'aiment avec d'autant plus de fougue que le temps leur est compté et qu'ils peuvent être surpris à tout moment.

— Tu as l'air particulièrement de bonne humeur, constate Deborah de sa voix sensuelle de mezzo en reposant son verre.

— J'ai réalisé une belle opération ce matin, répond Louis. Je viens de racheter une petite usine métallurgique à un Hollandais qui rentre au pays. Et encore une fois, j'ai coiffé les plus gros au poteau.

— Tu vas faire des jaloux, Louis, si tu continues à investir à tour de bras. La Compagnie du Yangzi fait de plus en plus d'ombre aux grandes compagnies anglaises et américaines.

— C'est ce qu'on dit ou ce que toi tu penses ?

— C'est ce qu'on dit quand on parle de ta réussite. Elle est saluée, on apprécie ton caractère entreprenant, mais j'ai plusieurs fois surpris des commentaires peu amènes sur ton activisme financier. J'ai même entendu parler de boulimie. Tu devrais te retenir de trop marcher sur les plates-bandes de nos grands tycoons. Ce sont des fauves et ils deviennent féroces quand un étranger vient chasser sur leurs territoires.

— Je le sais. Je ne les aime pas. Ils sont si cupides qu'ils en oublient toute humanité. Pourquoi crois-tu qu'ils médisent sur mon compte ? Parce qu'ils réprouvent la façon, trop douce m'ont-ils affirmé, dont je traite mes employés chinois ! Selon eux, je les paierais trop et leur accorderais trop d'avantages. Et, à cause de moi, les ouvriers commenceraient à avoir des idées dangereuses !

— Et c'est vrai ? questionne Deborah.

— Ce n'est pas faux, je l'avoue. J'estime qu'on a trop exploité ces pauvres gens et que leur offrir des salaires corrects et des conditions de travail convenables est du devoir d'un patron. Les choses doivent changer dans ce pays si l'on veut y rester. Sinon, tôt ou tard, les Chinois se révolteront et ils nous chasseront après nous avoir tout pris.

— Ils sont trop attardés pour y parvenir et toi, tu me donnes l'impression de jouer un peu trop avec le feu. Je me trompe ? demande Deborah.

Il rit, prend sa main et l'entraîne à nouveau vers l'alcôve.

— Non. Surtout quand c'est avec toi !

*

Le grand mérite de ces après-midi libertins est de lui laisser l'esprit particulièrement clair. Comme si assouvir ses désirs et se laisser aller aux embrasements offerts par Deborah lui procuraient, au-delà du plaisir, une vision plus exacte des choses, des enjeux, des risques et des décisions à prendre. Ce soir-là, après que Deborah a quitté son house-boat pour rejoindre son mari, il ne rentre pas directement rue Discry mais, après avoir allumé une cigarette, remonte à pied le canal du Yangjingbang, fredonnant un air qu'il a entendu la veille chez Jean Rémusat, le fils du fondateur de la Société philharmonique de Shanghai, qui organise régulièrement des concerts chez lui. Au bout d'un quart d'heure, il monte dans un rickshaw et se fait conduire au bout de la concession, dans les faubourgs de la ville chinoise, à l'entrée d'une ruelle sombre qui s'ouvre entre deux vieilles maisons.

La nuit est tombée et seuls quelques lumignons accrochés ici et là lui permettent de ne pas s'égarer dans ce dédale. D'autres que lui n'oseraient pas s'aventurer dans des lieux que l'obscurité rend si inquiétants, mais Louis sait qu'il ne risque rien. Ici aussi, il est chez lui. Ce que seuls quelques Chinois savent. Deux cents mètres plus loin, une porte où les caractères *Zheng Yi*, « justice », sont dessinés, il frappe discrètement trois coups espacés puis trois rapprochés, on lui ouvre et il entre dans une petite pièce pauvrement éclairée par trois lanternes de papier.

Autour d'une table, une dizaine de Chinois se lèvent et le saluent d'un seul mouvement.

— Nous ne vous avons pas attendu pour commencer notre réunion, monsieur Lu Yi, dit l'homme qui lui fait face, debout au centre de la table.

Louis se contente d'approuver de la tête – Lu Yi est le prénom chinois qu'ils lui donnent – et va s'asseoir à un bout de la table, entre deux jeunes ouvriers reconnaissables à leurs vêtements, qui se poussent pour lui faire de la place. L'un d'eux est nouveau et il lui sourit en signe de bienvenue. Depuis un an qu'il participe aux réunions clandestines de l'Association des étudiants socialistes, Louis a vu le nombre des adhérents s'étoffer. Au début, ils n'étaient qu'une demi-douzaine, aujourd'hui leur effectif se monte à plus de cent. Ni lui ni celui qui l'a sollicité pour financer son mouvement n'auraient pu imaginer ce succès. Un soir de novembre, un homme a demandé à le voir juste avant la fermeture du siège de la Compagnie du Yangzi. Alors qu'il entrait dans son bureau, Louis mit quelques secondes pour reconnaître l'homme qui, dix ans plus tôt, l'avait remercié d'avoir empêché un malheureux coolie de se faire rosser jusqu'à la mort par un Anglais particulièrement brutal.

— Je m'appelle Lao Sun, expliqua-t-il. Vous avez sauvé l'un des nôtres, autrefois, vous vous en souvenez ? Vous pouvez aujourd'hui en sauver beaucoup plus.

— Comment ? demanda Louis.

— Vous êtes riche, vous dirigez une importante société, vous devez nous aider à faire en sorte que les ouvriers chinois ne soient plus traités comme du bétail.

— Qui ça, nous ? questionna Louis.

— Un groupe de gens qui veulent moderniser la Chine.

— Qui sont-ils, ces gens ?

Lao Sun se rembrunit puis expliqua qu'il était mandaté

uniquement pour le contacter et qu'il ne pouvait pas dire de qui il s'agissait puisqu'il ne connaissait qu'un seul d'entre eux, un fonctionnaire impérial.

— Vous êtes un agitateur ? demanda Louis. Cela me convient très bien aussi. Mais pourquoi m'avoir choisi moi ?

— Parce que vous traitez bien vos ouvriers et que vous pourriez nous donner aussi bien des idées que de l'argent.

Louis accepta sans hésiter.

Depuis, il aide le groupe à s'organiser et à agir avec méthode. Cela l'amuse beaucoup de jouer en secret les activistes, mais il ne le ferait pas avec autant de plaisir s'il ne croyait pas que son idéal lui commande effectivement de faire évoluer la société de Shanghai, de la rendre moins dure pour les centaines de milliers d'ouvriers, de coolies, de travailleurs exploités dans ses usines, moins soumise aveuglément au capital de quelques prédateurs qui se comportent comme des flibustiers plus que comme des entrepreneurs dignes de ce nom. Après les Lawson, les Dent et les Cunningham des années 1860, Shanghai attire depuis cinq ou six ans une nouvelle génération d'hommes d'affaires venus d'Amérique ou d'Angleterre qui cherchent à faire fortune le plus rapidement possible sans se préoccuper de leur main-d'œuvre payée une misère. Et ceux-là, Louis a décidé de ne plus les laisser faire.

— Nous n'arriverons à rien si nous n'aidons pas les ouvriers à créer un syndicat, affirme-t-il lorsque vient son tour de prendre la parole.

— Les ouvriers ne vous aiment pas, vous autres les étudiants, intervient aussitôt son voisin de droite. Vous êtes des enfants de riches, vous n'avez pas besoin de travailler pour vivre. Vous ne connaissez rien à la condition ouvrière. Alors, nous n'avons pas besoin de vous. Le seul à pouvoir nous aider est M. Lu Yi parce qu'il connaît la valeur du travail.

— Il ne suffit pas de connaître la valeur du travail pour créer un syndicat et se lancer dans la lutte, tempère Louis. L'audace et l'imagination des étudiants sont nécessaires si vous, les ouvriers, voulez vous organiser, formuler des revendications, coordonner vos actions et propager vos idées. Je le constate tous les jours, vous êtes si épuisés par le travail que vous n'avez même plus la force de vous mettre d'accord sur vos exigences. Les étudiants sont moins fatigués. Acceptez qu'ils vous aident, ne les rejetez pas. Eux aussi, ils ont envie que les choses changent et que ce pays, votre pays, mon pays, sorte enfin de l'immobilisme.

Lao Sun approuve ostensiblement de la tête pour que tous, autour de la table, constatent qu'il est d'accord avec M. Lu Yi, puis il reprend la parole. Avec autorité, il détaille les différentes phases de la création du syndicat qui doit regrouper les ouvriers de cinq usines métallurgiques de Shanghai. En l'écoutant motiver ses troupes et affecter chacun à une tâche précise, Louis se dit qu'il a eu raison de suivre cet homme, de lui donner des fonds, de basculer une fois par semaine avec lui dans cette vie clandestine, là où personne ne le connaît, là où il peut être enfin lui-même et non l'héritier d'un vaste empire commercial et financier. Un Chinois comme un autre, presque, aussi anonyme que celui qu'il a été quand il a voyagé pendant un an, seul, au cœur de l'empire du Milieu. Quand il a compris qu'il était aussi chinois que les vrais Hans, que son pays était ici et que le sort de ces millions d'êtres humains qui vivaient dans des conditions misérables ne lui était plus supportable. Depuis longtemps, il pense qu'il a une dette envers eux, qu'il doit leur rendre une part de ce que la Chine lui a donné à lui et aux Esparnac.

Son amour pour ce pays l'y oblige. Son père prenait

tous les risques sur le Yangzi, lui, il les prendra en rejoignant, sans que personne le sache, l'autre grand fleuve vivant, celui des hommes, des exploités, des travailleurs, des moins-que-rien, la cohorte sans nom ni nombre de tous ceux qui sont juste bons à trimer pour vivre et qui n'ont qu'à crever s'ils se révoltent. Il veut leur donner un nom, une dignité, un espoir, et supprimer de leurs yeux cette résignation d'animaux promis à l'abattoir. Son père aurait été fier de lui, il le sait. Il aurait beaucoup aimé, lui aussi, cette forme d'activisme qui consiste à agir en secret, lui, le patron d'une des grandes sociétés de la ville, dans le camp des ouvriers. À mettre secrètement sa fortune à la disposition de leur cause. Une folie, sans doute, mais qui le distrait. Patron d'une quinzaine d'entreprises toutes contrôlées par la Compagnie du Yangzi, il est aussi heureux de l'autre côté, celui des ouvriers, cédant à la tentation d'avoir une double vie. Avoir une face ignorée de ceux qu'il fréquente toute la journée et qui n'imagineraient pas une seconde qu'il passe une soirée par semaine avec des ouvriers syndicalistes le stimule beaucoup. Après tout, y a-t-il un meilleur moyen de savoir ce qu'ils veulent ?

Ce drôle de jeu l'amuse mais, comme pour sa liaison avec Deborah, il lui arrive de se demander, dans des moments de lucidité, où tout cela le mène. Car à voir parfois le visage soudain dur de Lao Sun et de ses camarades, à entendre leurs paroles véhémentes et pleines de rancœur, Louis se dit qu'il s'est associé à un groupe qui peut, du jour au lendemain, basculer dans la violence sans qu'il soit capable de le maîtriser. Ce jour-là, que fera-t-il ? Il suivra son instinct. Comme son père.

33.

— Mais pourquoi donc ai-je des enfants aussi butés l'un que l'autre ? s'écrie Olympe en rentrant dans le petit salon du Trianon où Patrick lit le *North China Daily News.*

— Que se passe-t-il encore ? questionne-t-il en reposant le journal.

Il avait eu l'idée d'aller le lire au Shanghai Club, mais la chaleur l'a dissuadé de quitter la fraîcheur relative du petit salon aéré par les fenêtres ouvrant sur le parc et par le gros ventilateur dont les pales de bois tournent silencieusement au plafond.

— Louis et Laure ont encore trouvé le moyen de se disputer !

— Et pour quoi cette fois-ci ?

Olympe se laisse tomber sur le canapé et ramène en arrière une mèche de cheveux qui s'est échappée de son chignon. Patrick est encore plus ému par ce geste si féminin depuis que cette mèche rebelle a blanchi.

— À cause de l'amant de Laure. Cet officier de marine qui travaille au consulat du Japon. Évidemment, Louis n'a pas trouvé mieux que de le prendre en grippe, mais il a refusé de me dire pourquoi.

— Il est pourtant gentil ce Yoshida. J'ai l'impression

qu'il ne ferait pas de mal à une mouche. Entre nous, je me demande ce que ta fille lui trouve.

— Je l'ignore. Je sais seulement que Louis ne peut pas le supporter et qu'il refuse de voir sa sœur tant qu'elle sera avec lui.

— Cela ne va pas faciliter la vie de famille, plaisante Patrick.

Olympe éclate de rire. L'humour de son Américain a toujours le don de la détendre. Au fil des années, il s'est révélé le parfait compagnon qu'elle espérait et sa nouvelle vie est aussi douce que possible. Il y a un temps pour les aventures et les frayeurs, et un temps pour goûter l'existence dans ce qu'elle a de plus simple et de plus immédiat, se dit-elle les jours où il lui arrive de regretter ses voyages aventureux sur le Yangzi. Et la mort à laquelle ils ont échappé à Pékin l'a confortée dans cette idée qu'elle n'a plus l'âge des fantaisies. Patrick lui propose depuis longtemps de l'emmener de l'autre côté du Pacifique, à San Francisco et en Californie, mais elle n'a aucune envie d'entreprendre une traversée aussi longue. Elle veut se reposer tout son soûl. La fatigue qui la saisit parfois sans prévenir est le signe que, pendant des années, elle a tout assumé, tout accepté, tout enduré et que son corps réclame la paix. Désormais, elle prend le temps de le soigner. Si le vieux docteur Wang Qiang est mort depuis longtemps, un de ses disciples a pris sa succession et Olympe le fait venir toutes les semaines pour qu'il lui fortifie son *qi* grâce à ses fines aiguilles d'or et d'argent.

— De toute façon, on ne voit plus beaucoup Laure depuis qu'elle s'est installée chez son Japonais, dit-elle. Et elle ne vient quasiment plus au déjeuner du dimanche. Louis non plus, d'ailleurs.

Patrick est le premier à le regretter. Il s'est beaucoup attaché aux enfants d'Olympe, Laure en particulier, dont il est devenu le confident quand Marc l'a quittée pour les États-Unis.

— Laure m'a avoué que son frère n'aimait pas les Japonais, explique-t-il. D'après elle, il les trouve raides et trop méprisants à l'égard des Chinois qu'ils jugent décadents et attardés. Louis n'a pas tout à fait tort. J'ai vu aujourd'hui un Japonais s'en prendre à son rickshaw et le traiter plus bas que terre. J'avais honte pour lui. Laure m'a dit aussi qu'il leur reproche de traiter leurs ouvriers chinois aussi mal que les Anglais, quand ce n'est pas pire.

— Louis est très proche de nos employés. Depuis qu'il est patron, il a tenu à les rencontrer tous. Y compris les ouvriers des filatures, des usines de moteurs et du chantier naval. Sans parler de ceux des chantiers de construction. Ils ont dû évoquer les conditions de travail dans les usines japonaises. D'après ce que je sais, ils sont plutôt durs, effectivement, mais de là à se fâcher avec sa sœur… Je le trouve un peu trop rigide, notre Louis. Je me demande si ses succès à la tête de la Compagnie ne le grisent pas et s'il ne devient pas aussi exigeant avec les autres qu'il l'est avec lui-même.

*

Sur le Bund, le Club allemand n'a rien à envier au Shanghai Club. Les Shanghailanders allemands, de plus en plus nombreux, parlent de le reconstruire pour qu'il reflète mieux la puissance économique de l'Allemagne, mais, en attendant, il reste l'un des endroits où il faut être vu si l'on veut faire des affaires ou savoir ce qui se dit en ville. Le Petit Cercle, fondé par des Français, est trop excentré et manque de raffinement pour prétendre devenir un lieu de rendez-vous, même si les dames ne se privent pas de s'y montrer. À la différence du Shanghai Club, le

Club allemand accepte les femmes, et Laure le fréquente régulièrement seule ou avec Yoshida quand il lui demande de nouer une relation avec un journaliste bien informé ou le directeur d'une entreprise qui l'intéresse.

Lorsqu'elle a décidé de vivre avec son amant japonais, Laure s'est sentie libérée. Pour la première fois, elle décidait elle-même de son sort. Sa passion pour Yoshida lui donne toutes les audaces, mais susciter la réprobation de la communauté française bien pensante qui se scandalise de la voir vivre hors mariage avec un homme, étranger de surcroît, est celle qui la réjouit le plus. Ailleurs, on reconnaît que la fille Esparnac a hérité du caractère aventureux de son père et on lui en fait compliment à chaque occasion, non sans s'étonner que seul un petit Japonais ait réussi à la conquérir. « Il est peut-être moins grand que vous, mais il ne manque pas de tempérament, mon cher », réplique-t-elle avec un clin d'œil qui laisse généralement pantois son interlocuteur.

— Vous savez, les Asiatiques ont beaucoup plus de qualités qu'on ne l'imagine, dit-elle avec un rien de provocation à Henry E. Morris, un Anglais catholique qui vient de racheter le *North China Daily News.*

Le Club allemand a organisé ce soir-là un cocktail en l'honneur du nouveau patron du premier quotidien de la ville, ce qui a beaucoup déplu aux grands taipans protestants qui craignent qu'il n'en fasse un journal papiste. Yoshida a demandé à Laure de l'approcher. L'homme figure parmi les mieux informés de l'international settlement. Non seulement, il bénéficie de tout un réseau d'informateurs britanniques, à Shanghai même, à Hong Kong, Canton, Nankin ou Qingdao, mais il entretient également un nombre indéterminé de sources chinoises, officielles ou non, qui lui communiquent des informations de première main avant ses concurrents. Sans parler de ses journalistes. Pour Yoshida, Morris est une cible prioritaire et il a chargé Laure de déployer tout son charme pour s'en faire un ami proche et lui soutirer toutes les informations possibles sur la politique chinoise.

— À voir votre teint de rose, je n'en doute pas, répond l'Anglais avec un regard appuyé sur le décolleté de Laure. Dommage qu'il soit le seul à vous réussir autant.

Toute autre femme que Laure aurait tourné les talons en le traitant de mufle, Laure, elle, amusée par l'audace de Morris, rit sans retenue et pose délicatement sa main sur son bras.

— Mais qui vous dit le contraire, très cher ? fait-elle, mutine.

Elle adore ce genre de badinage qui laisse entendre à ses interlocuteurs tout ce qu'ils espèrent. Généralement, ils lui proposent aussitôt un rendez-vous galant pour le lendemain, voire le soir même dans un endroit discret. Depuis qu'elle s'amuse à séduire les hommes pour le compte de Yoshida, elle ne cesse de s'étonner de la facilité avec laquelle les Shanghailanders sont prêts à tromper leur femme dès qu'une occasion se présente. Leur fidélité n'est que de façade et, dès qu'ils le peuvent, ils se rendent discrètement dans une des innombrables maisons closes de la concession française ou une fumerie de Fuzhou Road pour passer un moment avec une prostituée chinoise. Et quand une Européenne aussi spectaculaire et de tempérament aussi libre que Laure leur montre de l'intérêt, ils sont prêts à toutes les folies. Comme elle l'a prévu, Morris ne résiste pas plus longtemps que les autres.

— Accepteriez-vous de dîner avec moi après que nous nous serons échappés de cette réception mortelle ?

— Ce ne serait pas très convenable vis-à-vis des Allemands, tempère Laure.

— Les Allemands sont des balourds, ils n'ont que ce

qu'ils méritent. Venez, ordonne-t-il en prenant son bras avec l'autorité de celui à qui l'on ne résiste pas.

*

— Tu peux être fière de moi ! s'écrie Laure en se précipitant dans les bras d'Ichirô.

Il est minuit passé quand il lui ouvre la porte de son appartement du Petit Tokyo.

— Je suis fier de toi depuis le début, Laure, dit-il.

— Morris me mange dans la main et m'a raconté tout ce que je voulais savoir. C'est un homme charmant, en vérité, même s'il ne rêve que de me mettre dans son lit.

— Comme tous ceux qui te croisent.

Elle le sait. Son incroyable pouvoir sur les hommes l'enchante et l'inquiète à la fois. Avec Ichirô, les choses sont différentes, elle l'aime. Mais avec ceux qu'il lui demande de rencontrer, c'est toujours le même constat : elle pourrait les emmener à l'autre bout du monde si elle le voulait. « Par quel mystère parvenez-vous à être une brune ténébreuse aussi solaire ? s'est exclamé un jour le consul britannique. Vous êtes un redoutable oxymore vivant ! » C'est une des rares fois où elle a rougi après un compliment. Elle sait que ses yeux très noirs, ses cheveux aile de corbeau, sa taille inhabituelle chez les femmes de Shanghai, sa démarche de reine fascinent d'autant plus les hommes que sa réputation de femme libre la précède de façon flatteuse.

— Et qu'as-tu appris ? questionne Ichirô en commençant à la déshabiller.

Laure adore mélanger préliminaires amoureux et compte rendu de mission, et le laisse déboutonner sa robe.

— Cela t'intéressera peut-être que j'aie résisté vaillamment à ses diverses tentatives de m'emmener finir la soirée dans son lit. Nous nous sommes contentés de partager un dîner, délicieux par ailleurs, chez Dufresne, mais je crains qu'il n'insiste beaucoup pour parvenir à ses fins.

— Il finira par se lasser. Tout dépend de toi.

— Et de toi aussi, ne fais pas semblant de l'ignorer, Ichirô. Plus important : Morris m'a confirmé deux choses. D'une part, des mouvements ouvriers se mettent en place dans les usines contrôlées par les Américains et les Anglais, mais pas dans celles qui appartiennent à des entreprises chinoises.

— Très intéressant. Cela pourrait signifier que la vieille impératrice n'a pas renoncé à chasser les étrangers de Chine et qu'elle pourrait susciter un nouveau moyen, des révoltes ouvrières par exemple comme en Europe, pour prendre sa revanche contre les puissances. Quoi d'autre ?

— L'Empire russe s'alarmerait des ambitions territoriales du Japon en Mandchourie. Il considère que cette région fait partie de sa zone d'influence et soupçonne ton pays de s'y intéresser de trop près.

— Et qui lui a dit cela ?

— Le correspondant de son journal à Vladivostok, qui le tient lui-même d'un haut responsable russe. Il lui a envoyé une dépêche à ce propos, mais Morris ne l'a pas trouvée assez nourrie pour la publier. J'ai abondé dans son sens.

— Bravo, Laure. C'est une information de première importance.

— Merci, dit Laure en poussant son amant sur le lit et en pesant sur lui de tout son corps. Mais rappelle-toi une chose, Ichirô : je fais tout cela pour toi, pas pour le Japon. Ne l'oublie jamais.

34.

Le consul de France Émile Ratard a le visage des jours mauvais et des heures d'inquiétude. Il a convoqué en urgence tout le conseil municipal ainsi que les figures les plus importantes de la concession française. À l'intérieur du consulat, poêles et cheminées chauffent autant que possible les pièces de réception et les bureaux que le vent glacial du Huangpu vient fouetter par bourrasques. Ces jours de décembre 1905 sont les plus froids qu'on ait connus à Shanghai depuis longtemps et personne ne refuse la tasse de thé brûlant proposée par les domestiques. Émile Ratard parle d'une voix qui se veut ferme mais chacun devine sa préoccupation devant la tournure qu'ont pris les événements de la veille.

— L'émeute a éclaté hier quand les habitants de la ville fortifiée ont voulu libérer les Chinoises qui venaient d'être jetées en prison sur ordre du tribunal mixte, explique-t-il. Comme nos policiers refusaient de les relâcher, ils sont entrés de force, ont sorti les femmes des cellules et ont mis le feu au poste de police ! Vous savez combien il est difficile de résister à une foule chinoise en colère si l'on ne dispose pas d'une troupe bien équipée. Et ce n'est pas le cas de nos braves policiers.

— Ils n'y sont pour rien, la faute en incombe seulement au tribunal, intervient le président du conseil municipal. C'est une ânerie sans nom d'avoir envoyé ces femmes en prison pour des peccadilles !

— J'en conviens, mais on ne peut pas revenir en arrière, reprend le consul, agacé. Maintenant, tous ces gens s'en prennent à nous et nous menacent très sérieusement. Plusieurs familles ont été agressées et comme si cela ne suffisait pas, tous les commerçants chinois de la ville ont baissé leur rideau ! Autrement dit, la vie s'est arrêtée et nous manquerons bientôt de produits alimentaires si la situation s'envenime. Je voulais donc vous informer que je vais devoir prendre des mesures drastiques pour assurer notre approvisionnement.

— Avons-nous des réserves, monsieur le consul ? questionne Olympe.

— Oui et le Taotai m'a assuré que nous pouvions compter sur son aide. Je n'en crois évidemment pas un mot. Et j'en viens au motif essentiel de cette réunion : nous ne pouvons plus compter sur les autorités chinoises. En un an, les responsables administratifs de la ville chinoise et de la province ont beaucoup changé, vous vous en êtes sans doute rendu compte vous-même. Nous ne pouvons plus leur faire confiance. Autant, après l'échec des Boxers il y a cinq ans, les mandarins acceptaient nos demandes après quelques contorsions de façade, autant ils se veulent désormais intraitables. Nous n'obtenons plus rien d'eux et toutes nos démarches, les miennes comme celles de mes homologues européens, restent vaines. C'est nouveau et cela signifie que nous devons nous montrer de plus en plus prudents dans nos rapports avec l'administration chinoise comme avec la population locale. Quand je parle de prudence, ce n'est pas une figure de style. Soyez sur vos gardes : les réactions de la foule chinoise sont incontrôlables.

Un silence lourd comme un impalpable voile de plomb fait courber les têtes. Personne n'ose imaginer ce qui pourrait se passer si les émeutes d'aujourd'hui empiraient. Il traduit mieux que tous les discours l'inquiétude générale et le consul observe bien que, durant ces quelques secondes de mutisme, chacun tente d'évaluer ses pertes et les risques qu'il court. La voix d'Olympe, seule femme conviée à participer à la réunion, s'élève soudain, posée et bien timbrée comme une musique qu'on aurait oubliée trop vite.

— Si vous permettez, monsieur le consul, j'aimerais vous faire part de mon sentiment sur cette affaire.

Autour de la table, chacun est soulagé de la voir prendre la parole. Tout le monde la connaît et personne n'ignore que les relations entre sa famille et le représentant de la République française sont des plus fraîches. Mais la Compagnie du Yangzi pèse d'un poids trop considérable dans l'économie de la concession pour être négligée et les avis d'Olympe sont le plus souvent accueillis avec gratitude. Depuis trente-cinq ans qu'elle vit ici, son expérience de la vie et des réalités chinoises ont permis d'éviter bien des quiproquos entre les consuls successifs et le Taotai. Personne mieux qu'elle n'est capable de comprendre ce que signifient réellement certaines de ses exigences ou ce que masquent à l'inverse certains de ses accommodements.

— Je vous en prie, madame Esparnac, c'est toujours un plaisir de vous écouter, dit le consul d'une voix un peu aigre.

— Tout ce qui arrive devait se produire, c'était inéluctable. Nous avons changé de siècle mais nous ne l'avons pas encore vraiment compris. Les Chinois aussi ont changé de siècle et pour eux cela signifie beaucoup plus que pour nous.

— Je ne saisis pas bien ce que vous voulez dire, madame Esparnac, interrompt le consul.

— J'y viens. Personne ici n'ignore que les Japonais ont gagné la guerre contre les Russes, n'est-ce pas ? Mais avez-vous pris conscience des conséquences de cette victoire pour les Chinois ? Pour la première fois dans l'histoire, un peuple non européen a vaincu un peuple blanc. Et ce peuple est asiatique. Grâce aux Japonais, les Chinois ont retrouvé une certaine fierté, ils ont compris que les Blancs n'étaient plus invincibles et que des « Jaunes » pouvaient les vaincre. Aujourd'hui, les vainqueurs sont les Japonais, demain les Chinois voudront montrer de quoi, eux aussi, ils sont capables. La révolte des Boxers a été une première alerte et, même s'ils l'ont payée très cher, ils recommenceront. Ce qui se passe à Shanghai aujourd'hui est un avant-goût de ce qui nous attend dans un avenir plus ou moins proche. Nous les avons humiliés trop longtemps pour qu'ils n'aient pas envie de se venger et de nous chasser dès qu'ils le pourront.

— Je vous trouve bien pessimiste, madame Esparnac, intervient le représentant de la Banque d'Indochine. Et je ne partage pas du tout votre sentiment. Les Chinois ont besoin de nous et il n'est pas vrai que nous les humilions, en tout cas pas ici. Mais qui pourrait nier que nous les surpassons dans tous les domaines et qu'il est normal que nous tirions un certain profit de cette supériorité.

— Elle n'aura qu'un temps, monsieur, répond calmement Olympe. Leur supériorité, à eux, est numérique et, quand ils auront pris conscience de la puissance que représentent leurs centaines de millions de travailleurs et de leur habileté à fabriquer à bon marché ce que nous produisons très cher, nous ne pèserons plus lourd.

— Je partage le point de vue de madame Esparnac, dit le consul. Depuis quelque temps, mes interlocuteurs me font comprendre à demi-mot que la Chine est aux Chinois et certainement pas aux Européens ni aux Américains. Que notre présence sur leur sol n'est qu'un accident de leur histoire bimillénaire. Ils ne voudront plus de nous, un jour, c'est inévitable. Et notre influence sur cette partie du monde est donc condamnée à décliner, j'en ai peur.

— Parce qu'elle sera remplacée par celle des Japonais ? demande quelqu'un

— Sans doute. Leur présence devient très envahissante. Mais c'est surtout la façon dont les Japonais ont mené leur modernisation qui est un modèle pour les jeunes Chinois, en particulier ceux qui sont allés étudier dans les universités nippones.

Autour de la table, on s'agite, on murmure, on proteste, on grogne ; tout le monde refuse de remettre en question le statut des Blancs, leur business, cette vie princière que l'on vit ici dès que l'on a quelques moyens, ce bout de monde qui leur appartient et où l'on peut faire à peu près ce que l'on veut.

— C'est bien gentil de nous prévenir de ce qui va se passer dans un, dix ou cinquante ans, mais en attendant que faisons-nous, monsieur le consul ? questionne Frachon, le président de l'Association des patrons français. C'est bientôt Noël et il serait désastreux pour nos finances de perdre une part de notre chiffre d'affaires à cause de la grève des commerçants chinois ! Faites quelque chose ! Envoyez la troupe pour calmer ces enragés.

On approuve ici et là. Le spectacle des policiers sikhs dans la concession anglaise, impressionnants sous leurs turbans, et des gendarmes annamites en chapeau de paille conique de la partie française n'est qu'à moitié rassurant. On veut du soldat, des troupes de marines, du solide. La voix d'Olympe s'élève au milieu du brouhaha.

— Monsieur Frachon, je vous interdis de dire que ces

Chinois sont des enragés ! s'écrie-t-elle en le fustigeant du regard.

— Ah, bon ? Alors pourquoi venez-vous de nous expliquer qu'ils ne pensent qu'à nous chasser, hein ?

— Ce n'est pas parce qu'ils veulent nous chasser qu'ils sont enragés !

— Je crains que vous ne vous trompiez, madame. Dans ce pays, il ne suffit pas d'avoir une belle âme, comme la vôtre, il faut aussi avoir la main ferme et savoir s'imposer. Ces gens-là ne connaissent que la force. Il ne faut pas hésiter à l'utiliser, conclut Frachon en se tournant vers le consul.

Olympe se lève brusquement, repousse sa chaise et se dirige vers la porte.

— Je n'ai plus rien à faire autour cette table, monsieur le consul, dit-elle d'une voix à peine moins sereine que d'ordinaire. En tout cas, tant qu'il y aura des gens qui continueront de se croire ici en pays conquis. Et ne comptez pas sur moi pour jouer les intermédiaires, comme vous me l'avez demandé dans le passé !

Catastrophés, le consul et le président du conseil municipal tentent de la retenir mais sans succès. Perdre l'appui discret de la Compagnie du Yangzi dans les négociations avec le Taotai ne va pas faciliter la résolution de la crise.

*

Quand elle arrive chez les Liu, Olympe est encore furieuse de s'être laissé entraîner dans cette réunion qui n'a servi à rien mais lui a montré, une fois de plus, que ses compatriotes – mais le sont-ils encore ? – ignorent tout des mouvements intellectuels et réformateurs qui secouent la Chine, particulièrement Shanghai, et des réalités chinoises.

— Tu as l'air énervée, constate Marie-Thérèse. Viens dans le salon, Joseph y lit son journal. Que penses-tu de mes nouveaux rideaux ? Ils changent tout, non ?

— Ils sont parfaits, répond Olympe qui, à vrai dire, n'a rien remarqué. Bonsoir Joseph. Il faut absolument que je vous voie.

Depuis quelque temps, Joseph se ménage : il rentre plus tôt chez lui, passe moins de temps au siège de la Compagnie. Pourtant, chaque fois qu'elle le revoit, elle le trouve un peu plus soucieux. Sa belle sérénité d'autrefois a fait place à une sourde préoccupation dont elle ne parvient pas à connaître l'origine. Même Marie-Thérèse ignore ce qui le tracasse. Est-ce la conscience de l'âge, la peur de la maladie et de la dégénérescence ? ou son inquiétude récurrente pour Marc, toujours aux États-Unis, et que les succès là-bas éloignent chaque jour un peu plus de sa patrie au risque de l'oublier ? Est-ce encore l'état de décrépitude de la cour impériale de Pékin et l'avenir de son pays ? Nul ne le sait puisqu'il ne se confie à personne.

Joseph lève les yeux de son journal, sourit à Olympe et se redresse avec quelque difficulté pour l'embrasser. Une fois de plus, elle note la fragilité de son regard derrière ses lunettes et s'assied près de lui en gardant sa main dans la sienne.

— Joseph, dit-elle. Je sais que vous avez beaucoup de pouvoir auprès du Taotai. Usez-en dès demain pour essayer de mettre un terme à cette stupide grève des commerçants et surtout à ces intimidations contre les étrangers. Les Français réclament déjà au consul d'envoyer la troupe et si l'on veut éviter un massacre…

— J'essaierai, répond Joseph d'une voix mal assurée. Mais vous savez, même le Taotai n'a pas le pouvoir de canaliser la foule, et moi encore moins.

— Je n'en crois rien, Joseph. Je vis depuis trop longtemps ici pour ignorer que les mouvements de foule chez vous sont rarement spontanés. Ils répondent tous à des ordres précis. N'oubliez pas que j'ai vu de près la révolte des Boxers dont il ne fait aucun doute qu'elle était manipulée par l'impératrice et son gouvernement bien qu'ils aient affirmé le contraire. La duplicité est un art en Chine, je l'ai appris à mes dépens.

Joseph a son petit rire étouffé qu'il masque de la main.

— Je sais depuis longtemps que l'on ne peut rien vous cacher, chère Olympe, répond-il. Mais en l'occurrence, croyez-moi, il s'agit d'un mouvement spontané qui montre surtout que mes compatriotes refusent d'être jugés par des étrangers et qu'ils souhaitent leur départ.

— Même de gens comme nous ? interroge Olympe, étonnée.

— Je le crains, oui. Et je pourrai difficilement m'y opposer.

Olympe le regarde, désagréablement surprise. Lui qui a toujours soutenu les Esparnac, c'est la première fois qu'il semble prendre ses distances. « Malgré tout ce que nous faisons pour eux ? », est-elle à deux doigts de lui demander, mais elle se contient et c'est Marie-Thérèse qui s'indigne.

— Que dis-tu, Joseph ? s'écrie-t-elle. Comment oses-tu prétendre que nous ne pourrons pas empêcher cette populace de chasser Olympe, Patrick O'Neill et les enfants ? C'est indigne de toi. Jusqu'au bout, tu m'entends, je m'y opposerai et il faudra qu'ils me passent d'abord sur le corps !

Joseph est à la torture. Comment révéler à sa femme et à leur vieille amie qu'il est à la tête d'une des plus puissantes sociétés secrètes de l'empire du Milieu, que celle-ci soutient Sun Yat-sen, cet agitateur politique qui fait de plus en plus parler de lui et qui veut établir un État fédéral dans le sud de la Chine, renverser le trône impérial et fonder une république ? Ou que ce même Sun Yat-sen est en négociation secrète avec le gouvernement français pour que celui-ci lui fournisse des armes et le soutienne politiquement ? Ou encore que les événements des deux derniers jours à Shanghai ne sont qu'un avant-goût de ce qui va se passer bientôt à une plus grande échelle dans les grandes villes du Sud ?

35.

Sur le Bund, devant le Shanghai Club, la Delaunay fait sensation. Des dizaines d'Européens et de Chinois s'agglutinent autour d'elle pour admirer ce curieux carrosse en métal à quatre roues qui relâche de la fumée par un tuyau à l'arrière. Louis Esparnac est le premier Français de Shanghai à posséder une automobile. On en a bien vu quelques-unes, venues d'Angleterre ou d'Amérique, une Rolls-Royce, une Studebaker et une Cadillac, mais celle-ci provoque l'attroupement avec son capot cylindrique et son radiateur rond, ses deux grosses lanternes en laiton fixées à l'avant, de chaque côté du capot du moteur. Installé sur les épais sièges en cuir façon Chesterfield, Louis explique le fonctionnement du moteur et celui du long manche fixé sur le châssis qui commande les vitesses. Autour de lui, certains ont du mal à imaginer qu'un homme seul parvienne à diriger un engin aussi imposant par le seul moyen d'un volant de bois.

Il a réceptionné la Delaunay quelques jours plus tôt, et la débarquer sur le quai des entrepôts fut bien plus complexe que de décharger des ballots de soie ou même des machines-outils, souvent en pièces détachées. La Delaunay était partie entière, elle devait être livrée entière et sans la moindre éraflure sur sa peinture vernissée vert et noir.

Louis, qui assistait à la manœuvre, a cru un moment qu'elle allait verser dans le Huangpu, mais elle a fini par atterrir sans encombre sur le quai, sous les applaudissements de l'équipage du paquebot des Messageries, des dockers et des coolies amassés pour assister au spectacle. Après quelques débuts difficiles dans la rue Discry, Louis s'est risqué à rouler à faible allure jusqu'au siège de la Compagnie du Yangzi, poursuivi par les enfants qui en oublièrent le chemin de l'école pour escorter ce monstre pétaradant conduit par le résident le plus fameux de la concession. Ce soir-là, Louis n'a pas résisté à inviter son dernier client de la journée, un Américain avec qui il négocie depuis une semaine une importante commande de soie grège, à prendre un verre au Shanghai Club. Le trajet en Delaunay a produit l'effet escompté : l'Américain regarde d'un œil plus sympathique ce jeune Frenchie dont il avait du mal à croire qu'il était un des hommes d'affaires les plus influents de Shanghai.

Louis rêverait de filer ensuite chez les Alexander pour montrer son dernier jouet à Deborah puis de l'enlever pour une folle virée dans les rues des concessions, mais le mari de sa maîtresse risquerait de le prendre très mal. Surtout parce qu'il attend la livraison de sa propre voiture depuis plus de deux mois et que, tel un vieux Chinois aigri, il est en train de perdre la face. Louis se contente donc de raccompagner son client au Palace Hotel, l'hôtel le plus moderne de la ville – qui fit sensation lors de son ouverture, en 1906, sur le Bund, quand les invités découvrirent son ascenseur, le premier mis en service à Shanghai –, puis rentre au Trianon embrasser sa mère. Depuis qu'il s'est installé dans sa propre maison, une jolie demeure d'inspiration basquaise, avec son toit de tuiles, ses volets rouges et sa grande terrasse au nord, route Lafayette, il la voit moins souvent mais ne manque jamais une occasion de lui rendre visite à l'improviste. Il n'ignore pas qu'elle trouve que le Trianon est devenu trop grand pour elle et Patrick, et qu'elle songe parfois à le vendre. Mais pour aller où ? s'interroge-t-elle l'instant d'après. Un coup de trompe, des pneus qui crissent sur le gravier de l'allée qui mène au perron, et Olympe est déjà dehors pour accueillir son fils, suivie de Patrick qui ne se lasse pas d'admirer la Delaunay.

— Tu as mangé ? demande-t-elle, inquiète une fois de plus de constater la minceur de Louis.

— Non, merci, je n'ai pas faim. Je dînerai plus tard, répond-il en la suivant dans la petite salle à manger.

À peine a-t-elle repris place que Louis se met à faire les cent pas autour de la table avant de s'arrêter brusquement et d'affirmer :

— Maman, j'ai décidé que nous allions être les premiers importateurs d'automobiles de Shanghai et de toute la Chine !

Olympe pousse un soupir découragé.

— Depuis que tu as cet engin, tu ne penses qu'à jouer avec. Tu as passé l'âge de t'amuser, Louis, je t'assure.

Louis éclate de rire et va s'asseoir face à elle sur la chaise de Patrick qu'il imagine encore en train de manipuler le volant et les manettes de la Delaunay.

— Maman, j'ai trente ans et je n'ai jamais été aussi sérieux, répond-il en piochant un morceau de poulet dans l'assiette de son beau-père. Il suffit de voir l'enthousiasme suscité par mon engin, comme tu l'appelles, pour deviner que nous aurons très vite des clients désireux d'acheter la même ou d'autres modèles français, anglais ou américains. Et je veux être le premier sur ce nouveau marché.

Olympe pose sa serviette et regarde son fils avec la même indulgence que lorsque, enfant, il lui décrivait les royaumes imaginaires qu'il se construisait dans les arbres du jardin.

— Je dois reconnaître que tu es un excellent patron et que, grâce à toi, la Compagnie du Yangzi n'a jamais été aussi prospère. Tu as fait de bons investissements, tu nous as fait entrer dans des secteurs auxquels ni Joseph ni moi n'avions songé et tu réalises de très jolis bénéfices. Tu as souvent été visionnaire, comme ton père, et je te dis bravo. Mais à force de multiplier les investissements, de nous diversifier comme tu dis, de nous faire passer du commerce fluvial aux moteurs, de l'assurance maritime aux filatures et maintenant à l'importation d'automobiles, nous risquons un jour de ne plus très bien savoir où nous en sommes.

— C'est papa et toi qui avez commencé à vous lancer dans d'autres activités, je te le rappelle. Et l'immobilier de la Compagnie, c'est toi. Tu as fait preuve d'audace, à l'époque, c'est une réussite complète qui nous rapporte beaucoup d'argent. Mais il faut vivre avec son temps. Aujourd'hui arrive celui des automobiles et des transports modernes. Il faut en être.

Olympe est partagée entre sa fierté d'avoir un fils aussi visionnaire et cette sourde inquiétude qui ne la quitte en réalité plus depuis son séjour dramatique à Pékin.

— Je reconnais que tu as raison, dit-elle. Mais le climat des affaires n'est pas bon en ce moment. Il y a des grèves, des mouvements de protestation, des attaques contre nous, les Européens, et Joseph lui-même paraît un peu désorienté par cette évolution. J'ai l'impression que les Chinois vont tout faire pour nous chasser. Ce n'est pas le meilleur moment pour te lancer dans un nouvelle activité. Je crains qu'elle ne soit l'affaire de trop, celle qui ruine tout le reste.

Louis regarde sa mère avec émotion. Et, en l'observant,

il mesure l'ampleur de ses responsabilités mais aussi de son insouciance. Car c'est lui qui décide pour eux tous, Olympe, Laure et Joseph. S'il se trompe de chemin, s'il fait le mauvais choix, ils en subiront les conséquences. Quant aux tensions sociales, il est le mieux placé pour en juger puisqu'il en est l'un des instigateurs depuis qu'il a aidé les ouvriers à créer un syndicat.

— C'est un peu irrationnel comme façon de voir, répond-il. Et si on attendait le meilleur moment pour se lancer, on ne ferait jamais rien. Tu sais mieux que personne combien le business est affaire d'instinct, de pari et que si l'on se pose trop de questions, on n'avance pas. C'est en me fiant à mon instinct que j'ai répondu à la Banque d'Indochine quand elle m'a proposé de devenir l'un des actionnaires de référence de la Compagnie française de tramways qu'ils sont en train de créer : j'ai dit oui sans hésiter.

— Le conseil municipal a enfin accepté de se pencher sur le problème des transports ? Il était temps, les Anglais ont déjà mis en service des trolleybus et ils sont en train de poser les rails de leur première ligne de tramway.

— J'en déduis que tu ne t'opposes pas à ce que la Compagnie du Yangzi prenne une participation dans cette affaire ?

— Au contraire. Shanghai doit être une ville moderne, la plus moderne du pays, l'égale de Londres, de Paris ou de New York. Et si nous voulons que la Chine entre elle aussi dans le XXe siècle, c'est ici, à Shanghai, qu'elle doit commencer. C'est le meilleur moyen de garder les Chinois de notre côté.

— Je me doutais bien que tu serais d'accord avec moi, dit Louis en souriant à sa mère.

Il aime qu'elle se montre toujours aussi engagée pour ce pays, ces Chinois qu'elle aime tant et à qui, elle le répète à chaque occasion, elle doit tout. Lui aussi, il est engagé, différemment sans doute puisque, au lieu d'être un philanthrope comme sa mère avec son orphelinat, il s'est placé du côté des ouvriers. Mais, au fond, ils veulent la même chose tous les deux. Sauf qu'Olympe n'imagine pas une seconde que son fils, par amusement autant que par conviction, est l'un des inspirateurs des grèves.

— Sois prudent, Louis, conseille Olympe tandis qu'il se lève pour lui dire au revoir. Ne fais pas trop de folies, ni avec ta satanée automobile, ni avec notre argent, ni avec les femmes.

— Les femmes ?

— J'ai bien compris que tu ne voulais pas te marier tout de suite mais, à ton âge, tu devrais sérieusement songer à fonder une famille. Cette ville compte quelques rois anglais et un seul roi français, nous, les Esparnac. La dynastie doit continuer, Louis. Sinon, à quoi tout cela aurait-il servi ? Et je voudrais vraiment que tu te réconcilies avec Laure. À mon âge, je ne supporte plus de vous savoir fâchés l'un contre l'autre alors que vous étiez si proches. À cause d'un Japonais, franchement c'est trop bête.

— Tu n'es pas vieille, maman, et je ne peux pas le sentir, ce type, explique Louis.

— Peut-être, mais c'est le choix de ta sœur et tu dois le respecter. Promets-moi d'y réfléchir.

— Je vais voir…, maugrée Louis.

*

S'il ne se savait protégé par l'ombre invisible quoique redoutée de Liu Pu-zhai, Chang n'en mènerait pas large. Les quatre hommes qui entourent celui qui se fait appeler Grand Maître Huang Jinrong, le chef de la Bande verte, ont la figure épaisse des pires hommes de main de la pègre de Shanghai. Et le long bâton sur lequel chacun d'eux s'appuie n'augure rien de bon. Un peu à l'écart, un vieil homme s'apprête à écrire tout ce qui se dira au cours de la rencontre. Celle-ci se tient dans la maison de Huang, rue du Consulat, et, pour la première fois, Chang approche de près le maître des voyous de la ville. Gros nez, grosses lèvres et yeux globuleux lui font une tête de poisson. Il doit son surnom de Huang le Grêlé à la peau piquetée de son visage, ce qui le rend encore moins sympathique malgré ses manières apparemment aimables.

— Alors c'est toi, Zhu Chang, le fils du Français ? Tu dois avoir beaucoup de qualités pour avoir été accepté dans la société secrète Tan Du Hui. On m'a dit que tu étais 432 et que tu venais porteur d'un message de Maître Liu en personne. C'est uniquement pour cette raison que j'ai consenti à te recevoir.

Liu Pu-zhai avait prévenu Chang : Huang le Grêlé est un serpent. Sous des paroles courtoises, il cache un cœur de pierre et une férocité instinctive. Terriblement vaniteux, il peut s'estimer offensé pour une parole déplacée et céder sur-le-champ à ses impulsions meurtrières en tranchant la gorge de qui lui manque de respect. Liu Pu-zhai lui a recommandé la plus grande intelligence dans les mots qu'il emploiera : « Tu dois d'autant plus te méfier, a ajouté Liu, que Huang n'a jamais digéré l'affront que je lui ai fait en le renvoyant lorsqu'il était venu me trouver, il y a plus de quinze ans, pour extorquer des fonds à la Compagnie du Yangzi. Il était jeune, alors, et essayait de s'imposer chez les bandits. Depuis, il a fait du chemin. »

Chang s'incline juste ce qu'il faut pour manifester respect et non allégeance.

— L'humble Maître Liu Pu-zhai vous adresse ses vœux très chers de longue vie et de prospérité, dit-il avant de se redresser. Je suis effectivement le fils de Charles Esparnac et de Zhu Lian, mais le sang qui circule dans mes veines comme le qi qui anime mon corps sont ceux des vrais Hans. Et c'est un grand honneur pour moi de m'adresser au vénéré Grand Maître Huang.

Chang juge que ces formules de politesse devraient suffire. Il n'oublie pas qu'il vient en représentant de la plus puissante société secrète de l'est de la Chine et que cette rencontre est la dernière d'une longue série de négociations qu'il a menées entre la Bande verte et la Tan Du Hui au terme desquelles Huang le Grêlé devrait prêter définitivement allégeance à Sun Yat-sen et lui apporter tout son soutien, le jour venu, à Shanghai. « Cet appui est vital, lui a expliqué Liu Pu-zhai. Huang le Grêlé est aussi membre de la garde municipale et travaille comme enquêteur pour la police française. Il sera donc un allié précieux pour apprendre ce que savent et ne savent pas les Français. »

— Tu exprimeras au vénéré Maître Liu tout le respect et la considération que je lui témoigne, répond Huang. J'espère que nous pourrons prochainement nous rencontrer pour parler face à face et non par le truchement d'émissaires.

Chang reste impassible mais se réjouit en lui-même, car la dernière phrase de Huang est clairement une invite à accélérer les discussions et à conclure définitivement un accord.

— Je rapporterai scrupuleusement vos paroles à mon maître, dit-il.

— Il doit savoir que la Bande verte est la plus puissante organisation d'entraide de Shanghai, continue Huang, et qu'elle compte plusieurs dizaines de milliers d'hommes prêts à se battre pour elle.

Chang opine gravement de la tête. Laisser l'adversaire se vanter de l'état de ses forces avant de montrer que les siennes sont plus puissantes. Il sait surtout que la Bande verte contrôle une bonne partie du trafic de l'opium, des courses et des loteries auxquelles les Chinois de Shanghai s'adonnent avec passion, qu'elle possède de nombreuses maisons de jeux et toutes sortes de lieux de prostitution, des *taiji* – les maisons de rendez-vous les plus luxueuses de la concession française – aux plus immondes bordels flottants des quais.

— Maître Liu en est parfaitement informé, répond-il.

— Ces hommes constituent une force que je suis capable de mobiliser en quelques heures et qui m'obéit aveuglément. Tu comprendras aisément qu'il vaut mieux l'avoir avec soi que contre soi. Aussi, pour que je sois et demeure un allié fidèle, faut-il y mettre le prix. Quel prix ton Maître est-il prêt à m'offrir, jeune Zhu Chang ?

— Celui de la sagesse et de la protection, Grand Maître Huang, répond Chang.

— Je n'aime pas les réponses par énigmes ! s'emporte soudainement Huang le Grêlé. Sois clair ou je te fais battre !

Les quatre gardes font un pas en avant, bâton en main, prêts à l'abattre sur le dos de Chang au moindre geste de leur maître.

— Le Grand Maître Huang aurait tort de s'irriter contre l'humble messager que je suis et encore plus de le menacer de bastonnade, répond-il les yeux braqués sur le chef de la Bande verte. Car à travers moi c'est mon puissant maître qu'il menace, avec toutes les conséquences que cela risque d'entraîner.

Les yeux de Huang semblent plus exorbités que jamais, mais, après avoir réfléchi quelques instants, il ordonne d'un signe à ses sbires de reculer. Chang décide que c'est le moment de pousser son avantage. « Tu es comme ton père, téméraire et culotté, comme disent les Français. Un redoutable négociateur. Tu as les mêmes dons, n'hésite pas à t'en servir », lui a recommandé Joseph Liu.

— Mon maître Liu ne possède pas la force brute du Grand Maître Huang mais il en détient une bien supérieure. Celle de son intelligence couplée à sa parfaite connaissance du *Bingfa, L'Art de la guerre*, de Sun Zi. C'est toujours l'intelligence qui commande aux troupes, si nombreuses soient-elles, affirme celui-ci. C'est pourquoi j'ai parlé de sagesse. Mais celle-ci indiquait à Maître Huang qu'il serait un grand sage, lui aussi, s'il voulait bien concevoir que la protection de mon maître Liu lui sera d'une grande utilité dans l'avenir.

— Que veux-tu dire ? s'impatiente Huang.

— Très bientôt, un jour nouveau se lèvera sur la Chine. Les empereurs et leurs affidés devront faire place à Sun Yat-sen et à ses alliés parmi lesquels Liu Pu-zhai occupe une place très prépondérante. Ce jour-là, il aura le pouvoir d'un tsong-tou, d'un vice-roi, et sera en position de distinguer d'un bouton de rubis ou de broyer dans son gant de fer qui bon lui semble. Mais il pourra surtout garantir que les nouveaux maîtres assureront la protection et donc la prospérité future à ceux qui les auront loyalement aidés dans leur chemin vers le trône. La Qing Bang de l'honorable Huang Lijong est-elle disposée à confirmer son soutien au docteur Sun Yat-sen et au Maître Liu Pu-zhai ?

Chang a volontairement rabaissé Huang au simple rang d'honorable pour lui faire sentir le poids de ceux à qui il devra bientôt sa survie ou sa déchéance. Il ne le quitte pas des yeux, l'humiliant de son simple regard et constate avec plaisir que Huang le Grêlé a compris qu'il n'a aucun moyen de sortir de l'alternative qu'il lui offre : s'allier sans tarder au futur nouveau maître de la Chine ou mourir.

— Et si l'idée me venait de rejoindre d'autres maîtres ? lance le chef de la Bande verte dans une ultime tentative.

Chang a un sourire ironique qu'il ne cherche pas à masquer.

— Il n'y a pas d'autres maîtres possibles, honorable Huang. Mais si tel était votre choix, ni vous ni vos associés ne connaîtraient plus jamais la paix. La police française trouverait rapidement à vous remplacer et les *hung kuan* de vos unités de combat seraient les premiers à prêter serment à un autre chef.

Le visage de poisson de Huang Jinrong se métamorphose instantanément : un sourire radieux chasse son rictus presque cruel.

— Soit, dit-il d'une voix soudain assurée. Va dire au Grand Maître Liu Pu-zhai que je suis disposé à lui rendre visite pour apposer mon sceau à côté du sien sur le traité qui liera nos deux associations pour la plus grande gloire de notre pays !

36.

La table du Café Riche, rue de Montauban, à deux pas de l'Hôtel des Colonies, est l'une des plus renommées de Shanghai pour ses plats typiquement français. Les Français aiment y déjeuner et retrouver dans ce décor très parisien les saveurs, les recettes et les tournemains hexagonaux que leurs cuisiniers chinois ne parviennent pas à leur restituer, et les étrangers viennent y goûter des délices gastronomiques et la *French atmosphere* qu'ils ne trouvent pas dans l'international settlement. Laure ne boude pas son plaisir. Elle est gourmande, adore les grands bordeaux et la lumière aimable du restaurant la rend encore plus irrésistible pour le tycoon chinois qui l'a invitée à dîner.

Elle a tout fait depuis des mois pour attirer son attention, se laisser approcher puis courtiser sans paraître ni trop effarouchée ni trop accessible. Si elle réussit à le séduire, ce sera l'une de ses plus belles prises, lui a dit Ichirô pour l'encourager. Elle n'en a pas besoin. L'homme qui lui fait face et qui se délecte, apparemment, d'un vol-au-vent délicieusement crémeux, a tout le charme sulfureux de ces riches Chinois, banquiers, industriels, compradors, propriétaires de fumeries d'opium ou membres du tout nouveau conseil municipal de la ville chinoise, le premier de Chine. Yu Xiaqing est un peu tout cela. Et l'on prétend qu'il sait tout, non seulement sur tout le monde mais aussi sur ce qui se trame chez les réformateurs en vogue, les banquiers et les vieilles dynasties mandarinales qui souhaitent que rien ne change sous le ciel. Elle a badiné avec lui tout au long du repas, l'enivrant de sourires et de regards prometteurs, se laissant frôler la main par lui, riant à ses plaisanteries. Le vin le rend plus disert qu'elle ne le supposait et elle mobilise toute sa concentration pour retenir les informations qu'il lui livre sans s'en rendre compte.

— Depuis que l'empereur Kouang-Siu et l'impératrice Cixi sont morts, en novembre 1908, notre vieil empire du Milieu ressemble à un cadavre que les chiens se disputent sous la lune, commente-t-il en allumant la cigarette qu'il vient d'offrir à Laure. À Pékin, le nouvel empereur n'a que trois ans et son père, le régent, manque cruellement de caractère.

— Et il en faudrait ? interroge Laure, le plus ingénument possible.

Yu Xiaqing soupire avec fatalisme.

— Avoir établi une Assemblée nationale comme le gouvernement l'a fait ne suffit pas. Il nous faut bien plus pour entrer vraiment dans le XXe siècle.

— Quoi, par exemple ?

— Un choc. Une révolution, affirme-t-il d'une voix grave.

Olympe masque autant qu'elle le peut son excitation. C'est la première fois qu'elle entend le Chinois évoquer cette éventualité.

— Pour obtenir les changements nécessaires, il ne nous reste plus que la violence révolutionnaire, insiste Yu Xiaqing avant de finir d'un trait son verre de pomerol.

— C'est grâce à elle que nous avons pu nous débarrasser de nos rois, en France, commente Laure avec enthousiasme. On ne peut pas vous reprocher d'en faire autant.

— Nous ne cherchons pas à vous imiter. Votre révolution vous a échappé, elle est tombée dans de mauvaises mains, et ce fut la Terreur. Nous ne souhaitons pas cela pour la Chine.

Laure pressent qu'il y a quelque chose d'important derrière cette affirmation mais que son interlocuteur n'est pas encore prêt à le lui révéler. Et qui se cache derrière ce nous ? Elle se jette à l'eau.

— Vous craignez l'arrivée d'un Robespierre chinois ?

Yu Xiaqing éclate de rire.

— Non, nous sommes trop calculateurs pour cela. Réunir les conditions de la révolution et la déclencher ne suffisent pas. Encore faut-il en conserver le contrôle. C'est un travail de longue haleine, très minutieux et méthodique.

— N'est-ce pas ce qu'est en train de faire depuis des années le docteur Sun Yat-sen ?

C'est volontairement que Laure cite le nom de Sun comme Ichirô le lui a demandé pour mettre le Chinois sur cette piste et découvrir ce qu'il sait de lui. Yu Xiaqing a un sourire en coin et allume sa cigarette à son tour. Elle le sent hésiter mais ne se départ pas de son sourire le plus attendrissant, celui, elle l'a déjà constaté, qui met les hommes en confiance et les conduit à vouloir se valoriser pour mieux la séduire. Après tout, doit-il se dire, quel mal y a-t-il à faire quelques confidences à une jeune femme qui s'intéresse à l'évolution politique du pays mais de façon trop superficielle pour présenter un danger ?

— Vous savez, ma chère, explique Yu Xiaqing, nous sommes quelques-uns à Shanghai, à Pékin, ou à Canton à espérer tous ces changements. Nous détenons l'argent, le commerce, l'industrie et nous avons surtout la volonté d'arriver à nos fins. Tout est question de méthode, je vous l'ai dit. Nous nous sommes donc organisés et préparés depuis longtemps. Aujourd'hui, je peux vous dire que nous sommes prêts.

— Vous êtes en train de m'annoncer que Sun Yat-sen va lancer la révolution ?

— Exactement. Au printemps, à Canton, pour commencer, puis dans le Sud et à Hankeou, à l'automne.

— Et quand, à Shanghai ? Je ne voudrais manquer ça pour rien au monde.

Yu Xiaqing éclate à nouveau de rire. Décidément, cette Française lui plaît.

— Je vous préviendrai, ma chère.

— Ce sera dangereux ?

— Pour nos amis étrangers, non, rassurez-vous. Nous sommes là et Sun Yat-sen ne lancera aucune action violente contre les Longs Nez qui ont fait la fortune de notre ville.

— Pourquoi ? questionne-t-elle, soudain intriguée.

— Parce qu'il n'en a ni le pouvoir ni les moyens ! s'esclaffe Yu Xiaqing. Sun n'est qu'un faire-valoir !

Spontanément, Laure éclate de rire mais c'est pour dissimuler sa surprise devant l'énormité de ce que vient de lui révéler le Chinois.

— Chère Laure, je vous ennuie avec ces histoires. Tout cela doit vous paraître bien ennuyeux, s'excuse Yu Xiaqing.

— Pas du tout. La Chine est mon pays et Shanghai ma ville natale. Cela fait de moi une vraie Chinoise, même si je n'ai pas les yeux bridés. Mais j'ai d'autres atouts, n'est-ce pas ? ajoute-t-elle en se penchant en avant.

Yu Xiaqing rougit. Il maîtrise d'ordinaire ses émotions, mais cette fille le trouble tellement qu'il ne trouve rien de décent à répondre.

— J'espère seulement que cette révolution ne va pas se

faire au détriment de notre présence, poursuit Laure. Je dois dire qu'après ce que vous venez de me raconter j'appréhende un peu l'avenir.

Yu Xiaqing prend sa main et la porte à ses lèvres.

— Vous n'avez rien à craindre, assure-t-il. Nous avons tout prévu. Sun, ses réformateurs et ses sociétés secrètes croient qu'ils font la révolution pour eux alors qu'ils la réalisent pour nous. Mais ils ne le savent pas... En fait, nous nous servons d'eux pour débloquer une situation politique qui n'a que trop duré. Avant la fin de l'année, vous verrez le régent et les Qing renoncer au trône, puis vous assisterez à la naissance de la République chinoise. Ensuite nous apparaîtrons et prendrons le pays en main. Et nous n'avons aucun désir de chasser les étrangers de notre sol.

— Nous ? tente Laure, le cœur battant.

— Oui, nous, les partisans de l'ancien chef de l'armée Yuan Shi-kai. Pour ne rien vous cacher, le premier président de la République chinoise ce sera lui, Yuan.

Les minutes qui suivent paraissent interminables à Laure. Elle n'a qu'une hâte, retrouver Ichirô et lui raconter tout ce qu'elle vient d'apprendre. Mais Yu Xiaqing s'attarde. Curieusement, il a l'air soulagé comme s'il venait de se libérer d'un aveu, à moins qu'il ne soit gagné par l'ivresse d'avoir montré l'étendue de son pouvoir à la jeune femme qu'il convoite depuis des mois. Son sourire satisfait étire encore ses yeux très bridés qui restent fixés sur Laure, comme s'il attendait la réponse à une question qu'il n'a pas osé formuler mais qui, tout au long du déjeuner, n'a cessé de le hanter. Laure y lit du désir brut et sait qu'il va maintenant lui proposer de venir se rafraîchir dans sa somptueuse demeure. Elle doit prendre les devants. Moment très délicat où elle doit faire comprendre à son interlocuteur, sans lui faire perdre la face, qu'elle ne peut pas décemment céder à ses avances mais que, peut-être, la prochaine fois, elle pourrait bien accepter.

— Cher Yu Xiaqing, je me sens rassurée par ce que vous venez de me confier, dit-elle en se levant. Je sais que ce ne sont pas des affaires qui regardent les femmes et je vous remercie de m'avoir fait confiance.

— Vous partez ? questionne le Chinois, le visage soudain défait.

— Hélas ! Je le regrette infiniment mais je dois participer au conseil d'administration de l'orphelinat Esparnac à quinze heures et je suis déjà en retard.

Yu Xiaqing masque du mieux qu'il peut sa déception puis reprend rapidement espoir lorsqu'il entend Laure lui murmurer à l'oreille en posant sa main sur son épaule :

— Nous allons nous revoir très vite et je vous accorderai tout mon temps pour faire mon éducation sur les subtilités de la politique chinoise. Je serai une élève très attentive, je vous le promets.

*

Comme elle l'a deviné, Ichirô exulte lorsqu'elle lui révèle tout ce qu'elle a appris. Rarement il a été aussi expansif : il la couvre de baisers, la serre contre lui comme s'il allait la perdre, la félicite bruyamment, l'embrasse encore.

— C'est magnifique ! Tu as fait un travail exceptionnel. Tu n'imagines pas à quel point ce que tu viens de me raconter est important pour Tokyo. Personne là-bas, je le sais, n'imagine que le véritable instigateur de la révolution est Yuan Shi-kai. Et c'est moi qui vais le leur annoncer ! Grâce à toi, je passerai bientôt capitaine de vaisseau.

Une heure plus tard – leur étreinte a été plus brève que d'ordinaire car Ichirô voulait rédiger puis coder son rapport et l'envoyer en urgence à Tokyo –, Laure se retrouve dans les rues, légèrement étourdie. À la fierté d'avoir réussi sa mission au-delà de toute espérance se mêle le trouble très délicieux qui est le sien après avoir vibré dans les bras d'Ichirô. Elle l'aime au-delà du raisonnable, elle le sait, mais qui lui demande d'être raisonnable ? Son frère ? L'est-il lui-même ? Certainement pas et elle se garde bien de le juger. Sa mère ? Olympe lui a déclaré que sa conduite peu orthodoxe pour une jeune femme de la bonne société la réjouissait plutôt et qu'elle reconnaissait en elle la digne fille de son père, si peu soucieux des convenances. Au souvenir de ce père qu'elle a si peu connu, une soudaine nostalgie s'empare de Laure et elle se demande fugitivement ce qu'il aurait pensé d'elle, de ce qu'elle fait, de ce jeu singulier qu'elle joue avec ces hommes qu'elle séduit les uns après les autres pour leur tirer les vers du nez.

L'animation de Nankin Road la dégrise peu à peu et elle prend tout son temps pour regarder les vitrines des magasins qui viennent de s'ouvrir quand, soudain, elle se fige. Sur un mur, une affiche, un visage qu'elle reconnaît et ces mots qu'elle lit, le cœur battant : « 26, 27 & 28 mars 1911, trois concerts exceptionnels du pianiste Marc Liu qui interprétera la sonate *Hammerklavier* opus 106 de Beethoven et les nocturnes de Chopin. »

Marc Liu, son amour de jeunesse, est revenu à Shanghai.

37.

Dans la salle de concert du Club allemand, Laure applaudit à tout rompre, transportée comme tous les spectateurs par le récital de Marc Liu. Sur l'estrade, à quelques dizaines de mètres d'elle, il vient d'achever quasiment debout la fugue de la sonate en *si* bémol majeur *Hammerklavier* de Beethoven et un tonnerre d'applaudissements envahit la salle. La puissance de la musique, la maîtrise pianistique de Marc, mélange de sensibilité et de technique, de force et d'inspiration ont stupéfié tout le monde. Le jeune homme gauche qui l'a quittée pour vivre sa vie de pianiste en Californie a fait place à un trentenaire sûr de lui, impérieux presque dans son queue-de-pie noir.

Rêve-t-elle ou bien les yeux de Marc viennent-ils de croiser les siens en s'inclinant pour saluer la salle ? Non, puisqu'en se redressant c'est bien elle qu'il fixe à nouveau. Sur ses bras nus, la chair de poule hérisse sa peau, son cœur est en pleine folie, elle voudrait crier son nom, mais sa gorge nouée empêche le moindre son d'en sortir. Un bonheur fou l'envahit, les applaudissements durent encore, elle ne peut plus attendre, elle veut le voir face à face, le toucher, lui parler. Marc quitte la scène. Elle se précipite hors de la salle, bouscule tout le monde, trouve le chemin de la loge, écarte ceux qui l'empêchent d'atteindre l'homme qu'elle vient de retrouver après une si longue absence, frappe deux coups à la porte, n'attend pas la réponse et entre.

Il est là, assis dans un fauteuil, les traits creusés de fatigue. Derrière lui, debout, Marie-Thérèse a posé sa main sur l'épaule de son fils et Joseph Liu sourit à peine.

— Marc..., commence-t-elle.

Il l'interrompt d'un geste et la regarde comme s'il n'attendait qu'elle.

— Ne dis rien, Laure, murmure-t-il. Pas encore. Je reviens de si loin... Cette sonate est si herculéenne, si étrange, si peu humaine parfois que je n'en sors jamais indemne. Laisse-moi le temps.

Son élan brisé, Laure reste interdite. Tête baissée, elle n'ose regarder ni Joseph ni Marie-Thérèse. Elle leur en veut tellement de ne pas lui avoir annoncé que Marc serait en ville pour cette série de concerts. Un coup d'œil lui suffit pour constater que les événements qui secouent la Chine en ce moment ont laissé leurs marques sur le visage de Joseph, comme le lui a expliqué sa mère. Mais Marie-Thérèse, elle, aurait pu la prévenir même si elles se voient moins fréquemment qu'autrefois. Il est trop tôt pour se poser de questions, se dit-elle, consciente que son amour pour Marc est toujours vivace en dépit de cette décennie d'absence et de la passion dévorante qui l'a conduite dans les bras d'Ichirô. Marc possède toujours cette grâce qui la fait trembler depuis qu'elle est enfant et qui, aujourd'hui, la trouble infiniment.

*

— L'armée s'est soulevée à Wuhan ! s'exclame Patrick O'Neill. Je rentre du Shanghai Club, le télégramme vient d'arriver, daté d'aujourd'hui 10 octobre 1911.

— Après Canton au printemps, Wuhan à l'automne..., murmure Olympe. Exactement ce que Laure nous a prédit en mars dernier. Je me demande où elle a pu savoir si longtemps à l'avance ce qui allait se passer.

— Ta fille a une vie mondaine si agitée, elle fréquente tellement de monde qu'elle a dû entendre des rumeurs sur ce soulèvement.

— Des rumeurs qui se révèlent exactes, corrige Olympe.

— Peu importe. C'est le début de la révolution et tout ce que je vois, c'est qu'elle se rapproche de chez nous !

— Ne t'inquiète pas. Laure nous a dit que nous n'avions rien à craindre. Les étrangers ne risquent rien car ils ne sont pas visés. Je vais appeler Joseph au téléphone pour lui proposer de passer prendre le thé et nous dire ce qu'il en pense. Il adore venir ici avec « son » tramway.

Joseph est moins actif qu'autrefois quand ils dirigeaient tous les deux la Compagnie, et elle se demande parfois à quoi il occupe ses journées, lui qui est si discret sur ses occupations privées. Elle a bien entendu dire qu'il était à la tête d'une de ces associations de bienfaisance dont on dit qu'elles sont surtout des sociétés secrètes, mais elle n'en a jamais parlé avec lui. Une pudeur un peu idiote l'a toujours retenue de lui poser des questions trop précises et Marie-Thérèse n'en dit pas davantage.

— Et Louis, il en pense quoi, d'après toi ? interroge Patrick qui a du mal à conserver son sang-froid face aux certitudes d'Olympe. Ce type d'événements n'est jamais bon pour les affaires et la Compagnie pourrait en souffrir comme toutes les grandes sociétés de Shanghai. Il faudrait que tu lui en parles.

— Je lui fais confiance pour affronter la situation. Jusqu'à présent il n'a pas fait d'erreur. Et je dois dire que son idée d'importer des voitures automobiles s'est révélée particulièrement judicieuse. Tout le monde en veut une pour aller se pavaner sur Bubbling Well Road.

— Toi la première !

— Je ne me pavane pas, Patrick, je me déplace. Et j'adore conduire cet engin.

— Seulement après que je l'ai mis en route pour toi à la manivelle !

Olympe éclate de rire. Elle est bien obligée de reconnaître qu'elle a besoin de lui ou d'un autre homme pour faire démarrer sa De Dion Bouton, ce qui chaque fois la met en rage.

*

— Veux-tu de moi ? questionne Laure.

Elle a rejoint Marc chez les Liu et Marie-Thérèse les a laissés seuls dans le salon où le grand piano à queue de son fils a été livré des États-Unis quelques jours plus tôt. Assis l'un en face de l'autre, ils sont restés muets de longues minutes. Laure a bien essayé de capter le regard de Marc mais il garde obstinément les yeux baissés. Alors, elle a fini par lâcher cette question qui a tout d'une supplique. Depuis qu'elle l'a revu, le moindre de ses gestes a pris une signification entièrement nouvelle. Elle qui se sentait sûre d'elle-même, conquérante, intrépide et manipulatrice, se retrouve brusquement sans arme face à son amour de jeunesse.

Devant la tête toujours baissée et le mutisme de Marc, Laure se sent perdre pied. Quelques heures plus tôt, elle était encore en compagnie d'Ichirô. Mais leur dispute a été aussi foudroyante que définitive. Emporté par les succès qu'elle lui apporte à peu de frais, il lui a demandé d'accepter l'invitation de sa dernière conquête, Yu Xiaqing, afin de s'introduire chez lui et de lui subtiliser un document où il serait fait mention de Yuan Shi-kai. « Pourquoi ? a-t-elle demandé. – Faute de preuve matérielle, mes chefs, à Tokyo, refusent de croire qu'il sera le président et non Sun Yat-sen qu'ils ont soutenu », a-t-il expliqué. Vexée que l'on mette sa parole en doute, Laure a protesté, elle n'a pas inventé cette histoire, pour qui la prennent-ils ? Ils n'ont qu'à venir parler directement à Yu Xiaqing s'ils veulent être sûrs de ce qu'elle avance. Et, franchement, elle mérite des remerciements plutôt que ce traitement indigne d'elle. Ichirô a insisté, affirmé qu'il était obligé de lui demander ça, qu'il lui aurait bien épargné cette mission mais qu'il ne peut pas faire autrement. « Tu veux faire de moi une voleuse ? s'est-elle écriée, scandalisée. Pour qui me prends-tu ? – Pour ce que tu es : une espionne qui travaille pour moi », a-t-il répliqué avec calme. Ce fut comme si elle était dégrisée d'un coup. Comment osait-il ? Espionne, elle ? Non, elle s'amusait, c'est tout, c'était sa façon de l'aimer, lui Ichirô, ce n'était pas sérieux. « Je suis une Esparnac, Ichirô. Je t'ai dit un jour que c'était pour toi et personne d'autre que j'acceptais de faire ce que tu me demandais, dit-elle. Or tu viens d'avouer qu'en réalité tu n'as fait que m'utiliser, moi qui croyais que tu m'aimais. J'ai été stupide, Ichirô, et je t'en veux encore plus de m'avoir laissée l'être. » Pris de court, Ichirô n'a pas su quoi répondre. Elle l'a regardé, s'est plantée devant lui et l'a giflé avant de lui tourner le dos et de partir en abandonnant toutes ses affaires derrière elle.

— Marc, je t'en prie, réponds-moi, implore-t-elle. Je t'aime toujours, mais toi veux-tu encore de moi ?

Comme s'il s'apprêtait à prendre une décision irrémédiable, Marc Liu relève lentement la tête et la regarde enfin. Les yeux de Laure n'ont jamais été aussi noirs. Deux puits de lave dans ce visage de madone brune qui l'a toujours fasciné et qui fait naître en lui cette vague de tendresse qu'il redoutait. Oui, il l'aime, mais d'un amour impossible, sans désir charnel ni fusion des sens. Comment le lui dire sans la blesser ?

— Écoute-moi, Laure. Oui, je t'aime mais comme ma meilleure amie, ma sœur.

— Comme ta sœur ?

— C'est ce que tu as été pour moi depuis ta naissance. Et je ne parviens pas à aller au-delà.

Laure sourit doucement.

— Je veux bien être aussi ta sœur, dit-elle.

— Tu ne comprends pas. J'ai une maîtresse, la musique, et un compagnon, le piano.

— Je leur ferai de la place.

— Dieu m'a curieusement fait. D'un côté, il m'a donné le talent de jouer, de l'autre il m'a retiré la possibilité d'aimer les femmes, avoue-t-il en désespoir de cause. Dieu est parfois cruel dans les épreuves auxquelles il nous soumet.

Laure le dévisage, incrédule.

— Tu ne peux pas, disons, avoir d'enfant, c'est cela ?

— À peu de chose près, non.

— Je t'aimerai quand même, dit-elle avec une tendresse infinie.

Marc se demande si elle a compris qu'il est inverti mais renonce provisoirement à aller plus loin dans les confidences. Elle lui témoigne un tel amour qu'il s'interroge. Après tout, pourquoi ne vivrait-il pas avec elle, pourquoi ne se marierait-il pas avec elle qu'il connaît si bien et qu'il aime à sa façon ? Tout homme, même un homme comme lui, a besoin d'une femme au moins pour paraître en société, suivre les commandements de Dieu et les règles des hommes. Laure serait la compagne idéale.

— Je veux rester en Chine, Laure, jouer ici, donner des concerts, apprendre la musique aux Chinois, ouvrir leurs oreilles aux beautés de la musique occidentale. Je veux aussi former les jeunes musiciens pour qu'ils deviennent aussi bons que les génies que j'ai entendus là-bas en Amérique, ouvrir un conservatoire à Shanghai ou dans la province. J'ai bien réfléchi : es-tu prête à me suivre dans cette aventure ? À supporter mes angoisses d'avant concert, mes doutes ? À te battre avec moi pour que les noms de Beethoven, Bach, Brahms, Mozart deviennent aussi familiers aux Chinois qu'aux Européens et aux Américains ? Si tu acceptes, oui, nous pourrons nous retrouver comme autrefois.

— C'est avec toi que je veux vivre, Marc. Depuis que je suis toute petite. Alors, oui, j'accepte.

*

Le jour se lève mais les brumes matinales qui montent du Huangpu sont si opaques que l'on peine à croire que la nuit s'est réfugiée plus loin, vers l'ouest ténébreux des mondes qui dorment encore. Les rues de la concession française se peuplent peu à peu de marchands ambulants, de petites cuisines de plein air, de pousseurs de brouettes courant livrer leurs marchandises à l'autre bout de la ville, d'ouvriers qui prennent le chemin des usines, des manufactures ou des filatures et qui n'ont pas les moyens de se payer le tramway, et les lampadaires s'éteignent. Dans la rumeur habituelle d'un jour ordinaire à Shanghai, dominé par l'écho d'une corne de brume venu du Huangpu, le trot d'un cheval tirant une calèche et le bruit sec des roues de brouettes sur le macadam, personne ne prend garde à la rumeur qui enfle là-bas au sud de Nanshi, à la hauteur d'une des boucles du fleuve et de l'immense arsenal de Jiangnan. Cris, slogans, roulements de tambours et martèlement de pieds convergeant vers un point unique, course d'hommes par milliers que rien ne peut arrêter.

Depuis trois semaines, Shanghai vit au rythme des bruits les plus fous et des manifestations dans la ville chinoise. La victoire des troupes qui se sont soulevées à Wuhan le 10 octobre a réveillé toutes les peurs dans les concessions étrangères et toutes les fiertés dans les immenses quartiers chinois et les yamen des shenshang, les lettrés marchands comme Joseph Liu et Yu Xiaqing. Les étrangers ont mobilisé leurs troupes coloniales et les volontaires de leur garde municipale, leurs navires de guerre sont ancrés sur le Huangpu, prêts à intervenir, les consuls et les conseils municipaux se réunissent tous les soirs pour examiner la situation qui s'aggrave chaque jour. La révolution lancée par Sun Yat-sen et sa *Tongmenghui*, sa Ligue jurée, vient d'éclater, d'abord dans le sud de l'Empire, puis à Wuhan, et maintenant, à Shanghai. C'est au tour de la ville la plus industrielle de Chine d'affronter l'Histoire. Mais, en dépit des incertitudes, les étrangers ne sont pas réellement inquiets. Ils sont en relation étroite avec l'homme de Sun Yat-sen qui dirige le mouvement dans la province, Chen Qimei. Un homme qu'ils connaissent parfaitement et qui les a assurés que les étrangers n'avaient rien à craindre puisque le mouvement révolutionnaire était uniquement dirigé contre le pouvoir impérial. Mais ils sont loin de soupçonner que celui qui marche à la tête des partisans de Sun Yat-sen et des hommes de main de la Bande verte est le fils chinois de Charles Esparnac, Zhu Chang. Et encore moins que l'homme qui est derrière toute cette insurrection et bien plus encore est le riche et paisible Joseph Liu.

Chang n'a jamais été aussi résolu. Quelque chose d'indéfinissable l'emporte, une force, une volonté qui le dépasse et l'embrase, l'entraîne et le cingle, quelque chose à quoi il ne peut résister. Confuses sous son crâne, ses pensées s'entrechoquent, s'entremêlent, suscitent des vérités aussitôt évanouies. Il a l'impression d'être porté. L'image de son père, brusquement, s'impose à lui, celle de sa mère qu'il n'a pas revue avant sa mort, regret toujours douloureux dans son cœur. Serait-ce ses parents qui l'entraîneraient et le pousseraient ainsi tout à la fois ? ou ce sentiment exaltant de vivre enfin l'histoire qu'il écrit en secret depuis si longtemps ? ou encore cette sensation d'être devenu celui qu'il rêvait d'être et que Liu Pu-zhai rêvait qu'il fût ?

En marchant d'un pas qui n'a jamais été aussi déterminé vers les grilles de l'arsenal de Jiangnan qu'il aperçoit au bout de la rue, ses pensées soudain se dispersent, comme si elles préféraient fuir le moment de vérité qui approche. Derrière lui, ils sont des milliers d'hommes venus de toute la ville, ouvriers, membres des milices marchandes, hommes de main de la Bande verte. Tous agissent sur ordre. Les premiers, sur ceux de Chen Qimei, les deuxièmes de Yu Xiaqing et des autres shenshang qui soutiennent le docteur Sun, les troisièmes de Huang Jinrong. Aucun de ces hommes ne se pose de question, ni ne rêve d'une vie meilleure. Il se borne à faire ce qui lui est ordonné. À peine si les chefs de groupe s'étonnent de ne voir ni la police municipale chinoise ni la garnison de la ville se mettre en travers de leur chemin. Chang sait bien, lui, que Chen Qimei a acheté leurs chefs pour les neutraliser. Cela ne l'empêche pas d'avoir le ventre noué : que vont-ils trouver derrière ces grilles ? Des soldats prêts à ouvrir le feu ? L'arsenal est la plus importante manufacture d'armes du pays. On y fabrique des fusils, des canons, des mitrailleuses, des munitions, et des navires de guerre. L'objectif est de s'en emparer et de distribuer les armes pour constituer une troupe révolutionnaire capable de peser. Chang est le premier à secouer le portail cadenassé de l'arsenal et c'est aussitôt une foule d'hommes en colère qui l'imite et pousse de toutes ses forces. Les portes cèdent en quelques minutes. Comme prévu, il n'y a aucune résistance et, avec un cri de victoire, la foule se précipite dans les ateliers et les réserves.

Chang se permet un sourire. Il est le maître des lieux sans qu'un coup de feu ait été tiré. Il s'installe dans le bureau du directeur de l'arsenal, rejoint peu à peu par les chefs de groupe qui viennent lui rendre compte de la distribution des armes et de la bonne organisation des groupes d'assaut. Ils attendent ses ordres, mais auparavant Chang veut partager sa joie. Le téléphone fonctionne, un opérateur lui passe Liu Pu-zhai.

— C'est fait, annonce-t-il.

— Pas de résistance ? questionne Liu.

— Aucune.

— Bien, maintenant, reprenez le chemin de Nanshi et emparez-vous du yamen du Taotai et de tous les édifices publics, comme convenu. Chen Qimei vous rejoindra.

— Et toi, Oncle Liu ?

— Je n'aime pas les foules, tu le sais. L'ombre est préférable à la grande lumière, et il vaut mieux que l'on ne me voie pas trop. Je laisse à d'autres la gloire de cette journée et des suivantes.

— Pourquoi ? C'est un jour de victoire et c'est à toi que nous le devons en grande partie. Il faut te montrer, tu n'as plus à te cacher, Oncle Liu. Tout le monde doit savoir que tu es le vrai responsable de notre liberté.

— Non, Chang. L'histoire n'est pas terminée.

*

Assis emmitouflé sur un banc public au bord du Huangpu, Louis contemple l'un après l'autre les bâtiments qui s'alignent le long du Bund. Il en connaît chaque détail architectural, chaque curiosité, chaque ornement, de l'orgueilleuse colonnade blanche du Shanghai Club jusqu'à la façade de briques ocre de la China Merchants Steamship Navigation Company et celle, plus grise, de la Yokohama Bank à l'autre extrémité du Bund. Le soir tombe. Les employés et directeurs européens ou américains des sociétés, fouettés par le vent cinglant du nord, se hâtent de monter dans un tramway, un rickshaw ou la voiture qui les attend quand ils sont plus fortunés. Ils ont fêté Noël quelques jours plus tôt, comme lui, en famille. Depuis longtemps, ils ne s'étaient pas retrouvés tous ensemble, sa mère et Patrick, Laure et Marc, et Joseph et Marie-Thérèse. Les Liu les avaient rejoints après la messe de minuit à laquelle Laure avait voulu assister pour accompagner Marc qui, pour l'occasion, tenait les orgues de Saint-François-Xavier. Depuis qu'elle a rompu avec son Japonais, Louis et elle se sont réconciliés, poussés dans les bras l'un de l'autre par leur mère.

D'où vient l'étrange sensation qu'il se trouve devant un décor de théâtre ? s'étonne Louis en soufflant dans ses mains pour les réchauffer. Les lampadaires s'allument d'un coup comme pour lui donner la réponse. Oui, il est bien au théâtre, monde factice entre rires et drames, qui prétend être la vie mais n'en est que la copie sur planches, un monde où tout est décor, simagrées et déclamations, peuplé d'acteurs qui se prennent pour des humains mais qui sont les avatars des vrais, les autres, ceux qui souffrent et meurent réellement, plus loin, là-bas, de l'autre côté de l'obscurité, dans la réalité tragique. Oui, il est bien au théâtre : derrière la splendeur des immeubles et des résidences, décor indélébile des étrangers sur la Chine, derrière leurs belles avenues ombragées, il y a le monde véritable, coulisses infiniment vastes, nombreuses et misérables qui, bientôt, occuperont le devant de la scène.

Louis s'étonne de sa capacité – son inconscience ? – à appartenir à ces deux mondes, celui qui fait le spectacle et celui qui le rend possible. Le monde des Longs Nez, du bon côté de la rampe, avec ses palais, son argent roi, son luxe et son cynisme auxquels il se mêle chaque jour mais qu'il observe sans concession. Et, de l'autre côté, celui des milliers d'hommes et de femmes qui se laissent exploiter sans révolte et qu'il tente de sortir de leur torpeur depuis des années, le monde des ouvriers, des coolies misérables, des dockers pour lequel il se bat en secret. Mais comment ne pas avoir deux visages dans cette ville double, chinoise et occidentale, opulente et pouilleuse, où riches Chinois et taipans occidentaux s'associent pour faire trimer tous ceux qui n'ont que leur force de travail pour vivre ? Tout le monde ment dans cette ville, tout le monde prétend être celui qu'il n'est pas. Les taipans trompent leur femme avec des courtisanes ou l'opium, les domestiques volent leur patron, le Taotai qui se veut intraitable a un prix.

Et c'est tout ce monde, bien au-delà de Shanghai, qui vient aujourd'hui même, 29 décembre 1911, de basculer dans l'inconnu. La nouvelle a fait la une des journaux du matin, on en a parlé dans les clubs, les dîners, les conseils d'administration, lui-même s'en est félicité avec ses salariés chinois, mais elle n'a pas provoqué le bouleversement auquel il s'attendait. Aucune explosion de joie n'est venue saluer la naissance de la république de Chine à Nankin et la désignation de Sun Yat-sen comme président provisoire. Aucun feu d'artifice n'a illuminé le ciel pour célébrer la fin de l'Empire et la chute de la dynastie des Qing.

Louis se demande si, finalement, les Chinois de Shanghai souhaitaient vraiment l'une et l'autre ou s'ils n'y sont pas totalement indifférents tant ils s'estiment loin de la capitale et au-dessus de ses vulgaires péripéties politiques. Étrange sensation que l'histoire est en train de s'écrire mais que personne n'y prête vraiment attention. En vérité, cette ville ne vit que pour elle. Elle est un monde à elle seule. Quoi d'étonnant puisque le monde vient jusqu'à elle depuis plus de soixante ans ? Shanghai est à son image, fébrile, avide, égoïste et cruelle en dépit de quelques saintetés ici ou là qui la rachètent et la sauvent de l'enfer. Empire ou république, finalement peu importe : Shanghai est son propre sceptre et n'a besoin que d'elle-même pour exister. À moins que son indifférence au bouleversement qui vient de se produire ne soit l'expression du fatalisme d'un peuple qui pense d'abord à se nourrir pour vivre et n'a que faire des changements de régime.

Ce qui se passe est pourtant explosif, se dit Louis, incrédule devant cette ville qui devrait exulter et ne pense qu'à aller se mettre au chaud. Personne n'a donc conscience ici que, lorsqu'un empire s'effondre après plus de deux mille ans d'histoire, ce n'est pas seulement un changement de régime, mais un cataclysme dont on ne peut prédire les suites ? La révolution, puisqu'il s'agit bien d'une révolution, sera à l'échelle de ce pays gigantesque et immensément peuplé : incommensurable, songe-t-il en regardant les lustres qui éclairent encore brillamment les salons des grandes compagnies du Bund. L'onde de choc pourrait être terrible et réduire à néant des décennies de travail et de présence occidentale sur ces rivages. Le sourire de Joseph Liu, le soir de Noël, en disait déjà trop : au cours du réveillon, il a avoué avoir vu en secret Sun Yat-sen le jour même avec un de ses acolytes, dont il refusa de révéler le nom. Et même s'il a prétendu que Sun Yat-sen avait promis de ne pas toucher aux étrangers de Shanghai, Louis reste méfiant. Joseph a beaucoup changé ces dernières années et ce n'est pas uniquement l'âge.

Pourquoi ne leur a-t-il jamais dit qu'il était proche de Sun Yat-sen au point de le soutenir en secret ? Louis se demande quel rôle il a joué dans cette étrange révolution sans leur en avoir parlé une seule fois.

À vrai dire, peu importe : y a-t-il meilleur moment qu'une révolution pour transgresser les interdits, faire bouger les hommes et les choses, imposer les idées les plus révolutionnaires et l'existence d'un parti politique ? se demande Louis en se levant, engourdi par le froid. Sans doute pas. Debout face au vent qui s'engouffre sur le Bund, les mains dans les poches de son manteau dont il a relevé le col de fourrure, Louis regrette de ne pouvoir se rendre à son rendez-vous avec sa voiture. Il a dû la laisser au siège de la Compagnie. Trop voyante pour les faubourgs de la ville chinoise où il doit rejoindre le plus discrètement possible son camarade Lao Sun. Il tire une cigarette de son paquet de Capital Ship, l'allume, hèle un rickshaw et, à peine calfeutré dans le petit habitacle, ne se sent déjà plus le patron respecté d'une des plus grosses sociétés de Shanghai. Quelques minutes lui suffisent pour entrer dans la peau de l'agitateur politique qu'il se plaît à être une fois ou deux par mois avec ses amis syndicalistes. Et, ce soir, Louis veut l'être encore plus que d'ordinaire puisque leur groupe va décider de créer ou non ce Parti du travail auquel ils songent depuis si longtemps.

38.

Les yeux de Joseph Liu s'imprègnent lentement de larmes. Il ne peut retenir les vagues de tristesse qui l'envahissent et sa main serre plus fort celle de Marie-Thérèse. Devant eux, des centaines d'ouvriers achèvent de démolir les remparts de la ville chinoise à coups de pioche et des coolies, fourmis innombrables, en transportent les débris, terre et briques mêlées, dans des paniers suspendus à la tige de bambou qui se balance sur leurs épaules. Ce ne sont pas seulement des murailles médiévales qu'ils écroulent, c'est tout un monde, le sien, celui de son enfance et qui durait depuis mille ans, qui est en train de disparaître, abattu par l'Histoire en marche, le siècle nouveau qui envahit tout, la modernité qui prend tous les droits.

Joseph devrait pourtant être heureux. Il a atteint son but, la république a été instaurée, l'empereur a abdiqué, les Chinois sont désormais maîtres de leur destin sans être inféodés au monarque mandchou imposé par les siècles. Un vent favorable s'est levé, une nouvelle ère s'annonce. Mais Joseph se rend compte aujourd'hui à quel point il a eu tort d'avoir cru que tout allait s'éclairer d'un coup, que la liberté allait pacifier le pays et les appétits de pouvoir ; la Chine nouvelle est à l'image de ces remparts en ruine, elle s'écroule, minée par les ans et les rivalités des généraux des différentes armées, ceux que les Diables étrangers appellent déjà les seigneurs de la guerre. Il s'en veut d'avoir oublié que le Ciel reste le maître des choses et que celles-ci s'accomplissent uniquement lorsque Dieu l'a décidé. La république est née mais la Chine est tombée dans le chaos.

— J'avais bien prévu que Sun Yat-sen laisserait la présidence à Yuan Shi-kai puisqu'il n'a aucun moyen de s'opposer à lui, dit-il d'une voix pleine de regret. Mais pas que celui-ci serait prêt à déclencher une guerre civile pour imposer sa dictature.

— Pour la première fois de ton existence, Joseph, tu as été présomptueux, lui reproche Marie-Thérèse d'une voix presque sévère. Et Dieu t'a puni. Tu croyais pouvoir tout agencer, tout diriger de loin, tu pensais maîtriser la situation. Mais tu oubliais que les hommes ne font jamais ce qui est prévu. Et tu aurais dû te douter que la guerre allait suivre, immanquablement. Si tu me l'avais demandé, je t'aurais dit qu'elle était inéluctable car elle est l'enfant sanguinaire de toutes les révolutions. Les femmes savent cela d'instinct.

Joseph regarde sa femme avec étonnement. Marie-Thérèse a raison et il aurait dû lui faire davantage confiance durant toutes ces années où il travaillait en secret au renouveau de la Chine. Trop confiant dans ses plans, il n'a pas su décrypter les signes comme il savait le faire autrefois et elle aurait pu l'aider. Alors il aurait compris que les crues monstrueuses du Yangzi de l'été 1912 étaient un avertissement du Ciel, le signe qu'il manifestait sa colère contre les hommes, contre lui peut-être, et qu'il leur disait que l'harmonie immémoriale entre eux et lui était rompue. Les cent ou deux cent mille morts emportés par le fleuve pouvaient-ils être autre chose que l'annonce de prochaines victimes en grand nombre de guerres à venir ? Celles qui devaient ensanglanter la Chine pour que s'accomplisse son destin ? La guerre est là, à Shanghai même, pour le contrôle de la ville. Armée du Sud, fidèle à Sun, contre armée du Nord. Combats incertains à coups de canon et de mitrailleuse dans lesquels les Longs Nez se gardent d'intervenir mais qui les inquiètent et qui ont conduit plusieurs navires de guerre à s'ancrer sur le Huangpu. La guerre civile n'est peut-être pas leur affaire, mais si elle nuit au business, elle va le devenir rapidement.

— Marie-Thérèse, je me demande si nous n'avons pas libéré un terrible dragon, murmure-t-il, et s'il ne va pas dévaster toute la surface de la terre.

Marie-Thérèse lâche sa main et se plante devant lui, avec un sourire ironique, petite femme plus sage que le plus sage des lettrés de l'Empire.

— Les dragons n'existent pas, Joseph, affirme-t-elle. Seul Dieu est, et ses desseins sont impénétrables. Bien orgueilleux celui qui croit avoir la moindre influence sur le cours des choses. Tu n'as donc aucune raison de te préoccuper de ce qui va survenir.

— Dieu ne décide pas de tout. Les hommes ont leur part de responsabilités. Quand ils se tuent les uns les autres, Dieu n'y est pour rien. C'est cela que j'appelle le dragon : la folie meurtrière des hommes que même Dieu est incapable de faire cesser.

Marie-Thérèse pousse un soupir fataliste. Elle n'aime pas le pessimisme dont se nourrit son mari depuis des mois. Lui autrefois si lucide sur les réalités humaines, si froidement calculateur mais si optimiste au fond et si confiant en l'avenir, il semble ne plus croire en rien ni espérer quoi que ce soit. Même le sort de la Compagnie du Yangzi, son plus bel enfant, semble lui être indifférent.

— Rentrons, il se fait tard, Joseph, et le vent se lève,

dit-elle d'une voix douce en l'arrachant à sa morbide contemplation.

*

— Je vais divorcer, annonce Deborah Alexander.

Elle vient de rejoindre Louis dans le petit appartement où ils abritent leurs amours. Elle d'ordinaire si souriante, si gourmande de plaisirs clandestins s'effondre en pleurs dans ses bras.

— C'est la seule solution pour rester avec toi, sanglote-t-elle.

En quelques mots, elle explique à Louis que son mari est rappelé en Amérique le mois prochain, qu'elle doit le suivre mais qu'elle ne veut pas quitter son amant français et préférerait mourir plutôt que de rompre avec ses baisers, sa fougue, sa passion amoureuse, pour rentrer dans cette Amérique puritaine où elle va s'ennuyer à mourir. Louis est consterné. Il ne s'attendait pas à cette nouvelle alors qu'il se réjouissait à la perspective des quelques heures de plaisir qu'il allait passer avec l'Américaine. Avec le temps, loin de s'émousser, leur désir s'est renforcé et Louis s'est peu à peu attaché à cette femme volcanique qui comble ses sens tout en le dispensant des obligations pesantes d'un mariage ou d'une liaison officielle.

Mais entre ces après-midi galants et la vie commune, la différence est de taille, se dit-il. Si Deborah divorce pour lui, il ne devra pas l'accueillir seulement dans son lit, mais dans sa vie, sa maison, il devra vivre avec elle et l'épouser. On vit difficilement dans le péché, à Shanghai, surtout si l'on est un Shanghailander connu et respecté comme lui. Bien qu'il accorde peu d'importance à ce que ses concurrents disent de lui, il n'a aucune envie de mettre en danger les affaires de la famille en laissant croire qu'il a enlevé la femme d'un respectable banquier américain. Ni les Anglais ni les Américains ne lui pardonneraient une conduite aussi scandaleuse. La vraie question est ailleurs : est-il suffisamment amoureux de Deborah pour franchir le pas ? se demande-t-il. La réponse est non. Deborah est un merveilleux passe-temps, pas une histoire d'amour, et il n'a aucune raison de transformer une liaison qui ne l'engage à rien en vie commune. S'il devait se marier et avoir des enfants, ce ne serait pas avec elle.

— Je ne crois pas que ce soit une bonne idée, Deborah, dit-il le plus doucement possible. Tu ne m'aimes pas assez pour divorcer de ton mari.

— Comment oses-tu me dire une chose pareille ! proteste-t-elle. Je t'adore.

— C'est pourtant toi qui affirmais que je n'avais rien à espérer de notre liaison et que tu ne divorcerais jamais.

— C'était au début, il y a longtemps. Depuis, j'ai compris que je ne pouvais pas me passer de toi.

— Ce sont nos corps qui s'aiment, pas nos âmes.

— *Bullshit !* Les âmes ne comptent pas.

— Si, car ce sont elles qui font de nous ce que nous sommes. Et rien ne dit que les nôtres s'entendraient aussi bien que tu le crois. Notre lien est purement charnel, tu le sais comme moi.

Deborah s'écarte vivement de Louis.

— Tu veux dire que tu me vois uniquement pour mon corps, et satisfaire tes besoins sexuels ?

— Les tiens aussi, si je ne m'abuse.

— Goujat ! Et moi qui croyais que tu m'aimais ! En fait, ça t'arrange bien, hein, de m'avoir quand tu le veux, sans te demander si toutes ces cachotteries me conviennent et si nous retrouver toujours en secret ne me fait pas souffrir. Tu n'es qu'un sale égoïste, comme tous les Français d'ici qui ne pensent qu'à leurs plaisirs.

Égoïste, lui ? Blessé dans son amour-propre, Louis ne veut pas en entendre davantage. Soudain, c'est lui qui trouve Deborah égoïste et odieuse avec ses reproches immérités, alors qu'il a tout fait pour lui donner ce qu'elle attendait de lui sans que son mari ne soupçonne quoi que ce soit. Il décide d'un coup de mettre un terme à leur dispute, à leur histoire, à leurs amours.

— Tu n'as plus rien à faire ici, dit-il en se levant. Nous avons été heureux, mais tu viens de tout gâcher et, puisqu'il faut nous séparer, faisons-le dès maintenant.

Deborah a un mouvement de recul. Dans ses yeux, Louis lit de l'incrédulité, de la colère, de la déception, des regrets peut-être. Il est follement bouleversé soudain par ce regard qui l'interroge et l'implore. L'aimerait-il plus qu'il ne l'imagine ? Est-il en train de manquer quelque chose d'important, une femme qui l'aime vraiment et qui veut faire sa vie avec lui ? Il est trop tard pour se poser à nouveau la question. Deborah doit partir, vite, très vite, sinon Louis devine qu'il peut flancher, prendre une décision insensée sur un coup de tête, accepter sa proposition, faire une folie qu'il regrettera toute sa vie. En un éclair, il comprend que son avenir se joue là, en cette seconde où tout peut basculer dans l'inattendu et l'inconnu à cause des yeux implorants de sa maîtresse. Il prend ses mains, les serre entre les siennes sans la quitter des yeux, en baise les paumes et l'éloigne de lui.

— Va-t'en, dit-il doucement, presque à regret.

L'Américaine comprend que sa décision est irrévocable, ses yeux sont emplis de larmes et, dans un sursaut de dignité, elle se retient de se jeter dans les bras de Louis.

— Adieu, dit-elle d'une voix étouffée, puisque tu ne veux plus de moi. N'oublie pas que je t'ai aimé et que je t'aimerai jusqu'à la fin de mes jours.

Elle lui tourne le dos, ouvre la porte, attend quelques

secondes dans l'espoir qu'il se précipite vers elle et que tout soit à nouveau possible, qu'il l'emporte dans ses bras pour vivre leur passion, mais Louis ne fait pas un geste.

— Adieu, Deborah, dit-il. Sois heureuse et ne m'oublie pas, toi non plus.

Un dernier regard, un dernier frémissement des lèvres, mais tout vient d'être dit, un monde les sépare déjà, ils savent qu'ils ne se reverront pas et que leur blessure ne se refermera jamais.

39.

Ni la chaleur moite de ce début septembre 1914, ni les nuages qui plombent le ciel de Shanghai ne sont la cause de la lourde atmosphère qui entoure le conseil d'administration de la Compagnie du Yangzi. Même aux pires heures de l'empire Esparnac, l'inquiétude n'a jamais été aussi palpable autour de la longue table d'acajou. Tous les visages sont figés dans un mélange d'incrédulité et d'abattement. Les nouvelles de France sont terribles et, devant la gravité des événements, Louis a dû se résoudre à convoquer une assemblée extraordinaire. Dans le silence à peine perturbé par la sirène d'un navire au loin sur le fleuve, il observe sa mère, Laure, Joseph, Patrick O'Neill à qui il a récemment proposé d'entrer au capital, et M. Ardain, le directeur de la Banque d'Indochine.

— La guerre contre l'Allemagne a très mal commencé. Le consul vient de m'informer que nos armées ne cessent de reculer et que le gouvernement a quitté la capitale pour Bordeaux, annonce-t-il d'une voix grave. Les Allemands devaient attaquer Paris aujourd'hui. Peut-être y sont-ils même déjà entrés.

Autour de la table, personne n'ose encore imaginer que la France, entrée en guerre contre l'Empire allemand en août, puisse être vaincue encore plus rapidement qu'en

1870, bien que chacun redoute ce qui apparaît comme une catastrophe inéluctable. Olympe se retrouve brutalement rejetée plus de quarante ans en arrière lorsque son père lui apprit que les Prussiens avaient envahi la France et que Napoléon III avait capitulé. Elle n'avait que seize ans mais se souvient encore de son affolement et de celui de sa sœur à l'idée que les barbares puissent arriver jusqu'au vieux château familial de Saint-Affrique et les enlever après avoir tué leur père. À ce souvenir soudain très vivant, elle se demande si sa panique d'alors n'était pas à l'origine de son désir de fuir la France dès que l'occasion s'en présenterait, de se projeter le plus loin possible, loin des Allemands, des guerres et des peurs ancestrales. Aujourd'hui, même à l'autre bout du monde, les barbares la retrouvent, la guerre la rattrape, la peur noue à nouveau son ventre.

— La Bourse est au plus bas et nos affaires ont déjà souffert depuis la déclaration de la guerre, continue Louis. Ces revers successifs nous fragilisent dangereusement.

— Je ne vois pas comment, s'étonne Patrick.

— Nos habituels clients chinois nous font moins confiance et s'adressent de préférence à des sociétés allemandes ou américaines. Les nouvelles des victoires allemandes sur les armées françaises ruinent notre réputation et renforcent leur prestige. C'est aussi simple que cela.

— C'est surtout stupide puisque la guerre en France n'a aucune conséquence sur nos capacités logistiques ou financières, constate Laure.

— Mes compatriotes ont une tendance naturelle à respecter la force, explique Joseph. Et, depuis qu'ils sont arrivés à Shanghai, les Allemands les ont plus impressionnés que les Français. Leurs succès militaires actuels renforcent l'admiration de mes amis chinois.

— Charles m'a raconté que, lors de la guerre de 1870,

les affaires avaient pourtant continué ici comme si de rien n'était et que les Allemands se contentaient de narguer les Français, dit Olympe. Pourquoi les choses se passeraient-elles différemment aujourd'hui ? Nous entretenons de bonnes relations avec nos clients et concurrents allemands, et nous pourrions peut-être aller discuter avec eux pour convenir que cette guerre ne nous concerne pas et que...

— Non, maman, coupe Louis. Cette guerre justement n'a rien à voir avec celle que tu as connue. Elle est à l'échelle de toute l'Europe. C'est le combat des démocraties contre les empires. Et le consul m'a dit sous le sceau du secret que les Anglais allaient bientôt prendre des mesures avec nous pour neutraliser les Allemands de Shanghai. Nos navires de guerre contrôlent le port. En attendant, les usines tournent au ralenti, les chantiers des nouveaux shikumen n'avancent pas, et l'argent rentre de plus en plus difficilement dans les caisses.

— Je peux vous assurer une ligne de crédit, si nécessaire, propose Ardain, mais le taux d'intérêt risque d'être élevé. L'argent est toujours cher en ces moments d'incertitude.

— Nous tiendrons bon, quel qu'en soit le prix, dit Louis. Ma seule consolation est que nos concurrents sont à peu près dans la même situation que nous.

— Nous pourrions peut-être nous regrouper pour affronter ensemble cette mauvaise passe ? propose Laure. On se défend mieux à plusieurs.

Louis a un petit rire.

— Tu oublies que c'est chacun pour soi ici et que nous espérons tous que nos concurrents soient à terre un jour ou l'autre pour leur donner le coup de grâce, les éliminer ou les racheter à bas prix. C'est la loi du business.

— Nous savons tout cela, Louis, et je suppose que tu ne

nous as pas convoqués pour nous faire ce genre de leçons, s'impatiente Olympe.

Louis jette un coup d'œil peu aimable à sa mère.

— Évidemment, maman, répond-il, énervé. Si vous êtes là, c'est pour répondre à la question simple que je suis dans l'obligation de vous poser : me faites-vous toujours confiance pour diriger l'entreprise dans les circonstances actuelles ou voulez-vous nommer quelqu'un d'autre à la tête de la Compagnie ? Vu les circonstances, et si la France perd la guerre, j'aurai inévitablement des décisions difficiles à prendre et je veux pouvoir le faire sans me demander chaque fois si vous serez ou non d'accord. Dans le cas contraire, je suis prêt à remettre mon mandat à la personne de votre choix.

Olympe regarde son fils avec étonnement.

— Quelle drôle de question ! Pourquoi veux-tu que nous ne te fassions plus confiance ? Et je parle au nom de tous, je crois. Tu as parfaitement dirigé la Compagnie du Yangzi jusqu'à présent et je ne vois pas pourquoi nous aurions des doutes sur ta capacité à le faire par gros temps.

Joseph Liu, Patrick O'Neill, Ardain approuvent d'un hochement de tête.

— Confiance renouvelée ! conclut Olympe avec un grand sourire. La motion est adoptée.

— Et moi, on ne me demande pas mon avis ? demande Laure d'une voix pointue, en lissant nonchalamment ses longs cheveux noirs. Je ne compte pas ?

— Bien sûr que si, s'excuse Olympe. Tu n'es pas d'accord avec nous ?

— Si, mais je voulais vous rappeler que j'aurais très bien pu ne pas l'être.

— Ce qui n'aurait rien changé puisque tu es actionnaire minoritaire.

— Je le sais.

— À quoi bon, alors ? demande Louis.

— En fait, j'ai moi aussi une communication importante à faire et je profite que vous soyez tous réunis.

— Très bien, mais comme elle n'est pas prévue à l'ordre du jour, il n'en sera pas fait mention dans le procès-verbal de séance.

— Aucune importance. Je voulais juste vous informer que je vais me marier, répond Laure.

À voir la tête de son frère qui s'attendait à tout sauf à cette nouvelle, la jeune femme éclate de rire.

— Quoi ? Et tu nous l'annonces comme ça ? s'indigne Louis, décomposé.

— Comment aurais-tu voulu que je fasse ? En t'envoyant un carton par la poste ?

— Mais avec qui, d'abord ?

— Et quand ? renchérit Olympe.

— As-tu bien réfléchi ? questionne Patrick.

Laure rit de plus belle, enchantée d'avoir créé la surprise et d'avoir brisé ce consensus exaspérant autour de son frère. Ils ont l'air tellement affolés, d'un coup.

— Vous n'avez pas encore deviné avec qui, depuis le temps que vous nous voyez ensemble ? Êtes-vous aveugles à ce point ? Marc, voyons ! Mon pianiste favori !

Le sourire éblouissant qui éclaire soudain le visage de Joseph Liu lui confirme qu'elle a fait au moins un heureux avec cette annonce et elle se lève pour aller l'embrasser.

— Je me demandais quand vous alliez enfin vous décider, dit-il d'une voix tremblante. Je voudrais tant avoir un petit-fils avant de mourir.

— Quelle merveilleuse nouvelle ! s'exclame Olympe en prenant les mains de sa fille. Il était temps à ton âge ! Moi aussi, j'ai envie d'avoir des petits-enfants.

Seul Louis reste muet. Il continue d'ouvrir des yeux éberlués sur sa sœur, en se demandant si elle sait que son futur mari n'éprouve aucune attirance pour les femmes et qu'il ne pourra peut-être pas lui faire d'enfants. Mais quand elle lui lance un clin d'œil, il comprend qu'elle n'ignore rien des singularités de Marc et qu'elle les accepte.

— Pourquoi maintenant, si brusquement? demande-t-il.

— Parce que nous partons dans quinze jours pour Hong Kong, Macao et Canton, puis les Philippines et le Japon. C'est la première grande tournée de Marc en Asie et il veut que nous soyons mariés avant de partir.

— Mais les bans, l'envoi des cartons d'invitation, ton trousseau? s'inquiète Olympe.

— Maman, nous ne ferons rien de classique : nous ne nous marierons pas à l'église, seulement au consulat, suivi par une petite réception au Trianon. Entre nous.

— Pas de mariage religieux? s'écrie Joseph. Vous ne pouvez pas me faire ça! Vous êtes baptisés tous les deux et ce sera le premier mariage d'un Han avec une Française. Il faut absolument que l'Église célèbre cet instant et bénisse votre union.

— Marc ne veut pas. Et moi non plus, Oncle Joseph, répond Laure. Il a bientôt quarante ans, moi trente-cinq et nous avons passé l'âge des robes blanches et des fracs. Et tu sais parfaitement que je suis une mécréante comme papa qui ne croyait pas à grand-chose.

— Mais Marc? C'est contraire à toutes ses convictions.

— Non, et il te le dira lui-même : il ne souhaite pas de mariage religieux pour le moment et pense que l'on pourrait passer devant le curé plus tard. Quand nous serons rentrés et installés.

En écoutant sa sœur, Louis devine qu'elle n'a pas voulu transformer en événement mondain un mariage qui est moins d'amour que de raison : peu de gens ignorent, à Shanghai, la sensibilité particulière de Marc Liu et son tempérament d'artiste, euphémismes pour évoquer ses mœurs, et Laure a probablement refusé de passer pour une idiote ou une intrigante devant toute la communauté blanche de la ville. Et, connaissant Marc, il imagine qu'il a certainement voulu voir comment se déroulerait la vie commune avec Laure avant de s'engager définitivement avec elle devant Dieu, de peur de commettre un sacrilège. Il sourit à sa sœur : comme lui, Laure aime prendre des risques un peu fous. Se marier avec un homosexuel ! Il n'y a qu'elle pour l'oser.

Un peu comme lui qui est, sans nul doute, le seul patron de Shanghai frayant avec les ouvriers. Au point – et il en rit encore – d'avoir été l'un des fondateurs du Parti du travail. Mais aura-t-il encore l'occasion de rire si la guerre dure et s'il est mobilisé pour aller se battre en France ?

40.

Depuis le début de la guerre, il y a trois ans, Shanghai vit au rythme des offensives, contre-offensives, semi-victoires ou semi-défaites qui, là-bas en Europe, se paient chaque fois au prix de dizaines de milliers de morts. Les actualités cinématographiques montrent aux Shanghaiens effarés les tranchées, les combats aériens, les énormes canons envoyant la mort à des kilomètres. Ils ont vu à l'écran les images saccadées de la fournaise de Verdun, de Douaumont, de la bataille de la Somme. Certains sont rentrés combattre en France, en Allemagne ou en Grande-Bretagne, d'autres ont choisi de rester pour défendre les concessions contre les seigneurs de la guerre qui se disputent des provinces entières et chassent de chez eux des milliers de paysans ou d'habitants de villes dévastées.

Depuis des semaines, les réfugiés arrivent de toute la province et, au-delà, de toute la Chine orientale, du Jiangsu, du Zhejiang, de l'Anhui et même du Henan. Ils débarquent par le fleuve, la route, le train, épuisés, sales, hirsutes, squelettes vivants parfois, blessés souvent, avec des baluchons ou des coffres en bois attachés sur leur dos, des enfants au visage égaré accrochés à leurs vêtements. Ils arrivent, ployant sous la misère, l'absurdité du monde et de leur vie, la colère du Ciel qui a lâché tous ses démons sur la Chine. Par dizaines de milliers, ils viennent chercher refuge à Shanghai, chassés par les combats meurtriers qui opposent les seigneurs de la guerre du Sud à ceux du Nord.

Debout devant la plaine où ils s'entassent, innombrables, après les faubourgs sud de la ville, Olympe se sent impuissante. Le monde est devenu fou. En Europe, la guerre s'éternise, meurtrière et sans issue. Depuis trois ans, elle fauche sans répit la jeunesse de tout le continent, dévaste les villes du nord de la France, il y a des millions de morts et d'estropiés, d'innombrables familles détruites. En ce mois de mai 1917, les journaux parlent d'offensives meurtrières, de soldats sacrifiés par fournées entières sur le chemin des Dames, de mutineries dans les armées, de destructions sans nombre. Ils affirment aussi que les Américains vont entrer en guerre à leur tour et envoyer des troupes en France. Mais ici, en Chine, ce n'est guère mieux. Et Olympe se sent totalement démunie devant ces cohortes de réfugiés qui, tous les jours, arrivent dans la ville chinoise et campent comme ils peuvent, troupeaux misérables entassés dans des champs boueux sous les pluies torrentielles. Avec les femmes de son orphelinat et les sœurs auxiliatrices, elle fait le tour des campements pour apporter tout ce qui peut sauver des vies – du lait, des vivres, du réconfort, des vêtements –, mais ils sont si nombreux, si dépourvus de tout que c'est un combat sans fin contre la mort, la vermine, la famine.

Leurs vagues se succèdent à un tel rythme que, devant le danger, les concessions se sont organisées pour les empêcher d'y pénétrer de force et de les envahir. Comme tous les Français de la concession, Louis est mobilisé un jour par semaine pour rejoindre le bataillon supposé défendre la concession. Mais celle-ci est moins menacée par les réfugiés que par la baisse des affaires. Elles sont moins florissantes qu'autrefois, les prix ont augmenté, les entrepôts qui restent sans surveillance sont pillés et la Compagnie du Yangzi souffre comme elle n'a jamais souffert.

À mesure que le soir envahit la ville, Olympe se sent prise par un pressentiment obscur, comme si toute son existence en Chine, sa vie même basculait dans le crépuscule d'un monde en train de mourir. Tout ce qu'elle a construit n'est-il pas condamné à disparaître à l'instar des amis qui l'ont accompagnée depuis tant d'années, Samuel Lawson et René Mattéoli, morts le mois dernier à quelques jours d'intervalle, l'un de vieillesse, l'autre usé par trop de plaisirs chinois ? Avec leur disparition, c'est toute une partie de sa vie, celle de sa jeunesse la plus exaltante, qui s'est dissipée dans les brumes du temps. « Suis-je une vieille femme maintenant ? » se demande-t-elle parfois, le matin, face à son miroir. Même si Patrick est toujours aussi amoureux, même si son visage a conservé le même éclat, elle voit bien que son corps décline, que sa peau se ride. L'instant d'après, elle sourit à nouveau. « Ce n'est que l'apparence, se rassure-t-elle. L'essentiel est invisible. » La même énergie l'habite, son qi n'a pas faibli et elle se sent toujours capable de déplacer des montagnes. Sauf aujourd'hui devant ces milliers de malheureux dont les besoins dépassent ce qu'elle est humainement capable de faire. Seul le Taotai pourrait leur venir en aide, mais, dans l'anarchie actuelle, en a-t-il les moyens ?

Joseph Liu lui-même, malgré sa puissance, semble dépassé par le spectacle d'une Chine minée par la guerre civile. Ses recettes de longévité et les prières de Marie-Thérèse ont peu d'effet sur lui : c'est comme s'il se consumait à petit feu, brûlé par les regrets de n'avoir toujours pas ce petit-fils que Marc et Laure lui ont promis mais qu'ils tardent à lui faire. « Quand je suis devenu chrétien, le culte des ancêtres et la nécessité d'avoir des descendants pour s'occuper de moi après ma mort me paraissaient incompatibles avec ma foi, expliqua-t-il un jour à Olympe. Mais, avec l'âge, je dois avouer que j'y attache une réelle importance et que je ne supporte pas l'idée de disparaître sans avoir un petit-fils. Le paradis, si j'y vais, me semblerait incomplet.» Un peu plus affaibli mois après mois, il attend désespérément son fils et Laure qui, après leur tournée en Asie, sont partis aux États-Unis pour une nouvelle série de concerts sur la côte Ouest. À Olympe aussi, Laure manque beaucoup et la présence de Patrick ne suffit pas toujours à combler le vide laissé par ses enfants. Louis se fait de plus en plus rare et peut la laisser sans nouvelles des semaines entières. Au siège de la Compagnie, on lui dit qu'il disparaît parfois plusieurs jours sans que personne ne sache où il se trouve et elle s'inquiète pour lui.

— Encore une de ces femmes qui lui courent après, la rassure Patrick O'Neill, le soir quand ils se retrouvent pour dîner. Il a besoin de se détendre, ce garçon.

— À plus de quarante ans, il me semble qu'il pourrait penser à autre chose et commencer à se ranger, répond Olympe, fâchée d'entendre son compagnon prendre la défense de son fils au nom d'une stupide solidarité masculine.

— Il a encore le temps. Je sais que tu as hâte d'être grand-mère mais, pour ce qui me concerne, je suis beaucoup moins pressé.

— Voir des enfants courir dans cette maison nous amènerait un peu de vie, tu ne crois pas ? De temps en temps, le Trianon est un peu trop calme à mon goût et j'ai la nostalgie des années où Louis et Laure y jouaient à cache-cache les jours de pluie. La maison résonnait de leurs rires et de leurs cris.

— Tu veux faire une partie? propose Patrick en se levant.

— Chiche! répond Olympe en l'imitant.

Et alors qu'elle leur apporte le dessert, Mme Hu les voit avec stupeur quitter la table, Patrick tourner le dos à sa maîtresse et se mettre à compter pendant que celle-ci disparaît en riant dans l'enfilade des salons du rez-de-chaussée.

*

— Je voudrais finir en disant que, pour nous, la révolution d'Octobre en Russie est l'exemple à suivre, conclut Chen Duxiu de sa voix un peu fluette.

Élégant, habillé à l'occidentale d'un costume de tweed et d'une chemise à col rond, ses cheveux courts coiffés en arrière, son visage fin et sensuel trahissant ses origines mandchoues, il vient d'ouvrir la séance du comité de rédaction de sa revue *Xin Qingnian, La Nouvelle Jeunesse.* Autour de la table, une demi-douzaine d'étudiants, Lao Sun et Louis Esparnac l'écoutent avec passion. Chen et lui se sont rencontrés après que Louis a lu un numéro de sa revue que lui a prêtée un des membres du Parti du travail. Chen Duxiu, qui a fait ses études en français, habite une petite maison rue Vallon où il est censé donner des cours de français, mais dont il a, en réalité, fait un foyer révolutionnaire.

— Il y a beaucoup de points communs entre la Russie et nous, poursuit Chen. Comme la Chine, elle était dirigée par une monarchie à bout de souffle et discréditée. Comme la Chine, elle avait soif de modernité, d'idées nouvelles et de sciences. Comme elle, elle avait besoin de liberté. Et, comme en Chine, ses masses ouvrières voulaient être traitées comme des êtres humains et non comme des bêtes.

Autour de la table, on approuve silencieusement. Seul Louis ose prendre la parole.

— Tu oublies que la situation militaire n'est pas du tout la même, dit-il après avoir allumé une de ses cigarettes Capital Ship dont le parfum opiacé se répand aussitôt dans la pièce. La Russie était en guerre depuis trois ans avec l'Allemagne et a perdu des millions d'hommes. La Chine n'est en guerre que contre elle-même et les victimes des seigneurs de la guerre ne se comptent pas par millions, grâce au Ciel.

— M. Esparnac a raison, intervient Lu Xun, un écrivain progressiste de passage à Shanghai. La situation n'est pas du tout la même. Et les conditions ne sont donc pas réunies pour que nous espérions lancer la révolution comme les Russes ont pu le faire.

— Je ne veux pas faire la révolution à tout prix, se défend Chen. Je cherche simplement à réunir les conditions qui la rendront possible.

— L'exemple de la Russie ne pourra être suivi que si tu crées un parti communiste comme Lénine l'a fait avec le parti ouvrier bolchevik, dit Louis. Sans les masses ouvrières, rien n'est possible. Pourquoi penses-tu que j'ai fait la jonction entre vous et le Parti du travail de Lao Sun ? La prochaine défaite de l'Allemagne, si ce qu'annoncent les journaux est vrai, va bientôt libérer des énergies formidables. Le vent nouveau qui soufflera là-bas arrivera nécessairement jusqu'ici et le peuple nous suivra.

Chen Duxiu n'ignore pas que Louis est un patron respecté et que son engagement au côté de la classe ouvrière, aussi paradoxal soit-il, est sincère et actif. Ils ont régulièrement des conversations enflammées sur la nouvelle étape révolutionnaire dont la Chine a besoin après l'instauration de la république et le plus passionné des deux est le Français. À croire que son vrai pays est la Chine et non plus la France. «Je n'y ai pas remis les pieds depuis mes quinze ans, lui a expliqué Louis un soir. Et si je me sens bien plus chinois que français, c'est tout simplement parce que je suis né ici. – En réalité, tu n'es pas chinois, Louis, tu es shanghaien. Et ce n'est pas du tout la même chose. Tu auras beau faire, beau dire, même dans le plus pur chinois classique, tu n'auras jamais les yeux bridés et tu n'entendras jamais, au fond de toi, résonner la fibre de ce pays comme un vrai Han.»

Ce soir-là, Louis a failli renoncer à tout. Chen disait en partie la vérité : il ne serait jamais un vrai Han. Mais sa phrase sonnait surtout comme un stigmate ou un désaveu de tout ce qu'il avait fait jusqu'à présent, de tout ce à quoi il avait cru. S'il écoutait Chen Duxiu, cela voudrait dire qu'il ne serait jamais accepté parmi les Hans, quels que soient ses efforts, ses engagements. Il ne pouvait pas accepter cette exclusion fondée sur le simple faciès car il savait au fond de lui qu'on pouvait être chinois sans en avoir l'apparence. Et, contrairement à ce que pensait Chen, la fibre du pays résonnait bien en lui, et de plus en plus fort.

— Assez discuté, s'écrie Louis en se levant brusquement de sa chaise. Vous êtes tous trop sérieux, ce soir. Allons plutôt nous amuser, je vous invite au Grand Monde.

Quand ils sortent, aucun d'eux ne remarque le balayeur municipal qui s'efforce de rassembler les feuilles de platanes tombées sur les trottoirs, malgré l'heure tardive. Son balai à la main, il s'interrompt dans son travail pour les regarder sortir l'un après l'autre d'un air idiot, mais à peine ont-ils tourné le coin de la rue qu'il part en courant dans la direction opposée, laissant sur le macadam un petit tas de feuilles rousses qu'une bourrasque disperse aussitôt.

*

Ouvert depuis quelques mois, Le Grand Monde dresse son clocher à six étages, élégante pagode païenne à colonnades, au coin du boulevard Montigny et de la rue de Palikao, aux confins de la concession française.

— Suivez-moi, nous allons écouter les petites chanteuses chinoises en sirotant un de ces cocktails dont ils ont le secret ici, propose Louis en entraînant Chen Duxiu et les autres dans les étages. Ils sont presque aussi bons qu'au Shanghai Club.

Les *Sing-Song Girls* du Grand Monde, avec leur voix cristalline et leurs minauderies de petites filles, ont fait la célébrité du plus grand palais de perdition de l'Asie, un mélange de dancing, de tripot, de cabaret, de maison close, de restaurants, de maison de jeux, où l'on peut aussi trouver un barbier, se faire prédire l'avenir ou prendre en photo avec sa conquête d'un soir. Malgré la guerre qui fait rage pour le contrôle de la ville chinoise entre les deux seigneurs de la guerre locaux, on vient de toute la ville pour goûter à la gamme infinie des plaisirs du Grand Monde. Les grands compradors et les chefs de bandes chinois y côtoient quelques riches Blancs venus s'encanailler et les marins de passage prêts à se faire plumer pour quelques instants de bonheur. Chaque étage a ses spécialités, le jeu, le sexe, les restaurants, la danse, et tout y est bon pour attirer le client et lui soutirer jusqu'à ses derniers yuans. Louis y vient de temps en temps s'enivrer de foule, de cocktails et de chansons chinoises aussi mièvres que les filles qui les chantent. Depuis sa rupture avec Deborah, il n'a trouvé aucune femme à son goût parmi celles qui s'intéressent à lui et se complaît dans des chinoiseries sans lendemain qui le laissent chaque jour un peu plus frustré.

— Ce genre de lieux devrait être interdit, dit Chen

Duxiu. C'est un repaire de bandits et la jeunesse a besoin d'autres modèles que cet argent vite gagné, vite perdu.

— Ne sois donc pas si sérieux, répond Louis. Il n'est pas interdit de prendre un peu de bon temps, surtout quand on souhaite moderniser un pays. Tu ne changeras pas les hommes, ni toi ni un autre. Ils auront toujours besoin de s'amuser.

Dans la salle enfumée et bruyante, à peine sont-ils assis à une table qu'une dizaine de filles les interpellent, s'assoient sur leurs genoux, les invitent à danser avec elles contre un dollar ou à boire du champagne. Louis rit aux propositions de l'une d'elles, une jolie *Sing-Song Girl* qui l'a déjà entrepris lors de sa dernière visite et à qui il a l'air de plaire. Elle-même est particulièrement séduisante dans sa robe de soie *qi pao* moulante et boutonnée au cou mais fendue sur un côté jusqu'à mi-cuisse.

— Je ne paie pas, mademoiselle, lui répond-il quand elle le tire par le bras pour l'emmener sur la piste. Si tu veux danser, ce sera à mes conditions, pas aux tiennes.

La fille lui jette un regard furieux en crachant une insulte et lui tourne le dos à la recherche d'un client moins difficile. Louis a un petit rire moqueur.

— Tu n'as que du mépris pour ces filles, n'est-ce pas ? constate Chen Duxiu.

— Non, mon vieux. Mais je n'ai aucune raison de payer pour danser avec une de ces gamines qu'on a dressées pour séduire les hommes.

— C'est leur gagne-pain. Elles méritent aussi qu'on s'intéresse à elles, qu'on les libère des bandits qui les exploitent.

— Ne sois pas si utopique, Chen Duxiu. On commence par les ouvriers et pour les filles, on verra plus tard !

Louis se lève brusquement, rattrape la Sing-Song Girl,

lui glisse quelques dollars dans la main et l'entraîne sur la piste de danse en adressant un clin d'œil à Chen.

*

Dans l'étroit bureau de l'inspecteur Kremer, au second étage du commissariat de police de la concession, l'indicateur déguisé en balayeur vient d'achever son rapport devant l'inspecteur et l'interprète, un Chinois qui dispose d'un petit bureau dans le couloir bien qu'il n'appartienne pas officiellement à la police municipale. C'est un des sbires de Huang Jinrong le Grêlé, le chef de la Bande verte, qui l'a placé là pour aider les Français à surveiller les agitateurs dans leur concession mais surtout à contrôler le trafic de l'opium. Avec la bénédiction de la municipalité qui en tire de substantiels bénéfices.

— Tu es sûr qu'il y avait un Français avec eux ? questionne à nouveau Kremer.

L'indicateur répond par l'affirmative avec de grands hochements de tête.

— Dis-lui de me le décrire, demande-t-il à l'interprète en prenant son crayon. Blond, cheveux longs, la quarantaine, un mètre soixante-dix, très bien vêtu, un chapeau, c'est ça ? Pas de signes distinctifs comme des moustaches, une barbe ou des lunettes ? Une canne ? Non plus ? Bon, c'est déjà pas mal.

Kremer mâche nerveusement le crayon et s'adosse lourdement contre sa chaise.

— Je me demande quel Français serait assez dingue pour aller se mêler à ces gens-là. Et toi, tu as une idée de qui ça pourrait être ? demande-t-il à l'interprète.

— Oui, mais cela me paraît tellement improbable que je n'y crois pas une seconde.

— Dis toujours.

— Un de nos informateurs m'a précisé que, parmi les gens qui participent aux réunions du parti de Lao Sun, il voyait souvent un Long Nez. Il a fait des recherches, l'a suivi pour savoir où il habitait et a découvert que c'était Louis Esparnac.

— Le patron de la Compagnie du Yangzi ?

— Lui-même. Et comme notre indicateur d'aujourd'hui vient de nous dire que Lao Sun était avec Chen Duxiu et ce Blanc, j'en déduis que celui-ci pourrait bien être Esparnac. Mais les chances pour que ce soit vrai sont réduites.

Kremer éclate de rire.

— Tu l'as dit ! Je ne vois pas quel intérêt aurait un des plus grands patrons français de la ville à se mêler à cette racaille.

L'interprète réfléchit un instant.

— Si je puis me permettre et aussi curieux que cela puisse paraître, je pense qu'il faudrait quand même vérifier.

Kremer a une moue dubitative.

— Si ça peut te faire plaisir, pourquoi pas ? Mais c'est le boulot de ton patron, le Grêlé. Qu'il mette ses gars sur ce type pour qu'on en ait le cœur net mais pas de bêtises, hein ? Esparnac pèse lourd ici et je n'ai pas envie de me retrouver muté à l'autre bout de la Chine à cause de vous, c'est clair ?

41.

Depuis que le canal du Jangjingbang a été comblé pour devenir le boulevard Édouard-VII, la séparation entre la concession française et la concession internationale est moins tangible qu'autrefois. On passe de l'une à l'autre sans avoir à emprunter un des petits ponts de pierre qui enjambaient le canal, toujours encombrés de rickshaws, de calèches, de pousseurs de brouettes et sur lesquels les automobiles osaient à peine s'aventurer. Ce dimanche-là, sur le boulevard, la nouvelle auto de Louis, une Peugeot, fait encore plus sensation que d'ordinaire au milieu des pousse-pousse, des autres cabriolets et des derniers attelages. C'est que toute la ville est dehors. Les gens s'interpellent, s'embrassent, lancent leur chapeau en l'air en se congratulant. Tous les bâtiments du Bund et tous les consulats sont pavoisés aux couleurs des Alliés. La nouvelle de la victoire sur l'Allemagne est arrivée la veille et Shanghai veut marquer, elle aussi, la fin de ces quatre années interminables.

Plus tard, quand Louis stoppe au pied du perron du Trianon où Olympe et Patrick ont réuni toute la famille et les Liu pour fêter la victoire, les exclamations laissent bientôt place à la surprise. Sur le siège de cuir rouge, une petite jeune femme rousse, très pâle, se tient à son côté, intimidée. C'est la première fois qu'il vient chez sa mère avec une femme, mais Olympe ne s'attendait pas à ce qu'elle soit si jeune ni si pauvrement vêtue. Derrière elle, Patrick, Joseph, Marie-Thérèse, Laure et Marc sont tout aussi perplexes.

— Je vous présente Emma, lance-t-il, en l'aidant à descendre, apparemment très fier de lui. Soyez gentils avec elle, Emma est très farouche.

En prenant la main de la jeune fille, Olympe s'étonne de la sentir si petite, si fragile, si froide, comme un oiseau blessé, et lui sourit avec bienveillance.

— Soyez la bienvenue, mademoiselle, dit-elle en lui faisant signe d'entrer. Tu aurais dû me prévenir, Louis, j'aurais mis un couvert de plus.

— Cela m'aurait été difficile, maman. Je ne la connaissais pas il y a encore une demi-heure.

Habituée aux coups de folie de son fils et à son mépris des conventions, Olympe ne peut s'empêcher de rire et le prend par le bras pour gravir les marches avec lui.

— Et où l'as-tu rencontrée, cette fois ? ironise-t-elle.

— En venant ici, devant le Cathay Hotel. Elle avait l'air complètement égarée.

— Et n'écoutant que ton bon cœur, tu nous l'as amenée. Tu as bien fait. Vous êtes de Shanghai, Emma ? demande-t-elle.

— Je viens de Harbin, répond la jeune fille d'une toute petite voix et avec un léger accent russe.

— Emma est juive, maman. Elle m'a expliqué qu'elle avait fui à cause de la révolution. Elle n'a pas mangé depuis des jours. Je ne pouvais pas la laisser dans cet état.

Tandis que Laure emmène la jeune fille pour lui proposer un bain et lui trouver des vêtements propres, Louis poursuit ses explications.

— Elle cherchait la Shanghai Jewish Communal Association et je l'ai invitée à venir d'abord chez nous.

— Il y a de plus en plus de Russes en ce moment, dit Patrick avec un peu de mépris. Cela commence à poser un sérieux problème.

— Shanghai a toujours attiré les réfugiés de toute sorte, répond Louis. Papa en était un, à sa façon, ne l'oublie pas.

Une fois à table, et encore tout étonnée de se retrouver habillée d'une tunique chinoise à sa taille empruntée à Mme Hu, Emma accepte de raconter son aventure. Sa voix ténue tremble par moments quand ses souvenirs deviennent trop douloureux.

— Je m'appelle Emma Leyman et je suis originaire de Minsk. Comme de nombreux juifs, mes parents sont venus s'installer à Harbin, dans l'ancienne Mandchourie russe, pour fuir les pogroms. Là nous ne risquions rien. Mais, quand la révolution a éclaté, mon père a craint que les rouges ne traversent la frontière et ne viennent envahir la ville. Il avait beaucoup de biens et a décidé de venir se réfugier ici. Les juifs ne risquaient rien à Shanghai et on pouvait y entrer sans passeport, disait-il. On a pris un train pour atteindre la côte mais, une nuit, les soldats d'un seigneur de la guerre mandchou nous ont attaqués. Un massacre horrible. Mes parents ont été tués. J'ai réussi à me cacher et à m'enfuir jusqu'à Yingkou. Là, j'ai pu embarquer dans un bateau contre les quelques pièces d'or que papa m'avait données. Je suis arrivée ce matin.

— Et où comptez-vous dormir cette nuit? demande Louis.

— Je comptais sur l'Association juive pour trouver un lit.

— Vous pouvez rester ici le temps que vous désirez, propose Olympe. Il vous faut reprendre des forces et ensuite, si vous le voulez, nous pourrons vous aider à trouver un travail.

— Acceptez, insiste Louis. Vous serez mieux ici que dans un dortoir pour réfugiés. Sauf si votre religion vous l'interdit.

— Sans vous offenser, après ce que j'ai subi, ma religion n'a plus grand-chose à m'interdire, répond Emma avec un sourire triste.

— Mais elle pourrait vous apporter du réconfort, affirme Joseph.

— Seuls les hommes en sont capables, monsieur. Pas Dieu, il est trop loin.

Joseph veut répondre que ce sont les hommes également qui apportent le malheur mais préfère se taire pour ne pas ajouter au désespoir de la jeune fille.

— C'est pourquoi vous devez rester ici, mademoiselle, intervient Laure. Vous êtes bien tombée, nous sommes assez éloignés de toute religion, sauf Oncle Joseph et Tante Marie-Thérèse, et peut-être mon mari, qui préfère rester muet sur ce sujet, n'est-ce pas mon chéri ? ironise-t-elle en se tournant vers Marc qui a l'air tétanisé par le récit d'Emma.

Après la tension suscitée par ce que chacun a pu imaginer du drame vécu par la jeune fille, la verve de Laure provoque quelques rires soulagés. Marc et elle sont rentrés d'Amérique quelques jours plus tôt et ce sont leurs premières retrouvailles avec leurs parents.

— Il reste muet sur ce sujet comme sur d'autres, d'ailleurs, poursuit-elle d'un ton espiègle. Raison pour laquelle il me laisse évidemment le soin de vous annoncer la nouvelle.

— Il va redonner une série de concerts à Shanghai ? questionne plein d'espoir Patrick qui s'est découvert une passion pour la musique classique.

— Non, intervient Marc, soudain rouge d'embarras. Elle veut dire que je vais être papa.

Au milieu des exclamations de joie, Laure lance un clin

d'œil à son frère. Il retrouve en elle toute sa fierté d'avoir réussi quelque chose dont il l'estimait incapable lorsqu'ils étaient enfants et qu'il la défiait à un jeu de garçon. Comme si elle lui disait : « Tu vois, j'y suis quand même arrivée ! »

— *Mazel Tov !* dit Emma.

Et pour la première fois depuis son arrivée, un sourire éclaire son visage émacié.

*

Protégé par les hommes de main de la Bande verte, Chang se mêle au flot des manifestants qui crient leur colère dans les rues pouilleuses de la ville chinoise. Ils sont des dizaines de milliers, étudiants et ouvriers mêlés, à protester contre le traité de Versailles qui prévoit que l'Allemagne cède la province du Shandong au Japon. Le mouvement a commencé en mai 1919 à Pékin et s'est étendu à Shanghai dans la violence. Pour la première fois, commerçants et ouvriers en grève ont rejoint les étudiants et toute la ville est en ébullition. Dans les concessions, on s'attend au pire et des troupes coloniales ont pris position aux principaux points d'accès pour parer, une fois de plus, à tout risque d'envahissement par des foules déchaînées. Jamais les Longs Nez ne se sont sentis aussi menacés par la multitude chinoise malgré la protection des croiseurs ancrés tout au long du fleuve. Chang s'est mêlé aux manifestants sur ordre du Guomindang, le parti de Sun Yat-sen rentré à Shanghai, et d'Oncle Liu.

— Tu dois identifier les meneurs étudiants, lui a précisé Joseph. Ce sont eux que nous devons neutraliser en premier. Ils présentent un grand danger désormais.

— Pourquoi ?

— J'ai appris qu'ils sont entrés en contact avec les bolcheviks et que ceux-ci ont accepté de financer un parti communiste chinois. Ce qui serait extrêmement grave pour nous.

— Et les chefs ouvriers ?

— Ne t'en occupe pas. La plupart sont de notre côté en réalité. La grève n'est qu'un prétexte pour affaiblir les compagnies américaines qui concurrencent les nôtres. Mais si les choses deviennent incontrôlables, tu sais quoi faire.

Oui, Chang sait quoi faire, même si cela lui répugne. Les sbires de la Bande verte et des milices patronales se sont postés tout le long du parcours de la manifestation. Sous leurs vêtements, ils cachent gourdins, couteaux ou armes à feu, et sont prêts, à son signal, à semer la panique dans le cortège pour briser la grève. Chang sait que sur un mot d'ordre lancé par un leader étudiant trop exalté, le mouvement peut dégénérer en combat de rue. Il doit absolument l'éviter, ne pas perdre le contrôle de la foule, et il est prêt à la disperser à coups de bâton et au prix de quelques blessés, s'il le faut.

Mais parmi tous ces hommes qui hurlent leur haine des Japonais, des Blancs, des patrons, il en est un qu'Oncle Liu lui a demandé de rechercher avec plus d'attention que les autres. Son demi-frère français.

— L'inspecteur Kremer a informé le Grêlé que c'était bien Louis Esparnac qui figurait avec Chen Duxiu parmi les instigateurs des mouvements étudiants, lui explique Joseph encore incrédule. C'est lui, également, qui a aidé Lao Sun à créer son parti. J'ai du mal à le croire mais les faits sont là. Et je dois avouer que j'admire ton demi-frère d'avoir réussi à soutenir des révolutionnaires tout en étant le patron de la Compagnie sans que personne ne le sache !

— Cela prouve surtout qu'il aime la Chine et que lui aussi, à sa manière, il veut la changer, répond Chang.

— Peut-être, mais on va au-devant d'un drame si on le laisse faire, prédit Liu Pu-zhai. Je sais qu'il participera à la manifestation. Essaie de le repérer car en cas de problème, il faudra le sortir de là pour éviter qu'il se fasse prendre ou pire, ordonne-t-il.

Chang reconnaîtrait son demi-frère entre mille : depuis qu'il l'a aperçu, il y a des années, lors de la fête donnée pour les dix-huit ans de Laure Esparnac, il n'a pas oublié ce visage qui ressemble si étrangement au sien, qui en est son miroir inversé ou son négatif photographique. Comme si lui-même, au cours de toutes ces années, était devenu plus européen quand Louis devenait plus chinois. Sauf à s'être couvert la tête d'un turban ou d'un chapeau, Louis ne devrait pas passer inaperçu avec ses cheveux blonds, son teint pâle et ses yeux bleus s'il est effectivement assez téméraire ou assez fou pour être venu mêler sa voix à celle des Chinois, par provocation autant que par solidarité.

Au milieu de tous ces cris, vociférations et slogans déchaînés, Chang tente bien de distinguer une voix discordante, un ton qui serait moins rauque ou moins fanatique que les autres. Mais dans cette mer immense de visages déformés par la rage, il ne voit nulle part celui qu'il a la charge de protéger. À l'idée qu'il pourrait le manquer et laisser son frère courir le risque d'être tué, l'angoisse lui noue l'estomac. Et il en vient à prier le dieu des Hasards et de la Fortune de mettre Louis sur son chemin pour que l'occasion lui soit donnée, si tragique puisse-t-elle être, de rencontrer enfin ce frère tant désiré.

Mais, alors que la nuit tombe et que les manifestants, après un dernier cri de révolte, cessent comme par magie de hurler et se dispersent en silence, ni le hasard ni son dieu n'ont exaucé ce vœu. Chang les regarde se fondre dans l'obscurité, soulagé mais plein de ressentiment pour un destin qui lui refuse obstinément ce qu'il désire le plus au monde : se retrouver face à face avec Louis Esparnac.

42.

Olympe vient rarement chez son fils mais cette fois elle a pris les devants sans attendre qu'il l'invite. Ce qu'il aurait pu faire quand il lui a annoncé qu'il se mettait en ménage avec Emma, quelques jours à peine après l'avoir rencontrée. « Je ne sais pas très bien pourquoi, mais j'en suis fou amoureux, maman, lui a-t-il expliqué, les yeux brillants. Elle est si fragile, elle a tant souffert, que sa seule présence me bouleverse. Et ses yeux, maman, ses yeux verts... » Olympe a bien pensé, un moment, retrouver Louis au siège de la Compagnie, mais pour ce qu'elle a à lui dire, il valait mieux aller chez lui, un samedi matin. Comme elle le présumait, c'est Emma qui, un premier mouvement de surprise passé, lui ouvre la porte avec un grand sourire.

— Entrez, Olympe. Nous ne vous attendions pas.

— Je passe à l'improviste. Louis est là ? demande-t-elle froidement.

— Il allait partir, vous avez de la chance, répond Emma en la guidant vers le salon.

Olympe a l'air fâché mais Emma ne le remarque pas. En quelques semaines, elle est redevenue la jeune fille ravissante et vive qu'elle devait être à Harbin. Sur ses joues, les taches de rousseur ont réapparu et ses yeux verts ont à nouveau cet éclat qui lui donne un charme si étrange. Et Louis n'a pas lésiné sur les dépenses pour lui offrir une nouvelle garde-robe à en juger par l'ensemble qu'elle porte aujourd'hui.

— Maman, quelle surprise ! s'écrie-t-il en achevant de boutonner sa veste. Je dois sortir, tu m'accompagnes ?

— Non, répond Olympe d'une voix glaciale. Car tu ne sortiras pas avant que nous nous soyons expliqués. Emma, pouvez-vous nous laisser ? Merci.

— Que se passe-t-il ? s'inquiète Louis.

— Il se passe que je viens d'avoir la confirmation que mon fils est complètement fou ! répond-elle en haussant le ton. Si fou qu'il n'hésite pas à mettre en danger son entreprise et toute sa famille avec !

— De quoi parles-tu ?

— De tes accointances avec ces socialistes, ces ouvriers, ces révolutionnaires ! Te rends-tu compte dans quel pétrin tu nous mets ? Des risques que tu nous fais courir à tous ? Qu'est-ce qui te prend d'aller à ces réunions, à ces manifestations, de financer ces syndicats, d'appeler à la grève ? La Compagnie ne te suffit pas ? Il faut encore que tu ailles faire l'intéressant ailleurs ?

Jamais la colère d'Olympe n'a été aussi violente ni aussi désespérée. Quand Joseph Liu lui a appris, le matin même, les activités clandestines de Louis, ce fut comme s'il lui enlevait son fils pour le remplacer par un autre dont elle ne savait rien. D'un seul coup, Louis devenait un inconnu. Lui, dont elle croyait tout savoir et à qui elle pardonnait le moindre écart, il lui cachait la moitié de sa vie. Une partie de lui demeurait cachée, occultée, masquée comme un péché honteux, une manie déplorable ou un vice. Comme si les vieux démons du père avaient trouvé dans le fils de quoi s'exprimer à nouveau. Voilà peut-être ce qui effraie le plus Olympe, la propension de Charles à mener une double vie qu'elle retrouve en Louis, aussi virulente et dangereuse qu'un serpent. Comme Charles, Louis ose l'impensable et ne trouve rien de plus excitant que d'en repousser les limites.

— Pourquoi fais-tu ça ? demande-t-elle encore. Par défi, par provocation, pour jouer avec le feu ?

Dressé face à sa mère, Louis ne baisse pas les yeux. Il se tient raide, avec un air de défi et la toise, allume une cigarette, plein d'assurance.

— Ce que je fais de ma vie ne regarde que moi, répond-il. Et je ne suis pas fou au point de mettre la société en danger. J'ai des idées, maman, un idéal et je les mets en action, c'est tout. Tu n'as pas à t'en mêler, j'ai ma conscience pour moi.

— Ta conscience ? Parlons-en de ta conscience ! Si tu avais un ou deux sous de jugeote, tu aurais compris depuis longtemps qu'il est inutile de faire le beau devant ces Chinois. La révolution, Sun Yat-sen l'a déjà faite et on a vu ce que ça a donné !

— Comment peux-tu parler de ce que tu ne connais pas ? explose Louis. Sun Yat-sen n'a même pas pu être président de la République, ni faire la moindre réforme pour améliorer la vie des Chinois. Si je suis du côté des révolutionnaires, c'est parce que mes amis et moi, nous voulons vraiment changer les choses. Ces millions d'ouvriers ne doivent plus être traités comme des sous-hommes tout juste bons à engraisser les grandes compagnies étrangères et chinoises.

— Dont la nôtre, je te le rappelle. Tes idées sont très nobles mais ta place n'est pas auprès de ces gens-là. Elle est à la tête de la Compagnie, pas à celle des syndicats ouvriers. Ce n'est pas ton rôle. Que nos employés soient correctement payés et traités devrait te suffire. Je ne t'ai pas attendu pour être une bonne patronne.

— Tu ne comprends pas qu'il ne s'agit pas seulement

de la Compagnie du Yangzi mais de toutes les usines de Shanghai et de la Chine tout entière, répond Louis en écrasant nerveusement sa cigarette dans un cendrier déjà bien rempli.

— Je l'ai parfaitement compris, mais je te répète que ta place n'est pas là. Même s'il traite bien ses ouvriers, le rôle d'un patron est d'abord de diriger son entreprise, pas de les encourager à faire grève, encore moins de se joindre à eux pour défiler ! Personne ne peut faire les deux choses à la fois. Tu ne seras jamais un bon patron en même temps qu'un bon chef syndical. À un moment, il faut choisir son camp. Et le tien c'est ta famille, notre entreprise, tout ce dont tu hériteras quand je ne serai plus de ce monde, c'est notre monde européen et non celui des ouvriers chinois. Je ne t'empêcherai jamais de financer des associations caritatives ou des actions éducatives comme nous l'avons toujours fait, mais des syndicats, non, je ne suis pas d'accord. Je refuse que tu nourrisses une organisation révolutionnaire qui, demain, pourrait très bien venir tout nous prendre comme on vient de le voir en Russie. L'exemple d'Emma devrait te donner à réfléchir.

— Ne mêle pas Emma à tout cela ! D'ailleurs elle est d'accord avec moi.

— Tant mieux pour toi, mais elle n'a pas voix au chapitre. Louis, je te demande de renoncer à tes lubies, de revenir à un comportement normal.

Son fils se cabre, fouetté dans son orgueil, l'œil mauvais soudain.

— Et si je refuse ? demande-t-il sèchement.

— Tu n'y songes pas ?

— Si. Tu as prétendu toi-même que j'étais fou. Eh bien, soit, je le suis et le serai jusqu'au bout.

— Ne fais pas ça, mon grand, implore Olympe, dans la

crainte de perdre à nouveau son fils et définitivement, cette fois.

— Puisque tu m'imposes de faire un choix, je choisis le camp des ouvriers chinois. C'est avec eux, pour eux, que je veux travailler et vivre. Pour personne d'autre.

Olympe, livide, prend ces mots en plein cœur, comme une balle tirée à bout portant. Mais son visage ne tressaille pas.

— Tu veux dire que tu renonces à diriger la Compagnie du Yangzi ? demande-t-elle froidement.

— Oui. Et même à mes parts dans la société. Vous n'avez qu'à vous les partager, je n'en veux plus, je vous les vends.

Olympe regarde ce grand garçon blond dont les yeux bleus ont pris une nuance acier qu'elle n'avait jamais observée auparavant. Elle ne le reconnaît plus. Que s'est-il passé ? se demande-t-elle. Est-elle responsable du mauvais chemin qu'il a pris sans qu'elle le remarque ? Où et quand s'est-elle trompée sur lui ? Quelles erreurs a-t-elle faites ?

— Tu es sûr de ce que tu viens de dire, Louis ? Réfléchis bien, tu pourrais le regretter.

— C'est tout réfléchi. Demain, je te ferai porter ma lettre de démission et de cession de mes parts. Je ne veux plus rien à voir avec la Compagnie.

— Elle t'a nourri, murmure Olympe dans une ultime tentative de le faire renoncer.

— Il est temps que je me nourrisse seul.

Le silence qui s'installe entre eux est aussi tragique que celui qui suit un séisme. Comme si tout avait été dit et que les mots, irrémédiables, avaient détruit en quelques secondes ce qui les unissait depuis si longtemps. Olympe se demande soudain si Louis l'aime encore, et même s'il l'a jamais aimée. Doute affreux qui lui saute au visage telle une douleur cruelle. Effondrée, elle lui tourne le dos et le quitte sans un regard en retenant ses sanglots.

*

— Alors ? questionne Joseph Liu.

Dans la salle du conseil de la Compagnie, il a attendu le retour d'Olympe avec angoisse. À son côté, Laure feuillette distraitement le *North China Daily News* pour passer le temps et vérifier que la publicité annonçant le prochain concert de Marc a bien paru en page cinq. Sa maternité l'a embellie autant qu'adoucie et elle est devenue plus proche de sa mère qu'elle ne l'a jamais été.

— Alors, il ne veut plus rien à voir avec nous ni avec la Compagnie, répond Olympe en se laissant tomber sur un fauteuil.

— Comment ça, il ne veut plus rien à voir avec nous ? s'écrie Laure. Qu'est-ce qu'on lui a fait ?

— Rien, mais apparemment il a décidé qu'il en avait assez d'être riche et qu'il voulait vivre du côté des pauvres.

— C'est cette fille, Emma, qui lui a mis ça dans la tête ?

Joseph Liu s'appuie sur sa canne pour se lever et commence à faire le tour de la grande table d'acajou ovale avec précaution.

— Non, Laure, ça fait des années que cela le travaille. Ton frère fréquente les milieux étudiants et ouvriers depuis plus de dix ans, ce que nous ignorions vous et moi. Au début, c'était par pur intérêt philanthropique, mais il s'est pris au jeu et s'est engagé au-delà du raisonnable dans la création d'un syndicat ouvrier et des associations d'étudiants.

— Pourquoi ne nous en a-t-il jamais parlé ? s'étonne Laure.

— Sans doute pour garder secrète cette part de lui-même. Ton frère a toujours conservé une zone d'ombre depuis la mort de votre père. Elle a nourri sa révolte face à une condition humaine qu'il ne supporte pas, à commencer par la sienne. Je croyais que son grand tour en Chine à vingt ans avait tout arrangé. Je me suis trompée.

— Moi aussi, j'ai beaucoup souffert de la mort de papa, mais je ne vous ai pas rejetés pour autant, commente Laure avec un peu de dépit dans la voix.

Joseph interrompt sa marche et se plante devant Olympe et sa fille.

— Je vous ai parlé de son amitié avec Chen Duxiu, n'est-ce pas ? Eh bien, j'ai appris ce matin même que Louis était à son côté quand Chen et ses amis ont projeté la fondation d'un parti communiste chinois, il y a quelques jours.

— Un parti communiste ici, à Shanghai ? interroge Laure qui, depuis sa liaison avec Ichirô, s'intéresse beaucoup à la politique.

— Oui, mais il n'était pas le seul Européen. Il y avait aussi un Hollandais, un dénommé Maring, et un Russe appelé Nikolski. Des gens louches envoyés par Moscou pour exporter la révolution chez nous.

— Et Louis fréquente ces types-là aussi ?

— Oui, semble-t-il. C'est très dangereux pour la Compagnie.

— Nous n'avons heureusement plus rien à craindre de ce côté-là. Il nous rend tous ses mandats, dit Olympe. Ce qui signifie que nous devons nommer un nouveau président. Laure, accepterais-tu de prendre la place de ton frère ?

Interloquée, Laure regarde sa mère.

— Tu n'y penses pas, maman, répond-elle. Je n'ai aucune qualification pour diriger la société. Et Louis m'a raconté qu'il devait travailler énormément. Ce que je n'aurai pas le temps de faire. Ma place est à côté de mon mari et de mon petit garçon.

— Dans ces conditions, et comme il est hors de question de confier la direction de la Compagnie du Yangzi à un inconnu, je ne vois qu'un seule solution, vous, Olympe, propose Joseph.

— Vous plaisantez ? proteste-t-elle. Je suis beaucoup trop vieille pour reprendre les rênes de la société.

— Pas tant que cela. À peine soixante-six ans, si je ne m'abuse. En Chine, on dirait que vous êtes dans la force de l'âge.

— Mais cela fait des années que je n'ai pas regardé de près la marche de la maison, je faisais confiance à Louis et me contentais de percevoir les dividendes, ou presque.

— Rassurez-vous, j'ai suivi ça de près et je peux vous garantir que vous n'aurez aucun mal à vous y retrouver. Louis a bien fait plusieurs acquisitions ces dernières années, mais rien que vous ne puissiez assumer et développer. Et je serai là pour vous aider. Comme au bon vieux temps. Cela ne vous dit pas de reformer avec moi le duo redoutable qui faisait trembler tous les Anglais du Bund ? demande-t-il avec un sourire malicieux.

D'un coup, Joseph a l'air rajeuni de dix ans. Et Olympe comprend brusquement que, pendant toutes ces années où Louis a présidé leur société, il s'est senti écarté et s'est réfugié dans une réserve hautaine dont il a été le premier à souffrir.

— Je ne sais pas si Patrick appréciera que je reprenne du service, dit-elle avec une moue dubitative.

— Argument irrecevable, vous savez parfaitement qu'il fait toujours vos quatre volontés. Et rien ne vous empêche de le nommer directeur adjoint si cela peut le tranquilliser.

— Après tout, pourquoi pas ? Mais à condition que nous recherchions dès maintenant un successeur digne du fondateur de la Compagnie, conclut-elle en se retournant vers le portrait peint de Charles Esparnac qui orne le mur derrière elle.

43.

Louis a rarement été aussi heureux. Depuis qu'il a quitté la Compagnie du Yangzi, il a l'impression d'être enfin lui-même. D'être celui qu'il a toujours voulu être. Délivré d'une famille qu'il retrouvera un jour, il le sait, mais dont il a besoin de s'écarter quelque temps pour vivre sa vie. Délivré aussi d'un nom trop lourd à porter et dans lequel il ne se reconnaît plus. Il éprouve ce sentiment très intime de se trouver désormais à la place qui lui était destinée. Une place non pas attribuée par la naissance, comme celle qu'il a occupée si longtemps à la tête de la société familiale, mais conquise de haute lutte, librement choisie, confusément désirée d'abord puis voulue avec certitude. Une place qu'il s'est construite seul, sans l'aide de quiconque et pour laquelle il a renoncé à tout. La présence d'Emma près de lui et son engagement politique suffisent à son bonheur. Et il a le sentiment très vif qu'il est en train d'accomplir son destin.

Tout est venu, il s'en souvient, de sa traversée solitaire de la vieille Chine encore médiévale lorsqu'il éprouva une empathie chaque jour plus forte pour ces multitudes qu'il croisait, misérables et résignées, pressurées par des propriétaires enrichis ou des fonctionnaires sans pitié. Les routes de Chine lui révélèrent alors sans le savoir l'absurdité de l'existence, la précarité de la vie et l'égoïsme des hommes.

Oui, sa place est là, au milieu de ces révoltés qui manifestent aujourd'hui par dizaines de milliers dans les rues du Pudong. Tout a commencé avec la grève décrétée par les employés de la British American Tobacco sur le Pudong, la rive orientale du Huangpu, et qui a entraîné celle des ouvriers des usines métallurgiques, des manufactures et surtout des vingt mille ouvrières des filatures de Hongkou et de Zhabei. La grève n'est pas née par hasard. Des chefs syndicaux sont venus exhorter les ouvriers à réclamer de meilleurs salaires et à manifester tous ensemble pour établir un rapport de force qui obligerait les patrons anglais, américains et chinois à accepter leurs revendications. Louis a été le plus convaincant pour rallier les hésitants, organiser la manifestation, choisir le meilleur parcours, rassembler les différentes syndicats et calmer ceux qui voulaient en découdre. Les ouvriers de la British Tobacco se sont étonnés, au début, de voir un Long Nez venir défendre leur combat et ont cru à un piège, mais le discours enflammé de Louis les a convaincus qu'il était bel et bien de leur côté.

— Tu les as conquis, lui a confirmé Lao Sun. Ils voient en toi le signe qu'ils ont raison de se battre : si un homme comme toi les a rejoints, c'est parce que leur cause est juste.

Et quand ils l'ont vu écrire lui-même les slogans sur leurs banderoles, ils ont compris qu'il était vraiment l'un des leurs. Et là, au milieu de cette foule hurlante, Louis ne les déçoit pas. Il hurle avec eux sa colère, il martèle en rythme le macadam de ses pieds, il lance les slogans qu'ils répètent à tue-tête. Vêtu comme eux d'une tunique et d'un pantalon de toile grossière, Louis entraîne ses révoltés, avec eux il crie enfin sa haine des puissants, il ne se cache plus, il gueule qu'il faut respecter le peuple et donner aux travailleurs le prix de leur travail. Au milieu de cette masse sombre, ses cheveux blonds, même coupés court comme il les porte depuis qu'il a rencontré Emma, détonnent bizarrement mais font comme un repère derrière lequel ses compagnons s'alignent et le suivent. Il est au premier rang de la deuxième vague des manifestants, plus de dix mille ouvriers qu'il entraîne comme un centurion romain à la tête des cohortes.

Devant eux, la première vague, menée par les ouvriers de la British Tobacco, semble soudain marquer le pas. Une subite confusion éparpille leurs rangs jusque-là compacts. Louis entend des hurlements de panique, des clameurs indignées, des cris de douleur. Plus grand que les autres, il aperçoit en tête du cortège, cent mètres plus loin, une immense confusion et des groupes d'hommes armés de bâtons qui frappent aveuglément autour d'eux. Les milices patronales et les nervis de la Bande verte, redoutables briseurs de grève qui n'hésitent pas à tuer pour effrayer les ouvriers. Il aurait dû se douter qu'ils allaient se mettre en travers de leur chemin. Il y a pire : de chaque côté du cortège, des policiers chinois et sikhs avancent en colonnes serrées et se mettent à frapper, eux aussi, à coups de gourdin. On entend des râles, le bruit sourd des coups sur les crânes, les hurlements de ceux qui se retrouvent à terre et à qui l'on brise les jambes, les bras ou les côtes. En quelques secondes, la panique gagne les rangs ouvriers et Louis assiste, impuissant, à la dispersion violente de la manifestation qu'il a mis tant de soin à organiser. Soudain, des coups de feu éclatent, ici et là, de plus en plus nombreux, et se rapprochent de lui. Pour la première fois de sa vie, Louis a brusquement peur. Confronté à la violence brutale comme il ne l'a jamais été, il regrette de ne pas avoir emporté le vieux revolver de son père pour défendre sa peau si l'un de ses salauds s'en prend à lui. Nikolski, l'envoyé de Moscou, le lui a pourtant conseillé, lui qui sait par expérience que toute manifestation ouvrière est condamnée à être matée par la police et les tueurs des milices patronales. Reconnaissable entre mille, Louis rentre la tête dans les épaules mais il n'est pas question de fuir comme les autres. Au contraire, il ordonne à ses camarades de rester groupés, de faire front, de se défendre avec les bâtons de leurs banderoles.

— N'ayez pas peur ! crie-t-il. Ne reculez pas, nous sommes les plus nombreux !

Des coups de feu claquent à nouveau, tout près. Un homme s'effondre à quelques pas. Deux hommes armés courent vers lui, le visent. Il s'accroupit alors qu'ils tirent, derrière lui un de ses compagnons s'écroule en poussant un cri, touché à la tête. Louis se relève et dans un réflexe de survie, s'élance en espérant que les autres le suivront. Des coups de feu encore, il pense qu'il va mourir, que la prochaine balle est pour lui, et enrage. Un homme soudain fonce sur lui, surgi de nulle part, puis un autre, ils le ceinturent, l'assomment à moitié, il se sent partir, sonné par ce coup sur la tête, et traîné par des mains qui se sont emparées de lui comme d'un chiffon. Dans ce brouillard, il s'entend appeler à l'aide, le ciel s'éteint, les coups de feu et les cris se font plus lointains, on le hisse dans un camion, son visage est plaqué contre un plancher de bois rugueux et puant, on lui attache les mains dans le dos avec une corde et il n'entend plus que le camion qui démarre.

— Qui êtes-vous ? trouve-t-il la force de dire. Et où m'emmenez-vous ?

Pour seule réponse, le bruit de casserole du moteur.

*

— Je m'appelle Zhu Chang, dit l'inconnu.

Louis est assis en face de lui, de l'autre côté d'une petite table de bois laqué rouge où on l'a fait asseoir avec ménagement. Quelqu'un a posé une tasse de thé devant lui et il la boit d'un trait. Deux hommes sont postés devant une porte.

— De quel droit me retenez-vous ici ? interroge-t-il après s'être éclairci la voix. Que me voulez-vous ?

— Ces réponses viendront bientôt, répond doucement Chang. Mais auparavant, nous devons prendre le temps de parler.

Pourquoi Louis se sent-il soudain paralysé par un étrange malaise, lui qui, au contraire, devrait se révolter, bondir de sa chaise, tenter de s'enfuir ? Est-ce le timbre de cette voix qui lui rappelle vaguement quelque chose ? Ce visage bizarrement métissé qui lui fait face, mi-han mi-européen, et dans lequel il croit se voir comme dans un miroir subtilement déformé ? Ou bien ces yeux, très profonds, qu'il reconnaît comme s'ils surgissaient d'un lointain passé, cette physionomie curieusement familière et que pourtant il n'a jamais croisée ?

— Parler de quoi ? demande-t-il avec irritation. Relâchez-moi si vous voulez me parler.

— Je ne vous retiens pas prisonnier et vous êtes libre de partir si vous en avez envie, répond Chang. Mais il serait dommage de ne pas entendre ce que j'ai à vous dire.

— Pourquoi ? Vous êtes de la police ?

— Non, je suis un des responsables du Guomindang.

— Le parti de Sun Yat-sen ? Vous devriez être de notre côté au lieu de nous attaquer lâchement.

— Là n'est pas la question. La seule qui compte aujourd'hui est de savoir qui vous êtes et qui je suis.

— Je m'appelle Louis Esparnac. Vous, vous êtes Chang Zhu. Et alors ?

— Et alors, je suis ton demi-frère, Louis…

Abasourdi, Louis dévisage celui qui vient de lui faire cette révélation d'une voix à peine audible. Il refuse de croire ce qu'il vient d'entendre, mais le visage grave de Chang le convainc du contraire. Il ne sait pas quoi dire, des pensées confuses se chevauchent dans sa tête, il se demande ce qu'il fait dans cette pièce au milieu de ces inconnus.

— L'autre fils de Charles Esparnac, continue Chang d'une même voix neutre.

— C'est impossible, mon père n'a pas eu d'autre épouse que ma mère, murmure Louis.

— Si. Avant qu'elle arrive de France, il vivait en partie dans Nanshi avec une femme qu'il avait connue auparavant. Ma mère, Zhu Lian. Je suis né en 1872.

Louis réprime mal le frisson qui le traverse. Ses yeux se perdent dans le fond de sa tasse vide.

— Deux ans après l'arrivée de ma mère à Shanghai, dit-il. Cinq ans avant ma naissance. Mon père t'a conçu alors qu'il venait à peine de se marier avec maman…

Brutalement confronté à un passé qu'il ignorait, Louis découvre avec stupeur que ce père adoré dont il n'a jamais cessé de pleurer la perte était un autre homme, avec ses secrets, ses mensonges, sa duplicité. Il fouille dans ses poches, tire son paquet tout froissé de Capital Ship.

— Tu veux une cigarette ? propose-t-il en le tendant à Chang.

La fumée qu'ils exhalent en même temps dissimule leurs visages quelques secondes. Louis a les yeux baissés, perdu dans des pensées auxquelles il n'aurait jamais cru devoir se confronter un jour, Chang les tient fixés sur ce frère qu'il voit enfin de près et à qui il est en train d'ouvrir des horizons noirs. Ils fument en silence, comme si le tabac les aidait à accepter ce qui vient de survenir, ce nouveau monde qui naît pour l'un comme pour l'autre.

Aucun des deux n'a envie de briser ce silence étrangement rédempteur.

— Il nous a abandonnés, ma mère et moi, peu avant ta naissance, finit par dire Chang.

— C'est pour cela que tu m'en veux et que tu te venges aujourd'hui ?

— Je ne me venge pas. Sinon, je ne t'aurais pas sauvé la vie tout à l'heure. Ils allaient te tuer.

— Qui ?

— Les gars de la British Tobacco. Ils avaient ordre de le faire, je l'ai appris à temps.

— Et pourquoi m'as-tu tiré de là ? Pour que je te dise merci ?

— Je ne voulais pas que tu meures. Pas avant de t'avoir connu. Et Joseph Liu non plus, ne voulait pas.

— Tu connais Joseph ? demande Louis, interloqué.

— C'est lui qui m'a élevé après que ton père m'a confié à lui.

— Et ta mère ?

— Morte.

— La mienne connaît-elle ton existence ?

— Joseph lui a parlé de moi, mais elle n'a jamais accepté de me voir. Ta sœur, elle, ignore tout de moi.

Ils retombent dans le silence, attentifs aux ombres blanches du passé qui s'élèvent lentement, les unes après les autres, semblables aux brumes flottant sur les étangs, un matin d'automne. Chang toussote légèrement avant de reprendre la parole.

— C'est en sortant de chez nous que notre père a été assassiné. Il fallait que tu le saches.

Louis le regarde avec infiniment de peine et de regrets au fond des yeux.

— Tu veux dire que, s'il n'était pas venu vous voir ce soir-là, il serait encore de ce monde ?

— Non, car la bande de Ningbo cherchait à se venger de lui et Kassoun voulait sa peau. Mais il aurait vécu sans doute plus longtemps. Et peut-être aurait-il fini par vous avouer son secret.

— Pourquoi ai-je dû attendre si longtemps pour apprendre que j'ai un frère ! s'exclame soudain Louis, avec rage. Pourquoi papa ne nous a-t-il jamais rien dit ?

— À cause de ta mère, d'après ce qu'Oncle Liu m'a expliqué. Il ne voulait pas la faire souffrir et a préféré lui cacher mon existence et celle de ma mère.

— Connaissant maman, elle lui aurait pardonné, j'en suis sûr. Et Laure et moi, nous aurions gagné un frère. Nous nous sentions tellement seuls parfois, même quand il était encore vivant, coincés entre notre mère et Oncle Joseph.

— Moi aussi, j'étais seul et sans père, comme toi.

— Nous aurions pu faire tant de choses ensemble, se désole Louis en allumant une nouvelle cigarette.

— Il n'est peut-être pas trop tard…

*

La nuit est tombée depuis longtemps, mais Chang et Louis sont toujours là, face à face, dans la pièce enfumée et le whisky a fini par remplacer le thé. Ils n'en finissent pas de se découvrir, de se raconter avec précaution, aussi pudiques l'un que l'autre, de se trouver tant de points communs et tant de dissemblances. Ils mélangent le chinois, le français et l'anglais pour se comprendre plus vite, rient souvent, s'esclaffent parfois, un peu ivres d'alcool et de souvenirs, ou alors ils se taisent d'un coup, anéantis par tout ce qu'ils ont manqué et ne retrouveront jamais, par la disparition tragique de leur père dont le visage n'est plus pour l'un et pour l'autre qu'un halo lointain.

— Oncle Joseph est vraiment le chef de la Tan Du Hui ? interroge à nouveau Louis.

Chang vient de lui expliquer que Liu Pu-zhai a, lui aussi, une vie secrète et Louis en reste stupéfait.

— Je n'arrive pas à y croire, lui qui est un si grand chrétien, dit-il.

— Ce n'est pas incompatible, explique Chang. C'est plus la Chine qui lui importe que Dieu, et depuis des années, il a mis la Tan Du Hui au service de Sun Yat-sen. J'ai même été l'un de ses premiers émissaires auprès de lui, il y a plus de vingt ans, quand j'étais étudiant à Tokyo.

— Et aujourd'hui, il fait partie du Guomindang lui aussi ?

— Oh non ! Oncle Liu est trop prudent pour s'affilier officiellement à un parti. Il préfère rester dans les coulisses, agir dans la discrétion. Il veut rester le maître du jeu.

— De son jeu. Même très dévoué à notre famille, il m'a toujours paru poursuivre un but connu de lui seul et qu'il ne communiquait à personne, pas même à Marie-Thérèse ou à Marc.

— Son but, c'était la Chine et je suis le seul, peut-être, avec qui il l'a partagé.

— Tu as de la chance. Moi aussi, la Chine est mon but. Mais nous ne sommes pas dans le même camp, toi et moi.

— Qu'en sait-tu ? Sun Yat-sen est en train de se rapprocher des Russes. Et eux, ils ont compris que le Guomindang était la seule force politique digne de ce nom en Chine. Le parti communiste de Chen Duxiu se coalisera avec nous et nous pourrons alors travailler ensemble. Tu pourrais te lancer dans la politique, il y aura des élections.

Louis hoche la tête et lisse d'un geste sec ses cheveux courts.

— Je n'en ai pas envie. Pour faire de la politique, il faut se compromettre. Moi, je veux juste faire entendre la voix de ceux qui n'en ont pas, de tous ceux qui sont privés de droits, des faibles, des opprimés.

— Tu es un pur.

— Il y a autre chose, Chang. Je suis amoureux. Pour la première fois de ma vie. Et cela change tout. Elle s'appelle Emma et tout ce que je sais, c'est qu'elle a bouleversé mon existence. J'aurais trop peur de la perdre si je me lançais dans la politique. Je me contenterai de rester un activiste, un propagandiste. Un pur, oui, peut-être. Comme notre père.

44.

Joseph Liu s'appuie sur le bras de Chang pour monter les marches du perron. De l'autre côté, Marie-Thérèse le soutient elle aussi. Bien qu'elle soit plus petite, elle paraît moins frêle que lui dans la robe légère de coton blanc qu'elle a passée pour l'occasion. « C'est un vrai jour de fête », a-t-elle dit à Joseph en lui nouant sa cravate avant de venir au Trianon.

Olympe et Patrick les attendent devant la porte d'entrée ouverte à deux battants. Olympe se sent nerveuse malgré les sourires rassurants de Patrick. C'est elle qui a proposé à Joseph de lui amener Chang en sachant pertinemment que cette rencontre serait une épreuve pour elle et sans doute aussi pour l'aîné des enfants de Charles. Mais elle est nécessaire. Et quand elle le voit approcher, elle s'efforce de ne rien laisser paraître de son trouble : devant elle, ce n'est pas seulement Chang qui vient d'apparaître, c'est aussi le fantôme de Charles. Un fantôme qui serait devenu à moitié asiatique après toutes ces années passées dans les limbes chinoises. Chang a les mêmes cheveux, la même allure, la même prestance que son père bien qu'il soit moins grand que lui, le même regard noir qui perce au loin des mystères invisibles aux autres, et ce front haut, ce menton décidé.

Choc terrible, confrontation des morts et des vivants : tout un passé refoulé éventre le présent. D'un coup, Olympe retrouve Charles tel qu'il était il y a des années quand ils accueillaient leurs invités, l'un à côté de l'autre sur le perron du Trianon. Elle revoit son sourire charmeur, sa chevelure jamais disciplinée, sent encore sa main qui tenait la sienne, elle entend sa voix grave et une étrange paix l'envahit. Elle croit percevoir sa présence et sourit en même temps que des larmes perlent à ses yeux. Non, elle ne l'a pas oublié, malgré Patrick, et il est toujours là, elle le sent en ce jour exceptionnel. Doit-elle tendre la main à Chang, le saluer à la chinoise d'une légère inclination du buste, l'embrasser ? Quand il se trouve devant elle, hésitant lui aussi, elle ne peut s'empêcher de le prendre dans ses bras et de l'embrasser sur les deux joues.

— Soyez le bienvenu dans cette maison, dit-elle simplement.

Intimidé, Chang pénètre à pas mesurés dans la demeure dont il a tant rêvé. Il retrouve intactes les images qu'il a conservées en mémoire depuis qu'il y est entré vingt ans plus tôt, quand la fête de Laure battait son plein : le grand hall d'entrée, l'immense salon et ses hautes fenêtres donnant sur le parc où il s'était caché pour tenter d'apercevoir ceux dont il partageait le sang. L'émotion le submerge quand il suit Olympe à l'intérieur de cette salle qui était si magnifiquement illuminée ce soir-là et où tant de gens dansaient, s'amusaient. Au milieu des couples, il avait découvert sa demi-sœur valsant dans les bras de Marc Liu. Subjugué par sa beauté, il n'a jamais pu oublier cette apparition qui lui était doublement interdite et, aujourd'hui, il appréhende la confrontation avec ce fantasme d'autrefois.

À son approche, une femme se lève, grande et belle, un petit garçon dans les bras, brun et bouclé comme un angelot napolitain. Elle est soudain là devant lui, celle qui fut la jeune fille dont il rêvait dans sa solitude et qui rayonne d'une beauté de mère épanouie. Quelques pas encore, il est près d'elle, elle lui sourit avec douceur, mais il est trop intimidé pour ouvrir la bouche.

— Zhu Chang, je suis très heureuse de vous connaître, dit Laure de sa voix troublante de mezzo. Voici mon fils, Charles.

— Je suis très honoré, mademoiselle Laure, répond-il troublé en découvrant cet enfant qui porte le prénom de son père.

— Zhu Chang me parlait de toi, Laure, à chacune de nos rencontres, intervient Joseph Liu qui s'est approché à son tour.

Il raconte comment, autrefois, il a retrouvé Chang dans le parc, et les deux femmes comprennent alors combien il a souffert de devoir rester si longtemps un inconnu pour ses demi-frère et sœur qui ignoraient tout de son existence.

— Désormais, vous faites partie de la famille, annonce Olympe en le prenant familièrement par le bras. Nous vous le devons après toutes ces années. Joseph m'a expliqué comment vous avez sauvé Louis de la mort lors des fusillades du Pudong et je vous en suis très reconnaissante. Je suis même prête, si vous le voulez, à vous donner notre nom.

Chang se crispe imperceptiblement.

— Je vous remercie de cet honneur, répond-il un peu sèchement, mais je veux conserver le nom de ma mère. J'en suis fier et j'aurais l'impression de la trahir en acceptant votre proposition. Elle ne l'a pas mérité.

Olympe se reproche sa faute de goût et le fait asseoir près d'elle sur un canapé pour dissiper le léger malaise. Joseph, Marie-Thérèse, Patrick et Laure prennent place en face d'eux pendant que les domestiques apportent thé, fruits et gâteaux.

— J'ai une proposition plus importante à vous faire, Chang, reprend Olympe.

Chang a un léger mouvement de recul et jette un coup d'œil surpris à Joseph.

— J'étais venu faire votre connaissance, Olympe, dit-il sur la défensive. Je n'imaginais pas que vous alliez me demander quoi que ce soit.

— C'est moi qui vais vous demander quelque chose, Chang. Quelque chose de très important pour nous mais que j'espère vous accepterez et qui achèvera de faire de vous un membre à part entière de notre maison.

— Je vous écoute.

— Vous le savez sans doute, Louis a quitté la Compagnie du Yangzi pour vivre une vie de révolutionnaire, plus exaltante, du moins le croit-il. C'est son choix et je le respecte même si je le déplore. Du même coup, il a abandonné la présidence de notre société et de toutes nos filiales. Depuis son départ, j'assume ces fonctions mais ce n'est plus de mon âge. Il faut à la tête de notre entreprise quelqu'un de plus jeune et surtout qui soit de la famille car je n'ai nulle envie de la confier à un étranger. J'ai donc pensé à vous, Zhu Chang, parce que vous êtes vous aussi un héritier de Charles et que, d'après ce que m'a dit Joseph, vous me semblez être celui dont nous avons besoin.

Surpris, Chang se redresse et, après Olympe, les dévisage les uns après les autres.

— Il m'est difficile d'accepter, je ne connais rien aux affaires, répond-il.

— Nous vous y initierons, Joseph et moi, cela n'a rien de compliqué. Il faut seulement avoir l'esprit de décision et du caractère. Je sais que vous ne manquez ni de l'un ni de l'autre. Et puis, vous connaissez le rôle de la Compagnie dans la modernisation de la ville à travers la création de nos shikumen, nos participations dans les tramways, l'électricité, les filatures, l'exportation vers l'Europe de produits chinois et j'en passe. Vous qui participez pleinement à la modernisation de votre pays, vous auriez là l'occasion de mettre vos idées en pratique et de faire de la Compagnie du Yangzi une des premières grandes entreprises chinoises, capable de concurrencer les sociétés anglaises ou américaines. Voilà ce que je vous propose et puisque Louis a décidé de nous rendre ses parts dans la société, nous sommes prêts à vous les céder si vous acceptez mon offre.

— Je ne mérite pas cette faveur, bredouille Chang. Et je ne veux pas léser Louis.

— Il ne s'agit pas de faveur mais de vous associer pleinement à nous. Cela passe aussi par les liens de l'argent. Et Louis ne sera pas lésé puisqu'il reste l'un de mes héritiers. À moins qu'il ne renonce aussi à son héritage.

— Je ne le crois pas, intervient Laure en dépliant un papier. Voici le mot que j'ai reçu de lui il y a quelques jours.

— Pourquoi ne pas nous l'avoir dit plus tôt? lui reproche sa mère.

— Parce que cela ne change rien. Il annonce qu'il part avec Emma, mais sans dire où, et qu'il reviendra vers nous un jour, quand il aura fini de comprendre ce qu'il veut.

— Alors, nous l'attendrons, dit Olympe avec résignation, après un moment de silence. Que décidez-vous, Chang? Je ne veux pas vous bousculer, mais vous comprendrez facilement que je veuille rapidement savoir à quoi m'en tenir.

Impassible, Chang regarde intensément les êtres et le décor qui l'entourent, découvre qu'il s'y sent moins étranger qu'il ne le craignait, contemple ces tableaux, ces meubles chinois et français, observe ces visages, le sourire bienveillant de Laure qui est une invite à accepter, le regard ferme de Joseph qui l'encourage. Il a la sensation, d'un coup, d'être arrivé là où il devait aller sans le savoir et que le destin a choisi pour lui la route qu'il devait prendre. Il n'hésite plus, même si sa vie va en être bouleversée. N'est-ce pas ce qu'il attendait en réalité depuis si longtemps ?

— C'est un grand honneur que vous me faites, finit-il par dire. J'accepte, mais avec beaucoup d'humilité.

— Magnifique ! s'exclame Olympe. Une dernière chose, cependant, dit-elle en agitant une clochette.

Quelques secondes plus tard, M. Hu entre dans le salon portant un coffret de bois sculpté qu'il dépose entre les mains d'Olympe. Sur un geste de sa maîtresse, il en soulève avec précaution le couvercle cubique et dévoile, posé sur son socle gravé de caractères, un dragon de jade magnifiquement sculpté entouré d'un cordon de soie jaune.

— C'est le grand sceau impérial de l'empereur Xianfeng, explique Olympe. Charles l'a emporté jadis lors du sac du palais d'Été en 1860 et a réussi à le conserver contre vents et marées. Depuis, c'est le trésor des Esparnac et il m'a demandé de le transmettre, le moment venu, à ses héritiers.

Elle s'interrompt, beaucoup plus émue qu'elle ne l'imaginait, et prend le sceau dans ses mains pour le tendre à Chang.

— Ce moment est arrivé, dit-elle, et puisque vous êtes l'aîné des héritiers de Charles, je vous confie, conformément à sa volonté, cet objet unique dont je sais qu'il est sacré pour un Chinois. Soyez-en digne, en souvenir de lui. Et un peu de moi, si vous le pouvez, lorsque je ne serai plus de ce monde.

Bouleversé, Zhu Chang voudrait la prendre dans ses bras mais il n'ose pas. S'inclinant profondément comme il le ferait devant le plus respecté des mandarins, il dit seulement :

— Vous serez toujours de ce monde, Olympe. Parce que vous êtes la légende de Shanghai et qu'un jour quelqu'un racontera votre histoire.

Note de l'auteur

Les personnages des deux volumes de *Shanghai Club* sont nés de la seule imagination de l'auteur, à l'exception naturellement de figures historiques chinoises telles que Sun Yat-sen, Chen Duxiu ou Hiang Jinrong. Certains protagonistes, comme Joseph Liu, exemple de compradors chrétiens de Shanghai, sont librement inspirés de personnages qui ont réellement existé.

L'histoire de Shanghai depuis l'arrivée des premiers Anglais en 1843 et le caractère exceptionnel de cette ville-monde ont été abondamment traités par de nombreux historiens, universitaires ou romanciers. Bien qu'il ne soit pas d'usage, dans le cadre d'un roman, d'indiquer de repères bibliographiques, l'auteur souhaite signaler ici au lecteur intéressé quelques-uns des ouvrages qui, outre ses sources personnelles, lui ont été utiles au cours de ses recherches : *Histoire de la Concession française de Shanghai*, Charles Maybon et Jean Fredet (Plon) ; *Les Français de Shanghai, 1849-1949*, Guy Brossolet (Belin) ; *Shanghai, le Paris de l'Orient*, Bernard Brizay (Pygmalion) ; *Histoire des diplomates et consuls français en Chine, 1840-1912* (Les Indes savantes) ; *Atlas de Shanghai*, Christian Henriot et Zheng Zu'an (CNRS Éditions) ; *Les Zhu, chronique d'une illustre famille de Shanghai*, Zhu Yi-sheng (Éditions Rive droite) ;

Le Paris de l'Orient, Présence française à Shanghai, 1849-1946, catalogue de l'exposition au musée Albert-Kahn ; *Histoire de Shanghai*, Marie-Claire Bergère (Fayard).

L'auteur tient également à remercier ses éditeurs, Nicole Lattès et Leonello Brandolini, pour leur confiance, ainsi que Françoise Delivet et Anne-Marie Lenfant pour leur amical soutien. Il remercie également sa compagne Martine Mairal qui, après le Quai d'Orsay, a accepté de le suivre pendant de nombreux mois dans son périple shanghaien, ainsi qu'Andrès Pico, dont la maison de Santa Ponsa l'abrite depuis si longtemps.

Composition Interligne
Loncin

Cet ouvrage a été imprimé
en octobre 2011 par

CPI
FIRMIN-DIDOT

27650 Mesnil-sur-l'Estrée
N° d'édition : 51670/01
N° d'impression : 107829
Dépôt légal : novembre 2011

Imprimé en France